U0558203

2018 中国杂文年选

向继东 编选

南方出版传媒
花城出版社
中国·广州

图书在版编目（CIP）数据

2018中国杂文年选 / 向继东编选. -- 广州：花城出版社，2019.1
（花城年选系列）
ISBN 978-7-5360-8857-3

Ⅰ. ①2… Ⅱ. ①向… Ⅲ. ①杂文集－中国－当代 Ⅳ. ①I267.1

中国版本图书馆CIP数据核字(2018)第295923号

出 版 人：詹秀敏
责任编辑：蔡　安　欧阳蘅　李珊珊
技术编辑：薛伟民　凌春梅
封面设计：庄海萌

丛书篆刻：朱　涛
封 面 图：（清）髡　残　山水图

| 书　　名 | 2018 中国杂文年选 |
| --- | --- |
|  | 2018 ZHONGGUO ZAWEN NIANXUAN |
| 出版发行 | 花城出版社 |
|  | （广州市环市东路水荫路11号） |
| 经　　销 | 全国新华书店 |
| 印　　刷 | 广东新华印刷有限公司 |
|  | （广东省佛山市南海区盐步河东中心路23号） |
| 开　　本 | 787毫米×1092毫米　16开 |
| 印　　张 | 20.5　1插页 |
| 字　　数 | 360,000字 |
| 版　　次 | 2019年1月第1版　2019年1月第1次印刷 |
| 定　　价 | 58.00元 |

如发现印装质量问题，请直接与印刷厂联系调换。
购书热线：020-37604658　37602954
花城出版社网站：http://www.fcph.com.cn

# 目录

序 | 向继东 ……001

## 浮世绘

你认识你吗 | 邓刚 ……001
文件柜内有小说 | 伊文 ……004
我的愿望有谁知道 | 吴非 ……006
那只敬礼的猴子 | 赵序茅 ……008
跟坏小子结盟 | 刘齐 ……010
"砸场"记 | 丁辉 ……012
人情簿子 | 汪强 ……015
两元一斤的《国富论》 | 孙少山 ……017
"不和陌生人说话"升级版 | 周云龙 ……019
《红楼梦》里的"请示学" | 彭伟栋 ……021
进退有度 | 王晖 ……023
"女德班"背后的隐忧 | 张桂辉 ……025
"千万不要写错名!" | 萧跃华 ……027
当发财梦想成为唯一梦想时 | 何龙 ……031
闲话"拉黑" | 陈鲁民 ……033
说和做 | 程学武 ……035
官场上的"风月宝鉴" | 沈栖 ……037
说声"不知道"怕什么 | 孙贵颂 ……039

"职务称谓"之乱也当治理 | 周彪 ……041
人生贫富与人品好坏 | 刘诚龙 ……043
官学专家厌恶做官 | 陈扬桂 ……045
节日能拉动诗歌繁荣吗？| 阮直 ……047
好汉莫提当年勇 | 孙博 ……049
"瘫局"与"霸男" | 徐迅雷 ……051
婚姻大事 | 西闪 ……053

**杂感录**

给后代留下什么 | 刘荒田 ……057
卑之无甚高论 | 莫言 ……059
敬畏每一粒尘埃 | 刘世芬 ……061
不怕活的精神（外一题）| 汪强 ……063
是什么限制了想象力？| 陈鲁民 ……066
"和而不同"与异端（外一题）| 叶匡政 ……068
鸟儿问答（外一题）| 许家祥 ……071
我和米格 | 何申 ……074
恰到"坏处"（外一题）| 刘荒田 ……076
夜静思 | 刘兴雨 ……079
县令为什么不怕得罪知府 | 鄢烈山 ……083
剧评两则 | 庞旸 ……085
冬花四题 | 赵健雄 ……089
水仙 | 郑少逖 ……093
看问题的角度 | 王俊良 ……096
"精神胜利"溯源 | 赵威 ……098
看热闹，也想看点门道 | 陈克艰 ……100
美人与美文 | 于文岗 ……102

藏书与散书（外一题）｜聂鑫森 ……104
我可以心安理得地奢侈吗？｜叔丁 ……106
有关作家的闲聊小记｜周实 ……109
忽有所悟｜陈世旭 ……114
《色·戒》观后｜孟彦弘 ……116
杂感三题｜王晖 ……119
文言之美｜丁辉 ……123
《论语》札记二则｜王国华 ……125
夜读《西游记》｜斗小筲 ……128

## 随想记

贾宝玉不宜做官论｜宋志坚 ……131
人生是一场接力赛｜鄢烈山 ……134
新时代的娜拉出走之后｜郑淑婵 ……137
从霍金到霍尊｜朱大路 ……140
名校忧思录｜杨建业 ……146
贾府的赖家｜黄三畅 ……149
城外的风景｜徐强 ……151
王进是个好男儿｜赵宗彪 ……154
冬宫画墙上的虚位｜邓跃东 ……157
学问比权力更长久｜游宇明 ……160
什么是一流人才？｜李新宇 ……162
学刊的圈养与散养｜虞云国 ……164
著述的命运｜王俊良 ……166
要不要英雄要不要梦｜张林华 ……168
夏夜游思｜王培元 ……171
健忘｜施京吾 ……173
逞能的悲哀｜于文岗 ……175

谁是"全民公敌"｜曹语凡 ……177
虚幻的空间哪来精神？｜柳士同 ……179
"好不好"与"奖不奖"｜高昌 ……182
吴道子画画（外一题）｜刘齐 ……184
"百年之责"与"一时荣枯"｜林永芳 ……187
鹿门寺随想｜蒲继刚 ……189
"形色"之形色｜陆春祥 ……192
关于忘却的怀念｜赵犇 ……195

## 温故坊

反思越王勾践｜赵宗彪 ……197
言路与才路｜宋志坚 ……200
吹捧是把温柔的刀｜晏建怀 ……202
《翁文灏日记》值得细读｜王春南 ……204
曹雪芹的幸运（外一题）｜吴营洲 ……207
蹭祖之羞｜赵威 ……211
值得一读的家书｜陈扬桂 ……213
将军起于澡堂（外一题）｜姚宏 ……215
也说元朝"文字狱"｜吴营洲 ……219
两面说黄侃｜鲁建文 ……221
以编书的名义"毁书"（外一题）｜苏露锋 ……224
"康圣人"之伪｜刘江滨 ……227
鲁迅与朱安｜夏昕 ……229
文坛伯乐李清泉｜丁东 ……231
从顾准先生说起（三题）｜何龄修 ……235
赵树理的尴尬｜鲁建文 ……239
"诚"字诀与"痞子腔"｜李乔 ……242
辜鸿铭与李敖｜魏得胜 ……244

西瞥记二题 | 刘铮 ……246
郑振铎的私"志" | 游宇明 ……249
王道曾的"老牛槽" | 李新宇 ……251
遥想当年"文科班" | 丁辉 ……253
高长虹这个人 | 聂鑫森 ……256
胡适的婚姻 | 陈新 ……258
道德的"灾变" | 程念祺 ……260
富贵与附贵 | 孙贵颂 ……262
两个小人物 | 闻云飞 ……265

## 新视点

丧文化和集体焦虑 | 王晓渔 ……267
北欧心态，不是说有就有 | 李景阳 ……273
"感谢贫穷"是一剂文化麻药 | 理钊 ……277
从故纸堆中如何啄出珍珠 | 安立志 ……280
孩子心中的榜样问题 | 张桂辉 ……283
我们给了孩子什么？ | 马长军 ……285
从小学作文说起 | 高伟 ……288
学生作文为什么缺少生活气息？ | 马长军 ……290
流行音乐为什么不流行了 | 李皖 ……292
巴黎古监狱游思 | 孙丹年 ……295
清代为什么会有那么多垃圾奏折？ | 张宏杰 ……298
儒与道：一枚铜钱的两面 | 柳士同 ……302
叶嘉莹的"文人妾身论" | 理钊 ……305
从"中庸"说到"矫枉必须过正" | 李乔 ……307
这个"近三倍"代表落后 | 吴非 ……311
"新四大发明"和科学思想 | 杨建业 ……313
话说珠江文明 | 周东江 ……316

# 序

_向继东

昨天上午还穿着短袖短裤,吹着冷空调,下午一场不大不小的雨,气温骤降,今天就不得不换上厚点的秋装了。阴沉沉的天,看上去很宁静,但说不定突然间雷鸣电闪——南方就是这样,哪怕饭后出去走几步,大都要带着雨伞。天变是不可知的。就如这样一本小书,最后编成什么模样儿,我也没有十足的掌控力。也许,真的是做事在人,成事在天。

两年前,应邀去南开参加"鲁迅和他身后的中国"学术研讨会,在饭局上有幸相识《今晚副刊》的朋友们。那是一拨有感知有热血的青年朋友,相见恨晚!此后,我有意无意间关注《今晚副刊》了。今年这个选本,所收《今晚副刊》的文章比较多,就因为喜欢,比如收入书中的《敬畏每一粒尘埃》《给后代留下什么》《那只敬礼的猴子》等。当然,我也喜欢何龄修老人的绝笔《从顾准先生说起》(三题)那样的短章。

我曾很久做一个小报副刊,前几年退休了,但仍然关注着副刊界。恕我直说,近几年来,南边副刊已呈衰落之状,不复当年气象;东边一些老牌的副刊,我觉得越来越贵族化,往往整版就是一篇大文章,再辅以一两篇几百字的小文。我不是厌恶长文,而是惧怕那些像模像样的"大块头",其实文字里又没有多少东西。好文章是不怕长的。短文章却更难写,正如老出版家钟叔河先生所倡导的那样,文章要"学其短",免得别人说你"谋财害命"——尤其是生活在快节奏的当下,人们几乎成了不读纸质书、只看手机的"低头族"了。所以,多年来我喜欢短文,三言两语能说清楚的,绝不多加一个字。

按惯例,每当开始编年选时,我就群发邮件征稿。不记得今年是否在微信上发了"征稿函"，也许是不见某位作者回邮，我用微信催了稿。结果令我意外的是，这本小书几乎获得全球华人的支持，特别是欧美的华文作者，热情推荐自己的作品，令我感动莫名；但因为体例不合等原因，最后入选的也就三四位，其中一位就是早有盛名的刘荒田先生。刘先生近20年来一直都有在国内出书，小文章可谓一流，本书就收了他三篇。

  书编得如何，我是在乎的，间或也去京东和当当上溜达；不是去看有多少点赞，而是看有哪些读者，又说了些什么。有位读者留言说，是"老师推荐的一本书"，可以"提高作文水平"。能否"提高作文水平"？我是做过教师的，不敢妄断，但把那位"老师"视为同道了。有家长说是"给上高三的孩子买的。喜欢这种文章形式，很实用，让即将进入社会的孩子进行思考"——这倒是说了大实话。要想让自己的孩子早慧一点点，读这样的文字也许是有益的。

  此为序。

2018年11月18日于羊城一隅

# 浮世绘

## 你认识你吗

_邓刚

二十多年前我在台上讲小说创作，台下第一排坐着一位非常忠实的听众。当时他已经年过花甲，却非常认真，不但认真听，而且认真地记录。讲座结束后，他还第一个走上来，与我交流听讲的心得。他说他从小就爱好文学，每天都坚持看书学习，写了无数篇稿子，但都被编辑部退回。他说他决不气馁和退缩，要锲而不舍地努力，有志者，事竟成！

我被如此热情执着的文学爱好者感动得几乎要热泪盈眶，于是我紧紧地握着他的手，热情万分地鼓励他：你说得对，有志者，事竟成！

后来在各种讲座会场，几乎全都能看到他忠实的身影和认真的表情。由于有这样酷爱文学的听众，我的讲座也不敢草率，尽量讲得生动活泼。我想，如果台下全是这样的听众该多好啊。

然而一晃二十多年过去了，已经记不清我讲了多少场多少次，却渐渐惊讶并惶惶然了。因为这位文学爱好者已经满头白发，老态龙钟了，却还是坚持来听我的讲座。有时我在大学的教室里讲座，本来是不对外的，他也能打听到信息，按时赶来，并依然如故地老老实实坐在第一排。只要讲座结束，他总要想方设法地将我堵在讲台上，对我倾诉他怎样认真看书写作。坦率地说，当我看到一个人从小爱好写作，一直努力学习，八十多岁了，写了数百万字的稿子，却一篇也没有达到发表的水平，还继续拼下去，那真是悲哀。

于是我们就要说到文章的主题——你认识你吗？

你大概会放声大笑：我一生下来就和自己在一起，怎么会不认识自己呢？请你别笑，你很可能不认识自己，甚至可以说，绝大多数的人都不认识自己。就像我前面说的那位文学爱好者，他就不认识他自己。

我们经常说人的能力有限，其实更严格更细致地说，我们的能力是有"别"的，这个"别"就是各有各的特长。你可能有副亮堂婉转的好嗓子，是唱歌的天才；你可能有健壮灵活的身体，是运动健将；你可能有缜密深刻的思维，是个科学家；你可能伶牙俐齿，口若悬河，是个演说家……问题是，你知道你是嗓门好还是腿脚好？是口才好还是脑袋灵？总之，你知道你真正有哪方面的特长和能力吗？

也许你以为你爱好什么，就有什么特长，那就大错特错了。

我们不妨用动物来表示我们的能力吧。你可能是只兔子，有着跳跃的能力，可你却以为你是只鸟，总想飞，而且为苦练飞翔拼尽全力，结果你还是只能在地面上蹦；你可能是只猴子，应该在树枝上攀爬腾越，却非要跳进水里游泳；你是只猫，却自以为是老虎，感到谁都拿你当回事儿；你是匹马却认定是牛，总觉得自己脑袋上长着能顶撞一切的角……这种错位的追求和拼命，真是毁了多少有才能的人！

终于有一次，那位白发苍苍的文学爱好者诚恳地问我，他为什么这么努力奋斗，却没成功呢？我当时真想说，你不是这个材料，你没有文学细胞。但我愣了半天没敢说，我怕伤了他的自尊心。然而，我知道，我这样做其实也是一种伤害，这会使他余生的日子更加错位地活着。

为此，我回想起一位著名作家当年来大连讲座的故事。那时我们大连有一个作者，可以说绝对没有什么文学细胞，写出的东西谁都看不下去，但他自己却认定是大作，是珍珠是美玉，是我们大家不识货。当那位作家来大连讲座时，他冲上台，将作品交过去，希望这位在全国有名望的作家提宝贵的意见。实际上，他心下认为，只有这样的大作家才是伯乐，才能识别他是千里马。

那位作家带着稿子回到北京，很快就写了回信，然而回信之坦率和直爽令我们大吃一惊，开门见山就写：××作者好！我读过很多臭稿子，但像你写得这么臭的稿子，还是第一次读……

然而，那位作家的直爽却有着相当好的效果。这个作者从此再也不苦苦写作，并改行去经商，竟然挣了不少钱，活得富裕而滋润。

我一个亲友的孩子，手非常巧，能描鸾能雕花。可父母却认定孩子是个当博士的材料，硬逼着他只能一个劲儿地刻苦读书。看到孩子不愿读书，只要拿起书本就苦着脸，于是我学着那位大作家，大胆了一把，说这个孩子不是读书的材料，最好到工艺部门去工作，才会发挥他的才能。我的亲友大怒，说我小瞧他的公子，结果继续硬逼着孩子死读书，最终把孩子逼得精神都有点不正常了。

说到这里，我们更应该警惕，因为我们不但不认识自己，而且还不认识我们的孩子，那就更惨。所以，每当我看到一些家长带着身体天赋平平的孩子去练足球，带着嗓音条件不佳的孩子去学唱歌，带着不甚聪颖的孩子去学财会，说是将来容易找工作，能挣大钱，这时我本想笑，却差一点哭了。

但愿你认识你，更认识你的孩子！

（原载《今晚报》2018年7月20日）

# 文件柜内有小说

_伊文

日前见一报道，湖南某市纪委（组）突击检查教育系统办公用房后，写了一份问题通报，内容包括"发现文件柜内有小说等与工作无关的书籍"。该通报经微信群流出，立刻遭到网友质疑。由此，让我联想到小说和小说家的一些事。

唐宋以降，特别是明清两朝，白话小说兴起，及至民国，小说虽备受世人喜爱，但小说家却多是仕途路上的失意者或背离者。乃至当代，也曾有过这样一种情形：如果你是行政领导（无论大小），利用业余时间写小说，写不成则已，一旦写成出名，就很难再被提升。也就是说，干部写小说，会影响仕途。结果往往或是自己辞去职务，或是改任文学界的虚职。倘若是写散文、诗歌，受影响尚小，然本人也须节制，搞得名气太大，也不行。

作家梁斌，为写《红旗谱》，曾"三辞官"：第一次是辞去武汉日报社长之职；第二次是辞去中央文学研究所机关党支部书记之职；第三次是辞去天津市副市长之位。作家柳青，是辞去长安县委副书记，定居皇甫村，专门从事长篇小说《创业史》等文学作品的创作。他们二人都是参加革命很早的老资格，如果不写小说，按理说应该会有更高的职务。

对此，首先应该赞佩二人，为了写小说，宁愿不要官职，这一点不是一般人能做到的；同时，这里还有一个重要原因，就是写小说特别是长篇小说，需要较长的时间和大量的精力，一旦投入，就无法顾及其他。像他们这样有责任感的作家，这时就会主动辞去行政职务；当然，可能还有另一个方面，来自上级——本来工作繁忙，他怎么会有空写小说呢？如果说工作干得不错，那么，倘若把写小说的时间用来干工作，岂不是干得更好？或者——既然他情趣转移，那就对不起，我们只得另用他人了。想一想，也是合乎情理的。

所以，在先前很多年里，在基层，一个干部如果写小说，当他是干事、科级时，还能公开，尽管可能得到的是讥讽：你也想当作家？而一旦到了处级以上，又是某个部门主要负责人，就很难被同僚和上级接受。所以，有些基层领导在仕途路上屡屡出书为自己壮行色，但几乎没有一本是小说乃至文学类的。某县委书记，原先小说写得不错，却出了本谈哲学的书，我问他怎么不出本小说集，他说：我傻呀！我还想提拔呢，等退休了再出吧。

由此，甚至影响到小说本身，我们都有记忆，哪怕是一部公认的好小说，如果出现在小学生的书包里，被老师发现，也是不允许的——但那毕竟是对小学生，而像在检查国家干部办公用房时把橱里有小说归纳为问题，这还真是少见。

不知道他们听没听过这样一段故事："1924年，日夜辛劳的列宁病情加重，住进哥尔克村的一所医院，除了口授一些重要文件之外，列宁用大量的时间来阅读国内外的名人作品，比如，荷尔德林、高尔基等。但他最喜欢读的还是一部短篇小说——《热爱生命》。在身体难以支持的夜里，列宁就叫夫人克鲁普斯卡娅读给他听。一天夜晚，列宁突然对夫人说：'请读杰克·伦敦的《热爱生命》给我听吧。'于是，克鲁普斯卡娅就像往常一样，轻声地读起了这个故事……列宁安静地听着，慢慢闭上了眼睛，伴随着他最喜爱的故事永远停止了呼吸。"

设想，如果此次被打开的柜子里的小说是《热爱生命》，检查者还会列入通报吗？我想还是会的。写通报的人，大概不会知道上面这个故事，也不会读过《热爱生命》，所以才把小说与香烟、瓜子、盆景并列起来——不能不说这很让人悲哀。好在当地市委及时纠偏，并产生警示作用，才让人们心安。

至于原本布衣的小说家因写小说出名而擢升的倒是很多，但基本上都为官于文学界内，跨界的很少了。有一位很有名的作家，跨界后升至副部级，但随后也就难觅他的新作了。说老实话，作家也是人，副部级的待遇对作家来讲还是很有诱惑力的。当年曹雪芹若有了显赫的官职和优厚的生活，《红楼梦》怕也写不出来了。

如此说来，写小说影响仕途；但仕途乖舛，倒也有促进创作的反作用力。只是，时代发展，思想解放，再怎么严格，也不该将小说打入另册。否则，此事一出，相继效仿，不知得有多少机关干部要清理办公室，最后只留一个个空荡荡的房间，两眼对白墙，等着突击检查……

(原载《今晚报》2018年6月14日)

# 我的愿望有谁知道

_吴非

在某地参加活动，主办单位派司机开车接送。司机职业素养很好，见我行动不方便，每次都细心地关照我动作慢一些，不要急。送我去机场的路上，我们谈起这个城市的交通，顺便也说气候，也说市场供应，自然也谈到房价。我想，要在这个城市买房子，像司机这样的职业收入，会不会有些困难，毕竟该地收入差异很大，一个普通劳工，能适应这里的高物价吗？我认为这也是了解一个地区生活状态的参考依据。

我犹豫了一下，问："可不可以问一下你的月收入？"青年司机愣了一下，爽快地说："可以呀！我每个月实际到手的钱是 3800 元，加班费三四百元，年终全勤将近 4000 元，加上节假日补贴，七七八八，平均每个月大约 4500 元。"我说，那就是说，一年收入能买两平方米的房子了。司机笑着说，我不买房子，我一辈子不吃不喝也买不起；我只能租房子。沉默了一会儿，司机忽然说："老师，三年了，我到这个单位开车三年了，这是第一次有人问起我的收入。他们全单位，从来没有一个人问过我晚上住哪里。"

这就令我困惑。这个司机每天为单位各部门开车，还经常要加班，三年多，他的车几乎拉过单位的所有人，为什么没有人想到关心一下他的收入情况？人和人怎么就这样漠然相处？这里不是欧美，是个处处有"组织"的国家，这是个以"人情社会"自诩的国度啊。

不随便打听他人的经济情况，是应有的礼貌；如果出于研究社会状态，特别是对所谓弱势群体的关心，我不认为有什么不妥。特别是在社会存在分配不公，人群情绪"撕裂"的状态下，多了解"阶层"问题，寻求沟通的渠道，有可能缓解社会矛盾，可能正是读书人应有的责任和态度。

司机说，其实他知道这个单位职工平均收入是他的五倍以上，但作为聘用制的合同工，他安于本分，这就是他的"命"，从没想过换个单位。司机也说到，八小时工作制没有保障，实际工作时间远远不止；而且有些工作是额外的，但他还是尽可能为大家提供方便，毕竟开车是服务工作，如果适当得点补贴就心满意足，比如，让他在机关食堂用餐，中餐只要8元钱，比外面20元还要好，想到这一点他常常感到知足。总之，他从没有非分之想。

这位司机希望该单位的人了解他的收入情况，可能的愿望是什么？我发现他并不是想让单位增加他的收入，有财务制度管着呢，没有这种可能性。他可能只是想让人们有个比较，他是怎样对待工作的，他是如何加班的，他实际拿了多少钱，他的劳动付出和收入是不是很合理……

我的思绪在延伸。一些同类的情况我们也许忽略了。比如，一些官员不知道"群众"每个月生活费是如何开支的，因为他们几乎不会花钱；机关食堂吃惯了，以为一个菜就该三元钱，到社会饭店就批评老板心太黑。大学教授不知道自己的学生每个月生活费是多少，但教授很在意自己的名衔和收入，研究生为什么会称导师为"老板"，教授为什么把校长称作"老板"？都是可以一说的话题。

生存于社会，实质上每个人在为不同的人"服务"，有的是职业性质决定的，如本身就是服务业，有的则是"阶层文化"使然，如上下级关系。司机为局长开车，谨慎周到，安全第一，不出事故，这是他的本分；而局长把工作看成是为市长办事而小心翼翼，不是本分的事也不能不做。局长不关心司机的生活困难，但却不敢不关心市长的，这就不是本分，而是故事了。

"孔子过泰山侧，有妇人哭于墓者而哀，夫子式而听之，使子路问之"，我小时候背诵，不知有什么用。我学生时代被教会一个词，"访贫问苦"，记忆犹新，不敢忘之。鲁迅说："无穷的远方，无数的人们，都和我有关。"

真的有关。

（原载《扬子晚报》2018年3月6日）

# 那只敬礼的猴子

_赵序茅

2018年1月28日早晨，难得晴天，不再下雪。我们几个动物研究者分两路去调查附近的动物：一路到太阳湾，一路到东林寺。我和小何到太阳湾。太阳湾已经被开发成旅游区。一路上都是柏油马路。路的两旁是一片绿绿的柳杉林，胸径约10~15厘米，非常匀称，一看就是种的人工林。树种单一，缺少灌木，游客又多，很难见到动物。眼前一群群的游客在路上打闹嬉戏。这里的保护区别具特色，兼旅游和保护两用，路边的林子发展旅游，里面的林子保护动物。

我们沿着盘山公路前行，越往前走，游客越少，动物遇见率也越高。待到出现灌木的地方，一只橙翅噪鹛杵在光秃秃的树枝上。这是一种常见的鸟儿，其貌不扬，其声也不扬，平日里我极其厌恶其鸣叫声。然而今天，我却对其情有独钟，因为它的叫声可以盖住后面游客的吵闹。积雪的地面上尽是游客丢弃的垃圾，被踩的雪发出咯咯的响声，像受到莫大屈辱而发出的抗议声。

道路一旁的斜坡上一只长尾地鸫在觅食。茫茫大雪覆盖了食物，它在一棵长满苔藓的树上啄来啄去，不知道是否有收获。这只长尾地鸫并不很怕人，我们可以悄悄地接近它十米之内。它开始看着我，鸟儿的视觉敏锐，可也有问题：它双目之间存在无法重合的盲区。因此，它要是正眼看我，那是忽视。它要是转过来斜眼看我，那是重视。果然，我往前挪动了一下，它开始斜眼看我，我又动了一下，它立即飞走，停在前方不远的地方。如今，天寒地冻，食物短缺，我不能继续打扰，只好绕路而过，让它赶紧自在觅食。

临近中午，雪又开始下了，如同棉絮，恰似鹅毛，大地瞬间被染成白色，此前的人类脚印立即消失得无影无踪。而那些不曾被人类践踏过的路段，积雪得以完整保存，足有7~8厘米厚。前面一处棚子，是当年开采石棉矿留下的。

我们躲进棚子，升起一堆火，将带来的干粮烤熟，算不上美味，但足以果腹。大雪天，热腾腾的烤面包就着向导自家带来的白酒，别有风味。

从棚子出来，我们继续前行一段。据说河坝里有一群猴子，我们要去看看。我们远远看到一座小屋，砖瓦结构，墙面上有"X"形的裂纹，这是地震所为。汶川地震的时候，这里也是重灾区。地震波以横波和竖波两种形式传播，竖波先至，横波后达，二者合力形成"X"形裂纹，如梵音索命，也像纳粹之图腾。我们小心翼翼地从危房边上经过，看了下河坝，白茫茫一片，不见猴群，也没有足迹。

我们只好下山，下到海拔1700米处，恰是游客最密集的地方。人们在围观路边的猴子。我大概数了下，有50多只藏酋猴，10余只雄猴，接近30只雌猴，还有10余只幼猴。一部分雌猴带着幼猴在树上休息，它们五六只抱在一起，抵御严寒。与树上的猴子形成鲜明的对比，路边的猴子要活跃多了，它们不时跑到路中间，向游客索要吃的。索要不成直接变成抢劫。有只猴竟然抢了一瓶脉动，躲到树上去了。

在众多打家劫舍的猴中，一只年长的雄猴在路边格外安静，它不曾喧闹，既不去乞讨，也不去劫掠，规规矩矩地待在自己的位置上。时不时有游客给它带来吃的。这只猴有名字，叫三儿。只见旁边一名中年男子，说了句"三儿敬礼"。话音刚落，三儿就抬起右手敬礼。引得游客一片叫好。游客给三儿食物，作为其敬礼的回报。在一声声敬礼中，三儿重复着单调的动作。路人的叫好声不绝于耳。一拨儿走了，又有一拨儿。

我却压制不住内心的五味杂陈。作为一只猴，它本不需如此，完全可以凭借自己的智慧和双手在森林中寻找食物，繁衍生息。如今它们被人类习惯化了，成为人类招财纳宝的工具，慢慢失去了野外的习性。当三儿举起右手的那一刻，作为一只猴，它向人类的文明迈出一大步，可是它却永远失去了野性，再也无法做回一只猴。

（原载《今晚报》2018年5月18日）

# 跟坏小子结盟

_刘齐

早晨,我破例上街吃早点。

我们这一带,住了十几万人。可能是为了促进黎明时的勤奋,锻炼人们在家做早点的能力,中午之前,街区各饭店大多不开门。只有一个小饭铺,卖地沟油制作的不洁早点,服务生的指甲有黑边。

昨晚散步,发现一家正规饭店,也开始经营早点,高兴,认为是新生事物,或者好传统的光复,今天一早,特地前来支持。

前来支持的人很多,不得不排队。现在除了银行和交易所,哪里还排队?由此可见,广大市民对公共早点的渴望,不亚于股票。政府提倡和谐,至少这个不和谐。舆论呼吁过,不好使。政府应该跟饭店说,不要只想着午餐晚餐赚钱,早餐也得有,谁开早餐,给谁优惠,不开的,加税。

我发现自己考虑问题,有点像干部,得意,边想边随队列移动。排头只有三名顾客了,油条和豆腐脑品相诱人,气息正宗。

侧翼,某人靠拢过来,有加塞儿倾向。我警惕,跟紧队伍。

那人跨前一步,向窗口递钱。

无人制止,即使正在被他直接妨害的排头顾客,也心平气和,假装看不见。这很奇怪,因为该人虽年轻,长相却不恶,个头也不高,"敌"我力量对比,有利于守秩序的一方。

"排队!"我忍不住高喊,"后边去!"昨晚我睡得好,醒来振奋,对现实充满希望和责任感。

我不是豪杰,不会武,但我个子高,穿长袖衫,外人看不出胳膊粗细,刺青与否。而且,没洗脸,头发蓬乱,用语蛮横,不说"先生","请",不像知识分子,像社会大汉,这就给加塞儿那小子,施加了某种威力。

那小子缩手，停止递钱，却不去排尾，而是站着不动，跟我，处于所谓相持阶段。他一定看到，我是戴眼镜的人，并非一条地道的壮汉。这是一个遗憾。

若是排得快，放他一马也无妨，偏偏很慢，顾客顾家，一人往往买七八根油条，现炸，费时间。

排头还有两人，坏小子仍站在窗口，窥测时机。说他是坏小子，不冤。他在别的时间、空间也许是好人，但现在这几分钟，太差，不及格。

"排队去！这么多人，哪能不排队？"我继续催，扭头，对着大家，"是不是啊？"

我的本意，是想发动群众，求得声援。这个并不复杂，语法上叫：一般疑问句，只须回答"是"或"不是"，就管用。与此相比，特殊疑问句难一些。如果我说，加塞儿是个什么行为呀？咱们大家，应该怎样对待呀？就是特殊疑问，群众一定困惑：这孙子谁呀？这么说话？回答也就千奇百怪，不了了之。

我微笑，等待大家说"是"。无须多，有两三个"是"，就有两三颗友军的子弹，叭！叭叭！足矣。不料，大家惜字如金，等了半天，硬是无人答话，连哼一声都不肯。群众，不是你想发动，就发动得了的。

坏小子受了鼓舞，上身前倾，蠢蠢欲动。

"哎我说，排队啊，早晚能排到。"我听见自己孤零零的声音，语气已趋和缓，不像是仗义执言，倒像是苦苦相劝。我心不甘，再次问大家，"是不是啊？"

仍然无人回答，只有油条在油锅里呲呲响。

人们目光冷漠，或者游移，躲闪，不悦，似乎嫌我多事，竟然将如此讨厌的选择，强加在大家头上。本来，早晨挺美好的，豆腐脑挺嫩的，你偏要让我们公开个人看法，凭什么？

我不再看群众，哪里有群众？我只看坏小子，确切说，看坏小子的腰。

腰平常，没带刀。带刀也不怕，我比坏小子高，我能用板凳抵挡，我有劲，一拽，就把坏小子……拽过来。

"干什么？"坏小子有点紧张。外强中干。麻秆儿打狼，两头害怕。

"你不是想加塞儿吗？"我说，"加吧，就加我后头，我买完了，你买。"

坏小子松口气，想笑，没笑好，更像坏小子。

众人还是无言，静静面对，我和坏小子结盟。

（原载《沈阳铁道报》2018年7月6日）

# "砸场"记

_丁辉

老友李军的传媒公司搞中小学生作文比赛，颁奖的时候想请我到场讲几句。我不惯抛头露面，加之一肚皮"不合时宜"，"一句话能毒死一个连"，所以即使为老友的生意计，也该敬谢不敏。怎奈李兄意颇坚决，最后我提出"要讲就只能按我的意思讲"，李兄颇爽快，一口答应。

地点设在一家书店的二楼。我到的时候，已经颁奖完毕，一屋子人静等聆听我的"高见"。李兄兼做主持，介绍我是研究生、副教授，又说我是"作家"。我虽说发表过几百篇杂文随笔，出过一本散文随笔集，却至今不知道作协、文联的门朝哪开，算甚作家！若在私底下，我一准回敬"我不是作家，你才是作家，你们全家都是作家"。

噼噼啪啪一阵掌声后，我的讲话开始。我回忆起小时候做得最多的作文题是"我爱我的家乡"，我说这样的作文题现在看来很成问题，因为它把那些不爱自己家乡的人的表达真实感情的权利剥夺了。如果允许讲实话，在我们那旮旯，乡人所以还算重视孩子的教育，还不是希望有一天能离开这个"鬼地方"……我正得意忘形地侃侃而谈，主持人李兄克制而礼貌地打断我——他的脸色这时已只好用"铁青"来形容。我这才想起曾被交代过，他们此次作文比赛的主题是"我爱我家"，而"爱家乡"无疑是"我爱我家"的题中之义。我这不等于一上来就把人家的征文主题给否定了？好在有李兄打圆场，"丁教授所讲跟我们这次征文主题并不矛盾，爱家乡有各种方式，批评家乡也是爱家乡的一种表现"云云。我顿时对我这个老友记佩服得五体投地，这小子的应变能力什么时候变得那么强了！

更大的麻烦出在提问环节。有在场的学生家长问：您对学生读课外书怎么看？我几乎是不假思索地回答："读什么书！多做数学题！"作为此次活动的合作方，漂亮的书店女老板这时表情已然不好看，不断地拿眼瞅我的老友记。但是老天作证，我跟我女儿也是这么讲的！我喜用极端化的表达。很平正的"阅读不可耽误功课"到了我的口中就成了"读什么书！多做数学题"。极端化表达的缺点是看起来扎眼，听起来刺耳；优点是可以暴露一些不为人注意的问题——考虑到坚如磐石，我们小老百姓根本无法撼动的教育体制及越来越激烈的学业竞争环境，读书固好，却在多大程度上会成为很多家庭的不能承受之重？也许是受我这个父亲影响的缘故吧，女儿自小酷爱阅读，有好多年这竟成了我们夫妻的一块心病。我夫人的话可能太直接了些：你将来做教师、做律师、做医生，喜欢读书谁也不会说什么；你将来在菜场卖菜，难道手里也捧着一本书！我们夫妻难得在这一点上意见一致，现在不让她或少让她看书，正是为了她长大成年后能拥有一个可以自由享受阅读的体面生活，而这就需要她将来从事的工作能给她自由与时间。我们现在要女儿克制阅读的欲望，把精力集中于课业，就是因为"希望她将来能拥有选择的权利，选择有意义、有时间的工作，而不是被迫谋生"。

又有小学生问：写好作文就要经常积累好词好句吗？这个问题勾起了我非常不愉快的回忆。女儿上小学四年级的时候，有一回老师布置的作文题是《第一次给妈妈洗脚》。从来没有给她妈妈洗过脚的女儿，为了完成这篇作文，第一次给她妈妈洗脚，然后如实记下了"给妈妈洗脚"的全过程，包括她妈妈催她快点，说"我还要去洗碗、拖地呢"。女儿的作文在我这里通过了，在老师那儿却被判为"不合格"，撕掉重写。我问女儿，别人都怎么写的，女儿给我举了个例子，给妈妈洗完脚后，很多学生会写"妈妈脸上的笑容比彩虹还美"。天啊，写下这句话的孩子见过彩虹吗？不要说小孩子了，我今年活了快五十了，我们小时候的空气质量也非现在可比。然在我的印象中，也没见过几次彩虹。显然，这样的句子来自所谓"好词好句"。我知道，现在很多语文老师还有作文培训机构都把平时积累好词好句作为写好作文的秘密武器；好像学生写不好作文，就是因为头脑中好词好句太少，这就把病源给诊断错了。在我看来，写好作文不需要什么"好词好句"啊。小孩子妙语天然，随口而出就是妙文，要真正给他们自由。阿城《孩子王》中穷孩子王福的作文《我的父亲》："我的父亲是世界中力气最大的人。他在队里扛麻袋，别人都比不过他。我的父亲又是世界中吃饭最多的人。家里的饭，都是母亲先让他吃饱。这很对，因为父亲要做工，每月拿钱来养活一家人。但是父亲说：'我没有王福力气大，因为王福在识字。'父亲是一个不能讲话的人，但我懂他的意思。队上有人欺负他，我明白。所以我要好好学文化，替他说话。"这样的让人动容的作文需要什么好词好句呢！我本还想继续说下去，突然想到此次比赛的承办方就是某作文培训机构，获奖学生也多是这个机构的学员，而他们的老总此时就坐在门边，至于脸上的表情怎样，老实说我根本没敢看。

　　果然是"露多大脸"，就"现多大眼"啊！事情过去不到三天，就有一段题为《丁辉副教授砸场记》的"仿评书体"在微信朋友圈流传。我这样的人，就该从各种"场面"上永久性撤退，躲进书斋成一统，于自他两利。这篇小文是自诫，也是自勉。

（原载《清风》2018年第3期）

# 人情簿子

_ 汪强

人情簿子，就是记人情往来的簿子。

有专项的人情簿子，即为某一件事所设的人情簿子。如某人去世，家人为他念夜经，通常有众多的亲戚、同事、同学、朋友、邻居送人情——钱固然要送的，除了钱，还有纸呀烛呀，将送的钱物一一记录下来，就是一本人情簿子。这簿子通常不是主人所记，而是所请的账房先生代劳。

有专人所用的人情簿子。这簿子是流水账，只要有人情往来就记上一笔，如某年某月某日，因何事给何人送多少钱，另有何物；某年某月某日，何人因何事送来多少钱，另有何物。

现在科技发展了，有人不再将人情往来记在本子上，而是记在电脑里手机里。不多说了。

起初，我不懂世事，以为这簿子没什么用途，后来才懂得它不仅有用场，而且有大用场，对不同的人有不同的用场。

对于簿子的主人来说，它的作用主要在于为自己送人情提供依据。某家有丧事，送还是不送？送多还是送少？不问张三，不问李四，只要翻开人情看看就行了。往常我家有事，他总送的，我怎能不送？我家有事，他家从来不送，我为什么要送？至于送多送少，也看他以往给我送得多少。他仁我就义，他不仁我就不义。这样做也没错。人与人交往跟国与国交往一样，都得讲对等原则。

当没事可做时，有人还会翻开人情簿子看看，对往来者点评几句。你看，某人条件虽然不好，还比某人送得多，对我不错。某人太可笑了。大前年他家念夜经，我送了他200，去年，我家念夜经，他也给送了200，1元钱都没加。有这样做人的吗？不用说物价上涨了，就是物价没涨，也要多少加点，这是规矩呀。说得明白点儿，这送人情虽说是送，实际上不是送，迟早是要还人家的，要还本钱这不用说，另外多少得加点利息。

有人还会拿出人情簿子向他人炫耀。可炫耀者有三：向自己送人情的人多，这说明自己有人缘；人情往来的数额大。这说明人家对我的情义重，人家对我的情义重是因为我与人相处重情义；最值得炫耀的是送的人身份高。镇长的名字能出现在这簿子上，说明我也是有头有脸的人哪。县长的大名也写在这簿子上，说明县长没有将我当普通老百姓。别以为这容易，有的人跑断了腿说干了嘴，也拉不到一个有身份的人上他家的簿子，只好由账房先生随意在簿子上写一个大人物，如毛泽东、蒋介石。你说可笑不可笑？

送人情的人散了，和尚们也各自回了家，忙碌了一天的兄弟俩坐了下来，准备将办事的账算一算：共计收了多少人情？其中兄弟两个共同的亲友送了多少？各自的亲友送了多少？招待这些亲友花费了多少？兄弟各自应该承担多少？将这个算清了，就得依据人情簿子。

在送人情者中，有人早早地就来了，可快到中午，钱还是没有出手。他在反复琢磨到底送多少为好。送多了，那自己吃了亏，还要挨人骂，说自己穷大方；送少了，面子上过不去，也要挨人骂，骂自己太小气。于是他就瞅个空，从账房先生面前抓来人情簿子，看看人家怎么送的，再决定自己送多少。他很得意，因为翻了簿子送得恰到好处。

人情往来，说的是应该有来有往，来而不往非礼也。可是，事事都有例外。某镇镇长的公子考取了名牌大学，给他送人情的络绎不绝。按不成文的规矩，在送礼者中，凡有子女考取大学的，他也该给人家送，可从他家的簿上可以看到，有人没给镇长送，镇长给他送了。有人给镇长送了，镇长却没有给他送。还有一种情况就是有人给镇长送了，镇长也给他送了。这三种人各自是什么身份，无须我多说，你懂的。

从人情簿子上还可以看出世态炎凉。通常情况下，一个人父亲去世多少人送人情，母亲去世时也就有多少人送人情。可从人情簿子上也不难看出，李某父亲去世时送人情的是869人，而其母去世时送人情的人数猛跌，不足前者的十分之一。究其原因，父亲去世时，李某任镇党委书记，而母亲去世时，李某已退居二线。到了二线，近了黄昏，怎能再有当日的辉煌？

(原载《杂文月刊》2018年6月上)

# 两元一斤的《国富论》

_孙少山

我算不上是一个真正的读书人，经常到地摊上去买书。我曾经在书摊上买过五块钱一套的《红楼梦》，太对不起曹雪芹老先生了。去年我看到一个书摊是论斤卖，两块钱一斤，不论什么书，统统两块钱一斤。后来我才明白，生意人真是太聪明了，对他们来说这其实比打折更合算得多。原来，一本书如果打两折还不如卖两块钱一斤更赚钱。什么书都有，天文地理、四大名著、唐诗宋词元曲、世界名著、世界名画……统统两块钱一斤。过去地摊上的书印刷得很粗糙，更让你不能忍受的是错别字满纸，现在不啦，都很精美。但如四大名著这类的我早就有了，看到这么精美的书两块钱一斤也只能"忍痛割爱"。我根本就不懂书法，这次也买了几本书帖，王羲之、米芾，还有一本三希堂的，我想，这是皇帝的珍藏书帖啊，两块钱一斤！我还买了一本《国富论》，据说这是和《资本论》一样影响了近代人类社会的一本书，而且马克思在写《资本论》的时候在很多方面也是受了它的启发。完全是好奇，我也把它装袋子里了——不就两块钱一斤吗？

这本书很好读，完全不像康德的《纯粹理性批判》那样，光那些概念就能读得你头昏脑涨。越读我越觉得好笑，正是亚当·斯密的劳动分工，产品成本降低，技术创新等理论，解释、导致了《国富论》这两块钱一斤的价格。我相信，所有的作者，看到这地摊上他的著作只卖两块钱一斤，死的都能气得活过来，活的气得死过去。两块钱一斤，一斤青菜的价格啊！只有亚当·斯密，他能心平气和地接受他呕心沥血创作的《国富论》只卖两块钱一斤。他的论价格里面也能很好地、很清楚地论证为什么这本经典《国富论》只能卖两块钱一斤。

斯密做事常常心不在焉，有一次竟然在本该签自己名字的地方，签上了别人的名字。但有人说，他发现"看不见的手"甚至和牛顿发现"万有引力"一样伟大。他认为市场经济背后有一只看不见的手在操纵，既然是看不见，你就无法去设计、计划。凯恩斯说，三百年内，人类无法像爱因斯坦推翻牛顿力学那样推翻《国富论》。但是马云说，大数据的发展也许可以使我们能够掌握市场的那只"看不见的手"，那时候计划经济就可以发挥作用了。《国富论》与我们以往的观念相比是有些"异端邪说"，比如我们认为人之初性本善，毫不利己专门利人，他却认为人本性是自私、利己。他认为一个卖东西的人会倾向于价格越贵越好，而买东西的人会倾向于价格越低越好。还有，我们通常会认为只有人口少才能富裕，他却认为一个 800 万人口的城市肯定会比一个 80 万人口的城市富裕，因为只有人口数量达到一定规模才能使生产分工细化，成倍地提高生产效率，从而产生更多的财富。当然，前提是同等外部条件下。

不管如何，我以一个苹果的价格，看到了这样一本与我们以往观念不同的书是值得的。《国富论》里几乎预测到所有的国家经济政治民生问题，却没有预测到这样的一个价值比较的问题——一本经典和一斤青菜。

（原载《今晚报》2018 年 6 月 16 日）

# "不和陌生人说话"升级版

_周云龙

国庆长假,年轻父母开启带娃模式,状况百出。一位同行吐槽,刚过火车站安检,就弄丢了儿子的车票。上车后,手机放座位上,又掉进夹缝里。向旁边一个小姑娘求助,遭遇冷脸质疑。还好,另外一对小情侣,主动借手机给我打电话,才把我的手机从看不见的地方"解救"出来。此时又发现,看错了座位号……这假期一开场,要不要这么兵荒马乱啊?此外,想问问,就我这么个带着娃的单身女子,看着有那么面目可憎么?为什么有人死活不借我手机?为什么?

看她百思不解,我在微信下面留言:谁能证明你不是骗子?陌生人问你借手机时,你会怎么做?你是啥心态?有朋友再追问一句:带孩子就不能是坏人啦?坏人带着小孩装可怜的,多的是。

现在是移动互联网时代,几乎所有人都被"捆绑"在手机上,社交、娱乐以及消费,人们都在掌上进行,手机骗局也因此变换花样不断上演。过去是"不和陌生人说话",新的社交守则是"手机不能借给陌生人"。当然,这一守则的产生背景是我们已大踏步迈进"无现金社会",一机在手,应有尽有,买票买单买日用百货打车,都可以微信扫一扫,或是登录支付宝。——手机就是当下最方便安全的钱包,能随便借打、借用吗?

不过,"手机钱包"也不是放之四海而皆便捷。虽然城市街头卖大饼油条的摊贩现在都可以移动支付了,但是,并不影响一些机关、大型企事业单位依然采取不方便的现金支付手段,更难以改变一些经济后发地区的传统支付手段。前段时间,儿子和大学同学从上海去西安旅游,下了高铁,因为身上没有现金,只有两枚一元硬币,他们被困在火车站周边3个多小时。

这是孤独无助的3个小时。两人分别向四五位市民或游客求助,而且特意选择年龄相近的年轻人,希望用微信或支付宝转账,兑换现金,以购买地铁车票，均遭到拒绝。其实，他们首先想到向地铁工作人员求助，而地铁方并没有转账取现业务，也未开通移动端购票，他们只建议到其他地方想想办法，可是踏遍地铁无觅处，他们最后只好拖着行李箱，一路步行，寻找前往市区的方向，试图发现一家银行，尽快提取现金。——难道我们长得像骗子？儿子说，那一路他们第一次理解了街头乞讨者。

陌生人社会，本身可能就缺乏足够的人际互信，因为信息不对称，信任不对等，而因为媒体的喧嚣、舆论的发酵，往往又加剧了人的不信任感、不安全感。某种意义上说，正在进入的"无现金社会"，让陌生人社会里的所有人都面临更多的考验、测试，题目可能是"手机能不能借"，而问题指向是"信任"。儿子是读计算机专业的，西安之行的意外插曲，是一门社会学的补课，比他们在手机上看到的都要真实生动。计算机科学研究的是程序设计，关注的热点是人工智能，那么，会不会有一种智能的程序，让陌生人之间的信任自动连接，持续产生？没那么简单。熟人社会的信任，可以调用既往的信用背景，陌生人社会呢？人与人的信任从哪里产生？可能需要一个第三方平台和机构，可能更需要以用户思维为基础的底层制度设计，激活、畅通信任的渠道。

同事一次开车办事，半路上汽车油箱报警了，车子开进加油站，她才发觉钱包落在家里。那个加油站只认现金和加油卡。她没辙了，此时一边的美女主动提出加个微信，我给你现钱，你发我红包，几个按键OK了。同事当天在朋友圈卖萌：人品大爆发，今儿个高兴。

人的行为动机，很大程度上取决于环境的暗示、影响。有媒体同行深入调查发现，你第一次对别人伸出援手之后的"初体验"，特别重要：如果遇到心怀感恩的人，让你有满足感、成就感，你可能继续做下去；如果你（甚至是你身边的人）碰到"农夫与蛇"的遭遇，下一次很可能会置疑、冷漠相对。而当你的置疑、冷漠，刺痛乃至伤害一个真正需要帮助的人，冷漠又可能复制、传染、扩散下去。

人的应急行为很多时候可能都是一念之间，是随机的选择，而结果往往大相径庭，只有那些以人为本的规章制度，才能持续有效地调节、矫正人的行为。"人品大爆发"，可遇不可求，我们可求的，乃至苛求的应当是社会制度的设计"化不信任为信任"，从不信任的人性原点出发，从人际不信任的种种现象出发，对病寻根，对症下药，让信任深植于心，外化于行。——当人有足够的安全感时，他一定不吝啬付出信任；当人是信任的受益者时，他才不会轻易放弃释放信任的善意。

（原载《中国青年报》2017年10月21日）

# 《红楼梦》里的"请示学"

_彭伟栋

如果将《红楼梦》里的贾府当作一个单位,贾母自然是"一把手"。贾母的长子贾赦虽然一把年纪,但非常好色,打起了贾母的贴身秘书鸳鸯的主意,便叫妻室邢夫人去向贾母"请示",要将鸳鸯弄过来做小妾。邢夫人对贾赦唯命是从,但又怕贾母迁怒,只能找贾府的管家凤姐商量。

凤姐是知道领导的脾气的,不敢贸然"请示",经过周密考虑后,提出了第一个"请示"方式:"我先过去哄着老太太发笑,等太太过去了,我搭讪着走开,把屋子里的人我也带开,太太好和老太太说的。给了更好,不给也没妨碍,众人也不知道。"

可见凤姐是费了心思的:一是知道鸳鸯跟随贾母多年,作为领导的贴身秘书,她们感情非常深,贾母肯定舍不得。再说,给贾赦这个老头做小妾显然委屈,贾母怎么会将鸳鸯往火坑里推?如果邢夫人不管三七二十一去"请示"一定会使贾母反应激烈。到时她雷霆大怒,大家都不好看。要"请示"解决这个事必须等待时机,看准贾母心情愉悦时才说,这样才可能得到"同意"的答复。二是凤姐明白贾母自己的长子要纳自己的贴身秘书做小妾,是令贾母颜面尽失的大事,这种事只能派代表去"请示",不能公开,要顾及领导的颜面才是上策。

"邢夫人见他这般说,便又喜欢起来",显然她是认可凤姐这个"请示"方式具有可行性。但是,她又举棋不定,想出了另一个"请示"方式与其商量:"我的主意先不和老太太要。老太太要说不给,这事便死了。我心里想着先悄悄地和鸳鸯说。她虽害臊,我细细地告诉了她,她自然不言语,就妥了。那时再和老太太说,老太太虽不依,搁不住她愿意,常言'人去不中留',自然这就妥了。"

邢夫人怕万一领导批复"不同意"时，就一定没戏了。她的考虑不是没有道理的，哪个领导会随便将自己的贴身秘书"支走"？毕竟培养了那么久，懂自己的"口味"，非常有工作经验。后来贾母批评贾赦时曾说"不单我得靠（鸳鸯），连你小婶媳妇也都省心"，可见鸳鸯在贾母心中举足轻重。但是，如果走鸳鸯这条门路，先征求她的个人意见，如果她答应自己的要求再汇总形成一个"报告"向领导"请示"，这样贾母多半会"放行"，认为贾赦与鸳鸯情投意合，没有理由棒打鸳鸯！

邢夫人的如意算盘非常高明！但是忽略了重要的一个"环节"：鸳鸯如同铁板一块，风吹不动。凤姐作为贾府的管家，是熟悉贾府上下员工的心理的，明白鸳鸯不会轻易答应，而"请示"贾母的环节至关重要。因此她说："太太过老太太那里去，我若跟了去，老太太若问起我过去作什么的，倒不好。不如太太先去，我脱了衣裳再来。"

凤姐显然十分"纠结"，冥思苦想搞出第三个"请示"方式。凤姐这个贾府管家的权力直接是由贾母授予的，贾母显然是重用她。如果凤姐此时"遮遮掩掩"，欲盖弥彰，一旦引起贾母的误会，便跳进黄河洗不清。哪怕后来再"请示"、再解释，也不会消除隔阂，说不定会因此丢掉"官帽"。所以，她决定稍后才去"请示"，不要让贾母以为自己与邢夫人"一路"，大大降低"风险值"。

贾赦和邢夫人先找鸳鸯吃了闭门羹，再找鸳鸯的哥哥搞关系还是无果。鸳鸯反而一气之下在贾母面前倾诉委屈，使贾母勃然大怒，找来邢夫人批评。

从凤姐到邢夫人挖空心思想如何向上"请示"的细节可见，"请示"是门大学问！凤姐、邢夫人要"请示"好，必须看领导的心情、顾及其颜面，甚至要多想想"请示"问题当中的利害关系，不然领导不但要让你吃闭门羹，还要你成为出气筒！

中国有句古话叫作"伴君如伴虎"。为何君是老虎？因为几乎所有皇帝都是搞"一言堂"的，没有集体决策体制。贾母不像是贾府里的"土皇帝"么？她是如日中天的贾府"一把手"、辈分大，资历深，更是当朝贵妃元春的亲娘。好在贾母是个好人，如果是个像她长子一样的角色，怎么办？贾府本来要有个集体决策体制，让贾赦、贾政、凤姐、宝玉等人组成家庭委员会，凡是大事都开个家庭会议，决定如何处理问题。但事实上贾府不兴这一套，热衷"一把手"学，导致贾母独揽大权，说一不二。那么，难怪凤姐等人向贾母"请示"要如履薄冰了，老虎一发威，你怎么办？贾母健在还好，万一贾母走了，贾赦"当权"，这"一言堂"何其恐怖啊？

（原载《东岸》2017 年第 11 期）

# 进退有度

_ 王晖

邓散木，上海人。乳名菊初，号钝铁，学名邓铁。

提及这位现代篆刻、书法家，印象最深刻的是其书画署款，所钤印文，或居所、书斋、作品集题名，喜用的那些词语，个个"语不惊人死不休"，俱可归入时下所谓"重口味"序列。

如：邓散木作画、题字的落款，喜署"粪翁""海上逐臭之夫"。据云，"粪翁"来自《荀子·强国篇》："堂上不粪，则郊草不瞻旷芸。"意为厅堂上面尚未打扫，那么郊外的野草就顾不上清除。言下之意，似欲清除一下世间杂草与污秽。沪上报纸当年介绍邓氏展览，常用"登粪厕""看粪展""尝粪一勺"讥之，其嗤之以鼻，作诗自我剖白："非敢求惊人，聊以托孤愤。"

如：邓散木生平只拜服清末民初的常熟篆刻家赵古泥，刻印宗袭其法，尝自镌一方明志章："赵门走狗。"司马迁在《报任安书》中，自称"牛马走"；邹容要做"革命军中马前卒"，姿态俱谦卑，但有度，邓散木却一步就迈到了台口。

如：三长两短，作为一个表述悲情事件的成语，本指意外的灾祸或事故，特指人的死亡。邓散木偏选此成语来概括自己艺术的高低，云：篆刻、作诗、书法为"三长"；"两短"是填词、绘画。其书斋名就叫"三长两短斋"；印谱集就题名为《三长两短斋印存》。

如：邓散木将居所称作"厕简楼"，特制一块铜牌挂在门前。厕简，为古人大便后用来拭秽的木条或竹条。记得李后主那则逸事吗？这位佞佛的皇上，为了表示对僧人尊重，亲自削制厕简，甚至不惜在自己脸上拂拭，以防厕简削得不够光滑，触伤僧人体肤。细心如此，体恤人如此，也难怪他能填写出那般深情款款的词来。只是，以此种情怀执政，又适处五代十国那风疾雨骤的乱世，其人生孕出悲剧，也就势在必然。据云邓氏曾将厕简解释为马桶蓇葖，两者虽同为旧时之人排便后用来去除污秽的用具，但厕筹是用作刮清体肤污秽，马桶矞帚则是用来清洗厕具污秽的，将二者混谈，显见有误。至于邓氏将个人居室称作置放马桶矞帚的处所，欲体现的仍是清扫天下污浊之意，与自号"粪翁"堪谓一志相承，只是出语未免过于奇葩。

邓散木行为最骇人之举，当推其创办并主编《市场公报》时，竟出版一期"哀挽号"——哀悼自己仙逝。朋友和读者读后，或登其宅，或往报社，分送花圈、赙金或挽诗。孰料一周后，该报又推出"复活号"，云邓氏复活……

和一些书画家往来，印象中，彼辈颇热衷通过展现在世俗生活中的特立独行，来显示与众不同。而桀骜不驯，甚至悖逆人情，则是基本套数。这种被世人称为"炒作"的行为，在此类艺人眼中，有时竟比以德润身、技臻至善，更显重要。自然，其中文化修养高者，亦不屑为此。

在艺苑，邓散木能吟诗、会填词、可作文，亦算有文化之人。可他偏难脱匠气，不仅依旧玩此陈年戏法，而且一而再、再而三地津津有味去玩，委实令人齿冷。

某寺院请邓散木书写"大雄宝殿"匾额，寺僧求其落款署己号"钝铁"，其不允，照例以"粪翁"二字署之，佛头着粪，固执如此！当然，邓散木终非一狂到底者。据陈巨来记述，抗战胜利后，上海四明公所求画家孔小瑜绘一幅蒋介石着长衫、坐石上小像，请邓散木题字。他题了仿伊墨卿体隶书四字："后来其苏"。此语出自《尚书·商书·仲虺之诰》，意为："王啊！你来了，我们便可以兴盛了。"而四字后的署款，则是"散木敬题"。如此看来，邓氏也是能伸能屈，进退有度者。还记得耿直的闻一多在稠人广众间那铿锵怒斥吗？"今天，这里有没有特务？你站出来！是好汉的站出来！你出来讲！凭什么要杀死李先生？……我们不怕死，我们有牺牲的精神！我们随时像李先生一样，前脚跨出大门，后脚就不准备再跨进大门！"从喷泉里出来的都是水，从血管里出来的才是血，由理想引导的言行，较之以攫名夺利为目的之炒作，终究要沉雄、浑厚得多。

"佯狂难免假成真"，设如邓氏为蒋像题字之举没遭曝光，庶几世人真目其为"艺苑祢衡"。二战时，保卢斯兵败斯大林格勒，率残部投降苏军，开历史上德国元帅向敌手投降之先河。消息传至柏林，希特勒讥之为："只差最后一步，没有跨进永垂不朽的门槛。"邓散木妻张建权口述《邓散木传》传世，全书叙述邓氏一生经历甚详，言其清高孤傲之举无数，却只字未及其给蒋像题字署款事。大约，张建权认为只要自己绝口不言"这一步"，邓散木就可以跨进永垂不朽的门槛了。痴妇人！

（原载《文化艺术报》2018年6月21日）

# "女德班"背后的隐忧

_ 张桂辉

近日,辽宁抚顺市传统文化学校开设"女德班"一事引发社会关注、网友热议。据悉,该班学员们早上四点半起床,每天要做8个小时家务劳动,有时还得徒手刷便坑,且要边刷边悔悟:"我的心比便坑还脏。"在一段网传视频中,有的学员泪流满面、跪地、磕头、忏悔自己的"罪过"。而授课老师却振振有词:"女子点外卖就是懒惰不守妇道。""无论丈夫说啥,都要说是,好,马上。""女人就不应该往上走,做什么女强人,就应该在最底层,女强人下场都不好。"

恕我直言,这样的"女德班",这样的培训法,哪里是传统文化教育,分明是变相扭曲心灵。不过,开设"女德班"并非什么新鲜事,媒体早就报道过,只是未能引起社会和舆论关注罢了:2013年9月28日,在孔子诞辰2564年这天,"以儒家思想为办学特色"的重庆信息技术职业学院举办的"首届中华女德班开学典礼",吸引了人们的眼球。首期女德班限收的43名学生中,有三分之二为在校女生,其余则是学校的女教职员工;2014年9月21日,中国之声《新闻晚高峰》报道,"打不还手,骂不还口,逆来顺受,绝不离婚",这16个字,被形容为学堂倡导的"女德"四项基本原则。目前这类"女德班"正在全国遍地开花:从北京、山东、河北,一直绵延到陕西、广东和海南……

由"女德班"想到旧时的"节妇""节女""节女堂"。"节妇",指坚守贞节,丈夫死后不改嫁的妇女;"节女",封建礼教上指妇女守节或殉节;"节女堂",性质与"贞节牌坊"差不多,是古代为了鼓励寡妇为亡夫守节而专门设立的祠堂。修建、创办节女堂的根本目的,是要让那些所谓不守妇道、不守规矩的女人,通过入"堂"管教,懂得"规矩"、恪守"妇道"。

在"吃人"的封建社会,妇女死了丈夫,立志不嫁,坚守贞操,抚育子女,直到老死,就是"女德",就是"守节"。唐代诗人张籍在《节妇吟·寄东平李司空师道》中写道:"君知妾有夫,赠妾双明珠。感君缠绵意,系在红罗襦。妾家高楼连苑起,良人执戟明光里。知君用心如日月,事夫誓拟同生死。还君明珠双泪垂,何不相逢未嫁时。"千百年来,在儒家礼教中,妇女必须"从一而终"——不但丈夫生前要贞节,死后还得守节,抚养幼孤,侍奉公婆。据史料记载,表彰节妇之举,一直延续到民国初期。它在给相关家族带来荣誉的同时,给当事妇女带来巨大的痛苦。这是何等的荒唐,这是何等的不公!

一九一八年七月,鲁迅先生在《我之节烈观》中,旗帜鲜明地对"节烈论"痛加批判。他一针见血地指出:"道德这事,必须普遍,人人应做,人人能行,又于自他两利,才有存在的价值。现在所谓节烈,不特除开男子……所以决不能认为道德。""节烈这两个字,从前也算是男子的美德,所以有过'节士''烈士'的名称。"现在"表彰'节烈',却是专指女子,并无男子在内"。同时,掷地有声地质疑:"节烈是否道德?""多妻主义的男子,有无表彰节烈的资格?"

早在1954年,我国就将"男女平等"写进了宪法,60多年过去了,为什么还有人热衷于举办歧视女性的"女德班"?"女德班"的性质,与女子师范、女子学校等截然不同,它灌输的是"守妇道"之类的"德"。单从这一点,就不难看出带有明显的男尊女卑成分。现在,辽宁的"女德班"被"叫停"了,其他地方的"女德班"是否还冠冕堂皇地照办不误?

不错,传统文化应当弘扬。然而,时代不同了,社会进步了,对儒家理学等"历史遗产",既不能盲目拿来,更不能全盘照搬,而要"取其精华,去其糟粕",在批判的基础上继承和吸收。可是,近年来,偏偏有人打着弘扬传统文化旗号,干着为封建思想招魂的事情,听任其蔓延下去,后果远比兴办"女德班"严重得多。

(原载《福建日报》2017年12月24日)

# "千万不要写错名!"

_萧跃华

我讨厌别人写错自己名字,曾经"约法三章":写错名字的稿件不拆,写错名字的明信片不回,写错名字的赠书不谢。我想如果不是目中无我,怎会将"跃华"写成"月华""岳华""耀华"呢?

丁酉(2017年)孟夏,我慕名给宗兄YF寄书,他的致谢短信煞是可爱:"先生寄赠精心编印书籍数种,今已收到,琳琅满目,如入宝山。诸书制作之精良,足见您对藏书、读书、印书的一片热诚与深爱。愚无以酬答,唯待有日沐手敬读,于冥思中与先生会,聆先生诲。至感至感,顺颂夏安。YF敬上。"不日,他写了篇不错的书评,微信发我"审阅"。我一看开头"我与北京的萧悦华先生素不相识"(文中"跃华"没错),心里不是滋味,回了带挖苦意味的十二字:"YF打拼音?'悦'可能选花眼了!"我用五笔,知道拼音输入法选择容易出错。

"不好意思,先撤。"YF意识到问题的"严重性",很快回信息。我没有答复,甚至胡乱怀疑起他发表的众多文章是否认真校过,丝毫没有老大哥(长他十岁)的温良宽厚。

我内心还没有原谅YF,就犯了比他更低级的错误。豚儿书法老师董效看到《文汇读书周报》刊发的《〈旧锻坊题题题〉四序》,提出赠书请求,我满口应承,给《姜德明卷》《朱正卷》《锺叔河卷》《邵燕祥卷》卷主列出签署名单。姜先生、邵先生不习惯给陌生读者署上款,仅签了大名,我下意识附骥:"董孝先生赐教,跃华丁酉春日。"丛书送出后毫无反应,直到有天打董老师手机才恍然大悟——我将"董效"写成"董孝",他像我一样不高兴了。

这是无心之错。之前我赠过董老师书没有写错名字,这次给"四老"开列名单也名字正确,如果签名前翻翻朱正、锺叔河先生的签署,就能规避这种尴尬。亡羊补牢。我重新请姜先生、邵先生签名，然后补题《姜德明卷》："董效老师教正，萧和爸爸再赠。"《邵燕祥卷》："董效老师：写错大名，补送一册，抱歉抱歉！跃华附骥，丁酉夏至。"我希望用自己的诚意来稀释董老师的不快，同时警告自己："千万不要写错名！"否则就要付出加倍偿还的"代价"。

可现实生活中，不少人都有过这种经历，包括著名学人。

邵燕祥先生大名在汉字简化前被人写过"邵蕪祥"。"蕪"即简体字"芜"，模样长得与"燕"颇有几分相似。他的"邵"还被人写过"邰"，这可能与他用连笔字（"刀"貌似"厶"）不无关系。邵先生一不留神也曾将锺叔河先生的"河"误成"和"，锺先生回信指出"是这个'河'而不是哪个'和'"，足见锺先生对自己名字有多么"爱惜"。

锺先生谱名"叔和"，他初中肄业时所写的文言笔记《蛛窗述闻》就署"锺叔和"。后来觉得不好听，自作主张改名"锺雄"，他考入《新湖南报》发表的处女作就用这个名字。可能"雄"与他的性格格格不入吧，后来改名"叔河"，一直沿用至今。

他的大名经常被老社长李锐先生写成"叔和"，不知他写信"申诉"没有？钱锺书、杨绛先生夫妇也经常写成"叔和"，钱先生发现"笔误"立即在信笺上改正，杨绛先生写错了撕掉重写，没想到又写错了：

上次写信时，误将"河"字写作"和"，忙撕毁重写，嘱咐自己勿再写错，不料还是错了，昨得来信，自笑真是糊涂。人家往往恭维九十四高龄，头脑还清楚，只我自己心里明白，我正渐趋糊涂，往往写了半个字忘却下半个怎么写，知错而继续错，无错而自以为错，都是糊涂而不愿糊涂的可怜相。不知我前后共错写了几个"和"字，我还很好奇呢。

杨绛先生"二〇〇四年一月二十一日大除夕"致"叔河先生"信透露一个信息，锺先生曾写信指出杨绛先生"笔误"。从邵先生到杨绛先生，从四五十岁到七八十岁，锺先生纠错纠了二三十年，可"河"与"和"的问题始终没有解决。

我电话请教锺先生如何看待这一问题，他说："我不生气。古代有个非常著名的医生叫王叔和，我的名字老被写错可能受他的影响。再说了，别人又不会故意写错你的名字，他对你有意见也不会拿你的名字出气。"八十晋七的锺先生大度说"我不生气"，实话实说，我没有达到这一境界。

谚曰："不怕生错命，就怕起错名。"我们某些国人的大名起没起错暂且不论，但"德"与"得"、"邦"与"帮"、"瑶"与"遥"、"伟"与"炜"等字眼，稍微马虎大意确实容易弄错。我原单位有位首长大名润兴，经常被记者弄颠倒，社长批评上会记者，这名记者还振振有词："兴润和润兴念起来都一样，要怪就怪他起这么个模棱两可的名字。"大家听后哈哈大笑。

中国人口实在太多，起个有特色的名字委实太难，但起个不易被人写错字、弄颠倒的名字应该成为父母的追求。这样既可避免孩子被写错名字的烦恼，也可避免孩子师友写错名的尴尬。这种"烦恼"和"尴尬"不可能杜绝，但如果人人心存敬畏，就会最大限度地减少这种无心之错的发生！

附记：拙稿写就后，偶然读到两篇文章。

其一，吴小如先生的《忆吴组缃先生口述二事》：组缃"两字皆从'系'，而不知者往往误写作'祖湘'，或'组'字不误而'缃'字以其罕见而经常被人写错。组缃先生对于人们给他写信而名字总被写错十分恼火。他认为，既想与人交往，就应先认清对方姓名，连名字是哪两个字还未搞清楚，即使信里写得十分谦恭有礼，也还是对收信人不够尊重。有时先生甚至不高兴地表示：'凡来信的封面所写姓名同我本人的名字不符，我根本不看。'这话我亲耳听他说过不止一次。所以他的学生后辈包括与他多年相知的朋友，都比较郑重其事，不敢掉以轻心把他的名字写错。偏偏刚出版的《吴组缃先生纪念集》，书脊上的'湘'字就印错了。这不能不说是一大憾事。"

其二，姜德明先生的《"我是好人！"》："我听到李先生最后的声音，是在他逝世前的头两天打来的一个电话，一拿起电话，我便听到他那股冲劲儿：'我说，我只知道有个李健吾，哪里有个李健君呀！你们给我的稿费单上写了个李健君，邮局不承认，你说怎么办？'我连忙致歉，请他即刻退回来，让我们财务部门再开一张。我估计是写汇单的人一时笔误。想不到第二天他竟倒在书桌旁边，以身殉于他热爱一生的写作事业了。在告别遗体的仪式上，戈宝权同志的爱人含着眼泪轻轻地跟我说，为了那张汇单，李先生好像真的动了气。她又说：'恐怕这也是病人的肝火过旺吧。'"

如果吴组缃先生的长辈料到"组缃"会带来无穷烦恼，还会取此二字？如果写汇单的同志知道一字之差"夺"人性命，他（她）还会"吾""君"不分？取名写名事小，不可不谨不察啊！

我正准备给"知味"投稿，10月20日收到杨学武先生微信：

跃华兄好！我前段时间回老家探亲去了，昨晚刚返京，拜读来信及附报纸，我要说明的是，兄所见到报上所转载的名为程学武的大作，非我所写，我也不认识这个同名不同姓的作者。尽管如此，我也要对仁兄对我的关注表示感谢！

我看到《报刊文摘》《北京文摘》同时转发程学武先生大作《孙犁的级

别》，想当然附便札将报纸寄给只有几次微信之交，但素未谋面的杨学武先生，不料弄巧成拙，赶快赔礼道歉：

爱屋及乌，"程"冠"杨"戴，如此粗心，罪该万死。不知信封写错没有？我最近写了篇《"千万不要写错名！"》的短文，还未出手又冒犯先生尊姓，看来这个错还会继续犯下去，"改邪归正"何其难哉！抱歉抱歉！！跃华叩首。

（原载《北京晚报》2017年11月19日）

# 当发财梦想成为唯一梦想时

_ 何龙

一位小学生的演讲视频近日在网上热传。

5月16日，在杭州某小学的《我有一个梦想》的演讲比赛上，一位小学生在演讲中说："我的梦想就是发财！""我不像前几个人说的那么伟大，发财了要去捐款，好不容易发了一笔财，给别人发？不太实际吧！"

听到这里，台下有家长笑出了声："完了完了，活得太明白了。"

这个小学生的演讲获得不少人的赞赏，有人认为"比说假话的强一万倍"。

从演讲的真实性来看，相信这个小学生说的是大实话。如果这个学生的真实梦想是发财，说出来的却是"无私奉献"，那么他就是撒谎。

梦想发财是一种价值选择和人生追求。这样的梦想可能引起价值观念的争议，而撒谎却是明明白白的道德问题。

然而这个小学生赤裸的发财梦想无疑要灼伤许多经由"伟大理想"塑形的人。尤其在大庭广众之下，他大幅偏离了演讲比赛预设的观念轨迹，给人们造成的灼伤面积估计不会太小。

梦想发财是一种简单直接的内在观念的描述。在农耕社会，我们在许多方面还能自产自用；但在工业社会，精细的社会分工已经让我们无法"自力更生丰衣足食"。在商品社会里，我们的衣食住行的用品都要通过交换获得，而获得商品的介质就是金钱。所以说很少人会不想发财，不想挣钱的人更少。

但这不足以证明这个学生演讲观念是无瑕可指的。他说："我的梦想就是发财！""就是"二字反映了他对发财的单一追求。他对"捐款"的不屑，进一步强化了他的单一价值取向。

问题就出在他对发财的不二选择上。尤其在"天下熙熙皆为利来，天下攘攘皆为利往"的金钱统摄社会，一心一意旁若无人的极化"发财梦想"很容易走向价值倾覆和道德崩塌。

在《金钱不能买什么：金钱与公正的正面交锋》一书中，美国哈佛大学教授迈克尔·桑德尔认为，有一些东西是金钱买不到的，但是现如今，这样的东西却不多了。今天，买卖的逻辑不再只适用于各种商品，而是越来越主宰着我们的整个生活。有时候，市场价值观还会把一些值得人们关切的非市场价值观排挤出去。

适当的发财梦想有助于提升追逐梦想带来的行动张力，但当发财梦想成为唯一梦想时，这一张力将会超出道德韧度而出现扭曲和断裂，其追梦行动将变成不惜一切代价的道德冒险和底线冲刺。

我们实际上已经看到这种道德冒险和底线冲刺的"追梦"贪婪：为了最快最多地摄取财富，有人疯狂制售假冒伪劣产品，甚至在可能损害健康褫夺性命的食品方面，他们也不管不顾地造劣（也是造孽）售假。教育、医疗、媒体、司法、执法、权力、荣誉、学位、身体、灵魂等这些不该进入市场的东西，也常常被摆上了货架，乃至被摆进了典当行和拍卖行。

有人调侃说："要污染一个地方有两个办法，一是用垃圾，二是用金钱。"对生活中各种良善诚品都明码标价，将形成金钱万能的价值环境，构成潜移默化的三观侵蚀。久而久之，利己不损人，我为人人、人人为我的正和游戏和共赢策略都被急速旋转的个人中心离心力所抛离，让追逐发财梦想行动变成要么损我害我、要么损人害人的零和游戏和互残博弈。

实际上，这个学生从小就有如此单一而又强烈的"发财梦想"，就是拜金钱至上的"环境污染"所赐。

当金钱能玩转一切时，我们就离金钱的专制独裁统治不远了。

小默奇森说："金钱就像肥料。你若把它撒在四周，它就大大有用；可是你若把它堆积一处，那就奇臭难闻。"

生活在一个一切都待价而沽的社会里，我们终将要为之付出代价。

当发财梦想成为唯一梦想时，很难不变成唯利是图的噩梦。

（原载《羊城晚报》2018年5月25日）

# 闲话"拉黑"

_陈鲁民

　　微信朋友圈有个"拉黑"功能,就是把某人拉进黑名单、屏蔽其言论。你可以把圈里那些不想交往的人"拉黑",从此分道扬镳,不再交往。譬如我吧,微信朋友圈里多达四五百人,有常来往的,也有从不交集的;有情投意合的,也有话不投机的;有境界高雅的,也有俗不可耐的。久而久之,我被朋友圈里的某些人搞得不胜其烦,不由得动了"拉黑"的念头。凡是常在朋友圈里做广告的,三天两头拉我投票点赞的,骂骂咧咧言语不堪的,还有看啥都不顺眼的"喷子",我都干脆"拉黑",绝不客气,也不怕得罪谁。这样一来,虽然微信圈里的朋友少了,但质量高了,清净了许多。

　　倘若说微信里的"拉黑"就是绝交,不再来往,我突然想到,生活中有些人也一定要"拉黑"。

　　昔日的孟母三迁,固然是为了儿子的健康成长,其实就是在"拉黑"她的那些不上档次陋习多多的邻居。诸葛亮说要"亲贤臣,远小人,此先汉所以兴隆也;亲小人,远贤臣,此后汉所以倾颓也",就是奉劝后主刘禅一定要"拉黑"那些只会引诱他吃喝玩乐的无耻小人,励精图治,振兴大业。

　　而叱咤风云英雄一世的齐桓公,最后吃亏就是因为没有听取管仲的劝告,不肯"拉黑"易牙、竖刁、开方等小人,在他们的伺候迷惑下,日渐昏庸,不理朝政,结果导致大规模内乱,政局失控,桓公也被活活饿死在后宫,尸体在床上放了67天才入殓。

　　当然,有的"拉黑"也未必准确,可能会有"冤假错案"。西晋山涛去朝廷做官,写信推荐老朋友嵇康一起来干,然而,清高自傲的嵇康很生气,写了一封《与山巨源绝交书》,硬要"拉黑"山涛。可是嵇康被害后,正是山涛把他的几个孩子养大成人,想必地下有知的嵇康也会感激涕零的。

有时，被人"拉黑"也未必是坏事，反而会有失有得，失之东隅，收之桑榆。王勃因做《檄英王鸡》一文被唐高宗"拉黑"，赶出沛王府，失去官职。之后，他历时3年游览名山大川，潜心创作，不仅有大量诗文问世，而且写出了千古名篇《滕王阁序》。"拉黑"柳永的宋仁宗，也万万没有想到，他的一句"且去填词"批示，造就了婉约词派的杰出代表，"凡有井水处皆能歌柳词"。

"拉黑"，也未必代表自己一定高明、正确，但就是心里不想和你来往了，和你没话可说了。这就叫道不同不相为谋；就是"从此萧郎是路人"；就是你走你的阳关道，我走我的独木桥；就是"人生不相见，动如参与商"；就是要敬而远之，各自为政。

"拉黑"，也是趋利避害之举，把那些可能或已经伤害过自己的人开除朋友的行列。譬如：那些口蜜腹剑心怀叵测的人，那些两面三刀拨弄是非的人，那些斤斤计较看重鸡虫得失的人，那些薄情寡恩忘恩负义的人，那些不忠不孝寡廉鲜耻的人，那些见利忘义见钱眼开的人，那些言而无信出尔反尔的人。不管这些人多有本事，多有实力，跟你的关系曾经多铁，都要坚决"拉黑"，毫不犹豫。要不然，将来可能会祸害到你。东坡倒霉时，不少落井下石者是他昔日的酒肉朋友，拿出的证据件件要命；林冲落难，则主要是他的两个朋友陆谦、富安密谋设计的。假如当初他们能断然"拉黑"这些德行不好的朋友，后来也不至于遭受那么大的劫难。

物以类聚，人以群分。不论是微信还是现实生活里的朋友圈，那些德行不好表现恶劣的人一定要"拉黑"，这固然需要智慧和眼光，更需要勇气和决心。否则，就会当断不断，反受其乱。

（原载《湘声报》2018年7月29日）

# 说 和 做

_程学武

  我不是一个十分爱说话的人，但我常常为自己胡乱的表态，而最后无果感到羞愧。比如有一次，在一个还算比较正式的场合，我借助自己的虚荣，在朋友面前大放厥词，说凭借自己的社会影响力，过几天，一定能组织一帮人，为一位居无定所的老人募捐一笔可观费用。后来，由于种种原因，事情过去很长时间了，依然是一无所获，从而成了一个笑柄。我为自己说的温暖，做的冰凉，感到内心的极度不安。

  一次全国性的文学聚会，有位"大咖"，大谈世风日下，人心不古，呼吁作为文化人，应该有良知，淡名淡利，做营造社会风清气正的表率，可会议一结束，此人就为一份礼品与人争吵了起来，理由是：别人的礼品怎么比他高级。直到工作人员满足他要求后才愤愤作罢。其实，也就是包装袋好一点而已。许多时候，一些自称是文化人的社会精英，他们说别人，评他事，可谓一针见血，但当影响到他的名和利时，哪怕是一张纸或一支笔，那也是万万不能吃亏的。有时候，我想，作为一个有良知的文化人，你喷别人的时候，扪心自问，自己做得如何？是不是口的巨人，做的矮子？

  说和做，不是表演，更不是做秀的工具。遇到一个官员，此人在会上，在媒体面前，都是天才的演说家，什么"祖国的利益高于一切"、什么"一切为了人民的利益"，可谓把百姓挂在口头上，说出了令人热泪盈眶的豪言壮语。结果，有一次我们下乡扶贫，此人在拉着百姓手嘘寒问暖后不久，就跑到一个僻静处，找一盆水，把自己的手洗了一遍，并且说，这些山里老百姓卫生脏着呢！这样的人，你说是不是言行不一，说和做分离的表演家？

  还记得，有一位如今还在狱中的官员，在一次演讲比赛中说："城里人不会有穿草鞋的体会，可山区还有很多贫困老百姓。做一个穿草鞋的公仆，就是让大家心里时刻装着百姓。为了更多的百姓不穿草鞋，过上好日子，我宁愿自己永远地穿草鞋……"当时，迎接他的是一片热烈的掌声。可没想到，就是这个"草鞋公仆"，却受贿上千万元。像这样的贪官，靠"说"修炼自己的"隐身术"，将"说"做成自己进行罪恶勾当的"包装袋"。可谓是，说得冠冕，做着鬼事。

前不久，我们这儿进行捐款，每人200元，用以捐助那些生活无着落的贫困户。有一个职务不低的公务人员，听到这消息后，异常恼火，当着全单位人的面，牢骚满腹地说：这样的捐款，我不参与。正当此人煽动情绪抵制捐款的时候，单位一把手领导来了，这人像个著名演员样，表情立马来了一百二十度的大转变，并且第一个捐了款，末了，他还信誓旦旦地说，自己身为干部，应该带头响应号召，积极捐款。这样的两面人，口言假，身行虚，你说可笑不可笑？

我有一发小，出身贫寒的农家，自幼吃尽苦头。当年一起上学时，他无数次对我说，假如有一天自己发达了，尤其是做官了，一定勤廉如古人某某，忠孝如古人某某。当时，我曾开玩笑地说，你现在说这些过头话，是不是早了。他拧着脖子，对我说，今后你看着我做的就知道了。日后，它真的做官了，且贵为某医院的院长，却因吃药品回扣被法办了。对于他的所作所为，我给的评价是：说的大话，做的是屁事。

其实，说和做，就是两个字，但，他真的需要我们一辈子每时每刻都在修行中。

（原载《杂文月刊》2017年11月上）

# 官场上的"风月宝鉴"

_ 沈栖

大凡读过《红楼梦》的人，都知晓曹雪芹描述"风月宝鉴"的情节。这"风月宝鉴"颇为神奇，正反两面照出的人形迥然不同。且说贾瑞迷上了凤姐，单相思害得他神情恍惚，一病不起。道人送上"风月宝鉴"，正面照出的是，凤姐穿花拂柳、满面含笑地走来与他幽会，反面照出的则是骷髅一个，森森可怖。道人关照贾瑞：只能照反面，虽恐怖但救命；绝不能照正面，虽有佳丽依偎，但死路一条。痴迷的贾瑞置若罔闻，光捧着"风月宝鉴"的正面照看，完全拒绝其另一面。结果是：精竭体衰，一命呜呼！——同一个凤姐，一俟"风月宝鉴"照看，判若两人！

常言道：文学源于生活，高于生活，它往往是现实生活的折射。《红楼梦》描写的"风月宝鉴"现象竟会显现在现实社会中，不过它已由大观园移到了当下的官场，它所照看的对象是盘踞在某些领导岗位上的大大小小的党内腐败分子。

官场上的"风月宝鉴"同样有正反两面。某些党内的领导干部在这一"风月宝鉴"里，正面显露的是清正廉洁，"人民公仆"，而其反面呢，则是贪渎、腐化，十足的伪君子。因严重违纪，正接受组织调查的广东省阳江市委常委、统战部部长周乐荣即是一个显例。

据江门市人民检察院起诉书指控：2003年至2017年期间，周乐荣利用其担任阳春市市长、市委书记，阳江市市长助理、副市长、市委常委、统战部长等职务便利，非法收受他人财物。周乐荣堪称货真价实的党内腐败分子。然而，在落马前，周乐荣向公众展示的却是"风月宝鉴"的正面形象——"焦裕禄式领导干部"。2003年6月，周乐荣出任阳春市委书记，上任第三天即自费乘飞机北上兰考，虔诚地参观焦裕禄纪念馆、拜谒焦裕禄墓；从兰考回来，他立即召集市委全会，大谈学习焦裕禄的体会，信誓旦旦地宣称："决心以焦裕禄为楷模，一辈子为人民服务！"他命令市政府礼堂连续三个晚上放映《纪念焦裕禄专辑》纪录片，还组织全市副科级以上干部观看电影《焦裕禄》。——俨然一副追慕焦裕禄的做派！在周乐荣办公室里，始终悬挂着一块上书"民在心中"的牌匾，还摆放着一个竹篮，篮子里存放着一块苍黄色的石头，系着红布，上写："周乐荣书记留念。山坪镇黄垌河村全体村民。"据说当年周乐荣为此村建桥修路，功德无量。倘若人们光是照看"风月宝鉴"的正面，那么，周乐荣似称得上"为政清廉、心系民众"的当代"焦裕禄"啊！

官场上的"风月宝鉴"照见的是诸如周乐荣的人格分裂。医学上确有"人格分裂症"的名词，如果说医学上的人格分裂症是带有不由自主特点的病患，那么，政治上的分裂人格则是有意识的行为，即自觉地将为人处世的方式进行区别对待，受利益驱动而做出的目的性选择。这种人格分裂充斥着丑恶的目的、肮脏的动机和卑劣的手段。"周乐荣"们以虚伪为本质的演技，表演着"天使"与"魔鬼"的双重角色。经过官场历练，这些人已成为"高明"的精算师，不仅善于适时制造民意，精准利用舆论，塑造"廉""能"的形象，更会在不为人知的隐秘角落不失时机地大搞钱权交易，满足自己的贪欲。

诸如周乐荣那样的贪官，分析其"成长"（常有"带病提拔"的迹象），一般需要三个条件：一是其内心深处埋藏着自私和贪婪的种子；二是其经过投机钻营，得到了贪占的权力和机会；三是其屡贪屡得，虽然贪婪成性，却巧于伪饰，精于做秀，得以暗潜。——善良的人们往往偏信于"风月宝鉴"的正面而轻忽（甚至压根儿就没有照看）其反面。一方面贪官处心积虑百般掩盖其劣迹，将"风月宝鉴"正面表现得极致，光亮耀眼，给人以假象；另一方面，人们轻信其显露于"风月宝鉴"的正面形象，却忘却甚或放弃对其反面的照看，结果是"周乐荣"们越贪越升，越升越贪。

《红楼梦》中的道人奉劝贾瑞不要被"风月宝鉴"的正面所迷惑。我们谈及官场上的"风月宝鉴"，不只是不要被其正面蒙骗，更要照透看穿其反面。强化制度的约束乃是正途，比如完善干部考核制度，推进官员财产公开，防范官员亲属子女以权谋私，此外，还要畅通民主监督渠道，合理划定民主推荐、民意测评的范围，重视民间举报等等。唯有如此，"周乐荣"们的"天使"伪装才会早日被撕破，显露其"魔鬼"真相。

（原载《上海法治报》2018年8月20日）

# 说声"不知道"怕什么

_孙贵颂

童话大王郑渊洁说过一件真事：20世纪80年代中叶，他去参加一个笔会。有位作者在发言时，大谈自己读了多少多少书。这也罢了。然而此人在说完一本外国作家的书名后，突然问郑渊洁："你读过这本书吗？"郑渊洁回答说："没有。"此人说："没读过这本书你怎么能写作呢？"弄得郑渊洁十分尴尬。

轮到郑渊洁发言时，他说："我最近在读俄罗斯作家库斯卡雅的书。"然后又学那位作者的口吻问："大家看过库斯卡雅的书没有？"话音刚落，在座的大多数人都纷纷点头，表示看过（估计质问郑渊洁的那位作者更加坚定）。这时，郑渊洁又说："'库斯卡雅'这个名字是我瞎编的，俄罗斯根本没有这位作家。"后面的场面，读者自己琢磨去吧。

一个人在社会上混，必然要与人交流，要与人对话。就像演话剧一样，甲说一句，乙接一句，甲又说一句，乙再接下去。否则就冷了场，出现尴尬。但这种接话，首要的前提，是要判断。听前面那个人说的话是否真实，有无道理。不能不经大脑过滤，就人云亦云，盲目跟从。人家说地球是圆的，你就说跟西瓜差不多；人家说地球是方的，你又说跟字典差不多。人一旦像随风摇摆的墙头草，没有立场，是非不清，只能与糊涂虫为伍。

台湾作家喻血轮曾记一事：他有一次与朋友坐车外出游玩，途经圆山动物园时，车中于姓朋友忽然对侯姓朋友说："近闻此间住侯姓甚多，君知之乎？"侯先生答道："不知。"于先生说："有名侯国泰、侯国奥者，均曾留学外国，雅有声名，君宁不识乎？"侯先生像被点醒了似的，立刻道："哦，哦，侯国泰，吾似识其人，佳士也。"等到返回，又经过圆山动物园，于先生指着上面挂的牌子对侯先生说："君族佳士，已在此挂牌矣。"众人一瞧，原来那牌子上分别写着:"泰国猴""奥国猴",让于姓先生从右往左读一遍,又从左往右读一遍,就产生了两种内容与效果。

孔子说:"知之为知之,不知为不知,是知也。"可是偏偏有些人,不懂装懂,滥竽充数,时间一长,终有露馅的时候。

世界那么大,有人要去看看,这个可以办到。世界那么大,知识那么多,有人想全部拥有,这个不可能办到。所以人要承认自己的不足,不但敢于说"不",也要勇于说"不知道"。这样一来,反而能够增加大家对你的信任,威信不减还长。

这里最为重要的,是克服"面子"障碍,不要死要面子活受罪,掩饰自己不知道的短处,摆出有学问的架势。明朝江盈科写过一个故事:有一北方人,到南方做官。有人请他吃菱角。这位老兄此前未见过菱角,不知如何下口,但是他又爱面子,不好意思问人家(觉得自己一个当官的,应当什么都懂才是)。于是拿起菱角就往嘴里塞。边上的人好心提醒:"吃菱角要去壳的呀!"那人讨厌人家说他无知,不耐烦地说:"我怎么会不晓得呢?我连壳一块吃,是为了清热败火。"那人试探道:"北方也种这个东西吗?"他又扯道:"前山后山,何地不有!"这一下底裤露出来了。菱角明明长在水里,怎么会满山遍野都是!这位老兄最大的贡献,是为后人贡献了一个成语:强不知以为知。

(原载《中老年时报》2018 年 7 月 10 日)

# "职务称谓"之乱也当治理

_ 周彪

领导职务称谓本是一个非常明确的概念，从中央到地方，党委、人大、政府、政协四大家及其部委办乃至二级机构正副职务均有明晰的称谓，照着职务称呼就可以了，但现实生活中却并非如此。

一个对党政机关不太熟悉的人假如要找一个书记或部长办事，多半要费一些周折，因为你要找的王书记或李部长可能有N个，一不留神，人家就会把你引向错误的目标——你要找的王书记其实是王副书记。因为现实生活中，人们尤其是机关工作人员约定俗成地将领导职务中的"副"字给省略掉了。

为何要把堂堂正正的"副"字给省略掉？从浅处说，可理解为机关工作人员对领导的尊重，对领导本人而言难免有一种虚荣心理。往深里说，其实是根深蒂固的面子文化在作怪，对副职来说，将"副"字去掉听起来当然要舒服得多、也受用得多。面子文化的背后实质上是官本位意识浓烈。副职官员默认他人的正职称谓，正职官员为了照顾同僚关系称呼副职时也有意地省去"副"字，下属为了尊重或逢迎自觉地省去"副"字，称大不称小、称正不称副，于是乎"书记""X长"、主任、主席就满天飞了。最为难的是普通老百姓，他不知道一个省或市乃至县的局、委、办等，副职常常有10多个，办起事来不问半天，不知道应该找哪个官。

官职有正副之别本来是一种最正常的职责区分、大小之异，古往今来皆是如此，古今中外概莫能外。不同的是古代官职正副之别有专名对应，尚书下面是侍郎，丞相下面有参知政事，上下之间称谓明了，一旦混淆，罪名加身，是为"僭越"。现代的左邻右邦也注意区分官职，主官与次官，也是清晰有别，副首相、副大臣、次长等等，不能省的坚决不省。

其实共和国历史上，官职的称谓曾经也是严格有序、决不含糊的。周恩来担任过党和国家的副主席，他身边的工作人员始终称他为周副主席，从来没人简省为周主席。周副主席的称呼也不曾折损周恩来半分威信和减少人们对他的崇敬。我清楚地记得，40多年前，农民称呼公社干部——书记、副书记、主任、副主任、干事、秘书等等，是什么职务就称什么职务，没有人刻意省去"副"字或特意拔高称谓，彼此之间都不觉得有什么不妥。

在乎官职称谓，肇始于20世纪90年代，先是国企民企董事长、总经理满天飞，之后是大老板、小老板满街走，最后传染到了党政机关、事业单位，有人明里暗里称一把手为老板，有些党政领导也心安理得地当起了说一不二的主，正职的权威越来越大，由此导致了社会心理的改变，正职本位意识愈演愈烈，去"副"成为一种官场时尚。到本世纪初，随着"一把手"权力的不断扩大，官本位意识更是扭曲至无以复加的地步，"享受××级待遇"形诸文件，屡见不鲜；甚至"享受国务院津贴"也镌之名片，成为某些虚荣者炫耀的资本。

过分在乎职务称谓肯定是一种很不正常的现象，往轻里说是虚荣心作祟，往重里讲是一种浮躁风气。虚荣也好，浮躁也罢，都和执政党的宗旨、公仆的情操和民众的期盼格格不入，应趁作风整治东风严格规范、扎实治理，还官职称谓本来面目。

（原载《杂文月刊》2018年8月上）

# 人生贫富与人品好坏

_ 刘诚龙

河北女孩王心仪以707分成绩考入北大,写了一段传奇。小王家境贫寒,出生于枣强县农村家庭,妈妈体弱多病,常年在家照顾患有高血压、哮喘病而生活不能自理的姥爷。家中两个弟弟,大弟即将升入高三,小弟还没有上小学。一家六口全靠家中五亩地和爸爸外出做零活补贴家用。生活如此艰难,却以高分考进名校,好励志啊。小王做了一篇"泪志美文",叫《感谢贫穷》:

"贫穷带来的远不止痛苦、挣扎与迷茫。尽管它狭窄了我的视野,刺伤了我的自尊,甚至间接带走了至亲的生命,但我仍想说,谢谢你,贫穷。

"感谢贫穷,你让我领悟到真正的快乐与满足,让我能够零距离地接触自然的美丽与奇妙,享受这上天的恩惠与祝福。我是土地的儿女,也深深地爱恋着脚下坚实而质朴的黄土地;我从卑微处走来,亦从卑微之处汲取生命的养分……"

贫寒可以出贵子了?这是个例,不足为训。而小王人穷志不短,贫穷中奋斗,苦寒中精进,却感动你,感动我。感动了你我,却感动不了他。有人对小王这篇文章,嗤之以鼻:贫穷是用来消灭的,不是用来感谢的。我觉得这话说得很对,我使劲给他鼓掌。然则往下读,却是刺得眼珠子发痛,插得心窝子发颤:曰"贫穷带来的多是坏品质",曰"贫穷没有意义,它只会造成困难",曰"贫穷无法造就美好的品质与性格"。

贫穷与坏品质构成了因果联系?意思是说,富贵带来的才是好品质?贫穷有没有意义,不好判断,贫穷只会造成困难,姑且信之,富贵人家是没多少困难的——富贵人家生活困难是蛮少,或是没得,有,可以世道难行钱作马,鬼都喊得动,来给他推磨;然则,贫穷不能造就美好品质与性格,只有富贵才能造就美好性格与品质?

贫穷与品质或是有关系的吧，穿的烂布掉衣，一看就知道品质不高；住的猪牛同栏，一看就晓得卫生蛮差；吃的狗食羊草，一看就明了粗鄙不堪——莫说大家闺秀，就是小家碧玉，都是樱桃小嘴抿啊抿的，哪如刘姥姥"老刘老刘，食量大如牛，吃一个老母猪，不抬头"。贫穷，确乎会有很多性格弱点，比如吝啬，比如眼窝浅，比如不合群，比如心眼小。

与贫穷造就的坏品质相对应，富贵自然会有很多好品质，如体面，高档房子住着，名牌衣服穿着，暂没三代打成绅士，也足可以装逼绅士；如风雅——不风雅也足够有资金支持着附庸风雅；如豪气，刘姥姥一口吃头大母猪，是饿了，蔡太师一口吃头大鲨鱼，是蔡太师只吃鱼翅，鱼肉给丢了；如慷慨大方，农村大婶去吃人家结婚酒，皱巴巴送二十块，咬了牙，送五十元。2015年黄晓明和Baby在上海展览中心举行婚礼，范冰冰随礼66万，赵薇随礼68万及一对高级手表合计200万。再往前，2011年谢娜和张杰结婚，何炅随礼150万、汪涵随礼170万，本山大叔随礼600万。

武大郎自是穷人，活得挺窝囊，活得甚寒酸，还活得有点没骨气，他婆娘偷了汉子，又下他毒药，他对婆娘求乞：婆娘，你救我，你偷人事，一笔勾销，我家武二回来，我指定不告诉他。武大郎贫穷啊，真的，"贫穷没有意义，它只会造成困难"；也真的，"贫穷无法造就美好的品质与性格"。但是，除了这些外，武大郎品质再坏，坏到哪里去呢？倒是富贵而如西门庆，坏得头顶生疮，脚底流脓，腰间生蛆。他欺男霸女，他杀人放火，他行商作奸，他徇私枉法，富贵如西门庆，有小钱，干小坏事；有大钱，干大坏事。

刘姥姥进得大观园，几分猥琐，几分村气，几分爱贪小便宜，贫穷人真让富贵人取笑了去；而论起坏品质来，刘姥姥好像不比大观园多，大观园里除了一对石狮子干净外，都龌龊得很的。林妹妹、薛妹妹、史妹妹，还有宝哥哥，不坏啊。他们都是小孩子，自然坏不到哪里去。不过，纯阳人宝哥哥，常也踢丫鬟几脚心窝子；初试袭人之云雨情，不知算强奸还是算通奸。教授喊女学生铺枕席，媒体大V去摸蒋方舟的大腿，未必比土谷祠阿Q操守好，若说德行，我倒觉得阿Q还高些，他荷尔蒙来了，到底还要跟对象商量：吴妈，我想跟你困觉。富贵人喊民主口号倒是蛮凶的，事到临头，却霸王硬上弓，一点协商精神也没有。

贫有坏品质，富也有坏品质。

（原载《劳动时报》2018年8月10日）

# 官学专家厌恶做官

_陈扬桂

官场第一书《厚黑学》的作者李宗吾，是厚黑学与"怕老婆哲学"的创始人。他的怕老婆哲学，通过对古今怕老婆的典型人物进行分析，阐述了官职越高，怕老婆程度越深，官职与怕学成正比例的观点。厚黑学指出，古往今来所谓英雄豪杰，无不面厚心黑。在他的《厚黑传习录》中，概括出"求官六字真言"和"做官六字真言"，分别为"空、贡、冲、捧、恐、送"和"空、恭、绷、凶、聋、弄"。求官经中的"空"是指求官者要放下一切，专心求官；"贡"即钻营，有孔必钻，无孔不入；"冲"即牛气冲天，吹牛；"捧"就是捧场拍马；"恐"即恐吓手段；"送"即贿赂。做官经中的"空"即空洞，批空文，说空话，不着边际，不受挂碍；"恭"是对长官卑躬媚笑；"绷"是对下属绷着脸，做神圣不可侵犯状；"凶"即凶狠，为达个人目的，不管他人死活；"聋"就是装聋作哑，糊糊涂涂；"弄"是耍弄权术，以权谋利。凭着这两个"六字真言"，《厚黑学》堪称"官学"的代表作，精研为官之道的李宗吾，也算得上一位官学专家了。然而，他在研究为官之道，教别人如何为官时是一套理论接一套理论，但轮到他自己，则视做官为畏途，一生厌恶官场。

李宗吾是老同盟会员，与张列五、谢慧生等人一起参加辛亥革命。革命成功后，李宗吾被推举为重庆关的监督。然而他嫌这个职位是个肥缺，怕玷污了自己的清白，坚决不肯就任此职，而选择担任官产清理处的处长。才只当了一年的处长，他又申请将这个机构撤销了。自己决定重操旧业，回家当教书匠。临行时，却手头没有路费，要向同乡陈健人借50块银元。陈健人见他已经多次借钱不还，干脆送他50块银元，并附诗一首，一并派人送给他。那诗是这样写的："五十块钱不为多，借了一坡又一坡，我今专人送与你，格外再送一首歌。"李宗吾收下钱,立即和了一首诗:"厚黑先生手艺多,哪怕甑子滚下坡,讨口就打莲花落,放牛就会唱山歌。"并仿刘邦的《大风歌》作了一首气势磅礴的《去官吟》:"大风起兮甑滚坡,收拾行李兮回旧窝,安得猛士兮守沙(砂)锅。"由此可见,李宗吾自己并不热衷于做官。由此推测,李宗吾写"厚黑学",应该是用反讽的笔法在揭露官场陋习,他在骨子里是不主张那种求官、为官之道的。

　　李宗吾不爱官场爱学堂。他一生跟学问结缘,与教育联姻。他原名宗儒,意思就是要宗法儒教,尊奉孔夫子,后来思想发生变化,认为与其宗法孔孟之道,不如宗法自己,才给自己改了个"宗吾"的名字。李宗吾真的以吾为宗,张扬个性,做学问是想到哪里做到哪里,以至奇谈怪论连篇累牍。他不仅思想怪异,研究内容也包罗万象,著述共百余万字,涉及哲学、社会学、心理学、教育学,乃至物理学、经济学等方方面面。辞官回乡后,他先是去一所中学当校长,后来做到省督学。在做督学的时候,他憨劲十足,提倡严苛教育,严厉督管。他力主严格考试,让贪玩的学生伢子叫苦不迭,几个胆大的学生趁着夜色将他拖到室外,用木棍狠狠打了他一顿。临走时还骂道:"你这狗东西,还主不主张严格考试?"他大声说:"只要没打死,还要考!"

(原载《文史博览》2017年第11期)

# 节日能拉动诗歌繁荣吗？

_阮直

节日一般都是一年过一个，比如国人最重视的春节，有文化符号的端午节，有职业色彩的教师节，有性别特征的"三八"妇女节，都不能随便过的，随便就乱套。

可在中国有一个节日可以随便过，那就是"诗歌节"。哪天激情饱满，哪天就过"诗歌节"。我在网上搜索了一下，县市一级组织的"诗歌节"不算在内，仅地市一级政府、宣传部、文联、杂志社牵头主办的"诗歌节"每年就有数百个。

以诗为媒，以诗会友，规模盛大，阵容豪华，内容繁多，没有百万元以上的开销怕是拿不下来。好在有些地方把"诗歌节"都纳入了文化产业发展的计划之中，诗歌一旦是政府行为，咱就不差钱。这是诗人的幸运，可就不见得是诗歌幸运。但是，不少诗人还是激动起来，高歌诗的春天来了，以为这回真能"打造出半个诗歌的盛唐"。可"诗歌节"过去之后，我们在媒体上见到的是领导讲话、学者的奉和、诗人的表态，书法家书写的是唐宋诗词，电视上不断播出的是开、闭幕式的文艺晚会，就是看不见一首"诗歌节"上诞生的诗歌佳作，也见不到有个伟大的诗人诞生于"诗歌节"。

按说"西瓜节"西瓜是主打，"南瓜节"南瓜就该是主角，总不能办着"冬瓜节"，冒出来的都是"花大姐"吧。如今这"诗歌节"与诗无关的人倒比诗人更耀眼，与诗无关的活动，倒比诗歌更火热、更夺目。就像"六一"儿童节主角都是大人、"三八"妇女节抢镜头的都是些爷们儿一样。"诗歌节"总得有诗摆出来吧，不能你办诗歌节，拿出的产品还是几千年前老祖宗的低吟浅唱吧，举着"咏唱经典"的旗号，并不能遮掩自己的空白呀。如果当代人的"诗歌节"不能拿出自己的诗歌作品，我们朗诵着老祖宗的"抒情"即使分贝再高，那也是当代人灵感的集体麻木。

　　奥斯卡金像奖、诺贝尔文学奖也算是电影与文学的"节日"了，可人家是有"母体"的庆典。一年一"过节"，年年有内容。而我们的不少"人工打造"的节日，从起初创意就在"节"的形本身了，图的就是节日这种形式能制造出的宏大场面、火热的氛围、广泛的影响，至于节的内容好像并不重要了。如果重要，那么"诗歌节"的主角应该是诗人，不该是不写诗的领导、不写诗的评论家、不写诗的文化名流、不写诗的商界精英、不写诗只朗诵诗的"嘴力工作者"。我倒觉得，凡是用庆典的方式举办的"节日"，最后只有喧哗了，顶多凝固成个纪念日的符号，而不会是那个节日母本的再生或复苏。就像如今的过年，不再是驱赶"年"这个怪兽，清明节不再是郊游，端午节也不是"避恶"，中秋节也与嫦娥无关了。没有一个节日的内容与节的当初意义是相符的。

　　如今的"诗歌节"，我也担心它不再是"诗歌"的本身了。就像我们不知道若干年前的第一届"马鞍山诗歌节"对当代诗歌创作到底起了什么"助产"作用。节日一天就过完了，但日子是过不完的，我们心中如果有诗，它就是常态，而不会是庆典。再豪华的婚庆都与爱情无关，再盛大的出殡都与孝心不搭界。

　　中国被誉为诗的国度，但哪个时代的诗歌繁荣都没有"诗歌节"的助推。诗歌历来是教化启蒙、文化传承、感知审美的重要手段，更是诗人自己实现生命超越、抵达灵魂彼岸的宗教。外在节日的"大帮轰"永远无助于伟大诗人、伟大作品的诞生。当然，西安是诗的故乡。西安与诗有着千年的缘分，特别是唐代，书写了中国古典诗歌最浓墨重彩的一笔，李白、杜甫、白居易等诗坛巨匠，都在这里留下传世之作。回顾历史，诗意满长安；放眼现在，西安处处有画意，让西安人尽情享受诗意生活，今日西安正在成为更多人诗意栖居、停泊心灵之地。但西安丰富的诗歌资源、深厚的文化底蕴、独特的城市个性，都不是现代的"节日"打造的。时代可以喧哗，但诗永远尊贵。我们只有归还诗的自由与高贵才会有诗的繁荣与创新。

（原载《北部湾文学》2018年第6期）

# 好汉莫提当年勇

_孙博

"好汉莫提当年勇"的道理，恐怕连小学生都知道。但是，在海外大大小小的各类派对上，十之八九会碰到热衷提"当年勇"的"好汉"。

"以前我是大学教授，以前我是高级工程师，以前我是千人公司总裁，以前我是国家一级演员，以前我是高级画家，以前我是作协会员……"诸如此类的自我介绍不胜枚举，有的人甚至递上十几年前的名片，以证明过去的身份，唯闭口不提目下在何高就。而这类仁兄姐妹，眼下绝大多数从事于所谓低级的蓝领工作，诸如洗碗工、车衣工、清洁工、服务员，等等。

不论是来自香港的，还是台湾的，乃至中国大陆的，不少人还真患有这种"以前病"。事实上，以前对我们每一个人来讲，都是一个休止符号，一个过去式。倘若一个人老是沉湎于往日情境之中，怎样面对残酷的现实？在餐馆干活怕什么，靠自己力气挣钱，又不是当盗做娼，讲出来让人知道，说不定能得到与会者伸出的援手，没准还能遇到天赐的良机呢？如果你只讲过去，不提现在，别人还以为你现在混得不错。

略析"以前病"者，可能也属"自卑引起自大"一类。由亚洲移居欧美，因为语言、文化差异等多方面的限制，一时找不到合适的工作，为了糊口，只好抓住工作就做，但内心是难以平衡的，自卑感油然而生，处处自惭形秽。另一方面，免怕别人瞧不起自己，就一味地提"当年勇"，有时打工时受了一点委屈，就会大庭广众叫嚷："老子以前是教授，谁来受这个气？"但殊不知，他目下是个洗碗工。

"以前我是扫垃圾的！"一次有位朋友问我，笑着给了他如此的答案。因为他在我面前扬扬得意地吹了十多分钟金光闪闪的过去。或许我太直爽，令他不悦，但我只是真诚呼唤这类仁人君子，不应老是沉湎于过去的美好时光，真正的好汉应该直面现在，不断干出实事新事，而不会整天把往事挂在嘴边，只有脚踏实地地行走在现实的土壤上，才算是个真正的现代人。

是驴是马，出来遛遛。够种的话，你可以在欧美大地重塑昔日的辉煌，这是一个让人自由翱翔，充满机会的大熔炉。一旦当你昨日的光辉，又在异国熠熠发亮时，你可以引吭高歌。许多成功的移民典范，不是早已给了我们启迪？在原住地，他们披荆斩棘，创造成就；而到了欧美，他们克服重重困难，重塑昔日辉煌。

记得一位美国历史学教授曾经跟我讲起，一个从零开始的人飘流到新的国度，如果能在五年内重塑昔日的辉煌，那是值得移民的；反之，就该打起包袱回老家。真心希望"以前一族"，五年十年之后见面，不要开口仍谈昔日的辉煌。

是好汉就莫提当年勇，信哉斯言！

（原载《劳动报》2018年9月10日）

# "瘫局"与"霸男"

_ 徐迅雷

一个人竟然厚颜无耻到这样一个境地，简直让人感觉到他是一名精神不正常的人。

说的是高铁上的"瘫霸男"——在读男博士孙赫。这孙某挺能装爷们儿的，他在高铁上霸占了一位女生的座位，列车乘务员前来劝说，他不以为意，非但不起身，反而死皮赖脸地装瘫痪，拒绝对号入座，还说"站不起来"，事后还得意扬扬地自称"把一车厢的人耍得团团转"。

在这个移动互联网时代，时时处处有监控——那就是老百姓手上拿着的手机。这手机随时一拍，那可就是对坏人坏事的监控，就是铁证如山。"瘫霸男"的视频一上网，立马传遍天下。这个新闻就不用多说了，既"瘫"又"霸"的博士生孙赫干了这等糗事，一下子就臭了大街。

身份出新闻。霸座的如果是一个农民工，那会是如何的结果？然而这个孙赫是个博士生，新闻性自然是强了许多倍。他还被网友"人肉"出来，原来竟是个劣迹斑斑的渣男。他得庆幸自己是在韩国某大学读博士，若是在国内，给他个"勒令退学"之类的处分，那恐怕一点不为过。

为人处世霸道不讲理，在闽南语里称为"鸭霸"。以瘫痪的姿态成为"鸭霸"，确是难得的模样，今后可以成为动漫电影的一个形象，估计迪士尼的唐老鸭会自愧弗如。最对不住的是"博士生"这个名头，这"孙博士生"已然弄得读书人的三观毁尽。古希腊哲学家苏格拉底说，"教育不是灌输头脑，而是点燃心火"，这在"孙博士生"那里，大约是点燃了邪恶之火罢。

这事情的"第一季"本来飞快地就过去了。没想到的是，管事的中国铁路济南局集团公司竟然回应称：高铁霸座，属于道德问题，不涉及违法问题；针对"霸座"行为，尚没有具体规定可以参照处理，云云。此言即出，举国傻眼。呵呵，高铁霸座是道德问题不违法？网友笑言："闹了这么多年，原来站票霸占别人的座位，只是道德问题，还不违法，我记住了！""这事儿要是处理不好，那么以后一大拔霸主即将到达战场！"

我们简直要给济南管铁路的那个集团送一块匾了，上书"竹苞"二字——哈哈，你懂的，那就是典故里"个个草包"之意。有这样颟顸无知的么？乘客强行霸座，不但损害其他乘客的利益，同时也扰乱列车运行秩序，对此本身就有国家法律和铁路条规管着——这是多么简单的常识，管铁路的竟然不知道？对不起了看官，他们这些官僚儿还真就是不知道！

乘客买了这张车票，就是与铁路运输企业之间订立的契约，就是对购买的座位拥有专有使用权，必须老老实实执行。铁路方面作为合同履约法人主体，若是不能履行合约，那本身就是违法。试想，若是在列车上不执行"座位专有使用权"，若是在汽车上不执行"座位专有使用权"，若是在飞机上不执行"座位专有使用权"，大家都可以乱抢乱占，那是何等荒谬混乱的社会？

对于孙博士生非法侵占他人座位、扰乱公共秩序、寻衅滋事之事，乘警本应立即予以制止；孙博士生不配合执法，则涉嫌妨碍公务，本应立即予以拘留，但是乘警"温良恭俭让"——这，可是涉嫌渎职的耶！难怪网友怒曰："中国铁路济南局集团公司无视法律、应对失策，可以看作公权力普遍的妄自尊大、颟顸无能、不讲法治、应付民众的惯用手段！"

一言以蔽之，这管铁路的局，已然成为既"霸"又"瘫"的"霸瘫局"，与既"瘫"又"霸"的"瘫霸男"，异曲同工哉！

瞧这"霸瘫局"与"瘫霸男"，背后一个关键问题就是：我们最基本的规则意识、契约精神哪里去了？难道是被米老鼠偷了，或者是被唐老鸭吃了？

（原载 2018 年 8 月 27 日《杭州日报》新媒体）

# 婚姻大事

_西闪

最近几年，有两件大事正在我身边发生。一个是移民，一个是离婚。老熟人老同学老朋友，还有旧同事，忙活或忙完这两件事儿的，实在不少。偶尔一场酒会，一次家宴，甚至街头巷尾，也都能听到相关讨论。

难道它们已经是普遍现象了？我不确定。毕竟，个人的经验，不具统计学的意义。不过，和缺少权威数据的移民相比，离婚的全貌倒是看得到。民政部公报显示，中国离婚率已连续7年高增长，2012年的增幅首度超过结婚率。因此相对而言，讨论离婚似乎比讨论移民更靠谱一些。

就本质而言，离婚是和一夫一妻制紧密相关的自由，不能跟传统社会的休妻混为一谈。在这一点上，英国哲学家休谟这个苏格兰老光棍有过妙评。此人自诩"好与女子调情，而绝不使未婚姑娘的母亲发急，或令已嫁女子的丈夫吃醋"。孰料经历了好几场无疾而终的爱情，到死也没娶上老婆。他说，离婚绝不是解决家庭冲突的良策，却是保障婚姻的良药，"更是保持爱情鲜活的唯一秘密"。

时过境迁，如今的经济学家听到休谟的话，多半会耸耸肩说："什么爱情婚姻家庭？一切都是为了效率。"在他们眼中，婚姻不过是一种劳动力组合，用来生产其他方式很难生产的东西。比如曾获诺贝尔经济学奖的加里·贝克尔（Gary Becker）在《人类行为的经济分析》中就认为，婚姻主要生产一类很特别的耐用消费品——子女。在此之外，才生产爱情、声望、健康等副产品。这套经济学说辞令人道德上不悦，却非毫无道理。离婚的原因千奇百怪，但多数调查表明，没有子女的家庭更容易分崩离析。用经济学的行话来讲："当婚姻这种劳动力组合缺乏效率时，它就不大有存在的理由。"

然而经济学家犯起错误来也相当可怕。当他们说一夫一妻制是典型的婚姻形式时，笑话就闹大了。像贝克尔那样把它称为"最有效率的婚姻形式"，更是满嘴跑火车。事实上，现代人的婚姻方式，也就是一夫一妻制，信史以来纯属特例。人类学家对有案可稽的社会做过一个统计，大大小小1154个人类社会，980个都实行一夫多妻制，占了总数的85%。可见效率这个标准，要结合具体的历史条件来看。

一般情况下，最重要的历史条件莫过于经济环境。当整个社会都在生存线上挣扎，一个人拥有多个配偶的可能性就会大大降低。这叫作"经济强制型"的一夫一妻制。然而贫富总会分化，社会迟早出现等级，这种婚姻形式很早就崩坏了。《圣经》所记，3000多年前的所罗门王已拥有"妃七百，嫔三百"。据说他宣布："I had all the women a man could want."意思是，凡男人欲得之女人我都得到了。显然，他的"高效"是以大多数人的"低效"为代价的。

任何一个肉体凡胎的男人，要实现所罗门那样的宏愿，都少不了血淋淋的争斗。人类学家劳拉·贝茨（Laura Betzig）发现，在八九千年前，当人类从采集狩猎时代转向农业时代时，一夫多妻制就诞生了。而这种制度的施行，离不开两个要素：极端的等级政治以及绵绵不绝的暴力杀戮。

在如此制度下，印加国王可以把他的官员划分为四个等级，规定他们迎娶女人的标准为7个、8个、15个和30个；祖鲁国王可以独占一百多个女人——这些"妻子"随时可能会因为在饭桌前咳嗽喷嚏被"丈夫"下令处死。越是暴君，通常子嗣越多。而这些后代肯定不会出自三两个妻妾之腹。在学者的研究里，埃及的拉美西斯法老，中国的隋炀帝，还有纵横亚欧的成吉思汗，都是践行一夫多妻制的典范。还有人做过基因测定，估算出全世界约有1700万人是成吉思汗的直系后裔。稍有常识的人都会懂得，在这个骇人的数字背后，掩藏了多少草原变坟场的悲惨故事。

少数统治者慢慢意识到，一夫多妻制跟其他等级制度一样，有着重大的缺陷——它摆脱不了以暴易暴的特性，江山往往坐不稳，嫔妃转眼成了别人家的。于是他们发明了"社会强制型"的一夫一妻制，用来掩饰赢家通吃的特权。奇妙的是，这往往能够迎合社会中下层的心理需求。他们以为，这里面包含着某种道德上的价值：平等。在这个历史进程中，基督教的伦理观帮了不小的忙。

然而事实是，这种社会强制型的婚姻形式从未真正彻底地实施过。在中世纪的西欧，一夫一妻制与"初夜权"（Droit du seigneur，直译过来就是"领主的权利"）并行不悖；差不多同时期，宋朝人把自己的妻妾出租给光棍或和尚的事情时有发生。它更像是一夫多妻制的修订版，只是打上了好几个"补丁"。

重大的补丁有二，一个叫爱情，另一个与之匹配的，就是离婚。而它们的普及，距今不超过400年，和现代政治的出现大约同步。这正是休谟把婚姻制度与离婚问题放在《论政治与经济》一书里讨论的深层原因。

当"补丁"本身不再稳定，这套程序就会露出原初的轮廓。居高不下的离婚率产生的正是这个效果。它使现代社会已经没有单纯的一夫一妻制，而是由一系列不同形式的婚姻所组成。坦率地讲，至少对于居于社会等级上层的人士而言，这就是一夫多妻制。

（摘自《国家的计算》，广东人民出版社2018年7月版）

# 杂感录

## 给后代留下什么

_刘荒田

从抗战时期援华美国飞虎队老兵及其亲属的回忆录中，读到一篇朱先生的女儿对父亲的追述。朱先生1925年出生于旧金山，祖先来自广东台山，是第三代移民，早年就读于柏克莱加州大学。1943年朱先生从军，加入飞虎队属下的407航空服务队，驻扎中国。退伍后，他回到旧金山，在屠宰公司工作至退休。他娶的妻子，也是在旧金山土生土长的台山人。早在上幼儿园时，他们就认识了。朱先生夫妇养育了六个儿女，最小的女儿在父亲去世以后，回忆童年往事，举出两桩：

一是吃晚饭。每天傍晚，在母亲监督下，孩子们都坐在饭桌旁。下了班的父亲进门，大家必同声说："爸爸回来了！"爸爸把外衣脱下，挂好，走向母亲，亲吻她的脸颊，轻声说："甜心辛苦了！"然后，在柔和的灯光下，一家子动筷子。家口多，菜式难免简陋，气氛的和乐却弥补了物质上的缺陷。这样的仪式，一直延续到孩子长大，离家自立。

二是睡前。六个孩子在两个相连的卧室就寝。临睡前，爸爸必进来检查，看每一个睡下没有。然后，爸爸站在卧室之间的门前，把所有电灯按熄，只留下门上的小灯。爸爸轻声说："祈祷。"领着孩子们，用他祖先所来自的县份的方言——台山话，念出祷辞："多谢耶稣，有衫着（有衣服穿），有嘢吃（有饭吃），有屋企（有屋子住），爱妈妈，爱爸爸。"

孩子的嗓音，从婴儿时代的奶声奶气，到少年的变声期，爸爸的引领从来不曾缺席。这场面之所以教我震撼，是因为朱先生把一代代传递的乡愁，渗透于家庭生活的宗教情怀和对儿女的深深爱意之中。借此可知，大半个世纪前的唐人街，即便是不大会说中国话的"香蕉"型同胞，他们的日常生活状况。

想起另外一个场面。六年前，美国前总统克林顿在全美最热门的访谈节目——哥伦比亚广播公司（CBS）由大卫·雷特曼主持的"深夜脱口秀"上，谈到独生女的出嫁：露天婚礼上，结婚进行曲快要奏响，披雪白婚纱的女儿，挽着老爸微微颤抖的手，即将走上草地之间的小道，女儿对老爸来个"约法三章"：一、不要踩在草地上。二、不要打踉跄。三、不要哭。克林顿对主持人骄傲地说：我全做到了！他又说，把女儿交给新郎那一刻，想起女儿学步的第一步，仿佛是昨天……我借此断定，这位品行不无瑕疵的政治家，给予女儿的总体印象是正面的，为父者于其从小到大所示的爱意与文明，永远在女儿的心里延伸。

此刻，仿佛听到朱先生家中的晚祷和克林顿陪女儿踏在红毯上的脚步，我沉思：作为父亲，在儿女的记忆中，留下什么呢？作为祖父、外祖父，将被长大后的孙辈描绘为怎样的形象呢？也许，比诸给后代留下多少遗产，比诸为儿女所做的或隐或显的"牺牲"，美好的记忆更为紧要。

何为"美好"？我们这"倒霉的一代"所留下的童年记忆，是不多的撒野之趣，加上大量的"反证"，如：放学回家，灶膛和父母的脸都是冰冷的，父母从来不会说："宝贝，我爱你。""孩子，你好棒！"饭桌上，喂不饱小小的胃，却常常因为"不听话"被拧耳朵。家里总是入不敷出，总是叹息和咒骂。但是，能责怪忍辱负重的双亲吗？他们单为了把一群饿鬼托生的孩子养大，已耗尽全部心力，何况还有一波波的"政治运动"？今天，这些不幸已离我们远去。但是，为何还有那么多家庭，毫无理性祥和可言——家庭成员似乎都是情绪的俘虏，相互怨恨，整天吵架？

为了孩子，记住一句话吧：要后代成为什么样的人，自己先做这样的人。

（原载《今晚报》2018年9月3日）

# 卑之无甚高论

_莫言

拙作《天下太平》获汪曾祺华语小说奖，十分高兴。汪先生是短篇小说大师，一篇《受戒》在20世纪80年代文学创作中尚有诸多清规戒律时另唱别调，令人耳目一新。其后模仿者甚多，但得其神髓者甚少。盖因欲作散淡之文，应先做散淡之人，而遍视当时文坛，能具汪先生那般散淡心态者，确也寥寥无几。

汪先生的散淡当然不是故作的姿态，他的散淡来自曾经沧海，来自彻悟人生，来自司空见惯。但汪先生并不是绝念红尘的老僧，他的那颗童心蓬勃跳动着，使他的作品洋溢着天真和浪漫。这样一种老与嫩、动与静、山与水的融合，使他的作品呈现出一种既有传承又有创新的独家气象。

有人有才而无趣，有人无趣而多才。汪先生是多才而有趣之人。有人留下文章没留下故事，有人留下故事没留下文章。汪先生是既留下很多文章，又留下很多故事的人。当然，现在流传坊间的很多汪先生的故事与许多被众口相传的名人故事一样，是不能当信史对待的，但故事编撰者的爱憎是分明的。

其实我与汪先生并没太多的交往，见过数次，历历在目。一次是我在原解放军艺术学院文学系读书时，听汪先生讲课。讲课开始，汪先生先在黑板上写了六个大字："卑之无甚高论。"然后从他家乡集镇上米店、炭铺、中药房大门上的对联讲起，油盐酱醋，喝酒饮茶，全是日常生活，一字没提《受戒》。课后，我追他到大门口，问和尚头上所烧戒疤的数目。他略一思索，说："十二个。"第二次是拙作《透明的红萝卜》在华侨大厦召开研讨会，他参加了。主持会议的冯牧先生说："连汪先生都来了啊。"第三次是首届"大家·红河文学奖"授予拙作《丰乳肥臀》，颁奖典礼在人民大会堂进行，汪先生是评委，出席了仪式。席间，他悄悄地对我说："你这本书太长了，我没读完。"

之后在一个晚会之类的活动上，又见过一次。散会之后，他在那些履行完使命的花篮前专注地挑拣着花朵，几位女子帮他挑选。这情景鲜明地烙印在我脑海，以至于每当提起他，便想起他挑选鲜花时的神态。

这次荣获汪奖，是评委们为我创造了一个缅怀汪先生的机会，谢谢你们。

拙作《天下太平》，原本是想写一个悬疑故事，里边原本有用渔网拖上来令人不快物品的情节，但考虑再三，感觉不好，便改写成现在这样子。当然现在这样子也未必好。

谈到自己的小说，就想起汪先生写在黑板上的"卑之无甚高论"。几十年来，我一直从字面上来理解这句话，以为汪先生只是在谦虚，今日一"百度"，才知道此句还有提醒他人讲实际问题，不要空发议论的意思，而这意思，无论是对从事什么工作的人来说，都是好意思。

那天，在军艺的课堂上，汪先生讲没讲他的老师沈从文先生传授给他的小说秘诀——贴着人物写——我确实记不清楚了，但经汪先生传播之后的沈先生的这句话，在我们这茬作家中，产生了深刻的影响。吾生也晚，无缘聆听沈先生讲课，猜想中，他讲课的风格，应该与他的高足汪先生相似吧？——他们都是沉静敦厚但又内蕴灵光的人，也都是笔下滔滔但又不善言谈之人，更相似的一点，他们都"但开风气不为师"，这句话与教师职业并不矛盾。那些自以为开了风气，插旗招徒，啸聚江湖的人，大多是无甚建树者，而如沈先生汪先生，却是在谦虚中引领了风骚。

（原载《今晚报》2018年6月11日）

# 敬畏每一粒尘埃

_刘世芬

我的经验不知是否普遍：尽管闹市中心，周边高楼林立，围在其中的菜市场虽不那么尽如人意，但不可或缺。我家附近的这个菜市场，一墙之隔就是一片高耸入云的住宅区，几步之遥就是一座新落成的CBD——不错，这个光鲜时尚的庞然大物，地下一层就有一家大型超市。可是它建成三年多仍不能完全代替农贸市场的某些功用。菜市场的那些菜摊、鱼摊，进出口的那些小吃摊——你不要期望它具备超市的整洁和秩序。这些地方，理直气壮地和市井百姓分享着另一个名称——脏乱差。

那天傍晚，我正要走进菜市场时，发现一对七十多岁的老夫妻，他们开着一辆电动三轮车驶出那个肮脏的进口。令人瞩目的是那摇摇晃晃的车上码成的一座小山——整齐地压叠好的纸箱、泡沫箱以及各种包装用的塑料盒子。目测一下，那满满的一车，载重量远远超出那车子的承重。那位古稀老妻驾车，丈夫紧挨她而坐，空间太小，丈夫的一只手要放在妻子扶车把的手上面。他们的衣着破烂不堪，妻子头上围一条看不出颜色的围巾，丈夫戴一顶油渍斑斑的破帽子……他们的车看似岌岌可危，跑得却挺快，那摇摇欲坠的样子，使得路上的车都自动让路，他们就那么大摇大摆地消失在车水马龙中。

世俗眼中，或许这是活得"糟糕"的一类人了。然而在我看来，这样的生存，让我生出一丝敬畏。那两个古稀老人，他们的生活状态、活着的心劲儿，让我平时经常涌起的抱怨立即遁形——我站在路边，向他们默默地行注目礼。

几年前，我换了第五台电脑——戴尔一体机，系统自带WORD2007。我把用WORD2007敲出的稿子发给一个朋友。对方打不开，对我一通埋怨，好像我极其弱智又故意使其难堪。我立即咨询一个电脑工程师。他告诉我，如果对方电脑对 2007 不兼容，又不能转换，就打不开文档。他教我一招儿，在建立一个新文档时做成 WORD2003，一般电脑都是兼容 WORD2003 的……那之后，我每写一篇稿子，首先做的一件事就是将文档做成 WORD2003，然后再敲字。久之，成为积习，明知许多编辑都可以打开 WORD2007 了，但下意识里仍会在第一时间完成转换，以保证对方打开时万无一失。

之后的几年，我衷心感谢那位因 WORD2007 对我心存芥蒂的朋友，是他让我养成一个摒弃自我、想着他人的习惯。我也经常想起那对古稀老夫妇和那座高高的"小山"……生活的温柔之处在于，总有一个人、一件事的出现，让你原谅之前生活对你的所有刁难。

记得有人对我讲过，生活将我们磨圆，是为了让我们滚得更远。还有人告诉我，有时一根发丝就可能勒死一头牛、拦截一辆大卡车。有人做过统计，这个世界上已经活过了 1800 亿人，未来也还会有无数个 1800 亿人生活。你觉得比天还大的委屈和难以抑制的愤怒，放在这 1800 亿人中来看，瞬间泡影皆无。

印度灵性导师萨古鲁说过一句话：这个星球上只有一个问题——一大堆糟糕的人类，其他一切都棒极了。我对这句话是存疑的——尽管我的同类经常整出些不太良善的动静，可也不至于那么糟糕嘛。直到有一天，看到一个假设：倘若这"一大堆"糟糕的人永远从这个星球消失呢？这个假设来自一组图片，主题是"废墟"，标题为"人类消失之后"。一张张翻过去，触目惊心。此前，我每天穿行于高楼大厦的都市里，对废墟竟有了恍如隔世的陌生……

曾天真地想象，人类消失之后，倘若还有"后人类"，倘若还有不朽，倘若还有一丝精魂游荡在天地间，是否应该就是作家的作品？然而，一部纪录片《人类消失后的世界》告诉我们：纸质的书籍、声画作品、电子数据、光盘等各类精神存储器，都会在人类消失不到百年内被风化腐蚀而归于尘土。可见，人类视为永恒的灵魂产品也并不永恒。

想起鲁迅笔下那个刚刚降生的男孩：这孩子将来是要死的……在那部纪录片里，如果有人说这话，将不会再遭打了，因为一切最终归零。

但是，如何面对如此庞大的无奈与虚无？因为会死，所以要好好地活，精彩地活。于是深信：存在之时，天地之大、芥豆之微，每一粒尘埃，无论多么"糟糕"，它们都曾认真存在过，都值得敬畏。在存活之时，于敬畏中获得每一天的意义——这，或许才是人生的正确打开方式。

（原载《今晚报》2018 年 8 月 28 日）

# 不怕活的精神（外一题）

_汪强

千百年来，不知有多少人歌颂过不怕死的精神。这可以理解，毕竟死是可怕的，不怕死是要有勇气的。而有一种说法，叫作"生不如死"。既不如死，那这种活（生）就比死还要可怕。如果一个人能不怕这样的活，就要有更大的勇气，也就更值得赞扬。

我的一个朋友多次对我说过，如果他患了重病，到了生不如死的地步，他就会主动地放弃活、选择死。他说，他这样做，是因为他不够坚强，不愿经受病痛的折磨。可后来他不幸患上癌症，一旦疼起来身上好像有几把、几十把、上百把刀子在自己体内乱戳，如果按照当初的说法，他应该选择死了。但是，他不仅没有放弃活，还强迫自己多吃一点以便自己能多活几天。不是他改变了自己的观念，而是他丢不下自己的老娘。他说，我只要从楼上纵身一跳，就彻底解脱了。可我死了，娘怎么办？她就我一个孩子呀。古人说，父母在不远游。现在娘还活着，我怎能将她一个人丢在家中，一个人跑到另一个世界旅游呢？这不是要了娘的命吗？他说，人应该有处置自己生命的权利。但不能为了自己的安乐就不管亲人的痛苦，放弃自己对亲人的责任。

是的，人活在世上是有责任的，要对父亲母亲负责，要对妻子儿女负责，要对朋友负责，要对社会负责，而要负责就必须活着。试想一下，如果我的这位朋友真的从楼上纵身一跳，其老母得知唯一的儿子先他们而去，会不会喊着"儿子呀，等等我"也爬上窗台纵身一跳？即使不如此吧，老母怎样度过她的余生？会不会从此过着以泪洗面的日子？幸好他没有一跳，而是活了下来，他的母亲有了幸福的晚年。

司马迁通晓历史，知道卫灵公与宦官雍渠同坐一辆车子，孔子感到羞耻，便离开卫国到陈国去，知道商鞅靠了宦官景监的推荐而被秦孝公召见，贤士赵良为此寒心，知道太监赵同子陪坐在汉文帝的车上，袁丝为之脸色大变。总之，他知道受到宫刑是奇耻大辱，甚至只要接触到受过宫刑的人，也是不可靠近的。不幸的是因仗义执言为李陵辩护，司马迁惹怒了汉武帝，这大辱落到了他的身上。士可杀，不可辱。不难想到，司马迁受到了宫刑，内心是何等的痛苦。在《报任安书》一文中，他说，我之所以忍受着屈辱苟且活下来，陷在污浊的监狱之中却不肯死，是遗憾我内心的志愿有未达到的，平平庸庸地死了，文章就不能在后世显露。显然，这段话隐含了两层意思：其一，受了这样的羞辱后，他曾感到没有脸面活下去，也就是说，他想到了死；其二，为了写史，他没有自杀，选择了活。幸亏他做出了这样的选择，没有像屈原那样投江自杀，要不然就没有《史记》这皇皇巨著。他如此做，是有前辈做榜样的，孙膑被截去膝盖骨后没有自杀，《兵法》才撰写出来；吕不韦被贬谪蜀地没有自杀，后世才流传着《吕氏春秋》；韩非被囚禁在秦国没有自杀，才写出了《说难》《孤愤》。相反，屈原在被放逐之后如果有不怕活的精神，他也许可以为中华民族添加更多的精神财富。

在写完《史记》后，司马迁告诉朋友，他打算把它藏进名山，传给可传的人，再让它流传进都市之中，那么，我便抵偿了以前所受的侮辱，即便是让我千次万次地被侮辱，又有什么后悔的呢！此时，他不再为受到宫刑而自卑，相反为写出不朽的作品而自豪。如果受了宫刑就离开世界，他就是带着屈辱走的。而这个时候离开世界，他就是带着荣耀走的，前者最多得到同情的目光，而后者却能得到人们的景仰。从自卑到自豪，这是巨大的飞跃。而要产生这一飞跃，离不开司马迁不怕活的精神：不管受到多少屈辱也要活下去，只有活下去，才能实现自己的价值。

我们要有不怕死的精神，也要有不怕活的精神。

（原载《清风》2018年第7期）

## 儿女之恩谁见了

《红楼梦》中说："痴心父母古来多，孝顺儿孙谁见了？"而我要说："父母之恩何其多，儿女之恩谁见了？"

那天，我输入"儿女之恩"搜索，显示的条目虽多，却没有一处是将四个字连在一起的，而是四个字分成两处，以"儿女……之恩"的格式出现，如"儿女应该怎样报答父母的养育之恩""儿女要报答父母的养育之恩"。相反，输入"父母之恩"搜索，可搜出大量没将"父母之恩"拆开的条目，如"父母之恩永世难忘"。也就是说，网上有"父母之恩"这个词组，而无"儿女之恩"这个词组。

不仅在网上，在日常生活中，也只有人说"父母之恩"，而没有人说"儿女之恩"。语言是对实际生活的反映。既然没有"儿女之恩"这个词组，是不是意味着社会生活中儿女不可能有恩于父母？不，我以为不是。

其一，人们常说，有恩报恩，意思是对于别人的恩要用恩来回报。那么对于父母之恩，就该用儿女之恩来回报。可是，如果不存在儿女之恩，那儿女拿什么回报父母之恩呢？

其二，按词典上解释，"恩"有两层意思，一是"好处"，一是"深厚的情谊"。"父母之恩"就是父母给儿女的好处，或父母与儿女之间的情谊。那么，儿女能给父母好处吗？或儿女与父母之间存在情谊吗？回答是肯定的。不用说儿女会为父母做事了，就是刚出世的儿女也会给父母带来好处，这好处就是给父母带来了希望，让家庭增添了生机。一个家庭再富有，若是没有孩子，屋子里就少了活力。

然而，对"恩"字还有一种解释，这个解释不是在词典上，而是在人的意识深处。按照这种解释，不是只要甲对乙带来好处，就一定可以说甲对乙有恩，还要看双方的身份。父母给儿女带来好处，又是儿女的长辈，可以说父母对儿女有恩。皇帝不杀大臣的头（不管该杀不该杀），身份又远高于大臣，就对大臣就有恩，大臣就应该一边磕头一边说："谢主隆恩！"至于儿女，哪怕他们为父母做得再多，甚至救了他们的性命，也不能说他们有恩于父母。至于大臣，哪怕功劳再大，为皇帝保住了江山，也不能说他们有恩于皇帝。这样，我们就明白了为什么没有"儿女之恩"这个词组。

若追问，为什么儿女不可以有恩于父母？回答是儿女的一切都是父母给的，无论为父母做什么都是应该的；况且，说儿女有恩于父母，岂不是父母要报儿女的恩？这是什么礼？反礼！若追问，大臣不可能有恩于皇帝？回答是大臣的一切都是皇帝给的，无论为皇帝做什么都是应该的。况且，说大臣有恩于皇帝，岂不是说皇帝要报大臣的恩吗？这是什么礼？反礼！

如果你还是不明白，那就向国学大师请教，他们会告诉你儿女之恩为什么不存在，告诉你事事都要讲礼数。若是觉得大师难遇，也可以问问自称为父母官的人，他们也同样知道有恩的是父母，不可能是儿女。

（原载《上海法治报》2018 年 8 月 6 日）

# 是什么限制了想象力？

_陈鲁民

鲁迅曾讲过一个笑话：大热天的正午，一个农妇做事做得很辛苦，忽而叹道："皇后娘娘真不知道多么快活。这时还不是在床上睡午觉，醒过来的时候，就叫道：'太监，拿个柿饼来！'"这就是所谓"贫困限制了想象力"，含辛茹苦，没见过世面的山乡农妇，就是绞尽脑汁，也只能把皇后的幸福生活想到这个高度。

记不得是哪年央视春晚有个小品，扮演穷汉的演员一脸羡慕地憧憬着富人的日子，说："等将来咱有了钱，就天天喝豆浆吃油条，想蘸白糖蘸白糖，想蘸红糖蘸红糖。豆浆买两碗，喝一碗，倒一碗！"贫困卑微限制了他的想象力，他无从知道富人生活要远比这精彩奢华得多。远的不说，时下常出来炫富的一个女明星，就透露说，一家三口每个月的伙食费要几十万元，真不知他们每天都吃点啥——但肯定不是豆浆油条。

其实，不仅贫困会限制想象力，豪富同样也会限制想象力。从小锦衣玉食，在蜜罐里长大的贾宝玉，根本就不知道穷人是咋过日子的，他去探视卧病在家的晴雯家，看到满屋子破破烂烂，家徒四壁，脏得要命，连个坐的地方也没有，让他大吃一惊也大开眼界。这也就是迅翁说的那段名言："煤油大王哪会知道北京捡煤渣老婆子身受的酸辛，饥区的灾民，大约总不去种兰花，像阔的人老太爷一样，贾府上的焦大，也不爱林妹妹的。"

高高在上，也会限制人们的想象力。最典型的自然是晋惠帝的"何不食肉糜"，灾民没粮食吃，灾情汇报上来，傻皇帝诧异地问：没粮食吃，咋不吃肉粥呢？生在深宫，享尽荣华富贵的晋惠帝，能问出这样流传千古的奇葩问题，一点也不奇怪，当然他也有点弱智。但即使精明博学如乾隆皇帝，因久居深宫，对民间生活不甚了了，对海外世界更是一抹黑，照样受困于想象力的贫乏，不仅屡被下臣蒙蔽却不自知，也无法相信海外发生的科学经济巨变，错失了与世界接轨的大好时机。

道理很简单，存在决定意识，对客观世界的认知条件决定一个人的思想深度、高度、广度，而每个人都会囿于一定空间，局限于一定条件，其想象力生发的基础也不同，想象力的发挥也大相径庭。曹雪芹能写出《红楼梦》，是因为他曾经有过这样的豪富生活，知道什么叫烈火烹油，骄奢淫逸，既见过猪跑，也吃过猪肉，再加上丰富的想象力、天才的创造力，于是就有了这部巨著的横空出世，辉耀古今。而这样的题材，蒲松龄、吴承恩、施耐庵是无法驾驭的，不是才气使然，而是缺乏想象力的必要基础。

要破解想象力受限的怪圈，别无他法，关键就是一句话：实践出真知。见多识广的人，肯定要比孤陋寡闻的人想象力丰富得多；常接地气的人，肯定要比闭门造车的人想象力丰富得多；博览群书的人，肯定要比不学无术的人想象力丰富得多。因而，要使我们的想象力少受限制，"让思想冲破牢笼"，就只有读万卷书，行万里路，方能做万般事，驶万年船。

相比较而言，穷人、富人的想象力受困，都是其个人私事，可能会影响其生活质量或发财速度。而官员领导的想象力受限，则会影响一个部门、地区属下百姓的发展前途与幸福指数，譬如决策失误，瞎乱指挥；心血来潮，自以为是；因循守旧，不求进取，其中都有想象力受困的因素。化解之策，就是要跳出文山会海，多下来走走，勤深入基层，听听群众呼声，了解百姓疾苦，自然会开阔思路，想象力丰富，进而谋划合理，决策科学，措施得力，政绩扎实。

什么限制了我们的想象力？多思考一下这个问题很有好处。

（原载《讽刺与幽默》2018年1月19日）

# "和而不同"与异端（外一题）

_叶匡政

"和"在中国文化中，是一个很重要的字。如今的人，理解"和"字，多限于平和、和缓、和睦、和平这类日常意思。不能怪今人见识浅，因为现代白话，是以远离中国传统文化为特征的。所以对字的理解，自然也少了古人胸中的意蕴。

《尚书》中就有"和"字，《舜典》说："八音克谐，无相夺伦，神人以和。"舜谈的是音乐教育，认为八种乐器只有合奏得谐调了，不乱了次序，神和人听了才感到和谐。

到西周末年幽王时，郑桓公的史官，觉得世人对"和"字理解有偏差，第一次把"和"与"同"放在一起来论述。他对郑桓公说，周朝必灭，理由是当时的周幽王"去和而取同"。他说"和实生物，同则不继"，认为不同而异质的事物，只有并育竞发此起彼伏，世间万物才能生生不息；如果事物都趋于一致的话，世界就难以为继了。他强调治国要用"和"，就是承认异端的存在，而不能一味求"同"，唯我独尊，铲除异己。果然他预言不久，西周就灭亡了。

到春秋时，齐国之相晏婴，再次对齐景公说到了"和"与"同"的分别。齐景公与晏子聊天，称只有宠臣梁丘据与他是"和"的。晏子答道，他就是"同"罢了，怎能说得上"和"呢？他认为君臣之"和"，是国君说"可"时，臣可对国君说"不可"，来完善其"可"；而国君说"不可"时，臣下要指出其"可"，来去其"不可"。梁丘据不过事事听从国君，只是"同"而已，怎能称得上"和"呢？他拿烹饪和音乐来打比方，说明"和"不仅是不同事物的调和与包容，还包括对立事物之间的相成相济，如清浊、小大、短长、快慢、刚柔、高下等，这些对立事物之间的平衡与统一。晏子论证了"和"的前提是承认差别、对立和异端。在《晏子春秋》中，晏子把"和"

更简洁地定义为"君甘则臣酸,君淡则臣咸",就是说,臣要站在执政者的对立面,才能共奏出和谐的乐曲。

孔子时代,对"和"与"同"的认知,又向前走了一步。孔子把"和"完全看作"同"的对立面,很坚决地反对"同"。所以《论语》中说:"君子和而不同,小人同而不和",意为君子追求和谐却不同一,而小人追求同一却不和谐。这和孔子说的"君子群而不党"意思相近,认为保持个体的独立性才能达成社会的和谐。一旦求"同"求"党"了,就会要求消灭这种差异和独立性,异端更会失去存在的理由。孔子强调多元观,所以把"和"与"同"对立起来,认为"和"的前提就是不同,就是承认、赞同彼此间的差异和区别。只有将这种差异和区别,安排在合适的位置和结构中后,才会有整体的"和"。

有了对"和同"思想的理解,再看孔子的另外一句话,就会有新的理解。这句话是:"攻乎异端,斯害也已。"过去大多把"攻"字,释为"专攻",这句话意思就成了:专攻或致力于异端学说,是有害的。结合孔子"和而不同"之说,这里的"攻"解释为"攻击"是非常合理的,这句话可译为:攻击不同于你的异端学说,那是有危害的。

后来的阐释者,大多没有理解孔子将"和"与"同"对立起来的意义,只是对二者关系作了庸俗化的演绎。朱熹注道:"和者,无乖戾之心,同者,有阿比之意。"把"同"看作是一种阿谀奉承、盲目附和的态度。到何晏时,将"和同"关系与是否"争利"连在了一起。虽有一定道理,但都是从现象层面来理解二者的关系,过于简单化了。

## 密室之约

房间里的空气凝固了,只听到南子身上的佩玉发出清脆的响声。孔子向北跪拜行礼,南子精心打扮后,站在薄纱的帷幕后面,回拜答礼。《史记》对孔子会见南子的情形,只有寥寥数语,然而后代却对这段史实有过大量演绎,给这段千古谜案又增加了一层迷雾。可能由于孔子身边出现的女性太少,所有典籍中甚至都没有提到过他的妻子。这样一段绯闻被历代夸张渲染,引起无数争辩和演绎,也就能够理解了。

其实,子见南子,在当时就引起过很大的反响。否则《论语》中不会记录子路对此事的不悦,使得孔子不得不对弟子发誓:"予所否者,天厌之,天厌之!"意思是:我若做错了,天会厌弃我。正是《论语》的这个誓言,让后人对孔子逃离卫国的真相，有了更多探究的兴趣。

南子是卫国国君卫灵公的夫人，深得卫灵公宠幸。她不仅干预朝政，还与灵公宠臣弥子瑕关系暧昧，声名狼藉。司马迁记述这段史实时，说的是南子一定要见孔子，"孔子辞谢，不得已，而见之"。

从子路的不悦能看出，孔子其实也可以拒见，所以子路怀疑孔子是想借南子以求仕。不过，孔子说："我是不想去见她，但既然见了，就得以礼对她。"

今天女性多对孔子缺乏好感，原因很简单，凭的就是《论语》中的一句话："唯女子与小人难养也。"认为轻视女性。这应该说是误解，缘由是仅从字面去理解了"女子"二字的本意。这句话原文为："子曰：唯女子与小人为难养也，近之则不孙，远之则怨。"后半段好解释，意思是如果和他们亲近了，他们就不知有逊让；如果和他们疏远了，他们便会埋怨你。

有一个"养"字，表明这里的"女子与小人"指家中的人。朱熹注解"女子"为家中的妾，而"小人"则是家仆或下人。钱穆认为妾要比仆人近一些，所以孔子把"女子"放在"小人"之前说，因为善于管理妾与臣仆，在古代也属君子"修身齐家"中的一件大事。可见那时，人们并没有把孔子所说的"女子"看作是所有的女性。

还有一种解释，也有依据。认为先秦语言多为一字词，男人称为人，也称子；而女人称为妇，也称女。那么由此可推理出这里的"女子"，并非泛指所有女性，而是和淑女相对的那一类女人，如同"小人"与"君子"一样。君子和淑女便是人格上成熟的人，而小人和女子则指不成熟的人。《孟子》中那些有"女子"的字句，指的就是还在青春期，并不成熟的女性。如"女子之嫁也，母命之"，再如"女子生而愿为之有家……不待父母之命、媒妁之言"，这里的女子说的都是还未成熟的女性。

有学者考证，像"女子无才便是德"这种民间说法，到了明末才开始出现。民间有了这种思潮以后，立刻遭到了很多儒家学者的反对。如明末的赵如源认为：夫"无才便是德"似矫枉之言，"有德不妨才"真平等之论，而章实斋则说：古之贤女，贵有才也。中国古代对女性学的研究非常丰富，只是这种对女性生理性别和社会性别的认知，在今天完全失传了。

还记得电影《孔子》，把"子见南子"演绎成了一个黏糊糊的故事。密室的空气里，弥漫着南子情欲的味道。周迅遍身珠翠，绕着跪拜的周润发转圈，周润发暧昧地闭上了眼，露出了说不清道不明的眼角纹……从那眼角纹中，显露的仍然是这个时代对孔子的误读与曲解。

（原载《今晚报》2018年4月13日、5月15日）

# 鸟儿问答（外一题）

_许家祥

别墅的阳台上挂着鸟笼，笼子里有个支架，上面站着一只小鸟。它一会儿蹦上栅栏，一会儿跳到笼底，一会儿发出清脆的叫声，一会儿慢慢地啄食，一会儿喝几口水。优哉游哉，十分满足。

一只飞鸟落到阳台上，笼中鸟问："哈啰！你是谁？"飞鸟扑闪着翅膀："我是飞鸟，你呢？""我是笼中鸟！是主人最喜欢的鸟，也是地球上最伟大最光荣最幸福的鸟。"

"何以见得？"

"你瞧瞧我的羽毛，多么好的花纹，多么好的色彩！瞧清楚了哟，像不像大红锦袍身上穿，是不是'大红冠子绿尾巴，油亮脖子金黄脚，人人见了人人夸'？"

"你再听听我的嗓音，我免费给你唱两句：'我是一只小小鸟……我寻寻觅觅，寻寻觅觅一个温暖的怀抱，这样的要求算不算太高……'好听吧！清脆悦耳，余音绕梁，听起来心旷神怡，绝对的天籁之音，鸟类最强音，宇宙好声音。"

"既然你这么漂亮，又有一副好鸟音，为何待在笼子里，何不到外面走一走、看一看？外面的世界很精彩，笼里的世界很无奈哟！"

"子非鱼，焉知鱼之乐？告诉你吧，我的幸福指数全球最高。你看我住的笼子多么漂亮，生活多么安逸，每天主人都给我换上清清的水、碎碎的小米。我不愁吃、不愁穿，日晒不着、风吹不着、雨淋不着。不像你，要担心天敌的袭击，还要四处觅食。咱俩比起来，天上人间呀，我比你强多了、阔多了！"

"不管你强也好、阔也好、伟大也好，幸福指数最高也罢，可你毕竟是一只鸟，是鸟就要在蓝天中自由飞翔，自由才是最宝贵的。"

"我们笼中鸟是从来不飞翔的,我们祖上说过:飞翔是一种病……"

飞鸟再也无话可说,长叹一声,转过身,展翅飞向蓝天。

## 无知是福

有人说"健康是福",有人说"吃苦是福",有人说"吃亏是福",都不无道理。在我看来,"无知"也是福。请看一个小故事:

一天,猴子得到一面镜子,向其他动物显摆。

熊往镜子里看,立即说很伤心,自己居然长着一副难看的脸。

狼说,它真希望能有一张牡鹿的脸和一对漂亮的鹿角。

动物们照过镜子后,都很悲伤,为的是自己没有长着一张森林中其他动物的脸。

猴子把镜子拿给猫头鹰,猫头鹰已见证了整个过程。它说:"我是不会对着镜子看的,因为我肯定会跟大家一样。在这种情况下,知识只不过是痛苦之源。"

"说得很对!"动物们一起动手将镜子打碎,还大声叫喊,"无知是福!"

好一个"无知是福"!仔细想想,还真的不无道理。

众所周知,知识如同一个圆圈,外圈越大,未知的东西越多;内圈越小,已知的东西越多。"内圈之人"容易鼠目寸光,自得其乐;"外圈之人"则认为不懂的东西太多,必须不断学习。学然后知不足,于是便有了忧患意识和危机意识。

无论低级动物还是高级动物,大都符合"无知是福"规律。低级动物如"井底之蛙""笼中之鸟"等,因为生活圈子小,对外界一无所知,所以自以为是,认为自己的井、笼子、猪栏是世外桃源,自己过的是幸福生活,别的动物都生活在水深火热之中。这种无知从表面上看是一种悲哀,但实质上是一种福气。你想想,猪如果知道自己长大了就逃不了被宰杀的命运,那它的日子怎么过?反倒是"无知的猪"吃了睡,睡了吃,"没有眼泪,没有悲伤",过一天不就幸福一天么?

与人类相比,动物属于"无知阶层",它们认为"弱肉强食"是地球村最好的规则,因而拒绝人类文明,不愿意照镜子,排斥人类的社会制度和先进科学技术。它们沉湎于千百年来动物世界的"优良传统"和"森林文化"中沾沾自喜而不能自拔,永远也走不出丛林。

作为万物之灵的人也分"有知"与"无知",那些有知识、真爱国的知识分子和专家，他们清楚地知道我国还是发展中国家，我们的人均 GDP 还很低，我们的国民素质、生态环境等很多问题亟待解决。他们忧国忧民，有的甚至夜不能寐。而"无知"者对外部世界一无所知或一知半解，对发达国家既无感性认识更无理性思考，有的只是盲目自大，总觉得"中国人民很行"，不但人口数量世界第一，军力也世界第一，综合国力马上就是第一。中国的科技创新 2016 年"完爆西方"，2017 年也"完爆西方"，2018 年肯定还"完爆西方"。中美打贸易战，无论何种变局中国都是赢家……凡此种种"精神胜利法"，自我感觉良好，吃得饱，睡得香，幸福感爆棚。

有一幅画，一个人站在地上，看到的是蓝天、白云、阳光，还有鲜花和蝴蝶。他很高兴、很幸福，双手微举；另一个人站在两三米高的书上，眼中是荒芜的原野、林立的烟囱和黑暗的天空。他两手悬垂着，万般的无奈；还有一个人站在数十米高的书堆上，他视野宽阔，既看到脚底下的黑暗，也看到上面霞光万道的天空。

我对这幅画的解读是，地上的人是"无知者"，站在两三米高书上的人是"半知者"，站在数十米书堆上的人是"有知者"。三个人的不同视角告诉我们，知识与幸福指数有时候成反比，"无知者"幸福指数最高。

综上所述，愚以为，"无知是福"也是一条真理，至少在一些地方和一些人群中如此。

（原载《讽刺与幽默》2018 年 5 月 24 日、7 月 27 日）

# 我和米格

_何申

"米格"如同"卡拉",也是一条狗。二十年前的初夏,我逛离宫,在宫墙根下的花鸟鱼虫市场,见到卖大小狗的,一时喜欢,花二百元买了一只。我怕小狗难养,买的是只半大狗,应该是被人养过的。卖者说这是俄罗斯的,叫米格。往下,我也就喊它米格了。

米格短毛,通体纯白,短耳耸立,体格健壮,极其好动。只是一开始没理会,后来看别的狗摇尾巴,说米格怎么不摇?仔细一看,天哪!米格没尾巴!或者说也有,但只有个小尾锥,跟没有也差不多。请教明白人,说就是这样的品种,摇不了尾巴。

那一年,我对职场是越发心烦了。按说我是从干事、科长一路干上来的,工作上的事难不住我。但那时风气渐变成规:公事难以公办,须走人情路线。比如单位内部科室调整人员变动,明明向上级或有关部门打了报告,但要批下来,还得请客吃饭或送点烟酒才行。因此,无论去权力部门还是酒席桌上,我都得笑脸盈盈,好话不断……

我很惭愧,在这点上我不如米格。米格天生傲体——没尾巴可摇,从不向人讨喜欢。又短又硬的尾巴像锥子,硬硬地向上撅撅着,像根刺向权势的尖矛。我问它:你怎么这么牛?见了我也不亲热?米格耷拉下狗眼——狗眼看人低,它一定感觉没什么了不起,都一般高,没必要低三下四地去主动亲热。

那时,报社的日子尚好过,属于热门单位。但我却一接电话就头疼:十有八九是要往我这儿塞人:曾经的老领导,你得给人家面子吧;现任的领导,你怎敢怠慢;有关部门的头头,也有求得着人家的时候;老同学老朋友,不能装不认识;自家亲戚,总不能冷冰冰……外人看我这一把手挺神气,其实我谁都不能也不敢得罪。每个电话都得让我费尽口舌,但结果还是把人伤了一圈又一圈。

我很羡慕米格，米格心无烦事，一身轻松，躺下就睡，醒来就玩。米格个性十足，脑后有反骨，我叫它老实趴着，它偏站起来。老伴看它不顺眼，它龇牙瞪眼不服气。我想教米格些什么技巧，米格不学，它不想出名。我带它出去会名犬，米格不向前凑，它不羡慕什么公子（狗名），也不喜欢贵妇。米格要做的就是自己。

我不想干了，跟朋友私下说，得到的都是善意的劝阻——你有病呀，人家想当官还当不上！没小车坐，你外出多没面子。我看看米格，米格一点也不喜欢住楼房吃狗粮还定期洗澡。它只想回归自然，回到同类中去。它像疯了一样，撕咬房间里任何能够得着的东西。为此，我家墙上钉了很多钉子，挂着诸如拖鞋等一切本该放在地板上的物件。老伴与米格的成见越来越大，说它是苏联米格飞机变的，来咱家不怀好意。

我跟米格还行，我带它上街，它有点高兴，带它去河边去山上，它欢蹦乱跳。它跑得很快，我追不上，但它终究还要悄悄回到我的身边。不过，我总觉得米格有心事。

我写了辞去行政职务的报告，并请了一年创作假。领导说假可以给你，职务就别辞了。我说实话，请创作假的目的就是为了辞职。看我态度坚决，而且已有数人闻讯争当这个社长——三条腿的蛤蟆难找，两条腿的人有的是——上面很快批下来，我立即一身轻松，领着米格路过那些机关大门，我喊拜拜吧您呀！米格"汪汪汪"跟着吼几声。

这年我47岁，二十载奋斗，一朝返璞归真。工资尚有，人成白丁。在家写小说，身边只有米格陪同。没有电话，没人串门，世态冷暖，不上我心。我很快乐，米格也很快乐，但我还想给它更大的快乐。

半年以后，米格长成一条大狗。有一天，我带它到山上，前面是一片松林，再往前是通往北方的路。我忽然想试一把，对米格说：你要是愿意走，就走吧。奇怪，米格竟然听懂了！它先是一动不动瞅着我。当我又说了一遍，它就慢慢地朝前走去，又停下，扭头朝我叫了两声，然后，就头也不回地向松林深处跑去。

我后悔，满腹狐疑待在原地，希望这一切不是真的。天暗下来，不见米格，往家走，期盼着一道白光飞到身边——但没有。老伴见我一人回来，欣喜若狂。我则一夜不眠，静听门外可否有挠门声。很遗憾，直至天亮也没有。从此，我再没见过米格，也再不养狗了。

（原载《今晚报》2018年5月4日）

# 恰到"坏处"（外一题）

_刘荒田

通用的词是"恰到好处"，指"好事情"上分寸的中庸——既无过也无不及。恰到"坏处"是我胡编的，意思是：在坏事情中，有一部分，坏得分寸刚好，坏得让人偷偷欢喜，甚至让人想起金圣叹行将被处死时的欢呼："砍头者，至痛也，无意而得之，不亦快哉！"在人间，"不如意事常八九"，但凡脑筋无贵恙的人，都明白不会老是洪福齐天，总得和坏事周旋。既然坏不可逃避，那么就有"如何坏""坏到何种地步"的讲究。这方面，鲁迅举的例子是：要杀人莫如当刽子手。

以上妙谛，是我那一次手臂摔伤以后体悟的。那一跤也够呛，右臂肘关节脱臼，复位后肿痛，难以动弹，吃饭穿衣都只能用左手，苦头是吃了些，但我不得不承认摔得恰到"坏处"。仍旧是从鲁迅的论调延伸来的，他曾批评郭沫若早期一篇"革命加恋爱"的小说，说它的主人公在战场上负伤，带着打上绷带的左手回到家里，谈缠绵的恋爱，过分讨巧。确实如此，四肢之中，伤了脚难以行走，伤了右手，如果不是左撇子，也感诸多不便。

我那一回捡了便宜，第一，如假包换地"伤"了。由专门诊治工伤的专业医生仔细观察过，拍 X 光片作佐证。"伤者"的资格确立，我就不用上班，领取保险公司支付的伤残保险金。二是伤得叫人放心，除非有意外，不会导致身体垮台，肿块逐渐消去后，我赋闲时可正常生活，打字、上网、看书、拿筷子、睡眠，动作稍慢而已。

右臂之伤固然美妙，但不是孤立事件。所谓"祸不单行"，同一年我还上了医院的手术台，给左眼割除白内障，这是外科中最小最安全的手术之一。割下眼球内壁带阴翳的视网膜，换上人工晶体时，我岂止毫无痛楚，全程 35 分钟，还带着微笑听主刀医生说他叛逆儿子的故事。

我一直倾向于把"完美人生"定义为"尝遍人间百味"。血肉横飞是伤，右臂脱臼也是，我以后者成为伤员，颇具"以文官资历获武将赏赉"的气象；再说手术，换器官、割肿瘤是手术，割白内障也是，我以后者获得躺手术台的待遇，岂不像花买冰棍的钱进了一趟罗浮宫？

以上两种"恰好"的"坏"发生在十多年前。最近读梭罗的随笔集《种子的信仰》，才晓得人算远远不如天算，老天爷使的妙不可言的"坏"中，有一种叫"牛群撞树"。

事情是这样的：供牛群吃草的牧场，因风或松鼠送来种子，各种树木老实不客气地遍地生长。而砍伐费工太大，主人多半效法爱尔兰的赶马人，穿过田野时一路上击打树木。让牛来干却省事得多。牛群喜欢冲进常绿林，在里面顶来顶去，把树木撞断或施以彻底的破坏。"经过牛角这样粗鲁的修剪，我常看见几百棵树在很短的距离内全部折断，它们还可以在旁边另寻目标。""牛爱撞树，这种现象非常普遍，你可能会认为它们简直和松树有仇，其实它们的生存依赖草场，所以本能地要攻击那些侵略了牧场的松树敌人。"

梭罗家的前院就是这样，他新栽的一棵金钟柏，吸引了一头路过的奶牛，奶牛在离地一英尺处把树撞断。自此，贴在地上的许多小枝慢慢围拢，以残树为中心竖起来，形成茂盛而完美的雏形。梭罗的邻居也种了这种树，常常修剪，都不能满意，向梭罗求教。梭罗说，当牛儿路过时，打开院子门就可以了。

（原载《解放日报》2018年4月12日）

## 过一天算一天

友人和我闲谈，提起某次和在故国大都市的侄子通越洋电话。侄子年过30，要和为跑新闻足迹遍布各大洲的伯父交流人生观，问："您怎样规划自己的人生？"伯父回答："我啊，过一天算一天。"侄子顺坡下驴，说："我也是。"友人不好直接批评一向关系不算亲密的侄子，憋了一肚子气。

友人对我说："我是电视台的新闻记者，以'新闻'为关键词的生活，并无任何预警，我无从计划，只能'兵来将挡，水来土掩'。如果半夜接到电视台的紧急通知，那是来了突发事件，我得马上赶赴现场。否则，上班时打开电脑，搜索各大新闻网络，寻找线索。我的生活态度，是由'先有新闻再有报道'的职业被动性决定的，除非导演新闻或虚构新闻。"

去年建立家庭，几个月前得一女儿的侄子，该不该效法新闻工作者过日子？或者，提升一个层次，问：年轻人的人生应是主动还是被动？据友人说，他侄子"含着金钥匙出生"，他爸爸在20世纪90年代的经商潮中，投资屡屡得手，赚下可观的财富。就在去年，老爸送给儿子的生日礼物，是崭新的宝马350跑车。父荫下的年轻人，免费住价值近千万的房屋，一天天养尊处优，自不待言。他最"繁重"的工作，恐怕是偶尔遇上保姆请假，半夜里婴儿在隔壁啼哭，被太太揪耳朵，不得不起床，调进口奶粉，放进微波炉加热，拿给抱着婴儿的太太。不错，靠上一辈赚来的财产，他和妻小都不必为明天的房租、将来孩子的入托费、进私立学校的赞助费之类发愁。

然而，友人的忧虑是有理由的。年轻人物质生活再富裕，人生道路再顺遂，都必须有近期计划，中程目标，远程愿景。自我人格的完成，和"安乐茶饭"画不了等号。哪怕仅仅出于"谋杀时间"的必要，也得筹划去哪里打高尔夫，何时往哪个地方观光，去哪里逛博物馆，看比赛。何况，终身过"行尸走肉"的日子，并非天赐特权；相反，它藏匿着无穷祸患——天下多少恶行，来自失去生命的方向？吸毒，酗酒，飙车，暴力犯罪，钱太多把后代毁掉的例子，要多少有多少！

如此说来，"有的是明天"但偏偏"过一天算一天"的生活方式必须抛弃。即使未来充满未知，来日的多寡和祸福均难以把握，也要"从长计议"。进取的人生和颓废的人生，分水岭就在于目标之有无，斗志与韧性的强弱。过一天"算"不止一天、三天、几个月，远至一年、五年，甚至"百年树人"的漫长岁月。高瞻远瞩的"算"，不是拿来糊弄恨铁不成钢的长辈，也不是自欺。而是为今天设立起跑线。唯这种"算"，使得生命丰盈。每一年元旦写下的"新年献词"，岁末予以检讨，即便惭愧多于欣喜，也只是调整的问题。明天，你将实际一些，勤奋一些。终于，计划上的"目标"和与总结里的"所得"重合，那一天单为了驾驭自我的能耐，你就该自豪一阵！

话说回来，起步之前制定的生涯规划，和耗去大半人生之后的总结，后者远高于前者的稀少，"一个小心就成功了"的人们，绝大多数是受命运殊宠的幸运儿，一般人强求不来。我们只好承认，期许太奢侈，现实付不起这个高价。然而，不管二者的差距多大，只要最后交得出"问心无愧"的总鉴定，那这辈子就算合格了。

（原载《读者》2017年11月第22期）

# 夜 静 思

_刘兴雨

## 从"一站到底"说到燕青打擂

现在的电视除了抗日神剧就是卖药、相亲,逼得我只好看"一站到底"。

尽管"一站到底"有些题太偏太怪没啥意思,但不影响我求知和观看的热情。

这个节目看得久了,就有一个意外的发现。那就是对垒的双方上阵发宣言时,目中无人把话说满者,往往是最后的败北者。

比如有人宣称:"我是王者,别人都要俯首称臣。""你完,我美"言犹在耳,他就被人斩落马下。有个号称过目不忘最强大脑者轻蔑地告诉对手:"我最想记住的是你怎样掉下去的身影。"结果,他把《诗经》中写鸟叫的"交交"说成"唧唧",自己成了掉下去的人。

由此,每听到要把别人横扫下去的宣言,心中不免就浮现起不祥的预感。奇怪的是这预感还每每应验。我甚至疑心管理胜负的人是个调皮鬼,专门挑说大话的捉弄。

"一站到底"属于知识竞赛类节目,就像过去武人之间的打擂。我不由想起《水浒传》中的燕青打擂。

燕青在梁山上待得好好的,怎么突然就动起了下山打擂的念头?

原来有个太原人任原,自号擎天柱,口出大言:"相扑世间无对手,争交天下我为魁。"这两句话换成今天的话就是"厉害了,我任原"。

他说厉害了,也许是真打败过几个对手,可天外有天,人外有人,咬人的狗不叫唤。浩浩乾坤，茫茫人海，身怀绝技者不知凡几，人在说话时怎能不掂量掂量？他这"厉害了，我任原"的叫嚣一下惹恼了燕青。燕青自幼跟着卢员外学相扑，江湖上也不曾逢着对手。遇此机会，他岂肯错过？请示宋江，宋江担心对手膀阔腰粗，怕燕青不是对手。可燕青竟然用相扑使巧的理论说服宋江，得到允诺下了山。

燕青下山时看见两条红标柱，上立一面粉牌，写道："太原相扑擎天柱任原"；旁边两行小字道："拳打南山猛虎，脚踢北海苍龙。"这些字与他高叫的口号一样，具有惹人恼怒的奇特功效。燕青看了，便扯扁担将牌打得粉碎。

语言这东西真是奇怪，有时能让人看了之后立刻怒从心头起，火冒三千丈。拟词的人本意可能就是为了活跃气氛，或者鼓舞士气。有人看了不过哂笑：竟说大话。吃瓜群众半信半疑，忽悠时间长了，任原自己也许就当真了。可他万万料想不到，他这么自吹自擂不打紧，惹得天下英雄愤愤不平，都要与他一较高低。即使力不能敌，也乐得看他战败。

这世上，有些评价只能由别人说，不能自己说。比如伟大的父亲或伟大的母亲，别人说是赞美，自己说就是恬不知耻。比如说"飞将军""杨无敌"，别人说可能增加英雄的传奇色彩，而要自己夸自己，那就有点像舞台上的小丑自报家门的意思。正如老子所说"自伐（夸耀）者无功，自矜（骄傲）者不长"。

那些大话给自己和手下喽啰壮胆，在家里偷偷说不打紧。可你拿着锣，满大街敲，一边敲一边喊，我是天下第一。这不是找揍，是找死。俗话说：强中更有强中手，莫在人前夸大口。身材瘦小的燕青尚不服气、摩拳擦掌跃跃欲试，何况别人。

可见，自吹自擂是落败的前奏，是召集反对者同盟军的号角。

果然如人所愿，任原被燕青扔下台去。不知他被扔下去的当儿，是否还能想起当初的豪言。倘不是当初神吹，也许他现在还吃着那不尽的好处呢。

（原载《同舟共进》2018年第9期）

## 王总管的"忠心观"

经典就是经典。电视剧《大宅门》从拍成到现在，几乎每年都会重播。剧里有许多忠心的人物让人感动，胡总管就是代表。可当过太监的王总管，他不会服气，他自以为是"忠心不贰的人"。

当年他从宫里逃出来，七老爷收留了他，还让他当上总管，把家里的财政大权交给他。七老爷又是个大大咧咧的主，那些钱都花在哪他也不细问。于是，老太太要找一个抱狗丫头，明明给人家50大洋，报账却说500大洋，剩下都揣进了自己腰包。老太太贺寿的钱，他半道拿出去给七老爷儿子办两个被服厂做军装，军服里面塞烂纸，结果让七老爷儿子进了大狱。

王总管自己人模狗样，穿上西服出入舞厅，挥金如土。明明是太监出身，还讨了三房姨太太。可工人们干活的钱他却动辄扣押不发。最后由于偷占了七老爷的轿车，无意中被七老爷发现，他才现了原形。

要是一般人，遇到这情形，早就吓尿裤子了，可王总管毕竟久经沙场，他居然对七老爷说："我是黑了不少钱，可我对七老爷忠心无贰！"

在王总管的天平上，钱和忠心不能放在一起称。黑主子的钱并不影响忠心。他不读书，不知道萧何为了表忠心，不惜占老百姓田产自污名声；不知道和珅富可敌国、贪占无度，可主子乾隆依然把他当成手心里的宝，只是因为乾隆觉得和珅忠心无贰。王总管耳闻目睹的事实让他知道，比起钱财，主子有时更看重下属的忠心。

忠心是什么？在主子那里，是用人的第一标准。你能力可以差点，但这一点不能含糊；你德行可以不堪，但忠心不能有变。忠心就是主子叫干什么就干什么，叫整谁就整谁。而且从来没有异议，更不要说妄议。宁可错杀一千，绝不放过一个。虽然办事时顺便给自己捞些好处，但绝不觊觎主子的位子。

他们虽然读书不多，但你不能因此小看他们的智商、情商。他们可以像主子肚里的蛔虫，主子有什么想法，他们立刻领会，然后把那个想法实现。他们最大的本事，就是会揣摩主子心理，把主子从精神到肉体伺候得舒舒服服。而且能做到随叫随到，只让主子心顺，绝不给主子添堵；主子不想听真话，就说假话哄主子高兴；主子好大喜功，他就可以助纣为虐推波助澜。

一旦出了纰漏或者惹下祸端，哪怕是主子授意的，也敢于为主子背黑锅，甚至甘当替罪羊。他们心里知道，这样可能委屈一时，但主子不会让你委屈长久。

日本人进来以后，王总管又有了新的主子，又忙着开始效忠新主子。只要他高兴，不论家里还是柜上，想抓谁就抓谁。日本人让七老爷当会长，七老爷不识抬举拒不就范，王总管居然当面骂七老爷是贱骨头。一个真正的贱骨头骂别人是贱骨头，这事让人感觉怪怪的。

真正的忠心，是直接或委婉地规劝上司的过失，把损失降到最小，而不是阿谀逢迎助纣为虐，或狐假虎威为自己捞好处。王总管所谓的忠心，其实不过是投靠的代名词。有了这种忠心，就会不顾公众利益，甚至打着忠心的旗号干损公肥私的勾当,喜欢这样的"忠心"者,常常是被欺瞒的主。一旦哪天目睹所谓"忠心"露馅,那就悔之晚矣。

  我们古人有忧民之忧乐民之乐的情怀,可王总管的忠心只奉献给主子一人,不知何时,他的忠心就会变成祸心,还是小心为妙。

(原载《松原日报》2018 年 8 月 15 日)

# 县令为什么不怕得罪知府

——观仓颉庙里的大方碑

_鄢烈山

东道主安排我们驱车100多公里到濮阳市下辖的南乐县某某镇去参谒字圣仓颉的庙和陵。其实我对这种很虚的东西没兴趣。我知道，古籍上有中华"人文始祖"伏羲氏"画八卦，造书契"之说；我知道，陕西省白水县史官乡也有仓颉庙和陵，还是国家级文物保护单位，单是庙院内古柏树群就甚为可观，与黄陵、曲阜孔庙并称中国三大古庙柏树群。但既来之，客随主便，何妨一游呢？

果然也有收获。一是在后楼看到以盗墓贼闻名于世的军阀孙殿英的书法。民国十一年孙殿英任大名镇守使期间，可能来过邻近大名府的南乐，也可能是有人为献媚请他为仓颉庙的藏书楼题字。不想，他却题成了"藏甲楼"。也许他是有意题"错"的吧？"甲"者，可以是武士的兵甲，也可以是古人书写的龟甲嘛；若是后者，岂不更古雅？这个军阀兼盗墓贼的书法颇不赖，至少比我在众多名胜古迹看到的许多当代大佬写得好。

这个贼人，不仅像胡传魁"钩挂三方来闯荡——老蒋、鬼子、青红帮"，而且与共产党八路军也有过亲密合作，也曾与日寇做过殊死战斗。他为盗宝辩解说：清廷杀了我祖宗三代，不得不报仇革命。孙中山有同盟会、国民党，革了清廷的命；冯焕章（冯玉祥）用枪杆子去逼宫，把末代皇帝溥仪及其皇族赶出了皇宫。我孙殿英枪杆子没得几条，只有革死人的命。想想清廷入关之后，大兴文字狱，把吕留良、戴名世这样的人开棺戮尸，算是一报还一报，他的话也不是全无道理。

二是庙内有两通大方碑，虽经倭寇之难、"文革"之祸而保存基本完整。右边的大方碑正面阳书"三教之祖"四个斗大楷字，碑阴镌刻大名府州县乡绅捐银碑记，记载了明天启年间的一起官员"诈捐"事件。

以大名府知府向胤贤为首的本府县官员承诺为修仓颉庙捐献银两，可是这些地方要员却没有如数交纳。南乐县令叶廷秀既不愿为他的顶头上司和左邻右舍的同级官员代缴，也不肯善罢甘休，而是在他主持立的重修仓颉庙的功德碑上命工匠铭刻：

大名知府向胤贤捐银十两，加注"未给"；其他十几个县令捐银五两，后加注"只给一两"。叶县令就这样让他的上司和同僚遗臭至今。天启年间，权阉魏忠贤当政，多少文人学士像狗一样对他摇尾献媚。就在那样的末世，也有叶廷秀这样风骨凛然的士大夫，真是令人深思。

我不仅敬佩叶廷秀，也佩服诈捐的向知府和那些被钉上耻辱柱的知县，他们能容忍这块碑的存在，即还有廉耻，做错了事自认晦气而非不择手段维护自己的"形象"。

当然，这与当时的官员任用制度也有关：府官、县官同是朝廷命官，三年一考核定迁转，不会被顶头上司罩一辈子。同时，上司若弄权报复，县官还有"同年"及第的人，还有同乡御史及仗义执言的言官，出面在朝堂上书讨公道，估计向知府也不想把这种不光彩的事搞得满朝皆知吧？

须知，中国古代的王朝政治并非总是那么黑暗，制度安排在官僚圈内是有相当公开性和透明度的。

（摘自《江山如有待》，广东人民出版社 2018 年 3 月版）

# 剧评两则

_庞旸

### 认错与道歉：《琅琊榜》的启示

电视剧《琅琊榜》得到观众的青睐。有人说，它故事曲折，扣人心弦；有人说，它制作精良，画面唯美；还有人说，演员演技精湛，形象俊美看着养眼……这些都不错，但我还要加上一条：有意无意地，它触动了中国人心中"认错与道歉"的那根心结。

其实，此剧就是一个冤案得申的主题，被誉为"良心剧"。

人有了错误要认错，要向被自己伤害过的人道歉，这本是一般的常识，每个正常的家庭都会这样教育自己的儿女。但在某些情况下，要做到这一点并非那么容易。尤其是让位之高权之重者，更尤其是让封建专制制度下的帝王认错道歉，绝无可能。因为帝王们自诩真命天子，天然掌握真理，是正确的化身，绝不会犯错；即使有被实践、被历史证明了的错误，也是身边的小人蒙蔽"圣上"的结果；而即使这样的结果，只因"圣上"曾经支持，也是断不能承认和翻案的。这涉及到帝王的百世英名，岂能在历史上留下败笔？

如此一来，有多少昏庸帝王相信奸雄佞臣而制造的冤假错案，就只能沉冤大海，永无昭雪之日，就像《琅琊榜》中的祁王、林帅和 7 万赤焰军当初的命运一样。

《琅琊榜》一剧奇就奇在，它把这不可能变为了可能。一个才智过人、运筹帷幄的谋士，一个正义在胸、敢做敢为的太子，一群肝胆相照，重情重义的文臣武士，竟合成了一股感天动地的正能量，与帝王的专横跋扈、储君的勃勃野心、佞臣的机关算尽以及各种政治势力的纠结缠斗进行了一轮又一轮的较量，跌宕起伏，峰回路转，在"一定不让冤案沉底，赤焰军兄弟的血不能白流"的坚定信念下，竟然取得了节节胜利。

剧情结尾的一幕十分感人：帝王的寿辰成了昭雪历史旧案的现场：犯者家属莅阳公主的摒私首告，群臣和亲王的冒死附议，太子的大义担当，以及这一切的总策划梅长苏置生死于度外的慷慨，生生逼着那个自私、多疑、专断、冷酷的皇帝老儿不得不低下他那高贵的头，被迫下诏重申冤案，为冤魂平反昭雪。

我历史知识有限，不知道在中国漫长的封建专制统治下，这一幕是否曾真实地出现过，或许这只是人们在网络小说和电视剧上的虚构，或许这只代表了人们心中的一种愿望，期盼符合现代民主精神的"认错与道歉"成为当今社会的一种主流价值观。因为，唯有对过去的历史错误真心"认错与道歉"，才能匡正是非，弘扬正义，把谬误永远甩给历史而不让它再来兴风作浪。

剧中大梁皇帝与梅长苏的一段对话很耐人寻味：皇帝明知自己是错的，但不希望在他生前纠正这个错误。他问梅："为什么不等到我百年之后，你们再来翻案？"梅回答："生前由你亲自纠正和死后翻案，是大不一样的！"我觉得这个"不一样"至少包含两层意思，一是，由帝王亲自翻案容易形成铁案，后人很难出于各种目的再把它翻过来；二是，体现了帝王"知错能改"的精神，对树立其历史上的正面形象反倒是有利的。遗憾的是，能意识到这一点的帝王真是少而又少。

其实，不认错、不道歉这种文化也只是封建专制制度的专利，在现代社会，为历史的错误道歉、认错已成为一种正面价值，能产生很大很好的正面效应。最典型的例子就是德国前总理勃兰特向犹太人纪念碑下跪。"总理跪了下去，德意志民族从此站了起来！""华沙之跪"为德国赢得了尊严。还有胡耀邦，在"文革"结束之时大力平反冤假错案，为300余万人昭雪。这一举措对国家稳定、社会发展起到了巨大作用，久久为后人所感念。反面的例子也现成：日本右翼势力回避就战争责任深刻谢罪，从而得不到亚洲人民的谅解。

近年在我们的社会有一种好现象：一些当年的"红卫兵"，向曾经被自己批斗、侮辱过的老师忏悔、道歉。虽然他们只是在少不更事时被利用，充当了历史罪错的工具，但勇于承担自己该承担的那部分责任，也体现了一种人性的回归。

人非圣贤，孰能无过？除非有些人不把自己当人，只当高高在上的"圣贤"。认错道歉不丢人，反而是一种美德；而拒不认错道歉，倒会给人留下昏聩、腐朽、可笑的印象。这，也许是《琅琊榜》给我们的一点点启示。

## 《风起长林》中的"正能量"

琅琊榜第二部《风起长林》,仍是令人击节赞赏的好片。笔者有观感者三。

观感之一:古代世家子弟的贵族精神。

集中体现在长林世子萧平章和其弟萧平旌身上。长林王府是典型的权贵,一人之下万人之上;其子弟平时也是锦衣玉食,占尽社会资源。但他们不光享受权贵的好处,也不曾忘记一身所负的家国责任。平日为国戍守边陲,遇有国难,首先挂印出征的当是他们。兄弟俩在战场上冲锋陷阵,身先士卒,不惜率先牺牲自己,体现了一种高贵的精神。因此,他们在兵民中享有很高的声望。这声望可不是靠吹出来的,也不是靠权势堆出来的,而是靠实打实的守土保民、勇于牺牲换来的。

此剧彰显了一种贵族精神,即权利和义务是对等、成正比的。只取不予,非君子而实小人也。

观感之二:尊重人权、尊重生命的价值观。

这集中体现在"度血换命"一节上。歹人濮阳缨为复仇设下毒计,使长林二公子萧平旌身染霜毒,只能由一活人服下蛇胆度血给他方得救命,而这个救人之人会因此气血亏尽而亡。在这生死关头,平旌没有血缘关系的哥哥、长林世子萧平章义无反顾地做出以己命换弟命的选择。其实,以长林家的崇高地位,着牢中一死囚犯来度血也是易如反掌,退一步说,家中忠仆和军中将士也不乏甘为二公子献身者。但对于平章和老中医等人来说,根本就不做此考虑。尽管老中医殚思积虑地想救平旌,但他秉持"众生平等""医家绝不以伤生为手段"的原则,拒绝做此治疗;老中医的弟子、平旌的恋人林姑娘,则甘愿自己去做那个度血之人。这一节非常耐人寻味。就是在一千多年后的今天,这种尊重人权、尊重普通人(尽管他是囚犯)生命的价值观能被普遍接受吗?还真不敢肯定。在电脑上看此剧时,就见有观众打字幕评论:"让那个害人的死囚云姐来度血,最合适!"——还是一种以恶对恶式的思维逻辑。

观感之三:盲目忠君还是忠于国民。

长林王府的赫赫军功与崇高声望令旬太后旬首辅一党不安,恐其功高盖主难以驾驭,于是设计,哄幼君颁下圣旨,阻止已是怀化将军的萧平旌围歼外敌。此时萧平旌面临两难选择,不接圣旨是欺君大罪,足以丢掉身家性命;而接了圣旨,便意味着苦心经营、千载难逢的歼敌机会毁于一旦,大梁国和边地军民重新陷于北燕的武力威胁之中。在这关键时刻，萧平旌毅然选择了继续战斗。他对将士们高呼："如有什么罪过，由我萧平旌一人承担！"果然，此战虽痛歼强敌取得大捷，长林王府也付出了惨重的代价：老王爷薨逝，平旌被革职，长林军被取消建制，"从此世上无长林矣"！

在漫长的君主制社会，忠君是最高的价值，君即代表江山社稷，代表了民，对君稍有不敬，则犯下滔天大罪。而在《风起长林》里，竟敢挑战君权，告诉人们：有的时候，君也会犯错，君权和民权也会有矛盾。要坚持真理和人民的利益，或许就会得罪君，置自己于"罪人"的境地。但真正的勇士是不惧怕这一点的。

古往今来，这样的勇士又有多少？别说得罪君，就是得罪了单位里的上司，得罪了管着你的乡长里长，也够你喝一壶。因此人们赞美勇士，唯其难得，更显珍贵。

当然，《风起长林》只是故事，并不能看作历史。历史上是否真有这些事，我无从，也无须考证。只要看懂编导人员在剧中所蕴含的那么一点思想，一点不无现代意义的伦理观和价值观，足矣。

（摘自"新浪博客"2018年1月29日）

# 冬花四题

\_赵健雄

## 玉　兰

冬至未至，小区门口那株高大的玉兰树已鼓起许多蓓蕾，眼看着就要开出花朵，我就有点替它们着急，生怕这个过程实现的瞬间，寒流来了。

无路可退，而拼命展现其姿容则只有片刻光阴可用，什么也来不及完成，此生便没了。

然后零落成泥碾作尘，唯有哀叹而已。后悔性子太急？那也由不得自个儿，如果日子昏了头，谁也禁不住它一刻不停的催逼。

我非先知，但这过程大致还是可以推测的，而一旦自己身陷其中，或许比玉兰更性急呢。

有时想想，干脆啥也不顾，又如何？

姑且做一回先烈，哪怕三分钟绚烂，也就刻录在时光与历史中了。

看来还是玉兰比我沉得住气，一朵也没开，只是仍噘起小嘴，无声地召唤着什么，它躲过了可能因性急造成的大难。然而如果天地有灾，那就谁也无可奈何。

天地的事情只有天地知道，或许天地亦不知道。

### 桂　花

真是有点奇怪，直至元旦还有桂花挂在枝头，至少我，从未见过此种景象，凑上去闻一闻，没有香味，不知是因为数量少，气味难以聚集，还是根本就无从生发，新时代屡见新气象，人间不乏，大自然也起而应和，稀罕。

我用手机立此存照，但怕即便面对影像，人们仍难以相信，毕竟太不可思议。

然而这一年来，更不可思议的事也层出不穷，大家习惯了怀疑自己，眼见并不一定就是真实。可谁会去对小区里一棵非标志性的植物动什么手脚，而且光天化日之下，难度多大啊！

自小因为教育的原因相信进化论乃至一切以科学为名目的说法，现在看来，无常也是事物经常的状态，这种那种所谓规律，真是说变就变。就像眼前这桂花，八月十五前后飘香的物事过了新年仍出现在树上，尽管有点萎靡，还是像模像样的，彼此就如遭逢于梦中。

我对着那棵桂树发呆，路人看我也就是一个呆子。

桂花，桂花，创造了眼前奇迹的桂花，那比米粒还小的花瓣，足以震慑我的三观。


附言：

此文随手机照片挂在微信里，觉得是异象，当时就有圈友跟帖，说是四季桂和月月桂，而我以为调侃的意思。因为居杭州二十多年，不知道另有并非秋天开花的桂树品种，对我这根本是个盲区，一旦陷入盲区，人就像瞎子一样，识不得周边事物。

如果虚心一点，查下"形色"，也就不至于出错了，但我没有。自信自有自信的好处，这种时候就见出坏处来了，而发现自己一错就是几十年而不知晓，乃叫人何等羞愧的事，真要谢谢不吝赐教的诸位。


### 腊　梅

腊梅照例在隆冬盛开，傲然吐蕾时枝条上的叶子早已落光，所以尽管花儿不大，还是十分耀眼，加上质地特别，蜡一般凝固了时间，会持续到春天才凋零。

我喜欢厚重、坚定的腊梅，就像冬天的仿制品，也只有这样的花儿才能挨过漫长的严寒。

此刻它们已开得密密麻麻了，只是隐在仍然繁杂的叶子间，一眼看过去很难识别。从前凛然的战士，如今仿佛在出演潜伏。

不知道这昭示着什么？叫我们也学它的样子，和周遭世界暂且共存，用一句流行语来说，叫眼前的苟且，或者，其实是要我们从长久着眼，用心盼望诗与远方。

诗可能失落，而不远的远方一定存在，所以也对。

那个由它创造的晶亮纯粹的小世界，我们先保留在记忆里吧，不久北风骤起，长得再牢的叶子也会凋落，岁月将渐渐清冷，变得肃穆起来。

那时，我要用长焦镜头来展现它余晖中的模样，小小的，却如太阳般炫目，不晓得是为自己在冬天的坦然骄傲，还是终究也向往着新春？

## 雪　花

窗外又在飘雪，断断续续，已经几天了？还记得当初大家举首望天时那份渴盼的急切。

对城里人来说，雪不过是可有可无的东西，因为稀罕，所以心动。

它也是对日常生活的一种颠覆。既是色彩上的颠覆，也是形态上的颠覆。

雪覆盖大地后，世界上只剩下白色。在这个纷乱的时代，我们都有复归简单的趋向，而雪是那般柔软，抹掉了一切坚硬与固执的线条。

这些日子，我每天都要出去逛一会儿。看雪从天上飘落，看它积攒在所能到达的一切地方。看雪地上那些繁杂的脚印彼此错杂与重叠，然后只剩下脏水。就像一个转瞬即逝的梦，你不能和江南的雪谈论明天，它也没有明天。

这样的时候，我会想起从前塞上的日子。那儿雪经久不消，是可以期待甚至依赖的存在。

人们在结成了冰的雪地上行走或骑单车，知道滑仍得出门，因为那是一种日常与恒久。

看见雪还是欢喜，更多的却成为一种习惯。

眼前这场江南罕见的大雪，前前后后飘了大概有五六天吧？给人们带来的不只是欢喜。

许多树被压断了，很大的冰块从屋顶上滑下来，不知有没有砸破行人脑袋。而大雪消融后的残破景象，即刻显出世界的真相。

所有欢爱都有代价，我们在与雪尽情嬉闹后，多少体会到了那种冷酷，就和天底下的乌托邦都没法改变世界一样，它仅仅是个美丽的梦。

这个梦此刻并未破灭，它用不断织补的方法在修复自己。

而我的目光，忍不住隔一会儿就望向窗外，看着这雪渐渐大了又渐渐小了。

明知道高潮已去，却依然希望降下哪怕稍大一点的雪。

（原载《嘉兴日报》2018年3月16日）

# 水　　仙

_郑少逵

最初，水仙给我的印象不好：娇贵样状，小资味浓，又兼年节意韵重，迷信色彩玄。

这缘于二十年前一个春节前后的见闻。

那时，我忝列单位里的行政人员队伍。临近过年，我们分头代表单位向上级各位相关领导送完"年礼"后，除夕那天，我还见我的上司忙得不可开交。他用摩托车"嘟嘟嘟"地往花市跑，把一盆盆花草搬回家里。有一趟，他用摩托车驮着一盆水仙花，在街道上遇见我，主动停了车，与我打招呼。我农民出身，历来感到自己是个感情粗糙的村人——那时尤甚。我见惯了田地里的花花草草，对这些经过人工反复侍弄折腾过的玩意儿，自然冷漠麻木。因此，对于水仙花的俊不俊香不香贵不贵，我是不搭理的。我迎了过去，搭讪："买花啊？"他说："过年，家里摆摆水仙花很好。不过，这一盆是我打算送给××领导的。"我一时转不过弯来：我们不是已给他送了"年礼"么？怎么又得……？我并没问出声来，因为我很快从他所着重提示的"我打算"三字醒悟了过来——这是他个人的精心打算。我钦佩他的情商，也领悟到，这年代，一个追求进步的有志青年，就得有这等情商——难怪他年轻有为！我直接在社会生活领域见识了水仙花的特殊作用，水仙花便给我留下疙瘩的印象。为不打扰他的好事，我"噢噢"连声，做领教状，告别了。

过年，上司家里果然摆着水仙花，就摆在客厅较显眼处的几案上。约略五六株水仙避让有序地挤在盛了些水的扁平瓷盆上，片片宽线形翠绿欲滴的叶挺拔向上、生机饱满；与叶差不多高的花茎上缀着四五朵黄白色的伞形花朵，芳香扑鼻。我觉得水仙花确也有可欣赏之处，但就是提不起兴趣。座谈中，主客们纷纷聊到如何控制好水仙开花的时间，说，水仙在正月初一这一天开花，更能征兆本年"花开富贵"。由此，年前买水仙花时就得观察预测好花苞的开放期，如果买回后与正月初一的开花期略有出入，可用人为升温或降温的方法加以调整，例如移入暖室、晒太阳、在储盆里加点温水；例如用保鲜袋包裹着放入冰箱，等等。原来如此！我惊讶于水仙花的顽强生命力，它在简单环境都能挺拔开花。我也怜悯它的遭遇，因被人寄以一定意韵而任由折腾。我似乎还感到它的轻贱：它或许把人对它的摆布当作宠幸了——要不，怎么不反抗呢？它本草根，却要跻身于娇贵一族，这正是我所反感的。我不期也不信它在正月初一开花就预示"花开富贵"，正如我不期也不信年年买一盆橘子就预示着"年年大吉"一样。

进小城住了若干年后，我不免染了一些城里人的习气，过年时也和家人买点花草来点缀点缀，所谓衬托节日氛围寄寓闲情逸致。有一年的年前和邻居去买花时，小女儿和邻居小伙伴见到花架下的水仙花，执意要买。我便让她们各买一株，每株10元，卖花老板说是看在我们跟他买了兰花的分上的优惠价。小女儿用小玻璃盆盛了点儿水，把水仙置于客厅角落的小茶几上。过年，花准时开了，浓香馥郁。对它的香气的浓烈倾向，我倒是无所谓；对它顽强的生命力，我则已多了一点欣赏之意了。内人却不适应，说很刺鼻，闻之头晕。她一近茶几旁倒茶，就掩鼻皱眉，一副反感恶心状。我让小女儿把水仙放到客厅外的阳台上，这就折中些了。花谢后，小女儿把水仙头栽在小花盆的土里，放在房间的飘窗上，任由水仙叶子渐渐枯黄萎落腐去，以至小花盆的土面一点也没了水仙的痕迹。我既当之为小女儿的"儿戏"，潜意识里又怀着好奇与希望。我隐约感觉到，这颇具生命力的水仙，应该有重新发芽的一天！果然，日子静静地过去，九个多月后，我突然发现那小花盆的土面上长出了几撮寸把长嫩绿的韭菜状的叶子来。我轻轻刨开嫩叶旁的土，确实是从水仙的鳞茎长出来的芽儿！我叫来家人，共赏这一"胜状"。我喜出望外，拍照，发朋友圈，还俨然哲人一般发表从中所感悟的道理："这让我明白：守望，自然有希望，一切生命都在潜滋暗长！对孩子亦然，不纵容不严管，守望就好。"水仙终究长得像韭菜一样的细小软弱，终究没有开花，我却不嫌不怨，不抛不弃，想到时就浇浇水，偶尔淡淡施点肥。水仙依然渐渐枯黄萎落腐去，小花盆的土面又一点也没了水仙的痕迹。但第二年，时候一到，它又冒芽长叶，只是更稀疏了。我依然欣喜，依然以平常心待之，任其自然。

今年买花时，我特意问起水仙花来，5元一株，便宜！我不曾想到，物价飞涨的这几年，水仙却反而降价。我买了4株，准备让女儿送2株给邻居的伙伴。稍后经过另一花摊，却见花商叫卖水仙10元3株，我带着调侃的语气问："10元4株卖不？"花商毫不犹豫，马上帮我装袋了。我斗气般又买了8株，带一些回乡下老家去。我不反感水仙了，但我喜欢的是这样子的水仙：质贵而不显贵，不华不耀，不骄贫，不媚富，回归草根本位，走进寻常百姓家。

（原载《汕尾日报》2018年2月11日）

# 看问题的角度

_ 王俊良

鲁迅在《伪自由书》中，讲过一则笑话：夏日正午，一农妇做事做得正苦，忽然叹息，"皇后娘娘真不知道多么快活，这时，还不是在床上睡午觉。醒过来的时候，就叫道'太监，拿个柿饼来'"。娘娘都如此奢侈，皇帝自然可以"饿了吃油条，渴了喝香油"，肯定"想咋着就咋着"！

这是个看事物的角度问题。站在"农妇"角度，猜"想咋着就咋着"的皇帝，中间隔着长城一样的"阶层固化"，结果如"哥德巴赫猜想"难解。换作皇帝的角度，也不是每件事情，都能"想咋着就咋着"。据《清室外纪》载，道光三十年，"上一日思食片儿汤，令膳房进之。次晨，内务府即递封奏，请添置御膳房一所，专供此物，尚须设专官管理，计开办费若干万金，常年经费，又数千金"。道光说："前门外某饭馆，制此最佳，一碗直四十文耳，可令内竖往购之。"内务府回复"饭馆已关闭多年矣"。道光皇帝感叹"朕终不以口腹之故，妄费一钱而已"。

身为"一国之君"的皇帝，远非"农妇"想的"想咋着就咋着"，真实情况，甚至有一点窝囊。徐珂《清稗类钞》载，道光帝有件黑狐端罩，衬缎稍大，需到宫外改制。内务府报告，改制须 1000 两白银。道光看出内务府在"添置新衣"上的"猫腻"，朝服补丁摞补丁，"艰苦朴素"是做到了，由"补丁"又引出新的贪腐。有一次，道光见曹振镛的朝服也打了补丁，高兴之余问曹振镛补缀费用。曹说，打一块补丁，需银三钱。道光立刻明白，内务府补缀一块补丁五两白银。按道光当年白银价算，五两白银合八十钱，一块补丁相差七十七钱。也就是说，道光帝一块补丁的价格，是曹振镛一块补丁的二十七倍！

真是"不算不知道，一算吓一跳"。晚清小说家李伯元，在《南亭笔记》

中，记有光绪帝吃鸡蛋的往事。光绪幼年很喜欢吃鸡蛋，但又不敢放开胆子满足食欲，只能一天吃四枚鸡蛋。原因，是御膳房所购鸡蛋价格太高，一枚鸡蛋需白银三十四两。一天仅鸡蛋，光绪帝就需花掉白银136两。按光绪朝物价，内务府一枚鸡蛋的价格，市场上可买5000枚鸡蛋。有一天，光绪问老师翁同龢，鸡蛋"此种贵物，师傅亦尝食否"？翁同龢觉察到其中猫腻，回答很巧妙："臣家中或遇祭祀大典，偶一用之，否则不敢也。"光绪最终没弄清其中道理。

在"鸡蛋"价格上，被人愚弄的皇帝，不止光绪一人。就连以"文治武功"闻名于世的乾隆，同样在"鸡蛋"上栽了跟头。据《春冰室野乘》载，有一天，乾隆早朝召见汪由敦，乾隆问："卿昧爽趋朝，在家亦曾用点心否？"汪由敦回答："臣家计贫，每晨餐不过鸡子四枚而已。"乾隆听了大惊："鸡子一枚，需十金，四枚则四十金矣。朕尚不敢如此纵欲，卿乃自言贫乎？"汪由敦赶紧诡辩"外间所售鸡子，皆残破不中上供者，臣故能以贱值得之，每枚不过数文而已"。听了汪由敦的解释"上乃颔之"。

从文人的角度看，好像皇帝是连鸡蛋价格都"搞不定"的白痴，实则大错特错。有清一代，内务府大臣绝对是皇族直系，旁系或汉臣绝无染指可能。所以，汪由敦、曹振镛、翁同龢在乾隆、道光、光绪面前，不约而同地选择了"王顾左右而言他"。从他们的角度，明白那是"皇族家事"，作为"职业经理人"，是无权干预"董事会分红"的。站在皇帝角度，"普天之下，莫非王土；率土之滨，莫非王臣。"皇帝判断臣子对错的标准，在于对自己忠诚与否，至于政绩与贪腐，并不重要。

先贤治国，儒家讲"王者以民为天，而民以食为天"，道家讲"治大国，若烹小鲜"。从不同角度，阐述"治国之道"。如同厨师烧菜，色、香、味、型俱佳，从而"众口不再难调"。同样问题，站在农妇、文人、重臣、皇帝不同角度，结果不再大相径庭。办法是，让"农妇"和"皇帝"，享有平等、自由的权利和保障权利的"制度"。

看问题的角度，可"远近高低各不同"；制度却只可"风能进，雨能进，皇帝不能进"，讲究"人人平等"。"烹小鲜"之"烹"，是厨师对火候的拿捏；"治大国"之"治"，乃"制度对人治的制约"。"烹"与"治"、"大"与"小"，权力若装进"制度的笼子"，结果就不会因看问题的角度而改变。

（原载《今晚报》2017年12月21日）

# "精神胜利"溯源

_赵威

　　鲁迅从中国人的精神病灶中剥离出一个阿Q式的精神胜利法，使人们有种对镜自视的感觉，仿佛一下子看到了自己。其实，精神胜利法不是到了鲁迅的时代才横空出世，其历史和渊源要早得多。

　　中国乃文物旧邦，纸上记载之翔实与地下出土之丰厚，互为印证古老文明的源远流长，即王国维所说的"二重证据法"。明证史实，有文字史料，有考古发现，却独独少了地上之文物，岂不怪哉？对此，历史学家是有苦衷的。

　　历朝开国皇帝登基后，第一要紧的是给自己盖房子，包括活着住的宫殿（地上文物）和死后睡的坟墓（地下文物），并以"黄金屋"许诺天下读书人。可是，留存至今的故城，唯有北京，也只是故宫那方寸之地。君不见，今日之关洛，以为秦皇陪葬的兵马俑闻名世界，却难觅故都旧迹；开封宋宫，唯龙亭处在一片森森水波之中，尚在诉说着大宋烟云往事；金陵明宫，只剩东西华门独悼往昔。旧有建筑，大多毁灭殆尽，台基早已湮没在荒草中，就连人烟罕至的长城也岌岌可危。究其原因，固然有时间对世间万物的冲刷作用，但中国人的精神胜利法是要负很大责任的。旧朝代被推翻，把皇帝拉下马来并不过瘾，似乎只有把前代的器物或砸烂，或付之一炬才解心中怨恨，所谓不破不立。武力胜了不算，从精神上胜利了才算真的胜了！

　　两千余年来，河山易主之际，虽是乱离之世，但往往也是全民精神上的狂欢时节，表现之一就是对旧有建筑的摧残，"掳掠几何君莫问，大船浑载汴京来"，要捣毁、拉走的何止一个汴京？蜀山兀，阿房出，可怜变焦土，西楚霸王将其付之一炬。后来，安史叛军纵火长安，黄巢之乱焚荡城池，李茂贞火烧大明宫，千年古都的宫殿楼宇就这样建了烧、烧了建，保持着"不老童颜"，而留给后人的除了一堆堆瓦砾外，就是"六朝古都""十朝都会"的传说与沾沾自喜，却不知"易饼市中金殿瓦，换鱼江上孝陵柴"的悲痛。所以，中国人发明了一个贴切的词语——兵燹，战乱和焚烧真是一对孪生兄弟啊。破旧立新，推倒重来，是精神上的一道坎儿，似乎不如此，就不能证明我之新派、我之伟大。通过摧毁旧建筑，试图扫荡旧文化，说到底，这是一种全民的精神胜利法，国人中毒颇深。越是焚烧、摧毁，越是不自信，以为把过去的家当、器物打包埋掉、烧掉，就能过上新生活，创立新社会——其实，这种做派骨子里继承的恰恰是成王败寇的旧精神。不能客观地对待历史，就不能从精神上真正站起来。所以，若不从思想上摆脱精神胜利法的羁绊，就不可能成为一个文化繁荣、文明昌盛的民族。

精神胜利的根源在于道德的包袱太重，法治不彰，规则不显。秦皇焚书坑儒，汉武罢黜百家，中国由子学进入经学时代，以孝治天下，重道轻器。从此，在重视道德的路子上越走越偏，道德成了包治百病的灵丹妙药，精神似乎可以战胜一切。道德固然重要，孔子说"我欲仁"，孔门圣徒便鼓吹"人人可以为尧舜"，要是孔子说"我不欲仁"呢？礼教与道德的学说不过是为政治服务的理论，是为维护一家一姓的江山社稷而设计的，从精神上麻醉奴才们甘愿当奴才。迨至近代，西方的坚船利炮轰开了天朝上国的大门，惊醒了在道德围墙内做着迷梦的主子和奴才。然而，他们睁开惺忪睡眼后，尽管看到亡期在即，却未能幡然醒悟，仍然追求精神的胜利，通过"中学为体，西学为用"来打了一剂强心针。

在对抗列国一败再败后，有个叫陆士谔的意淫出一个女英雄冯婉贞，在圆明园外战胜了欧洲两大雄师。一纤弱女子率领村民英勇杀敌，打败了英法联军，虽是一次小胜，但也算告慰了天下嗷嗷爱国之心。这则故事先是登在《申报》"爱国丛谈"栏目里，后来入选中学语文教科书，竟有历史学者专门组织调查队，想证明冯婉贞确有人物原型，可惜无功而返。

从清朝军队的马桶阵与面具兵到义和团"神功护体，刀枪不入"的神符，再到一个纸上英雄冯婉贞，都是精神胜利法的一脉相承。在两千余年的封建礼教与道德调教下，国家病入膏肓，百姓麻木不仁，这种病态的表现之一就是精神胜利。正如鲁迅所言："遇见强者，不敢反抗，便以'中庸'这些话来粉饰，聊以自慰。所以中国人倘有权力，看见别人奈何他不得，或者有'多数'作他护符的时候，多是凶残横恣，宛然一个暴君，做事并不中庸。"阿Q便乘着辛亥革命的东风，来了一次人生的中兴，做了做权、财、色的春秋大梦；对他来说，革命不过是革掉一条辫子，换了一个主子而已。精神胜利是精神奴役的必然结果。

（原载《今晚报》2018年6月13日）

# 看热闹，也想看点门道

_陈克艰

从来没有想过要做正儿八经的"书评人"，但近多年来，为了应付考核填的"成果"表中，竟多半是书评文字，否则就连最起码的字数标准都不够。幸好单位的领导比较宽容，学术规范执行得不是很严厉，我也就觍着脸一次一次地蒙混过关了。所以会至此者，自己反省，除了这样那样的外因，生性喜欢看热闹是重要的内因。自我定性"不学而好学"；这"不学之好学"颇类于不会踢球的球迷，不会演戏的影迷，看热闹又免不了说三道四，发为文字，就成了"书评"。

最近几个月，又在看一场大热闹——"刘心武揭秘红楼梦"。刘先生对《红楼梦》的解说，想象丰富，表述精彩，内在逻辑性很强，非常吸引人。但刘先生自诩他说的全套离奇故事，就是对曹雪芹家世和身世中实际发生过的事实的"考证"，我自始即很怀疑；而红学界人士与刘先生的争吵，又大多说的是无谓的气话。看热闹，也想看出点门道，于是去翻看各种抄本版本、资料编集和新老红学论著，越看越有趣，越看越来劲，几至于沉溺其中，不能自拔。

这样乱翻书，结果有二，一是心里比较清楚了，一是心里更加糊涂了。清楚的是，"红说"与"红学"之间有条界线。像刘心武先生的"红说"，除了一两点聪明偶得之处，是根本说不上考证的。历史考证确有其规范（不是"引文注出处""行文如公文"之类），就像研究物质结构的物理学有其规范一样；印度四大，中国五行，或者质量互变，无限可分等等说辞，再繁富再圆通，也不是物理学。然而，读《红楼梦》的人多，随意谈说《红楼梦》的人多，这正是《红楼梦》永久魅力和价值之所在。红说大天地，红学小世界，小世界的规范，自不必强加于大天地，二者本可以互存互补，和平共处。

糊涂的是，近百年来的红学考证，研究和讨论过那么多问题，除了个别论断因新出材料被排除外，几乎没有一个重要问题得到过客观、圆满、公认的解决。雪芹谁子？脂砚何人？雪芹卒于何年，寿数几何？曹家抄没回京归旗后是"中兴"还是"小康"？《红楼梦》的成书是"一稿多改"还是"二书合一"？后四十回是续补还是原有？续补则续补者是否高鹗？甚至《红楼梦》的作者究竟是不是曹雪芹？所有这些问题上都有异说，各持一说彼此攻难的又多为名家，撇开间或难免的意气之争，各说立论也都有理有据，符合规范。面对这种局面，作为读者该何去何从？以名气大小、权威高低为取舍标准吗？显然不行。所以说，红学有趣，红学也让人糊涂。

我想，我们外行的读者，在红学问题上如果不愿糊涂下去，至少自己心里有个清楚的结论，那就是被逼到非得做"法官"的地步了。既是外行，却要对内行、专家甚至名家之间的争讼做法官，是不是狂妄？我说可以不是。譬如一件复杂的民事诉讼，对于它的原原本本、来龙去脉、利害关系，两造当事人才是真正的专家，法官则是外行，但法官可以在了解了案情的重要环节后，根据他所掌握的法理和法规做出判决。红学问题上各说分歧，持说者有他的研究规范，读者则可以根据"评价规范"对同一问题的不同解答鉴别其优劣。这"评价规范"属于通常所说的"方法论"，有点类似于法官判案的法理和法规。

方法论我二十年前读过一些，也是为了看热闹，因为那时科学哲学、波普尔爵士正走红中国；看得多了，自以为也看出了些门道。但讲方法论的人往往有个毛病，就是空讲，不应用于活生生的研究实例。就像毛主席批评过的，手里拿枝箭搓来搓去，空自赞叹"好箭好箭"，却不去射靶子。这次我想改改这个毛病，在红学问题的认识上，试着用一用方法论的有关原理和规则。

过去胡适先生特别喜欢联系红学讲"方法"，当然他讲的主要是研究方法。后来余英时先生也强调红学研究应该有"方法论自觉"，他在《近代红学的发展和红学革命》等大文中对红学研究状况深致不满，认为红学应该有一个"范式转换"，从"曹学"考证转向以《红楼梦》文本和曹雪芹构思为主的研究。我的想用一用方法论，目的远为有限，只想对某些具体问题的不同解答做些比较。以上是我近几个月读书和思考的一个大略；所谓思考，其实只是一些想头，能不能实现，尚在未定之天。

(摘自《书中自有声色》，广东人民出版社 2018 年 7 月版)

# 美人与美文

_ 于文岗

近年来,"美文"一词热销,冠以"美文"的这文那文也多,"美文阅读""美文摘抄""美文欣赏"等"前缀美"和"原创美文""经典美文""爱情美文""青春美文"等"后缀美"的美文丛林密密麻麻,另有海量标题后贴"写得真好""深度好文""深度美文""美到心醉"等标签的"自诩美文"充斥自媒体,就像世间"女皆美女",文坛也"文尽美文"了。乱纷纷让人晕头转向说不出究竟啥文才算真美文,这才觉得是时候想想"美文"二字了。

美文者,表面看是语言文字之美,表达形式之美,无疑,这都是重要的,但二者结合表现出来的思想之美,才是最重要的。毕竟文辞优美者众而有思想独见者稀,故尼采说:"思想之美,是美中之美。"像一个建筑,外表装饰之华丽,钢筋混凝土结构之刚毅,固然都构成建筑美,而唯有上述材料构筑的造型及其寓意,才赋予建筑以思想,才让建筑活起来和会说话,才称得上有灵性的美的塑造,才算得上思想之美。若把美文喻作美人,那么没有思想之美的美文顶多算"死美人""泥美人"。

个人愚见,思想之美的核心要义是主题的思想价值及其人性高度。其主要内容是人性的"真善美",是现代人类文明价值,是社会的核心价值。其特性是哲思之美,深邃之美,穿透之美,启迪之美。如探灯,像钥匙,似镜子,给人洞若观火的穿透力,助人穿越社会历史,明察大千万象,辨识真善邪恶,领悟事物本质,体会人性百态和人生百味。而不是让人们对世界、社会、人生更糊涂,甚至把人"带坑里"去。这种穿透之美,让人觉得阅文情同旅游,越走世界越小;亦如教书,越教书本越薄。如果相反,就算不得美文而是庸文、劣文、恶文了。至于花前月下的自我陶醉,无关民生与社会痛痒的无病呻吟,是少有思想之美的。有人觉得"把美据为己有"的昵称美得不得了，但它表达的思想却与美相反。

有一种不文之规：写得美的散文才是美文，当然是指狭义的散文。诚然，散文宜记景，宜抒情，宜赞颂，易文辞华美，更容易成为美文。但也正因如此，有的让人读来不免甜腻，文之美也因此打折。其实，如同每个人都有其美的特质一样，各种体裁的每篇文章都各有其美，或美在思想价值，或美在结构形式，或美在写作手法，或美在遣词造句，或整体都美。美在单项、零部件的，又有美的程度之不同。即使整体都美的，也有各项各零部件和谐与否的考量，像人之五官，有的单看个个好，凑一块儿就不顺眼；有的单看个个平淡，凑在一起却煞是好看，这就是和谐之美。窃以为，只有单看都好看，凑一起更好看的，才可称其为"美貌"或"美人"。就文章说，只有主题结构手法语言都美，凑在一起又美得自然和谐的，才是"文中美人"，才可称得上"美文"。如同美人有雅美人、娇美人、冷美人，有大家闺秀、小家碧玉等不同气质格调儿，"美文"也有优美、壮美、柔美、凄美等多种类型。

"文选烂，秀才半。"我一直把有"总集之卉冕""文章之渊薮"之誉的《昭明文选》，视为中国最早美文之集大成，全书700余篇、38小类体裁的作品，不仅包括赋、诗、骚、文、辞，也有论、箴、铭、诔、哀，还有碑文、墓志、行状、吊文、祭文等，但无论啥文体，都必须符合"事出于沉思，义归乎翰藻"的入选标准。这也说明，只要寓意深刻，文辞华丽，不管啥文体，都有资格成为美文。骈文少有美文，非失之于文辞，缺乏深刻的寓意是也。

（原载《解放日报》2018年9月6日）

# 藏书与散书

_聂鑫森

时光荏苒，不觉我已年届古稀。检点逝去的岁月，似可称为一个喜欢读书的人。既好读书，自然喜欢买书、藏书，随着生活条件的日渐优化，住房由小变大，书房的面积和设施也跟着进步，藏书的种类和数量略可入眼了。古人云：买书不难，藏书为难；藏书不难，读书为难；读书不难，用书为难。我的"用书"，一是文学创作的借鉴，二是对某类传统文化的阐述和解说，先后出版过各种专著六十余种。

许多年前，有一次几位老友来家聊天，谈买书、藏书、读书和用书，兴趣盎然。此中一位忽然说："几个'不难'和'难'的后面，我要加上一句：'用书不难，散书为难！'"他又补充说："除专门以藏书为志向的人之外，我们的藏书，一是为用而读，二是因喜欢读而读，不用的或读完了的书，日积月累，那不是'人虽未死已书埋'吗？故要'散书'。谁舍得呢？此谓之难也。"

数年前，年长于我的本省著名学者、诗评家李元洛兄，因其岳阳的弟子余三定新建藏书楼，更因三定年富力强，在现当代文学的评论上誉声四播，乃将藏书中的数千册慷慨相赠，可谓宝剑赠英雄，书归于善处，值得我们效仿。

朋友来家，总要巡看我的书房，也会提出疑问："你的总量没增加多少呵？"我回答："书有进也有出，也就这个样子了。"

我是1965年秋参加工作的，在读中学时已开始在报纸上发表作品，同时也开始购书了。藏书中的《唐诗一百首》《唐宋词一百首》《宋诗一百首》，便是读中学时所购。接着是十年"文化大革命"，我买了许多当时出版的小说、散文、诗歌集，如《小将》《金训华之歌》《欧阳海之歌》……林林总总有一两百册。1978年，一位青年朋友很有见识，想评说"文革"十年的文学现象，苦于找资料不易，我便全部赠给了他。

我的藏书中，有现在可用和将来可用的书，有细读后作过笔记的书，有粗粗一览便可不再看的书，也有自写并出版后再购多本以便赠送友人的书。如《走进大匠之门·齐白石国画品赏》一书，2014年10月由长江出版社出版，因书画界的朋友多，我便用稿费购书五百本陆续送人，至今还剩二十来本。

以前买书，同一种书或因出自不同的出版社或因版本有细微差异，皆购之以藏；有些书，自己用不上，别人却有用处。当友人来访，特别是年轻人，我会挑出数本以赠。正如孟子所言："独乐乐不如众乐乐。"

小友蒋秋飞来我家时，常带着他的妻子和读小学的孩子。孩子喜欢作文和画画习字，特别喜欢读课外书籍，成绩很好。我们说话时，孩子听得很入神，还不时提些问题。每次来，我总要找些儿童文学方面的书，加上一些字帖、画本送给孩子。

今年春节期间，一位缘悭一面的年轻人忽然来访。他说他是个农民工，在本地一家企业搞勤杂，业余喜欢读文学作品，正在练习写小说，想让日子过得充实一些。这让我很感动，我们谈得很投机。临别时，我找出数种中外短篇小说中的精选本，加上我自留的几本小说拙著赠之，并嘱咐他写了小说就发到我的QQ邮箱，我愿当他的忠实读者。

藏书为乐，散书亦为乐。

（原载《今晚报》2018年3月22日）

# 我可以心安理得地奢侈吗？

_叔丁

奢侈在百度的定义是"挥霍浪费钱财，过分追求享受"。这似乎是有钱人的专利。

在北京曾与昔日同事叙旧言新，被问及：加拿大的有钱人都怎么玩儿？望着当年一同进机关住筒子楼，如今已混了多处房产的前同事，心里酸涩随口答：去度假呀，冬天滑雪，夏天漂流。其实我哪知道有钱人怎么挥霍或者消费呢，不过说自己而已。

如何区分挥霍浪费与正常消费呢？在购物之前问一下自己：是需要，还是想要。如果是需要，就买；如果只是想要，就不买。似乎有道理，又哪里不对劲儿。什么叫需要呢？这要看你的生活方式。比方一只猪的朴素生活，有吃有喝有地方睡就是需要，别的都是虚妄。但王小波的猪就不乐意了，它需要自由；奥威尔的猪也不乐意了，它需要睡床铺喝咖啡吃蛋糕，还需要统治别的动物。

拿猪类比，难免自贬身份，不如说人吧。采摘时代的人满足于不被饿死，而农耕时代的人就会渴望稳定的收获和拥有土地财产。人在用火之前，吃没有油盐的生肉津津有味；而在学会用火，懂得使用调料之后，就习惯了熟食的美味，难以再回到吃生肉的过去，即使偶尔会吃吃刺身。陶渊明过着简朴的生活，却嗜好让他直言"我醉欲眠卿且去"的美酒，喜操"但识琴中趣，何劳弦上声"的无弦琴。那么这生肉和清水是需要，还是熟食、美酒和无弦琴是需要呢？

我喜欢芬迪和博柏利的包，一个优雅精致，一个质朴大气。先生从欧洲回来带了一个包给我做礼物，女儿嗤之以鼻：鄙视你这种追求。

被心灵剔透如水晶、眼中世界非白即黑的女儿鄙视的原因不外有二：第一，你的追求太物质，难道没有精神追求？第二，多少人还在为吃穿忧愁，你却花两千块买个包？

第一个原因其实是物质与精神追求的关系问题。美国《华盛顿邮报》曾评选出世界十大奢侈品，自然不是钻石跑车名牌包，而是"生命的觉醒和领悟"、"自由、喜悦、充满爱的心"、"享受真正属于自己的时间和空间"，诸如此类的精神财富。这样的追求当然不是寻常猪的追求，也不是采摘时代人的追求。

难道人不可以有物质上的追求吗？如果食物只是果腹，何来美食文化？如果衣服只是蔽体，何来时尚时装？如果房屋只是御寒，何来哥特式罗马式的建筑奇观？眼睛让我们看到食物，也让我们欣赏美的色彩和图案；耳朵让我们听到猎物，也让我们聆听美的节奏和旋律。我们所享有的艺术其实都是人对声色之美追求的结果。古希腊的犬儒学派竭力摒弃世俗的奢侈和舒适，以恪守所谓"美德"。这种反人性、反物质终难长久。那位几乎裸身全无补给地穷游希腊的犬儒鼻祖第欧根尼一定不忍看到，他的后代徒孙德勒斯觍然接受富翁施舍，反而假以厚颜说辞。毛姆心爱的《刀锋》主人公拉里历经千辛万苦的跋涉修行，自认为寻到古老印度的东方神秘信仰，可以医治西方在经济发展后的精神迷失，却对美国姑娘伊莎贝尔真实地追求物质享受给予贬低。难道人生的意义——假如真的存在一个所谓的人生意义——就一定是拉里的终极精神追求，而不可以是伊莎贝尔简单快乐的物质享受吗？

女儿曾去秘鲁做义工，以一个志愿者而非旅游者的身份去认识这个印加古国。她为秘鲁人的贫穷动容，感恩自己所拥有的一切。这是女儿鄙视我的包包追求的第二个原因。

在世界上还有那么多人为吃穿而困扰的今天，我们可以享受和追求物质的奢侈吗？其实这是民主概念中的平等与自由的关系问题。我工作的公司刚解除了一个海鲜禁令。曾经任何员工上班都不得带海鲜午餐。原因是有一位同事有严重的海鲜过敏，连闻到海鲜的味道都可能危及性命。一个人过敏，所有员工都不能吃海鲜。为着平等的名义，海鲜过敏的同事一样有在公司上班的权利。平等的代价就是剥夺了其他所有员工吃海鲜午餐的自由，直到这位员工调离。

吃海鲜问题上追求的平等如此，那么生活水准上的平等呢？这个世界上不只秘鲁人在为生存而挣扎，在加拿大，各人收入高低不等。有钱人富到我不知道他们怎么花钱，穷人的收入在最低生活线上，还有无收入无家可归的人。那么两个人住一幢四千英尺的豪宅，花几百上千块钱去吃米其林美食，开几十万块的法拉第跑车算不算奢侈过分呢？尼采以不平等为基础的个别英雄的自由当然不可取。在"何不食肉糜"的晋惠帝和"不如吃蛋糕"的法国路易十六的玛丽皇后所处的国度，极端的贫富悬殊只会激发暴力革命。而在一个民主体制健全的国家，在纳税人给养的社会福利体系和公民志愿服务的慈善体系之下，我们在尽到应尽的职责之余，为什么不可以享用一下自己劳动换来的一点儿奢侈生活呢？还是说吃一个冰激凌，喝一杯陈年的红酒，度一次假都会不安地想，这些都不是生存需要，我是不是该把钱省下来去捐助给吃不饱饭的穷人呢？

相比百度，我更赞同牛津字典对奢侈（Luxury）的定义："以昂贵费用换取的舒适和精致。"想引用林语堂《生活的艺术》中的一句话："生活的目的即是生活的真享受。"生活不只是温饱，在我的经济能力所及，我也追求舒适和精致。

（原载于《中国日报》2018年8月11日）

# 有关作家的闲聊小记

_周实

一

"你写的都是真实的吗?"朋友问。

我说:"那当然。比真实的还真实。"

"那为什么看起来,感觉乱七八糟的,根本看不懂!"

"看得懂的才真实?"

"你所写的这些人事你真的都经历过?"

"你说呢?"

"不可能。"

"当然不可能。"

"那你凭什么非要这样写?"

"凭心里的感受呀!"

"你没感受的,你就不写了,就不存在了?"

"你要这样说,那我只能说,对于一个写作者,当然就不存在了,除非他把它好好写下来,或者像你说我的,乱七八糟写下来。"

"那些没写的就被忽视了,就不重要了?"

"有的可能更重要。有时可能更重要。"

"你这话是什么意思?"

"我的意思是,在有些时候,有些没有说出来的比说了的更重要。"

"为什么?"

"至少有两点：一是我想说却又不能说，无法说出来，没有能力说出来。二是我想把它放在心里，一个人，珍藏着，不足以与外人道也。"

## 二

"你老婆怎么看你所写的这些东西？"

"一般来说，她不看，即使看了，也不说，也不问。"

"为什么？"

"她不看，她不说，她不问，就是对我写作的最大关心和爱护了。"

"为什么？"

"她不看，她不说，她不问，我在写作时也就不用去担心她的所思和所想，不用去看她的态度，不用去瞧她的脸色。这样，我在写作时，也就能够少些顾忌，就能放心大胆地抒发自己的奇思异想，写出那些在生活中难与人言的隐秘的东西，写出那些在交流中无法言说的神秘的东西。"

"很奇怪，她是怎么做到的？能够不看不说和不问。"

"这有什么奇怪的呢？因为她爱我，关心我，鼓励我，让我能够有时间有空间有可能尽情地亲近我的写作，让我在文学的时空里能够尽量地表现自己。"

"她真好。"

"那当然。"

"那你为什么就不能因为她的这个好，写点迎合她的东西？"

"不是不能写，而是因为文艺女神不喜欢任何迎合的东西。她所喜欢的是奇思异想，是新颖的表达形式，是个人所独有的东西。如果不这样，她就会离你而去了。你所写的任何东西就与她没关系了。"

文学与很多事物的关系，在我看来，真是这样。

## 三

"这酒好像有点酸。"

"好的葡萄酒都会有点酸。"

"相比葡萄酒，你好像更喜欢烧酒一些。"

"烧酒能点燃，能有扑扑的蓝色火焰。"

"你喜欢幻想吗?"

"喜欢。幻想能更好地表现现实。"

"你好像喜欢写痛苦,写忧伤。"

"痛苦和忧伤相对于快乐分量似乎要重些。"

"你特别喜欢自由自在。"

"谁不喜欢呢?你不喜欢吗?"

"还有独立。"

"我的内心是独立的。"

"还有死。"

"谁都是要死的。"

"还有永恒。"

"这个我真的不太关心。地球总有一天又会变得光秃秃的,或者突然一下粉碎。"

"你关注过现在的那些民间作家吗?"

"有民间吗?"

"相对于作家协会而言。"

"那就不是作家了。"

"好吧,就算写作者吧,他们的读者不少呢。"

"任何写作者都会有读者。再差的写作者也会有读者。"

"你为读者而写吗?"

"不。我为自己而写。或者,首先,我是为自己而写。"

"写作时,你发现了什么?"

"没有。写作时,我是迷糊的。因为我迷糊,所以我才写。"

时间一分一秒地过去,谈话越来越没有意思,越来越显得无聊了。

## 四

"有一件事你不愿也不好对别人说,那就是你清楚你不应该这样写甚至不该这样活。"

听他这样说,我打断了他:"那你为何对我说呢?那你不要对我说了。"

"我真对你说了吗?"他笑了,摆摆手,"不,我没对你说,因为无法说!说了又有什么用?已经没有人愿听我说了。有人劝我该回头看看自己所写的,不要再像过去那样一个劲地虚构人生,以图不必直面现实。"

"我看你不是这样的人,何必这样妄自菲薄。"

"是啊,我真不是这样的人,也不该是这样的人!"他又有点兴奋了,略带自嘲地说起来,"我们一辈子写呀写呀,只是为了让我们的读者能够比我们聪明一些,或者和我们一样聪明,从而能够深刻体会伟人们已经明白的真理。"

"伟人们明白什么呢?"我问他。

"伟人们一向都明白,如果将人关起来,人就会变疯或者成动物。伟人们一向都明白所有崇拜权力的人,所有害怕权力的人,都会成为权力的奴隶。伟人们最最清楚的就是暴力会滋生暴力。而我们要做的就是要让一般人明白伟人们是如何想的……"

听他这样说,我又打断他,和他开玩笑:"那你应该这样写呀,就像你现在所说的!"

他说:"那不行!不能这样写!"他说,"伟人们现在都很忙,我们不该去打扰!伟人们现在所关注的是如何去开拓火星,他们脑子里所想的是人类的未来社会怎样才能更自由如何才能更高尚。一般人所想的东西已经落后于伟人们一万年都不止了。"

我说:"真的吗?"

他说:"那当然!"

他说:"伟人们站在山上,正在看着山下的人们,也就是很多的一般人推着一块巨石上山。"

我说:"照你这样说,那就是伟人们竟将自己的伟大希望寄托在一般人身上了?"

他说:"是。所以,才会需要我们通过我们所写的作品去使一般人都明白伟人们是如何想的。"

于是,我又问:"那是一座什么山呢?"

他说:"那是一座很暗的高山,山上的泥石是人类的愚昧。"

于是,我就说:"那我可不属于你说的那些一般人,也不是你所说的什么聪明的写作者!"

他笑了,问我道:"那你属于哪里呢?"

我回答:"我也很想成为伟人,立在那个山顶之上。"

他又笑:"你哪里有那样的运气!你只是一个聪明人,就像我一样!"

于是,我就清晰地看到一群人正弯腰驼背推着一块巨石上山。每当他们推上一点,就会突然轰的一声,暴发山洪,或者地震。于是,巨石就滚下去,不是滚到底,而是停在比原先稍微高一点的地方,直到快到山顶时,才会又是轰地一声，才会完全滚到底。于是，又有一群人再用肩膀顶住巨石，继续将它往上推。

  如果真有那么一天，巨石推到了山顶之上，世界会是什么样呢？这是我想象不到的。无论怎么想，我都想不到，无论我是多么聪明。

（原载《芙蓉》2018 年第 2 期）

# 忽有所悟

_陈世旭

不知从什么时候开始，人们对古旧残破的乡村有了近乎狂热的兴趣。许多专家痛心疾首，四处呼吁要保住祖先遗产，保住族群血脉。我在各处游览时，常常被热心的主人领去参观古村、古镇、古街之类。不久前就有过一次印象极深的经历——并不阔达的门脸表达着谦抑与内敛，敞开的厅堂则显示着轩昂与豁达。外墙一边写着"忠、孝"，一边写着"节、廉"。门头上的大匾，高悬着御赐的恩宠；门楣边的堂号，无不出于"仁、义、礼、智、信"："树和堂"讲和为贵；"慎德堂"讲慎终追远以德为先；"文敏堂"讲敏而好学；"五桂堂"喻修齐治平……楹联尽是高古的格言："金石其心芝兰其室，仁义为友道德为师"；"云蒸霞蔚德惠千璋，春露秋霜恩泽万物"……一重重堂奥，到处刻着"弟子规""朱子家训"之类，抬头是教训，低头是规矩，左门见"出将"，右门见"入相"，满眼满耳是亡灵的呓语。滔滔不绝的主人特别骄傲地指出，所有这些无不体现了"礼"的思想。也许就是这句话，给了我最重的刺激。

所谓"礼"，应该就是秩序、权威与层级吧。我记起林语堂的话：自古儒门子弟往往自认有超世之学，以为这样的学问能造福苍生，其实个个心里想的不过是造福自己、给家族争面子罢了。中国人的"面子"这个东西，无法向外国人翻译，无法为之下定义。它像荣誉，又不是荣誉。它比任何世俗的财产都宝贵，比命运和恩惠还有力量，比宪法还受人尊敬。中国人正是靠这种虚荣的东西活着。

所谓"耕读传家""诗书继世"，不过就是一个目的：出人头地！一个人在外面打拼，衣锦才有资格还乡——没有混上个一官半职，没有捞个盆满钵满，没有给家族留下高堂大屋和众多田地，都没脸回老家了。到处都是势利眼,没当官,也没有发财,还敢回来,这得有多大的胆量啊。可以想象夹在那些趾高气扬的"翰林第""大夫第"之间的畏缩寒舍,当初的人们活得是怎样压抑憋屈。读书做官,升官发财,福禄寿喜,几千年都没有什么变化,人们讲究的"本事"就是"成功""厉害"……总之,即便自己不怎样,祖宗也阔过。

其实,那些"阔过"的证明,有的仅仅是一些残破不堪的废墟。多年来,我一旦做噩梦,梦里的背景总是那些腐烂荒芜的古镇古村古屋古巷。而那些重新翻修装潢过的,更有一种化过妆的尸体的恐怖。每当主人津津乐道"这里很可以做拍《聊斋》的外景",要拿它"打造旅游文化"作为"新的经济增长点",我心里总有一种莫名的复杂。

这种经济发展思路,完全建立在对传统的依赖和对文化积淀的膜拜上,总认为自己的文化最悠长、最厉害、最不可磨灭,在一种"积淀深厚""传统高贵"的自恋中自我崇拜,对异质文化充满成见,对现代生活加以种种无知的嘲笑。可怕的是,这竟成了一种集体无意识。

祭拜亡灵,迷信传统,抱残守缺,乃是一个族群思想资源枯竭、创造活力窒息的表征。在这种情况下,文化积淀导致的往往是:当历史需要变革时,变革很难到来;即使有变革,也往往夭折。

而某些名人所谓的"保护文化多样性",不过是将落后地区的凝滞与腐朽作为展品欣赏,满足一种嗜痂癖而已。他们对传统遗存未必像表现出来的那样痴迷。一面是繁华都市的享受,一面是保护传统文化的荣誉,鱼和熊掌兼得,挺精明的。只是这样的精明根本不管那些"文化积淀"是怎样沉重的历史负担,完全无视封闭在贫困落后状态中的人们对变化更新的渴望。记得鲁迅狠辣地骂过:外国人中,有两种可憎恶:其一是以中国人为劣种,只配悉照原来模样,因而故意称赞中国的旧物;其一是愿世间人各不相同以增自己旅行的兴趣,到中国看辫子,到日本看木屐,到高丽看笠子,倘若服饰一样,便索然无味了,"因而来反对亚洲的欧化"。

我忽有所悟:保护历史遗存,让后人知道人类怎样从山洞地穴一路走来,进而让那些遗迹成为旅游产品牟利,无可厚非。但过犹不及。最简单不过的事实是:倘若那些古老遗存体现的文化果真是那么优秀,又怎么会有后来那么惨不忍睹的衰败呢?

(原载《今晚报》2018年7月22日)

# 《色·戒》观后

_孟彦弘

　　《色·戒》因为床上戏而颇为人批评，特别是女主角的大尺度暴露。不过，我倒是觉得，这几场床上戏对我们理解这部电影实在是大有助益。如果剪了，会使这部电影变得较为苍白。这几场床戏也并不是简单的重复，而是反映了女主人公的思想感情的变化。第一次，是她为了任务，要勾引；第二次，仍然是出于完成任务，半推半就，但已经在投入；第三次，则反映出她的矛盾，一方面，她是情报人员，要除掉这个人，另一方面，她的情感投入得却更多了。但她仍没有忘记自己是情报人员。戏后，他让她带一封信给某人；她出来马上就找到了组织，拆开来看。她明知道，他是敌人，他很会虚情假意，但她仍然对他动了心。当她知道，他是为她做钻戒时，她动摇了。在最后的关键时刻，她让他走。她出来，坐上车。这时，她从领口下翻出毒药，但她看了看，没有吞。随后，便是面对死。她的不吞，表明她已彻底放弃了情报人员的身份，想着要跟他长相守了。殊不知，他并没有改变，仍要置她于死地。在他眼里，感情是没有的；有的，只有他自己，自己的情欲、自己的生命。如果没有这三场戏，我们很难理解，这场美人计何以会以失败告终，何以会在最后的时刻，她放过了他。这反映的，是人性与战争的冲突和矛盾，反映的是个人与国家的冲突和矛盾，最终说明的，是在国家安危这一大背景下，个人的渺小和无奈。

　　她是大时代下小人物的悲哀。她自始就是一个工具。开始是国家利益的工具，她为了提供刺杀他的机会，她要先行与同仁同房，以积累她是一个有夫之妇的经验。但当她完成由处子而妇人的过渡时，他却离开了香港。她的牺牲是无意义的。后来，同仁们在上海再次找到她，她仍然是工具。她给父亲的信，被组织看后即销毁了，但她不知道。这让人不免怀疑，组织说，事成后送她到英国，是不是真的。随后，她出现在了他家，目的仍然是勾引他。她与他在上海的第一次床戏，她是被他强暴的；这又是她为国家所做的牺牲。随后的两场床戏，说明了她由工具到自我感情介入的变化。这一介入却注定是一场悲剧。这场悲剧的根源，就在于她始终是一个工具。可以说，她是为了国家，牺牲了自己的肉体；为了爱情，牺牲了自己的性命。贯穿这一主线的，就是这几场床上戏。如果将这几场床上戏全予剪掉，这部电影不就变得十分单薄而苍白了吗？

如果要坚持正确的政治立场，对男主人公的刻画，通过这三场床戏，也就可以充分说明，敌人是不会手软的，即使对他心动的女人。一旦危害到他的利益，他就会置之于死地而绝不怜悯。这反映的正是敌人的立场——其实，女主人公的所有底细，早已被他的秘书悉数掌握了，但他的秘书在他宠爱她时，没有汇报，更没有动手。这说明，如果他像她对待他一样，也放她一马，是完全能够做到的。但是，他没有。这不就足以说明敌人的凶残吗！

所以，这部电影，不是对抗敌志士的抹黑，不是鼓吹对敌手软。恰恰相反，通过动情的抗敌志士的结局，提醒我们，不能对敌心软。这不正说明，对敌人的怜悯，就是对自己的犯罪吗？难道非得将人刻画成机器，才是成功的吗？其实，这样的机器性人物，已经够多了，我们已经记不住了。倒是李安的处理，让我们动心，让我们记住了。

《海角七号》，我没有机会看过——据说，此戏登陆，需动刀子。据说，理由是，有歌颂日本殖民历史之嫌。其实，在殖民时期的人，他们有自己的历史和感情。就像有人很怀恋七十年代一样，在殖民地时期生活过的人，也难免会对自己的历史有所怀恋。这是他的历史。我们站在政治的立场，从爱国的角度，当然应该且必须批判日本的殖民活动。但是，我们却很难把每个在殖民时期生活过的个体的感受，统统抹杀。这实际是国家认同与个人感情的矛盾和冲突。在这个矛盾和冲突中，个人是无奈，是尴尬。这就像抗战胜利后，傅斯年等人恢复北大，对沦陷时期在敌伪统治下做过事的人，均予除名一样。我们既可以理解傅先生——他在抗战期间远走大西南，生活困顿，饱受战争之苦，同时，我们也应该理解那些留在沦陷区的人，并不是每个人都能够撤走——周作人这样的大教授可能是能走而不走，但广大普通百姓，我想大多是想走而走不了吧。他们留下来，不做事，又如何生存？！当时的人，对他们有歧视，是可以理解的。如果事隔多年，我们仍然歧视他们，那实在是不应该的。如果政府有绝对的力量，拒敌于国门之外，他们也可以免受这样的尴尬了。但在这个时候，我们只能听到对政府抗战的歌颂，对普通百姓在沦陷区生活的批评。其实，这个责任是国家的责任，不应也不能转嫁到个人的身上。

个人的情感与国家的利益，未必总是一致的。在国家利益面前，个人的感受实在是太渺小，也太无奈了。我们必须批判胡兰成当汉奸，但我们不应该指责张爱玲爱上胡兰成。这是两回事，虽然不能断然割开。

顺便说一句，《色·戒》的后两场床戏，拍得非常美。我看了，实在丝毫没有感受到猥亵或不健康。肉与肉，并不见得都不健康啊。

（摘自《不够专业》广东人民出版社 2018 年 7 月出版）

# 杂感三题

_王晖

## 美容新课题

参加医学美容学术研讨会，间隙与一位专家闲聊，他说所处领域美容新课题很多，甚至很怪。适逢休息室内摊放的报纸中，刊有一则"忆莲LIVE08"演唱会北京站在首都体育馆温暖开场的新闻，竟被他随手拈来做例：二十世纪八九十年代，香港歌星林忆莲火速蹿红，身后拥趸无数。粉丝们组成"忆莲团"，逢林演出，必前往捧场助阵；平时则专心收集林的碟片、签名和宣传品。其中的铁丝们更不仅于衣着打扮上刻意模仿林，有人还找到美容店，恳请医师将自己的双眼皮"缝"成单眼皮——原因是林忆莲那白皙莹透、吹弹得破的脸庞上，嵌着一对细小、乖巧眼眸，这眼睑上周缘便是单层。而对美容专家来说，将双眼皮改作单眼皮，是过去未曾尝试的手术，其难度高于将单眼皮"切"成双眼皮。

听后颇感诧异，以传统的大众眼光观之，双眼皮较单眼皮为美，可世间偏有爱我所爱、爱屋及乌者，在这尊崇个性的年代，你能简单用"嗜痂之癖"一类语词指斥吗？何况，顾客就是上帝，攥钞票的手里永远握着真理，他们的任何需求都是不容忽视的商机，商家服务能不紧步跟进吗？

读《扬州画舫录》，见识许多富商巨贾怪诞之举。其中之一是以丑为尚，家中所选佣男仆女，尽为奇丑之人；一日揽镜自照，觉得不够丑，于是把脸弄破，再涂上酱，去太阳底下曝晒。较之这般先辈，林忆莲的铁丝们创意未见新颖，气度也不够宏大，倒显得一蟹不如一蟹了。

谈今溯古，可见另类需求确乎从没短缺，医学美容实有无限拓展空间。于此推而思之，在任何领域也必有永远做不完的工作。"不要怕困难，不要怕艰苦，不要怕前人做过了，自己没有事情去做。"这是冯其庸在央视《大家》栏目片头说的一句话，真好！忖度可以抵过他的全部著述，包括书画创作——尽管，他只是阐释了一条显而易见的真理。

### "明朝是贾日，早放学生归"

昨日《光明日报》的《文化新闻》版，以《看看唐代孩子的家庭作业/抄论语，写打油诗催老师下课》为题，报道近日召开的吐鲁番地区文物系统科研成果汇报会上，文博馆员马志英介绍在唐景龙四年（公元710年），一位名叫卜天寿的十二岁学生所做的家庭作业：他在一件由数幅麻纸粘裱而成的长五点三八米、宽零点二七米的纸卷里，用毛笔工整抄写了《论语·郑氏注》，并于卷末附题一首打油诗："写书今日了，先生莫咸池。明朝是贾日，早放学生归。"马志英指出，"咸池""贾日"分别为"嫌迟""假日"之误。

这则趣味、轻松的标题，实际引出的却是一道沉重的人生话题。学界、媒体眼下天天都喊"减负"，孰料，早在一千多年前的唐代，学生的家庭作业已如此繁重。可能，在"万般皆下品，唯有读书高"的华夏之邦，苦读素被视作人生之途能够收获"千钟粟"，入住"黄金屋"，赢取"车马簇"，抱得"颜如玉"，成为"人上人"的不二法门。于是，在社会环境压力下，家长苦逼孩子读书，老师力促弟子死学，成了亘古不变的天条。孩童天性因此被摧残殆尽，在本应游戏、玩乐的天真岁月，竟被迫去接受那些不喜接受，甚至不必接受的"知识"。

马志英认为，小卜天寿写的那首催老师下课的打油诗，将唐代这个"熊孩子"任性可爱的形象再现出来。可我于此诗中，看到的却是过早体味人生压力的一介蒙童，万般无奈时，低声发出的一句祷告，聊胜于无的一语乞求，甚或是双眸含泪的一声呻吟。

若论描述学生对校园教育抵触心境的深刻入髓，张爱玲在《烬余录》中的句子堪称第一。她说："战争（指日军在'二战'期间侵入香港）开始的时候，港大的学生大都乐得欢蹦乱跳，因为十二月八日正是大考的第一天，平白地免考是千载难逢的盛事。"遭遇战争，虽然可能意味着从此流离失所、饥馑连年、疾病缠身、生灵涂炭……但是，学生哥、学生妹们在那一刻岂将这些事置于心头，只要不去上学便好，可免却考试则上佳——多率真？真任性！大学生心态尚且如此,遑论垂髫稚童的认识了。

《烬余录》写于1944年2月,二十三岁的张爱玲在这篇散文里,忆述了两年多前香港沦陷期间,其在香港大学的学习与生活情况。张对于现代教育,似乎没有显而易见的不适应。她自我解剖说:"我是孤独惯了的。"而孤独者对世事冷静的旁观,无疑更有助于其细察人世,深思人性,入骨三分地状摹人生。比如,她拟写的这句漫不经心的家常语,就将古往今来无数忧惮黄卷青灯寂苦的学子心绪表露得淋漓尽致。

## 义薄云天

成都武侯祠是全国唯一一座君臣合祀祠庙,由纪念蜀汉君臣的刘备殿、诸葛亮殿和刘备墓等建筑组成。行走祠内,能见到三义庙,能见到结义楼,而诵读那散存殿内匾额、楹联上颂扬刘、关、张生死同心、义薄云天的煽情文字,则更让人感受到这桃园结拜的三位异姓兄弟情同手足、血脉相连的浓郁义气。

自然,文字间或亦有令人感到滑稽处。比如,在三义庙中,高悬一面书有"神圣同臻"的巨大匾额,称赞刘、关、张三义士都达到神圣的境界。这赠立匾额者,署名竟是"清代靴鞋行众姓弟子"。

《三国志卷三十二·蜀书二·先主传第二》曰:"先主姓刘,讳备,字玄德,涿郡涿县人,汉景帝子中山靖王胜之后也。……先主少孤,与母贩履织席为业。"瞧,连刘备少时贫困,与母卖鞋谋生这段不堪回首的经历,也被清代的贩履者翻出,作为攀附结缘、讨借余荫的契由。环顾庙殿,尚未见着"织席行众姓弟子"赠送的匾额,看来,在顺坡下驴、借势托大方面,这个行当的后世从业者不及"靴鞋行"后世从业者更具战略发展眼光。

岂仅前朝,岂仅祠内,便是在一墙之隔的锦里商业街,我们也能觑见今日"靴鞋行"从业者那敏锐捕捉商机的睿目。你看,那沿街开设的一排排古风盎然的鞋店,不知店主是否果然姓刘,也不论兜售的是草编履、竹编履、布编履,乃至塑料履……却并不妨碍每间店铺均赫然悬挂"草鞋刘"的宝号。

感佩之余,略生异想,设若蜀汉政权未被后世目为"正统",刘备不是"蜀汉开国皇帝",那么,"桃园三兄弟"还会获享后世这般趋附者景从的盛况吗?历史已然如此,于刘、关、张,我们自无法假设。但从别者,比如,那曾在上海滩制售"艾罗补脑汁""龙虎人丹""百龄机"等药品,经营著名的"大世界游乐场",一度获利丰厚,最终投资失败的黄楚九之生前身后,时人——包括同行中人对其所施的行为来看,却可以间接了解到些微世态来。

1931 年初，黄楚九这位上海滩著名的"滑头商人"，因麾下日夜银行出现挤兑风潮，引发脑溢血，黯然去世。黄家顿时陷入四面楚歌的讨债声中，以致在黄楚九殡葬大典上，吊唁者对其褒贬皆有。最滑稽的是，黄楚九生前任主席的上海新药业同业公会，此时竟送来上书"药石无灵"的素幛，讥讽黄氏所创种种药品毫无效验。

黄楚九一生逐利弃义，翻手为云，覆手为雨，手自得之，手自失之，观其终场闹剧，固让人生发"孰言天道不公"之叹。但上海新药业同业公会诸会员，"眼看他起朱楼，眼看他宴宾客"，纷纷趋炎附势，捧举黄楚九为主席。可待到"眼看他楼塌了"，便瞬即反戈一击。从这对黄楚九态度阴阳两面中，会员诸君之义气、良心，自无从论说，而行径不亦特令人齿冷吗？

"贫在闹市无人问，富在深山有远亲。"何况，这武侯祠又位居"西南首府"，前来攀附的"亲"或"远亲"，自是格外多了。

（原载 2018 年 4 月 18 日《水西门新闻》）

# 文言之美

_丁辉

"五四"时期，反对文言，力主白话，无如鲁迅坚定者。其散文名篇《二十四孝图》的开篇即言："我总要上下四方寻求，得到一种最黑，最黑，最黑的咒文，先来诅咒一切反对白话，妨害白话者。即使人死了真有灵魂，因这最恶的心，应该堕入地狱，也将决不改悔。"一贯主张"辱骂和恐吓绝不是战斗"的鲁迅这回竟出以恶语，对反对白话者咒天诅地，其决绝态度可见。

然与胡适对白话身体力行不同，鲁迅自己写文章，每逢要表达比较深刻的思想和比较深沉的感情的时候，必借助文言的语汇和句法，这恐怕不是"积习"二字可以解释得了的。1927年9月，鲁迅为自己校订的《唐宋传奇集》写《序例》，文末照例交代写作的时间与地点："中华民国十有六年九月十日，鲁迅校毕题记。时大夜弥天，璧月澄照，饕蚊遥叹，余在广州。""大夜弥天，璧月澄照，饕蚊遥叹，余在广州"曾被解释成"国民党发动四一二事变，使中国陷入更深的黑暗，而鲁迅面对黑暗显示了大无畏的革命气概"云云；哈哈，其实，"璧月"者，许广平也；"饕蚊"者，"情敌"高长虹也。十六字文言把"抱得美人归"的志得意满，表达得含蓄蕴藉，不露痕迹，可谓尽得风流！若出以白话，则恐难免浮薄轻佻，既授人以柄，复伤己尊严，素爱惜羽毛的鲁迅当然不可能做此"折本"的买卖。更典型的例子也许是三十年代京、海派之争中，以"栾廷石"的笔名发表在《申报·自由谈》上的《"京派"与"海派"》：

"北京是明清的帝都，上海乃各国之租界，帝都多官，租界多商，所以文人之在京者近官，没海者近商，近官者在使官得名，近商者在使商获利，而自己也赖以糊口。要而言之，不过'京派'是官的帮闲，'海派'是商的帮忙而已。但从官得食者其情状隐，对外尚能傲然，从商得食者其情状显，到处难于掩饰，于是忘其所以者，遂据以有清浊之分。而官之鄙商，固亦中国旧习，就更使'海派'在'京派'的眼中跌落了。"

这段文字要言不烦，于京、海派各加针砭，有理、有力、有度；然又能如老吏断狱，着着揪肤见血，几深刻到让人难以腾挪，显示了鲁迅非凡的思想洞见；然若非借助文言的语汇和句法，还会有如此一语解纷，一言息讼的表达效果么？

我意，五四先贤掊击文言不遗余力，或并非因为文言不好，而只是因为文言太难，有碍教育的普及，且难以之进行社会的动员故。同为五四白话文运动先驱的刘半农晚年的一段话或可为证："十年前，我们对于文言文也曾用全力攻击过，现在白话文已经成了气候，我们现在非但不攻击文言文，而且有时候自己也要做一两篇玩玩。"

文白之争中林纾（琴南）"非读破万卷（古书），不能为古文，亦并不能为白话"一言我看是包含了合理的成分的，可惜他说得过于笼统，宜乎被鲁迅等人揪住辫子；若是改为"非读破万卷，不能为古文，亦并不能为周树人君那样的白话"，我看就是的论。鲁迅对林纾的驳论做得诚然漂亮，但他自己的文章白纸黑字俱在，是抵赖不去的。白话文主张者的一大误区是把白话与文言对立起来，新旧之分遂尔有死与活、进步与落后竟至革命与反动之别，台湾学者汪荣祖的批评我看是击中了百年来白话文的要害的："雅言（文言）为白话的根底与资源""百年来写白话文的能力，无不从古文泉水中获得滋养""白话文能否精致与能否取法古文大有关系"。

我是固执地主张若专就表现力而言，文言非但不输白话，反有白话所不逮处；弃绝了文言的白话必显枯竭之象。我课上常举的一个例子是，拜伦致情人某情书中有一段：

Everything is the same, but you are not here, and I still am. In separation, the one who goes away suffers less than the one who stays behind.

钱钟书先生以浅近的文言译为："此间百凡如故，我仍留而君已去耳。行行生别离，去者不如留者神伤之甚也。"若纯以白话，复能有此蕴藉风流，沁人心脾的表达力否？不知鲁翁若在，将何以回应我这后生小子的固执？我想他的驳论还是可以做得"诚然漂亮"，但恐怕却无法说服我，因为如前所言，老人家自己的文章俱在，白纸黑字，如何抵赖！

（原刊《杂文月刊》2018 年 2 月上）

# 《论语》札记二则

_王国华

## 概念与技术

仲弓到季氏家中为宰，向孔子问计。孔子说，你分管的部门要各司其职，有事先问他们，即"先有司"。如果他们发生小的过错，要懂得赦免，不追责，即"赦小过"，然后挑选并任用能干的人，即"举贤才"。这三个办法，听起来有点像废话，尤其最后一个，不举贤才，难道还去用"庸才"？因此仲弓追问了一句："如何分辨贤才而举之呢？"答曰，你只须举荐自己知道的就行了。你不知道的，别人也会举荐的。"人其舍诸？"难道别人会舍他不举吗？

绕来绕去，还是举贤才。后世科举考试时，但凡提及国策，"举贤才"一直是标准答案之一。但贤才的标准是什么？身高、体重、学历、文采、出身？每个人阅历不同，见识不同，对贤才的理解也有所不同。最后难免还是要回归到亲疏远近。谁跟自己走得近，用起来顺手，谁就是贤才。

以孔子为代表的若干先哲，只讲概念，停留在形而上的哲学层面；不讲技术，具体怎样操作，我不管，你看着办。一个典型案例是，樊迟向孔子问种庄稼和种蔬菜，孔子生气地说，我不如老农和菜农，别问我。

这样回答似乎也没什么问题，人各有长，专业的人干专业的事。但对技术层面的选择性忽略，对东方文化还是有很大影响的。

概念只讲大前提，大方向。有了大方向，其他都可迎刃而解。从哲学上讲，这是对的。但在实际操作中，任何一点技术性的偏差，都能改变方向。整个人类社会从没在既定的航道上行走，而是在偶然中颠簸，不知下一秒漂向何方。就像"举贤才",所有贤才都不是机器制造出来,各有各的偶然,他们在具体操作中指出的方向自然也千差万别。

但讲概念有一个好处:一时半会儿看不出结果。即使有结果,也往往需要几代人实践,甚至上千年还判断不出来。而讲技术就不行了,立竿见影,有效无效很快见分晓。

所以,还是讲大道理更稳妥些。

## 幸而未成

在我看来,孔子一生中最幸运的事是没有太多从政经历。虽在鲁定公年间有过五六年的大红大紫,但跟他波澜壮阔的人生相比,还是大象之腿。尤其在鲁国失势之后的十四年里,说是周游列国,其实就是四处找工作,并且也没找到。

但孔子是极不服气的,他对自己的治世能力非常自信。他最大的遗憾是自己想法虽多,但实践得不多。他说:"苟有用我者,朞(同'期')月而已可也,三年有成。"如果让我来治理国家,一周年的时间就差不多了。如果有三年时间,肯定成功。

孔子在鲁国摄行相事的时候干过一票大事,那就是上任七天便诛杀了少正卯。关于此事,后人一直众说纷纭。少正卯何许人也?是和孔子齐名的教育家(或许还是个哲学家)。孔子的学生中,除了颜回,都到少正卯那里听过课。孔子说他有五宗罪,"心达(或作逆)而险、行辟而坚、言伪而辩、记丑而博、顺非而泽",这五宗罪均为诛心之论。后世有人为圣人辩,说历史上应该没有这件事,但拿不出有力证据。但从这件事可见一个人其平日所讲,与实际所做,该有多大差距。且不言孔子是出于瑜亮情结还是别的什么心理,仅仅为了避嫌,一个成熟的政客也不该这么急吼吼吧?

有些文人,天生就是当国师的料,他们只负责理论指导,提供方向,不负责具体实践。就跟有人专门写歌,有人唱歌一样,各司其职。一个作曲的,觉得自己谱的曲子好听死了,让别人唱太可惜,干脆自己唱。这样的全才肯定有,但不能代表大趋势。社会有分工,人各有其长。而那些实践者对国师理论的实践,既是一种落地,也是一种再创作。很多理论提出者,在实践自己的理论时,为了维护其纯粹性和原教旨,常常会将其实践到相反的方向上去。提倡"仁"和"恕"的孔子对少正卯的去之后快,便可见一斑。其他的例子还有,各位读者可自行脑补。

但这些理论家（或者文人），是坚决不承认这一点的。我曾经见过一个文人沾沾自喜地讲述自己处理事件时的从容与机智。在别人眼里很幼稚的行为，他是那么坚定地认为自己左右逢源，游刃有余。这样的例子历史上也有，请再次自行脑补。

孔子对治世的艰难与周期其实有着旁观者的清醒。他认为若有善人主持国政，经历一百年之久，才可以化去残暴，消灭杀伐。"'善人为邦百年，亦可以胜残去杀矣。'诚哉是言也！"他还认为，如果有一位王者兴起，也需经历三十年时间，才能使得仁道行于天下。"如有王者，必世而后仁。"世者，三十年也。但轮到自己，便大言"三年有成"，确实矛盾。

一个沉迷于从政的孔子是什么样子？不敢想。而"周公恐惧流言日，王莽谦恭未篡时"之语，用到孔子身上似乎也不太恰当，但意思应该是同样的意思。

（原载《文学自由谈》2018 年第 2 期）

# 夜读《西游记》

_ 斗小筲

## 天上香火人间肉

《西游记》第一百回,唐僧师徒功行圆满,佛前受封,唐僧为旃檀功德佛,孙悟空为斗战胜佛。猪悟能挑担有功,加升净坛使者。八戒登时叫嚷抗议,他明白:这净坛使者与菩萨一列,比佛却是低了一级。如来道:"因汝口壮身慵,食肠宽大。盖天下四大部洲,瞻仰吾教者甚多,凡诸佛事,教汝净坛,乃是个有受用的品级,如何不好!"就你这好吃懒做的货,全天下的剩菜都让你打包了,还不实惠?佛祖待八戒不薄。

饮随时转,食因势变。净坛使者早先做天蓬元帅,食蟠桃,饮美酒;不料酒醉失德,贬下凡尘,错投了母猪胎里,咬死母猪,吃人度日;后遇观音点化受戒,从此持斋把素,断绝五荤三厌;终于修成正果,坐享人间香火。做妖魔便吃人,算本色;做和尚便吃斋,是本分。相较之下,同受菩萨点化,小白龙和沙悟净初遇唐僧,便恶狠狠来抢,显然吃人习性未曾改。猪八戒色心犹炽,在吃东西上倒还守规矩。

妖魔吃人,概分两类:一类以人为食,一类专吃唐僧。唐三藏十世修行、元阳未泄,吃一口延寿长生,疗效堪比蟠桃、人参果。蟠桃园和五庄观都不好得罪,唐僧却常自送上门来,简直是行走的人参果,不吃都不好意思。他分量又足,挚友亲朋都叫来聚餐,共享长生,喜何如之!但唐僧肉何尝有妖怪吃得到?在满天神佛护佑之下,除了被亲娘咬下过左脚一个小趾外,玄奘法师毫发未损。玄奘初出长安第一难,便遇上虎精寅将军,与熊罴、野牛二精分食了法师的两个从者，却嘴下容情，单留下唐僧。至平顶山莲花洞金角、银角二妖，才说出唐僧肉的好处，专心要吃他，然而也未能吃到。这二妖者，乃是为太上老君看炉的两个童子。细想一层，唐僧肉的神奇功效本是仙界做的广告，专为凑八十一难来的。两个童子回归天界，也许就赏下蟠桃、仙丹，比吃唐僧实惠。

吃唐僧肉是神仙把戏，吃人肉才是妖魔罪孽。有趣的是，《西游记》中吃人最凶的，不是占山的妖怪，而是下凡的神仙。猪刚鬣与卷帘大将不提，便说黑松林内黄袍怪，本是斗牛宫外奎木狼，他在宝象国做了驸马，酒醉之后，把弹琵琶的宫女抓将过来，"挖咋的把头咬了一口"。玉帝如何罚他？贬去兜率宫与太上老君烧火。我总疑心下一难所遇的金角大王，就是他下界立功来了。最耸人听闻的还是狮驼岭的三大王，不但吃了狮驼国国王及文武官僚，"满城大小男女也都被他吃尽"，他又联合了青狮、白象要吃唐僧。书中写孙悟空进狮驼洞所见：骷髅若岭，骸骨如林。人头发翘成毡片，人皮肉烂作泥尘。人筋缠在树上，干焦晃亮如银。真个是尸山血海，果然腥臭难闻。东边小妖，将活人拿了剐肉；西下泼魔，把人肉鲜煮鲜烹。这样恶妖什么来头？原来三大王是如来的母舅，佛祖原是妖精的外甥。书中写如来施法困住大鹏金翅，妖精舅舅便说："持斋把素，极贫极苦；我这里吃人肉，受用无穷！"佛祖外甥道："我管四大部洲，无数众生瞻仰，凡做好事，我教他先祭汝口。"

喔！原来八戒艰辛成就的正果，是佛祖舅舅吃剩的饭渣。


## 金丹圣水悟空尿

《西游记》取经队伍中，除唐僧外，余下几个似乎都有吃人的前科。白龙马初遇唐僧，"撺出崖山就抢长老"，人没抢到，连马带鞍一口吞下肚去；猪刚鬣是天蓬元帅投在了母猪胎，"咬杀母猪，打死群彘"，占据福陵山"吃人度日"；沙僧更是自称"吃人无数，向来有几次取经人来，都被我吃了"。流沙河鹅毛不漂、芦花沉底，唯有九个取经人的骷髅浮在水面。有人将九个骷髅解作九宫，但考其出处，当源自杨景贤《西游记杂剧》第十一出《行者除妖》，沙和尚自言"有一僧人，发愿要去西天取经……那厮九世为僧，被我吃他九遭，九个骷髅尚在我的脖颈上"。小说中虽未明言，但联想到唐僧是十世修行的好人，那九个骷髅很可能正是唐僧的前世，思之极恐！

孙悟空应该也吃过人。在白虎岭遇到白骨精变化的美女，悟空一眼识破，并说"老孙在水帘洞内做妖魔时，若想人肉吃，便是这等变化迷人"，看来齐天大圣吃的多是男人吧。有趣的是，在救乌鸡国王时，需有人度他一口气，这口气八戒度不得，唐僧指定要悟空来。书中解释：八戒自幼儿伤生吃人，是一口浊气；唯行者自小修持，参松吃桃，是一口清气。都是吃人的妖精，出身毕竟还有区别。度气者，人工呼吸也，书中写悟空"把个雷公嘴噙着那国王口唇，呼的一口气，吹入咽喉"，那画面……几版电视剧中都没有。这是第三十九回，写孙悟空为救乌鸡国王，特意飞到离恨天兜率宫，找太上老君借一丸九转还魂丹。遥想大圣当年，最随心所欲的一回，无过于席卷蟠桃会、扫荡兜率宫，三千六百株熟桃吃尽，五个葫芦的金丹如吃炒豆，当时若有心留点家当，何至于筋斗云四处奔走。然做事不留余地，正是猴王本色。

《西游记》对蟠桃和人参果极加渲染，到了这一回才提醒我们：一丹难得。起死回生，九转还魂，功效显然胜过益寿延年。第六十九回中，悟空自制乌金丹，以无根水做引，治好了朱紫国王的惊恐忧思。此丹原料简单而出奇：简单者，不过是大黄、巴豆、锅灰加上马尿；出奇者，白龙马乃是东海龙身，"若得他肯去便溺，凭你何疾，服之即愈"。马尿功效已足，大黄、巴豆原是添头，好诙谐而弄玄虚，也是猴王的特色。车迟国一回，师兄弟夜入三清殿偷吃供养，还变作三清模样。虎、鹿、羊三精跪求圣水金丹，孙、猪、沙乃以尿诳之，悟空撒了一花瓶，八戒溺了一砂盆，沙和尚撒了半缸。虎精品出了浊酒味，羊精尝出了尿臊气，鹿精乖巧，先问一句："师兄，好吃么？"

人间有对捷径的渴求，金丹圣水就永远有它的市场。中六合彩，住终南山，喝神仙水，吃回魂丹，这些一蹴而就的功果至今仍诱惑世人。昨日祖传秘方，今日非遗药酒，人生代代无穷已，难分马尿与猴溺。尿喝多了，便培养出一代代的鹿精，不断留神问别人有无尿味。而遗尿之人，虽善于冒充神仙皇帝的后代，却终不敢像孙行者事过留名，大叫一声：哪里是什么圣水，你们吃的都是一溺之尿！

（原载《今晚报》2018年5月1日、6月26日）

# 随想记

## 贾宝玉不宜做官论

_宋志坚

汪强先生《论贾宝玉亲自系裤带子》有点意思,此文分列三"论",一"论贾宝玉首次亲自系裤带子时的年龄",汪先生认为应在贾宝玉"初试"之后,上学之前,大约13岁左右。因为"初试"那天,大腿上有"冰凉黏湿"的一片,还是袭人为他系裤带子的,而上学之后,倘若再不会亲自系裤带子,想方便时也很不方便;二"论贾宝玉为何老大了还由丫头系裤带子",汪先生认为与他的身份有关,他是"某某公"的后代,"一个公的后代如果在14岁之前就亲自系裤带子",那就"有失身份与体面";三"论'亲自系裤带子'的提法并无不妥",汪先生认为,贾宝玉可以让丫头为自己系裤带子时却自己系裤带子,那就是"亲自",就像可以让秘书为自己写稿的领导自己写稿叫作"亲自"一样。一本正经的"论",论的却是颇为滑稽的问题,此所谓寓谐于庄;论的是颇为滑稽的问题,却又耐人寻味发人深省,此所谓寓庄于谐。此文使人想起《论"费厄泼赖"应该缓行》《论"他妈的"》以及《由中国女人的脚,推定中国人之非中庸,又由此推定孔夫子有胃病》，颇得鲁迅杂文之真传。

受汪强先生之启迪，作此《贾宝玉不宜做官论》。

或有人说，这是一个伪命题，因为在贾宝玉的眼里，"女人是水做的，男人是泥做的"，他最喜欢在女孩子中厮混，最讨厌"仕途经济"，认为这是那些俗不可耐的男人的营生，他根本就不想做官。这固然言之有理，但也不要忘了，他是贾源贾代善的后代，他爸是贾政，他生在官宦世家，做官原是贾家祖传，那贾府（包括宁国府与荣国府）中，从贾演贾源起，四五代人中，哪一代没有做官？贾赦、贾敬、贾珍、贾琏，哪一个没有做官？贾政想要做官的香火代代相传，他之不满甚至打骂宝玉，还不是因为"恨铁不成钢"，怨他不争气。我作此论，对象若是贾宝玉，那是没事找事；对象若是贾政一类，未必就是无的放矢。

我之所以说贾宝玉不宜做官，是因为想起了周公姬旦的后人鲁哀公。此公曾对孔子说："寡人生于深宫之中，长于妇人之手，未尝知忧，未尝知惧。"如果这句话出于贾宝玉之口，只要稍稍改动，例如将"寡人"改为"宝玉"，将"深宫"改为"贾府"，似也十分妥帖，除了担心林妹妹不睬他，他又何尝"知忧"？除了害怕贾政责罚他，他又何尝"知惧"？《汉书》的作者班固，在引述鲁哀公此言后感叹："信哉斯言也，虽欲不危亡，不可得已！是故古人以宴安为鸩毒，无德而富贵谓之不幸。"他认为鲁哀公此言，出乎真心，合乎实情，却又认为，让这样的人当君主，想使国家不陷入危亡的境地也不可能，因为这种人，是靠祖上而不是靠仁德身居富贵之位，安享太平的，未经"苦其心志，劳其筋骨，饿其体肤，空乏其身"的磨炼，不知民间之疾苦，不知人生的艰辛。鲁哀公如此，贾宝玉又何尝不是如此？鲁哀公不宜为君，贾宝玉又何尝适宜当官？对于有志于经纶济世的人来说，身处底层的经历，也是一笔财富，"吾少也贱，故多能鄙事"，孔子的多才多艺，不是因为他的"高贵"，恰恰因为他的"卑贱"，贾宝玉却是要直到十三四岁，才能亲自系裤带子的。他要看到平民百姓忍饥挨饿，怎么就说不出"何不食肉糜"这样的混账话?!

或有人说，贾珍、贾琏不也一样"生于贾府之中，长于妇人之手，未尝知忧，未尝知惧"，为什么他们适宜做官，贾宝玉就不宜做官？此二贾确实也都是贾氏子孙，确实也都"未尝知忧，未尝知惧"。然而，他们与贾宝玉又有不同，则言之，他们不像贾宝玉那样率真而"未尝虚假"，不像贾宝玉那样单纯而"未尝阴毒"。贾珍、贾琏那一类人做官，是很容易瞒上欺下、胡作非为、以权谋私、以势压人的，只图眼前闹得欢，不顾日后拉清单。我说贾宝玉不宜做官，虽然未曾想过要他做的是像焦裕禄、谷文昌这样的官，但至少还得有条底线，有所敬畏，绝不是贾珍、贾琏之类可能做的那种官。这种瞒上欺下、胡作非为、以权谋私、以势压人的官，贾宝玉也做不来，只要他还是那样率真，那样单纯，不会上下其手长袖善舞，只要他还是那样正事不会干、邪事不想干，常常处于困惑、郁闷与痛苦之中，实在也不宜在那种官场中生存。难保哪一天被那些破事弄得心烦了也不会由着性子说"我找林妹妹去"！除非他"入鲍鱼之肆，久闻而不知其臭"，在潜移默化中慢慢地变得不再率真不再单纯，甚至变得像贾珍贾琏一般。班固引的是鲁哀公之问，说的却是汉代的事，"汉兴，至于孝平，诸侯王以百数，率多骄淫失道。何则？沉溺放恣之中，居势使然也"，那些"骄淫失道""沈溺放恣"的"诸侯王"，原先大致都属"生于深宫之中，长于妇人之手，未尝知忧，未尝知惧"一族。但这样一来，我们议论的对象就成了贾珍贾琏而不再是贾宝玉了。

　　我将贾宝玉比作鲁哀公，因为他们有不少相似之处，贾宝玉像鲁哀公那样"生于深宫之中，长于妇人之手，未尝知忧，未尝知惧"，鲁哀公也像贾宝玉那样率真、单纯，要不，也就不会有如此毫无掩饰的"鲁哀公之问"。但鲁哀公又与贾宝玉不同，他是做了君主的人，不能厌恶"仕途经济"，不能不问政治。于是乎孔子与他说了一番大道理，最后以"君者，舟也；庶人者，水也。水则载舟，水则覆舟"一语作结——顺便说说，常有人将此语当作唐代魏徵甚至唐太宗的专利，硬是掠人之美——并说"君以此思危，则危将焉而不至矣"。这种实例当然也有，例如班固所说的河间献王，"身端行治，温仁恭俭，笃敬爱下，明知深察，惠于鳏寡"，这是史家对他的评价。但这不是普遍现象，因为"思危"的作用毕竟有限。"君子之泽，五世而斩"，倘若"寡人"都"生于深宫之中，长于妇人之手，未尝知忧，未尝知惧"，哪能不一代不如一代？！

　　所以，我以为无论从哪个角度说，贾宝玉都不宜做官。

　　为国为民着想，贾宝玉不宜做官。像他那样"生于贾府之中，长于妇人之手，未尝知忧，未尝知惧"的人，倘若真要做官，起码也得到底层去摸爬滚打数年，不是涂金，而是真干。要不，难免误国误民，成为无所作为的平庸官、吃喝玩乐的安乐官。

　　为他自己着想，贾宝玉不宜做官。他既不想做官，就大可不必勉为其难，让他去做一些他想做而又能做的事，他既有吟诗的天赋，就让他去当诗人，即使写不出"金戈铁马，气吞万里如虎"的气势，写写"乐而不淫，哀而不伤"的情诗也行。

　　假如李后主不是"后主"而只是诗人，不亦乐乎！

（原载《杂文月刊》2017年11月上）

# 人生是一场接力赛

_ 鄢烈山

几个不同微信群里都先后看到群友转发的一部四五分钟的微电影，阿拉伯片名我不认识，英语译名叫《The Other Pair》（中文似为《别样的配对》）。据介绍，是一个年仅20岁的埃及青年拍摄的，曾获埃及LUXOR（卢克索）电影奖；"没有一句台词，却感动了全世界不同文化种族的人。它告诫我们：贫苦时该坚守什么，富有时该如何去做……当善良遇见善良，就会开出世界上最美的花朵……"

故事是这样的：一个十岁左右衣衫褴褛的男孩，走在大街上时，一只人字拖鞋的人字头掉出来没法穿了。他拎着一只鞋走到路边石头上坐下修鞋，但是鞋实在太旧太破，修不好。沮丧中抬头看到一双锃亮的皮鞋，是一个与他差不多年纪的男孩，正与父母一起到街边等候火车。显然，那是相对富裕而幸福的一家三口，令他羡慕。火车来了，候车的人们争先恐后地过街去搭车，拥挤中那个男孩的皮鞋被人踩掉了一只，他不可能停下来俯身捡起鞋子。火车鸣笛要开动了，穷小子发现路面有只孤零零的皮鞋，而被"裹挟"上车的男孩则站在车门口眼巴巴地望着自己的鞋子。穷小子猛地起身拾起地上的鞋子，去追赶启动的火车，可是车越开越快，他追不上了。富家男孩见此情景，干脆脱下自己的另一只鞋，扔给这个穷小子。二人挥手致意，电影戛然而止。

这就是前引影评提到的"当善良遇见善良，就会开出世界上最美的花朵"。

用中国的"普通话"说，这叫"成人之美""助人为乐"；用中国的宗教（道教或佛教）语言来说，这叫"善有善报"。信神的人谓之"劝善"，不信神的人贬为"心灵鸡汤"。

事实上，讲"善有善报，恶有恶报"，长期以来是各种宗教劝导人们行善祛恶的法宝。在这些宗教信仰里都有主持正义的神鬼,对人的一生言行进行考核,做出惩恶或奖善的决定。在中国的道教里,有"司命"随时记录人的善恶,最终决定人的寿夭穷通;在佛教里,人死后会接受审判,根据一生的善恶进行加减乘除决定来世进入六道轮回的哪一道;在基督教/伊斯兰教里,人最终会面临上帝/真主的"末日审判",决定是上天堂还是下地狱。

在儒家看来,以上说法都有威胁利诱的意味(叫"神道设教"),而正确的说法与做法,应该是人凭着自己的良知行事(阳明心学"四句教"云"知善知恶是良知"),行其所当行,止其所当止,不计利害得失。行善不求回报,止恶不缘恩怨,"路见不平,拔刀相助","功成拂衣去,归入武陵源"。

本人对"鸡汤"不感兴趣,对宗教没有研究。这里想讲的主题是如何看待"人生"或者说"命运"。

我觉得这个微电影里,最可爱的是,这个穷小子没有"仇富"之心,没有痛恨"命运"对自己的不公平;那个富小子也没有鄙视穷人的优越感,而是对他的善意心怀感激,投桃报李。

在后世的宗教里,信徒相信神是公正的,自己的命运不好,是前世作孽的报应。在关汉卿的元杂剧《窦娥冤》里,窦娥蒙冤而满腔悲愤地哭诉"为善的受贫穷更命短,造恶的享富贵又寿延。天地也,做得个怕硬欺软,却原来也这般顺水推船。地也,你不分好歹何为地?天也,你错勘贤愚枉做天!哎,只落得两泪涟涟"。那也是因为她相信"有日月朝暮悬,有鬼神掌着生死权,天地也,只合把清浊分辨"。后来,天地果然显灵,六月飞雪以昭其冤,恶人受重惩。

而在信奉多神的古希腊古罗马,命运三女神,本来就是瞎眼的。

凯撒的同代人、政治家、演说家西塞罗说:"命运女神不仅自己盲目,而且还使自己所偏爱的人也变得盲目。"另一位剧作家、哲学家、曾为暴君尼禄顾问的塞内加,引退后被疑谋反,当尼禄派遣的行刑队前来叩门时,他像苏格拉底泰然面对而从容自尽。在他看来命运本来无所谓公正,就像"阳光普照大地,不分人间善恶"。在塞内加看来,一个人对命运的公正不抱希望,随时准备面对无妄之灾,反而更有益,可以冷静地战胜灾难。

前述微电影中的两个男孩,他们有良好的面对现实的心态,可能是有宗教信仰的,也可能是没有宗教信仰的。但有一点是肯定的,他们胸中没有对他人的嫉妒和仇恨而有爱心,乐于助人。

毫无疑问,在当代社会"阶级"或者叫"阶层"是客观存在的。穿烂鞋的男孩肯定属于社会底层人群,而那个西装革履的男孩则属于中产阶级家庭。我不知道这两个男孩如何看待他们的贫富差距,只能判断他们都是承认现状的——承认其合理性不等于不追求改变现状，因为社会总要在既有基础上发展和进步。特别是穷小子，没有怨天，没有尤人，而是心地善良，对同龄的富家子没有一点幸灾乐祸，急其所急。

这种良好的心态，对出身和家庭差距的认知，可以出自一个合理的解释，即人生是一场接力赛。一个人出生时起点是不平等的，不在一个起跑线上，恰如以家庭为单位的接力赛，父亲跑输了交棒在后，儿子接棒时当然比竞争对手落后，必须跑得更快才有可能获胜。这种认知，比对劫富济贫进行合理化的仇恨教育要有益得多，也有利于克服人的嫉妒本能。——对此，本文不拟展开论述。

说"人生是一场接力赛"，这个比喻本身是有局限的。每个人对生命意义的理解和追求是不一样的，人生贵自适，可以各得其所，不一定都是竞争性的。所以，还有"不爱江山爱美人"的国王，有"不事王侯，高尚其事"的隐士。关键是社会要创造条件，让每个人都活得舒展，都在公平的标准下竞争。虽然出生时家庭条件很差，即人生的起跑点很落后，惠能凭着他的聪明勤奋成了开山祖师，林肯成了伟大的政治家，这就是战胜命运的好榜样。

（原载《财赋生活》2018年秋季号）

# 新时代的娜拉出走之后

_ 郑淑婵

暑假追了一部剧《我的前半生》。因为电视更新速度跟不上我追剧的速度，于是跑到网上看亦舒的小说原著。发现电视剧除了几个名字跟小说一样之外，其他人物和情节设定跟原著不尽相同，甚至连男主角很有书生味道的名字"史涓生"都改为俗不可耐的"陈俊生"。

亦舒的文字很有张爱玲的风格，淡淡的女主，淡淡的气氛，淡淡的哀怨，读起来很享受。据说亦舒写这个故事是为了致敬鲁迅的小说《伤逝》，于是我重看了一遍鲁迅的这篇小说。

《伤逝》是鲁迅唯一写过的有关爱情和婚姻的小说。文中写了两个追求个性自由的知识青年涓生和子君，冲破封建枷锁组成了新式小家庭。结果，他们的爱情在融入琐碎的家庭俗务之后慢慢地变淡了，消散了。鲁迅说得很清楚，人必须要生活，爱情才有所附丽。作为爱情至上的子君在生活和感情陷入困境之后，她便离家出走了，最终抑郁而死。

子君，一名五四后的民国新女性，思想独立，敢爱敢恨，结果却不得善终，这不是子君个人的问题，而是整个社会的问题。

19世纪挪威作家亨利克·易卜生根据社会存在的问题写出著名戏剧《玩偶之家》，创造出一个具有资产阶级个性、思想解放的叛逆女性形象——娜拉。

娜拉原是一个美丽、活泼、无忧无虑的家庭主妇，她为拯救丈夫不惜忍辱负重，甚至牺牲自己的名誉。然而她的丈夫却是个男权主义严重的伪君子，娜拉认清他的真面目之后决定跟他决裂。她不想成为丈夫的玩偶，于是毅然决然地离家出走。

娜拉出走之后会怎样，很多人已经预测到她的结局，鲁迅先生在北京女子高等师范学校文艺会上说，娜拉走后不是堕落就是回来，因为她经济上不独立。他早已提醒没有独立能力的妇女，梦是好的，否则，钱是要紧的。

　　最近看许广平写的《鲁迅先生的日常生活》，不知是我敏感，还是确实存在某些事实，我感觉鲁迅和许广平的生活，与涓生和子君的生活竟有许多相似之处。细看之下，许广平简直是子君的现实版。她也算是五四以后敢于追求爱情的新型女性了，作为一名学生，她敢于写信追求自己的老师，甚至不顾名誉跟鲁迅同居在一起，放在当代社会大概也是凤毛麟角的，然而她做到了，最终成为很多女性羡慕的周太太。

　　只是许广平幸福吗？在她的文字中或多或少呈现出来，他们婚后的生活不仅琐碎而且乏味。许广平没有自己多余闲暇的时间，她成为了丈夫的全职保姆，她不仅事无巨细地照顾他，还要为朝夕来往的客人精心准备饭菜。而她的丈夫，一个粗糙到无可复加的男人，在她为客人精心准备的饭菜中，从来不问一句，一起吃吧。女作家萧红，作为他们的座上宾，每次到来却能享受到先生的热情款待和他太太的亲自下厨。而作为先生的妻子，却只能等客人吃完，自己默默地收拾残局。有人把许广平和萧红比作鲁迅生活中的红玫瑰和白玫瑰。张爱玲说，娶了红玫瑰，久而久之，红玫瑰就变成了墙上的一抹蚊子血，白玫瑰还是"床前明月光"；娶了白玫瑰，白玫瑰就是衣服上的一粒饭渣子，红的还是心口上的一颗朱砂痣。在婚姻中，许广平隐忍，包容，默默付出，但这是她的初心吗？丈夫要熬夜写作，她一个人早早上床睡觉，因为明天还有一堆家务等着她；心里有千言万语要诉说，可先生没有闲暇理会，她也曾经想过出去工作，可先生不允许，他的起居生活离不开她。作为丈夫，他不再是写出《娜拉走后怎样》的那个作家鲁迅，他不再强调女性要有自己的经济独立，也不会跟妻子说，"女性的梦是好的，否则，钱是要紧的"。没有经济收入的许广平只能依附着丈夫。从她的文字里，我感受到了一个女性婚后的悲哀。有时候会莫名其妙地想，如果鲁迅先生没有早逝，许广平会不会也成为另一个娜拉，假若她出走了，结局会不会跟子君一样呢？

　　娜拉离家之后迎来的是悲剧，《伤逝》里的子君是民国时期的娜拉，所以迎接她的还是悲剧。

　　而亦舒的小说赋予女主角新的血液，她笔下的子君已经具备了八十年代香港独立女性的意识，离婚之后的子君自己成长起来了，她不再是那个被丈夫抛弃后自我消亡的怨妇，而是转变为一个新型的职业女性。新时代的娜拉出走之后，不是自我枯萎，而是创造了自己的新生活，这大概也是鲁迅先生预料不到的吧。电视剧的故事背景是21世纪的大上海都市，虽然跟小说的情节设定不大相同，但结局同样表达出新新女性的自我成长。

女性首先要经济独立，才有可能思想独立，才有可能人格独立。不然，再美丽再可爱，也只能成为丈夫的"玩偶"。

（原载《中山日报》2018年1月7日）

# 从霍金到霍尊

_朱大路

一

"人类100年内不逃离地球,将全部灭亡。"霍金说。

我听了,有点沮丧。

这么多人整治地球,这么多年整治地球,国家之争,民族之争,主义之争,理念之争,轰轰烈烈,起起伏伏,还未到尽头的样子,就想着要逃离地球了,以往的血汗全白搭了,情何以堪?

幸好,在读《人类简史》,瞧见几句话——

"20世纪40年代进入核子时代的时候,很多人预测公元2000年会成为核子世界。第一颗人造卫星和阿波罗11号发射,也让全球想象力大作,大家都开始认为到了20世纪结束的时候,人类就可以移民到火星和冥王星。但这些预测全都没有成真。"

我真心敬仰伟大的霍金,但也真心希望他的伟大预测最终"没有成真"。

二

早就知道人性里有的东西亘古不变,但读了《人类简史》的描述,还是蒙了——

"大约在7万年前,现代智人发展出新的语言技能,让他们能够八卦达数小时之久。""即使到了今天,绝大多数的人际沟通(不论是电子邮件、电话还是报纸专栏)讲的都还是八卦。"

八卦 7 万年不变,是如何精确考证出来的?这样解释八卦,是否有点八卦?

## 三

讲"异化"讲得朦朦胧胧有醉意的,是弗洛姆。他用"精神病心理"来解释"异化"。

讲"异化"讲得实实在在有骨感的,是赫拉利。他用"计算机语言"来证明"异化"。

赫拉利说:"文字本来应该是人类意识的仆人,但现在正在反仆为主。"

赫拉利又说:"人工智能的领域还希望能够完全在计算机二进制的程序语言上创造一种新的智能。像是科幻电影《黑客帝国》或《终结者》,就都预测着总有一天这些二进制语言会抛下人性给它们的枷锁,而人类想要反扑的时候,它们就会试图消灭人类。"

人创造的新东西,最终会来消灭人自己。

如此想来,人不是越活越心宽,而是越活越纠结了!

## 四

小说药方,小说药方,人生疑难杂症有了新的药方(见《小说药方》一书)。

"二十一世纪不适症"——药方是:读《小女孩与香烟》《爱在长生不老时》……

"失去信仰"——药方是:读《到叶门钓鲑鱼》《大法师》《一个人的朝圣》……

"都市疲劳"——药方是:读《被谋杀的城市》……

"肛门滞留型人格"——药方是:读《项狄传》……

果真如此简单,世上只要培养小说家就可以了,什么人间的症候都可以解决了。

只是,我想起了一位作家的话,"小说其实是一个乌托邦"。

这样的小说，又能解决什么病症？

## 五

1750年鲍姆加登关于美学一书问世后，美是什么，至今争论不休，没有定论。

有说美是客观化了的快感。有说美是一种符号。有说美只在想象中存在，只拥有想象物的价值。有说美是人的本质的对象化的结果。

有时我产生念头：要知道美是什么，最好离美学家远一点。

## 六

倒是股神巴菲特的儿子小巴菲特，不研究美学，却说得明白易懂——

"即便在世上最贫困艰苦的地方，我总是能看见展露笑容的孩童玩耍着，玩着自己发明的小游戏，乐在其中，或者将装满稻秆麦秆的布袋当成足球踢。我在最贫困的村子看见妇女眼中的骄傲和慈爱，虽然生活拮据，她们还是拿出食物或一杯简单的茶欢迎我。"

这就是他眼中的人性的美。他写了一本书，表示对人性美的致敬。

## 七

小巴菲特一生都在寻找两个字：机会。

他跑遍全球最贫穷的国家，寻求提高粮食产量、让穷人摆脱饥饿的机会；他的基金会押注大笔资金，寻求帮助落后国家的基层农民的机会；他按下重新设定键，寻求如何提高已开发世界耕作技术的机会。他写的书，书名就叫《40个机会》，展示自己的目标：投入40年×运用30亿美金 = 解决全球饥饿的艰巨任务。

不用说，资本世界的这位骄子，其境界，其抱负，也是了不得的。

看来，资本主义也在寻求改变自己。要给它机会！

## 八

据说，明朝崇祯十二年，皇帝朱由检常常梦见神人写一个"有"字在他手掌中。

他向朝臣寻求解释，太监王承恩哭着说道："有"字上半截是大字少一捺，下半截是明字少一日，合而观之，大不成大，明不成明，是神人告诉我皇，大明江山将失过半。朱由检听了，心中不悦（引自《明季北略》）。

其实，按照弗洛伊德学说："梦的内容是在于愿望的达成，其动机在于某种愿望。""有"是朱由检的愿望——江山有，皇位有，粮仓有，美人有。"有"字幻化于手掌中，是"这一切都有"的梦中表现。

王承恩不懂心理学，瞎掰，徒增皇上烦恼。假如换弗洛伊德来释梦，效果正相反，会提振皇上信心。

不过此时，王氏之说，弗氏之说，都难以阻挡李自成进城的步伐了。

## 九

杨乃武九死一生。他出狱后，十分感激老佛爷慈禧，因为是慈禧最后表态放了他。

他用钟鼎文体，亲笔手书四幅金文条屏。翻成白话文，大意是：陈叔受王命册封为伯，感恩王命，表示子孙永远效忠于王。

所以你要杨乃武去批判慈禧的专制残暴，是不可能的。你要他去做反清斗士，也是勉为其难，尽管他的冤案就发生在清朝。

超越个人恩怨、秉公而为，说说容易，做起来繁难。人性的这一道坎，考验着天下人。

## 十

百万畅销书作家、中国优质新偶像李尚龙的全新力作，叫作——《你要么出众，要么出局》。

书名很励志，让人想大干一番。

然而，既难以出众又不想出局者，咋办？

选项当然很多，选个平凡职业，像普通人那样，平平稳稳过一生就好——出摊，出诊，出资，出租，出征，出海，出航，出国，出家……

但绝不选出轨！

## 十一

近日去河南新乡走了一遭。

新乡历史悠久，不少朝代，都在这里演绎刀光剑影，泼洒浓墨重彩，撼风霆，揭日月，烁古今，泣鬼神。

导游讲解说："一部中国史，半部新乡史。"

我的一位朋友听了，纠正说："应该是：一部新乡史，半部中国史。"

导游笑了笑，不肯改口，说什么什么书上就是这样讲的。

我不想对她解释"新乡只是中国的一个地方"；我只想说：自豪，是应该的，但必须节制，使之有分寸感。

## 十二

戴尔·卡耐基被誉为"20世纪最伟大的心灵导师"，针对人性弱点，开出诸多处方，启迪了人们的心智。

他开导人们说：我们所担心的事情中，有百分之九十九根本就不会发生。比如他曾担心被闪电击中，担心被活埋，事实证明那全是多虑了。希望大家解除忧虑，让生活变得美好而平静。

我反问道：那购买彩票呢？彩民最担心的是"不中"，而"不中"则是百分之九十九会发生的。

所以不能让卡耐基来指导彩票行业，因为他"文不对题"。

## 十三

这些年，我每年都要外出。

我坐在马尔代夫一个小岛的海滩前，看着几只蜥蜴在沙地上摆动肢体，灵活地爬行。

我坐潜水艇，潜入印度洋底部，这里有丘陵、山洞、鱼类、植物。两条海鳗躲在洞口，虎视眈眈瞧着我。

我乘邮轮，停在阿拉斯加的冰山前，突然冰山的一个小角崩塌了，冰块掉在海里，溅起沙尘似的雪雾。

我在布拉格广场，见一位乐手弹着风琴，便喊着"桑塔露茜亚"——请他弹奏了这首世界名曲。

泱泱地球，悠悠古今，偏偏在一刹那间，让我亲历其境，与这蜥蜴、海鳗、雪崩、乐手打个照面儿，这不就是缘分吗？

越是走天下，越是觉得自己渺小，渺小得像一只蜉蝣。

"寄蜉蝣于天地，眇沧海之一粟。哀吾生之须臾，羡长江之无穷。"苏轼先生，你说对了！


## 十四

正看是风度，侧看是气韵，粗听是冰清，细听是玉洁。

"镌刻好，每道眉间心上，画间透过思量。沾染了，墨色淌，千家文，都泛黄……"

霍尊的《卷珠帘》，珠帘轻轻在卷，珠翠静静在闪，珠喉甜甜在展。

文化的高度，在气尊韵贵。文化的难度，也在气尊韵贵。

甲说：精神贵族。乙说：贵族精神。

我说：霍尊，霍尊，连名字也含着精气神。

（原载《北部湾文学》2017年10月第5期）

# 名校忧思录

_ 杨建业

五一前，三则信息出现在受众面前。

一则，是张照片：某名牌中学春季运动会，中学生们坐在观众席上，却无一人观看比赛，呐喊助威，而是齐刷刷地拿着课本，以并拢的双腿为课桌，埋头看书或写作业。事后了解，这不是个别班的情况，全校皆如此。而且不只中学生这样，有学生告诉我，从小学起，开运动会就是如此。老师们还用话筒现场给大家读生词听写。校方对此缄默。所谓的"体育运动会"更像是在走程序，早已徒具其表。

另一则，报道了一件令人痛心的悲剧：广西北海合浦县公馆中学的初一学生陈琪琪，是个品学兼优的女孩，不仅成绩年级第一，还曾获得过广州市"三好学生"称号、广州市"硬笔书法"二等奖和广州市省赛征文二等奖。转学回到家乡广西合浦后，仍然是全年级考试第一名，还担任学校合唱指挥，英语能力出众……然而，就这样一位学霸级的优秀学生，生命却在她花样年华的12岁时戛然而止——在学校跳楼自杀了。据报道，女孩身体有多处抓痕，生前饱受同学的打骂欺凌。

第三则，则是更为触目惊心的一桩惨案。4月27日，陕西米脂第三中学下午放学时，一群初一的学生刚从学校出来走在街道上，一恶徒突然冲出，挥刀向毫无设防的孩子们砍去，截至当日晚11时，已有9名中学生（七女两男）遇害。据犯罪嫌疑人赵某某供述，他以前也是米脂第三中学学生，因为曾在学校饱受同学欺负，于是心理扭曲，把一腔邪火发泄在年幼无辜的学弟学妹们身上。

这三则资讯，看似一个个孤立的信息碎片，其实有着千丝万缕的联系。

第一则信息，反映了当今的中小学，特别是一些名校，很重视学习。学校重视学习没什么不对，但教育的职能并不只是知识的学习和传授（姑且先不论这种应试学习的教学方法是否得当），还有学生人格品质的培养，学生身心的健康发育和成长保障。但这些在校方看来，都不重要，如何能最大限度地提高学生的升学率，才是校方的唯一目的。学校的名次不断靠前，才能吸引家长们甘愿掏巨额"赞助费"打破头也要挤进来。为此其他什么都可以忽略、放弃，都可以让位于这种应试教育。因此，名校的老师大都很"疯狂"，疯狂到可以要求学生课间休息和午间休息时也要做作业；疯狂到天天布置海量的作业和背诵任务，令学生没有一天晚上不熬到十一二点。甚至周六都要上课，假期都要上课补习。至于学生健康，人格培养，那算什么？在这些老师的眼里，学生不过是他们"调试""装配"的一台台可以让他们获利的学习机器、考试机器而已。对这些机器，只要它们还在运转，在校期间不出什么大问题，谁会考虑其未来发展，为之付出爱心？也因此，运动会上"机器"们还在一个个高速运转，不过是"名校"学生的日常生态而已，不值得这样大惊小怪。

　　于是乎，当今的中小学，更像是一个古罗马竞技场。这里少有同学之间的团结友爱，相互帮助，也少有谦和宽容的思想。优胜者，会受到老师的青睐和鼓励，同时也可能受到一群落败者和失意者的嫉妒、敌视，甚至欺凌、虐待。陈琪琪同学的自杀只是这方面一个比较极端的例子。可见，即便是优胜者，很多时候也未必快乐。至于落败者，免不了被老师有意无意地侧目而视，更是自尊、自信心备受打击。追求目标的过于单一，又使得他们除了拼成绩、考大学外，看不到更适合于他们人生发展的另一扇大门在哪里，自己未来的出路在哪里，这种长期沮丧、压抑乃至于充满挫败感的负面情绪，若得不到为人师者和家长应有的关注和正确疏导，久而久之，必然发生扭曲，一部分人有可能成为校园的欺凌者，以欺负虐待他人为乐趣，同时也为了宣泄自己的无名邪火刷自己的存在感；另一部分人则成为被虐待、被欺凌的弱者，长期的心理失衡又使得这些人如鲁迅所言，弱者怯懦，拔刀向更弱者，于是就出现了陕西米脂县犯罪嫌疑人赵某某向学弟学妹们挥刀之极端一例。赵某某杀人虽是个案，但也是偶然中的必然。有人对山东、河北中小学校园调查发现，在小学阶段，被欺凌者占到了22.2%，意味着每5个孩子中就有一个孩子被欺负；在初中阶段，被欺凌者占到12.4%，意味着每8个孩子中就有一个人被欺负。可见校园的欺凌现象，已不鲜见。

　　对于学校欺凌现象，"名校"的责任更大。因为所谓"名校"，少有人文关怀、理想情操和社会主义核心价值观的引领，多是应试教育的唯分数论者。从网上看，广西合浦公馆中学，建校于1887年，是至今已有121年历史的名校。学校历史悠久绵长，本应文化底蕴丰厚深沉，但我们看到的却是，对陈琪琪这个曾给学校带来巨大荣誉的优秀学生之死，校方不是备感沉痛地反思自己的责任，吸取这血的教训，反而极力撇清自己，乃至于校长公开表示"和学校没关系"，不近天理人情若此，哪有一点点文化、人性的温度！校园欺凌到死了人的地步，怎能撇清学校教育失职的责任?！"精致的利己主义者"前面，看来还须加上"冷冰冰"三个字修饰。

网上有人认为，陈琪琪之死，反映了学校监管责任的缺失。这话不全对。其实，这么多校园"IS"现象的出现，又怎生一个"监管责任缺失"了得！当整个教育生态发生了某种变异时，问题就不是学校的监管责任到位不到位那么简单了，也不单是一个学生课业过重的问题了。就像中东的恐怖主义，美国动用了强大的军事力量"监管"，效果如何呢？改善了那里恶劣的社会生态吗？

综上所述，谈起当今中国的教育，人们更多关注的是高等教育，是争当世界"双一流"的大学。其实"高楼万丈平地起"，没有真正双一流的中小学教育（人文教育一流，文化知识教育一流），怎么可能出现双一流的高等教育，冒出双一流的大师级的人物（一流的科学大师，一流的人文学者）?！基础不牢地动山摇。以分数论英雄的桎梏必须打破，教育必须以健康人格的养成为第一，单纯应试教育造成的中小学教育生态失衡现象，再也不能这样继续下去了！

（原载《中国科学报》2018年5月15日）

# 贾府的赖家

_黄三畅

赖，即依赖。《红楼梦》里贾府的赖大，即"依赖大人而发迹"；其子赖尚荣，即依赖"上面的人"而得尊荣。

赖大是荣国府的总管。书中他最早出现在第十六回《贾元春才选凤藻宫，秦鲸卿夭折黄泉路》里。贾元春晋封为凤藻宫尚书、加封贤德妃以后，六宫都太监夏守忠来荣国府降"特旨"，"立刻宣贾政入朝，在临敬殿陛见"。贾赦等不知何故，只得急忙更衣入朝。贾母等合家人也都惶惶不定。"两个时辰以后，忽见赖大等三四个管家喘吁吁跑进仪门报喜，又说'奉老爷命，速请老太太带领太太等进朝谢恩'。"原来，赖大为首的一些奴仆也跟了贾赦他们去了的，只不过是在临敬门外探听消息。这说明赖大是受重用、会办事的。这一回稍后的地方，写贾府准备兴造省亲别墅，贾政因不惯于俗物，只凭贾赦、贾珍、贾琏和一些家奴及清客"安插摆布"，奴仆中赖大列在首位。而贾赦也只在家闲卧，"或有话说，便传呼贾琏、赖大等领命"。"贾珍、赖大等又点人丁，开册籍"。这更说明赖大是受重用、会办事的——或许贾珍更多时候也懒得管事，一切事宜交给赖大。

赖大在贾府虽还是奴仆，但已算是特殊的奴仆。第四十五回里，赖大的母亲赖嬷嬷被一个小丫头扶进王熙凤家，王熙凤和在座的李纨等忙站起来笑着请"大娘坐"，又因其孙子赖尚荣捐了官而向她道喜。他们赖家准备大宴宾客、请戏子唱戏，想请老太太、太太们、奶奶姑娘们去捧场。赖大家的来到王熙凤家"打听打听奶奶姑娘们赏脸不赏脸"，李纨凤姐都笑道："我们必去，只怕老太太高兴要去也定不得。"凤姐又表态："别人不知道，我是一定去的。"赖大家的又说："我才去请老太太，老太太也说去。"看，赖家真是受到尊重啊。

赖家的人之受到重用和尊重，最深层的原因是什么，看看第四十五回里，赖嬷嬷在孙子赖尚荣捐了官，向她磕头时，她对他说的一段话吧："你那里知道那'奴才'两字是怎么写的。只知道享福，也不知你爷爷和你老子受的那苦恼。熬了两三辈子，好容易挣出你这么个东西来。"这种"苦恼"，又哪里只是"你爷爷和你老子"？赖嬷嬷自己也是服侍过贾府老主子的下人。这"苦恼"二字，包含的应是做奴仆的为主子卖力、卖命，做牛做马，在主子家饱尝的苦楚、辛酸、屈辱……

当然，讨好主子，也是不可或缺的功课。赖大家的就善于做这门功课。第五十二回里，"赖大婶子"（赖大家的）就给二姑娘（薛宝琴）送了两盆腊梅、两盆水仙，给黛玉送了一盆水仙，给蕉丫头（探春）送了一盆腊梅。"赖大婶子"送礼对象是深得贾母喜爱的人，给这些人送礼，实际上是讨好贾母。第七十七回里写，晴雯本来从小就被赖大家买下为奴的，赖嬷嬷到贾府去时常带着她，只因她生得"十分伶俐标致"，"贾母见了喜欢"，赖嬷嬷就投其所好，把晴雯送给了贾母。

一般说来，做奴才的人，如果忠于主子，会讨好主子，又有一定的能耐，主子还是不会亏待他，会给一定的恩惠的，而他也会假借主子的权势牟取钱财，从而成为另一些人的主子，或许还有更大的造化。赖大这个贾府的奴仆，家里就有丫鬟、婆子、奶妈一大群；他的住宅，人称"赖大花园"。更重要的是，赖大的父亲是贾府买来的奴仆，赖大也当然是"家生子儿"，即还是奴仆，但赖大的儿子赖尚荣，一落娘胎，就蒙贾府恩典，被"放"了出来，成为自由人，"公子哥儿似的读书认字，也是丫头、老婆、奶子捧凤凰似的"。二十岁时，又因蒙贾府恩典，花银子捐了前程；三十岁时，"求了主子，又选了出来"，做了知县。

但是，奴才到了自己得志的时候，不一定牢记主子的恩德。第一百一十八回里，贾政扶了贾母灵柩回南方，因遇着班师的兵将船只过境，河道拥挤，不能速行，想到盘费不够，不得已写书一封，差人到赖尚荣任上借银五百两。但赖尚荣回信告了很多苦处，只给了银子五十两。贾政大怒，即命家人立刻送还，将原书发回。赖尚荣接到原书、银两，知道事办得不周到，又添了一百（只添了一百），央来人带回，帮着说些好话，来人不肯带回，撂下就走了。赖尚荣心下不安，立刻修书到家，回明他父亲，叫他设法告假赎出身来。赖家一面告假，一面差人到赖尚荣任上叫他告病辞官。这样做，就等于和贾家脱离了一切干系，从此两讫，正所谓鲤鱼脱却金钩去，摇头摆尾再不回。

奴仆感恩主子，也是有条件的，更不会一代受恩，永代铭记。

（原载《邵阳日报》2017年11月1日）

# 城外的风景

_徐强

下放咸宁"五七"干校，陈白尘是当作"喜事"来看的。

"晨，突然传来消息，说我和光年已被批准去咸宁干校了。……一时惊喜交集，不知所措。……光年归家报喜……"在1969年11月27日的日记中，他如此写道。文中的"光年"指张光年，即光未然。

我能理解"惊喜交集"这四个字的含义，尽管我没有经历过那个年代。此前陈白尘一直被视为"黑帮分子"，在京城的"黑窝"里写反省材料、接受群众批斗和劳动改造。被批准下放咸宁干校，是和群众一起去的，这说明他已经从"人民的对立面"回归群众队伍，他所犯下的"罪过"，也由此转变为"人民内部矛盾"了。从罪该万死的"敌人"，到还有挽救价值的"自己人"，这期间经历了长时间的煎熬、折磨与屈辱，当"幸福"突然来敲门，怎能不"惊喜交集"？

我读陈白尘的《牛棚日记》，感触最深的，就是那些勾勒人情冷暖的白描式的句子。"负责'黑窝'的张兆丰（司机）同我谈话10分钟，极感温暖。""休息时，楼秋芳同志递给一张凳子，感到了人的温暖。""与亲人畅叙终日，至为欢喜，来京后第一遭也。""丽梅夫妇知我有下放消息，特来探望。在此环境下冒险前来，极为可感。"寥寥数语，表达了对友情、亲情、温情的极端珍惜和渴望，平淡的字句底下，是波涛汹涌的情感巨流，这恰恰反衬了一名"特殊分子"在特殊年代所遭遇的"非人化"精神折磨的深与痛。

事实上，即使到了咸宁干校，以"自己人"的身份继续接受劳动改造，人与人之间正常的情感交流，对陈白尘来说，仍然是稀缺的。在他临时接替冯牧放鸭子的第一天，他就在日记中写道："鸭子们也有斗争，但只限于以头相顶，力弱者退，没有你死我活的搏斗。"显然，人世间"你死我活的搏斗"，已经让他成为惊弓之鸟，深感恐惧。在随后的日记中，他又多次写到放鸭子时的情形，其中有这么一句："数月来，日与鸭群为伍，对这群小动物有了很深的感情了。"在人际界限森严的非常时代，一位曾经叱咤文坛、有"中国果戈理"之誉的写作大师，只能在一群鸭子身上寻找感情寄托，那是多么的无奈、孤独与辛酸。

我从没想过，有一天我会来到陈白尘曾经拌过浆、翻过地、锄过田、担过菜、挖过水沟、筑过田埂、修过猪圈、放过鸭子的地方。但我终于来了，湖北咸宁。时值5月7日，并非有意，纯属巧合。第二天，我站在了"五七"干校总部的大门外。那是一道充满历史沧桑感的铁门，门上"五七干校"四个大字的油漆已经脱落得差不多了，锈迹斑驳。门里的故事，也是斑驳的。

为我们做向导的是咸宁市委党史研究室主任李城外先生。除了官方头衔，他，也是"五七"干校这道大门内的故事的发掘者、探寻者、记录者和研究者。1969年春至1974年12月，文化部遵照"五七指示"在湖北咸宁向阳湖畔创办"五七"干校，前后共有6000多名文化部高级领导干部，以及著名作家、翻译家、出版家、艺术家、文博专家、学者和家属下放到这里，接受劳动再教育或者说"劳动锻炼"。其时，向阳湖还是一个荒凉的湖泊，在那里接受改造的，除了陈白尘，还有冰心、冯雪峰、沈从文、张光年、臧克家、萧乾、冯牧、牛汉、陈原、郭小川、王世襄、周巍峙、金冲及、陈翰伯、王子野、周汝昌、傅璇琮、徐邦达、司徒慧敏等一大批文化巨匠或文化名人。用李城外的话来说，"在当时特定的历史条件下，浩浩荡荡的文化大军汇集于咸宁的一隅，人数之多，密度之高，总览古今中外的文化史都是罕见的"。他敏锐地意识到，这些文化人在咸宁向阳湖畔的经历，对于咸宁乃至全国来说，都是一笔不可再生的资源，是特殊历史时期知识分子的"群像"和"群体档案"，是非常年代政治史、社会史和文化史的弥足珍贵的补充。由此，他开始了"五七"干校与向阳湖文化的研究，并取得了沉甸甸的成果。由他编著、武汉出版社出版的7卷本300多万字的《向阳湖文化丛书》，充分体现了他的孜孜不倦与坚韧执着。他无愧于"中国'五七'干校研究第一人"的称号。

中国素有修史的传统，《二十五史》卷帙浩繁，蔚为大观。李世民说："以铜为镜，可以正衣冠；以古为镜，可以知兴替；以人为镜，可以明得失。"（《旧唐书·魏征传》）事实上，历史不仅仅可以"知兴替"；对历史的叙述和书写，更是"话语权"的体现，而"话语权"一旦丧失，在某种程度上来说，就相当于丧失了"存在"，正如奥威尔在《一九八四》中所指出的那样："谁掌握了过去，谁就掌握了未来。"李城外先生对"五七"干校与向阳湖文化的研究，不仅为当年那批文化人留下了宝贵的历史记录，同时也为他们赢得了

"话语权",得以免于沦为"被人遗忘的角落"。如今的咸宁"五七"干校,已经成为"向阳湖文化名人旧址",成为全国重点文物保护单位,陈白尘们的遭遇,作为共和国历史不可割裂的一部分,将永远为世人铭记。而铭记,是为了不让悲剧重演。从这个意义上来说,李城外先生做的是一件功德无量的事情。他是一个敦厚、真诚、正直、爽朗、儒雅的人,也是一个有大情怀的人,一个悲天悯人的人,一个懂得知识分子的人格、尊严与价值之所在的人,一个具有高度历史责任感的人,值得我们的尊崇和敬仰。

陈白尘从城里下放农村,看到了"城外"的风景;李城外先生对"五七"干校与向阳湖文化的研究,则让我们看到了另一番"城外"的风景。城外的风景,引人深思,耐人寻味。

(原载《贵港日报》2018年9月2日)

# 王进是个好男儿

_赵宗彪

王进是《水浒传》第二回中出现的人物,以后再也没有出现过。他如一道耀眼的闪电,照亮了大宋灰暗的山河,让人看到一个真正男子汉的英姿,让梁山上的好汉们,顿时失去了颜色。

王进同林冲一样,是大宋的八十万禁军教头。只因他的父亲都军教头王升,当年曾将街头混混的高俅"一棒打翻,三四个月将息不起,有此之仇"。所以,现今的足球明星高俅当了大宋国防部长之后,就伺机要报当年的一棒之仇。王进知道这厮肯定不会放过自己,就在高部长上任的第二天,同家中老母一起,不等上司动手,自己悄然辞掉大宋的金饭碗,向西北,奔赴抗金的前线去了。

王进同林冲相比,对大宋社会看得更为透彻。他不想再同高俅之辈论理,因为无理可论。林冲比王进天真,他认为大宋还能论理,结果,将自己论进了劳改的草料场。

作为大宋的国民,虽然这个国家没有给王进提供正义和公平,但王进并没有像宋江一样,认为自己是"猛虎卧荒丘,潜伏爪牙忍受"。而是想到,自己一身武艺,当为国家出力,此处不留爷,自有留爷处。西北战事正紧,那些异族侵略者常常屠杀自己的同胞,作为一个军人,一个武术教官,那里正是自己的用武之地。所以,王进一路西行,风餐露宿,向抗金前线进发。宋江等辈,一身武艺,树起"替天行道"大旗,自称"忠义",真实的目的,是图名、图官、图利,不过是为了实现招安的目标后能封妻荫子,多的是对同胞的残杀。同王进相比,宋江私放晁盖是对皇帝不忠,攻击方腊是对朋友不义,所作所为,又何曾行过天道?

王进有智慧,讲规矩,对母亲孝,对大宋忠,对朋友义。因为老母生病,不得已住在了史家庄多时，在看到史大郎的花拳绣腿时，才忍不住失了口："这棒也使得好了。只是有破绽，赢不得真好汉。"为报答史太公的热情招待，他花半年时间，尽心点拨史进，让他成为全国一流的武术师。史进在以后与他人的打斗中，几乎所向无敌，这说明，作为史进老师的王进有的是真本领。以史进一家对他的感情，他完全可以在史家庄度过一生。但他考虑到自己是被高俅通缉之人，怕连累于人，桃源虽好，不是久留之处。这是对朋友的义。一心要去抗金的前线效力，是对国家的忠。他是真正视功名利禄如烟云的人，是一个真正的理想主义者。他心里清楚，不管他建立多少功业，只要高部长仍然在任，他都不可能有勋章、有奖金、有官位。

王进是一百零八将外的异数。他也是作者心目中的忠义真英雄。尽管仅此一回有他的身影，神龙见首不见尾，但是，将他置于正面人物的第一个，当有深意焉。

后人为什么喜欢陶渊明，因为这位田园诗人认为，当这个社会不能给自己以自由、尊严、平等、正义的时候，抗争本身已没有了意义，最好是自我摒弃于这个社会，没有必要再同他们争论三八二十四还是二十五，没有必要论辩姜是不是生在树上，老子不想折腰了，不想迎来送往了，那每天的五斗米工资也就不要了。沧浪之水清兮，可以濯我缨，沧浪之水浊兮，可以濯我足。但是，不管你清与浊，我不在这里洗头洗脚了，老子换个地方洗，又有何妨？天下又不是仅有一条沧浪。我来到这个世界，是为了看见太阳。当王进身处逆境，尊严被践踏、权利被褫夺，他无处可诉说，无处可祈祷——抑或他根本就不屑于诉说、不屑于祈祷——他只有默默独自忍受，毅然担当。在中国的文化中，最能检验人格力量的天平砝码，就是权力。绝大多数男人，一遇到权力的砝码，就会毫无悬念地失去平衡。王进虽然不会写诗，但他用自己的行动，写下了一首壮丽的男人的诗篇！

当一个人能置大宋的价值观不顾而坚持自己选择的时候，当万人皆醉他独醒、全球变暖他独凉的时候，底气是何等的深厚，自信是如此的坚定，内心是多么的强大！所以，王进是作者心目中的第一号英雄好汉。

王进不会上梁山。不能做万里封侯的班超，就非得做叛国的红巾、叛主的黄巢？梁山并不是人生的唯一选择。哪怕是像宋江逼卢俊义一样地逼他，他也不会去。他比林冲更明白，梁山，不过是另一个山寨版的大宋！他们不可能"替天行道"，只能是"替天行盗"！而如果他处在林冲的位置上，当高俅被俘上山后，王进肯定一刀砍了他，不会像林冲，在宋江的高压下，忍气吞声敢怒而不敢言。善良是美好的品德，但仅仅只有善良，则又易为奴隶。

对这个行将溃败的社会，王进已经无所求了。他知道名与利的代价是什么，他知道放弃名利的代价又是什么。所以，他完全可以依照自己的人生标准做人做事了。当人们步入暮年，回首往事的时候，最有价值的人生，就是这辈子的大部分时间，是属于自己的，是按照自己的意愿生活的，是在追求自己的理想中度过的。

在梁山，只有燕青，能够视功名如敝屣、办事讲规矩、懂礼貌、有主见而同时又有忠有情有义，庶几可与王进相提并论。

《水浒》一书，还有另三个梁山人物，是李俊、童威、童猛，还约了费保等四人，自弃功名，"七人都在榆柳庄上商议定了，尽将家私打造船只，从太仓港乘驾出海，自投化外国去了"，去实现他们的"蓝海战略"。最后，他们都做了暹罗国的国主和高官。这，不过是另立了一个大宋或梁山的山头而已。

（原载《台州日报》2018年2月10日）

# 冬宫画墙上的虚位

_ 邓跃东

参观冬宫的前一天，我偶然读到张辉先生刊发在《文汇报》的随笔《冬宫里的狼狗》，诠释荷兰17世纪画家保卢斯·波特的油画《狼狗》：一只被铁链拴住、神情沮丧的狼狗，然而又被"关"在了冬宫里。狼狗的眼神尽是焦渴，让我触动很深，现实中的我何不是这样！我想，进入冬宫，要去会会这个"朋友"，准确说是另一个自己。但是我进到冬宫后，却让我眼花缭乱，冬宫二百多间展厅、一万五千多幅绘画，不知如何去寻找。俄国在彼得大帝时期锐意改革，吸纳欧洲建筑艺术，在涅瓦河南岸修建了富丽堂皇的冬宫。后来叶卡捷琳娜二世执政，她是德国人，本人没有艺术造诣，但她激赏艺术事业，斥资购入了大量欧洲国家的绘画、雕塑、宝石等艺术品，渐渐构成了一座国家级的博物馆。保卢斯·波特的《狼狗》有幸进入冬宫。

冬宫陈列的画作除了挂在墙壁、橱窗，还有大量的挂在天花板上，得仰头观望。我找了一会脖子就酸痛了，便坐到展厅中间的长凳上歇息，抬头看到对面很多的人物画。相框里面都是标准式的上身像，四开报纸大小的画幅，横竖整齐地挂满了一面墙。我感觉异样的是有的像框是空的，特别显眼。这是怎么回事，都是些什么人物？他们大多穿着旧式的华丽军服，我下意识觉得他们是过去的英雄人物，但又不确定，就向中文讲解员求证。

讲解员是俄国人，她说我心细，能注意到一般人容易忽视的地方。她介绍说，这样的人物画像墙冬宫里有几十面，差不多每面都有几个空白的，这些人物都是俄国近代以来在卫国战争、开疆拓土及进步事业中牺牲和做出突出贡献的人物。俄国比中国较早普及人像油画，推崇把重要人物的形象留下来，统一保留，彰显历史，激励来人。有的人生前不曾留下画像，或突然殉职了。怎么办，也不能随意虚构一张，就给他空留着，意即他在国家历史上是有位置的，底端写上他的名字和生卒年份。这样，自然地勾起了人们缅怀的情思。

哦，原来是这样，不得不佩服俄罗斯人对待英雄人物的态度和艺术表达的别具匠心。以前读过书，了解到俄罗斯是英雄气概盛行的国家，渗进了国人的体内，衍化成一种性情，在历次的卫国、戍边战争中把英雄主义发扬到了极致。讲解员自豪地说：我们国家现在缺少很多资源，唯一不缺的是善待英雄的举动，国家时时刻刻、点点滴滴记住每一个英雄，而且不在一时一事，而是永恒、永远、永生。

我想起在俄罗斯各地旅行的见闻，他们对待英雄人物的做法确实令人敬佩，甚至有些感动。大家知道克里姆林宫的北墙下有一座无名烈士墓，但只埋葬了一个士兵的骨殖，是为纪念二战中牺牲的兵士而建。墓葬是一个宽大的红色花岗岩平台，中央凹入一个四方，里面镶着一颗铜五星，五星顶端喷出一簇长明火，旁边刻着"Имя твоё неизвестно. Подвиг твой бессмертен"，译成中文是，"你的名字无人知晓，你的功勋永垂不朽"。五星后面的台边上，摆放着铜塑的军旗、桂枝和一顶头盔。墓葬设计简单，却庄严凝重。我看到，很多的年轻人都来这里合影、拍婚纱照，他们认为，今天的生活来自无名烈士的付出，要让他们同享自己的幸福。

这是首都莫斯科，当然得有一处象征性的烈士纪念碑。事实上，莫斯科有上百处烈士公园和战争纪念场所，人们在这里徜徉，难忘峥嵘岁月。在圣彼得堡的喀琅施塔得海岛上的一个村庄，我也见到了一处这样的烈士墓。这里牺牲了一个士兵，熊熊火焰却为他燃烧了几十年！这个岛上有一座东正教堂，却命名为海军大教堂，海军的命运和荣耀全部集合在这里，每天都有人给那些献身的海军唱赞美诗。在市内的喀山大教堂里，可以见到图库佐夫元帅的墓葬，他的功勋显著，把他安放到最神圣的地方，让人们景仰怀念。

最令我心动的，是圣彼得堡郊外四十公里的拉加贝尔湖畔。二战中，德军围困圣彼得堡两年多，这里是唯一的后方补给线，为保护这条生命线，无数的人把生命留在了茫茫水域。人们在这里修建了纪念碑，同样燃着长明火簇，还立有一堵思念墙。墙上摆着一顶被子弹穿破、锈迹斑斑的头盔，旁边放着一枝枝玫瑰花，多数枯萎了，但有几枝特别鲜艳，带着露水。我们是早上八点多钟来的，没想到还有更早的人。导游说，这个地方充满了战争中的爱情故事，湖畔有无数恋人不尽的期待，人们不停地送花，很多人由黑发变成了白发，过去她们拉着孩子，现在孩子扶着她们……

在俄罗斯大地行走，常能看到很多村子前头立着高大陈旧、缓缓旋转的风车，那是为前线的士兵指引回家的风向，要是风车坏了，马上有人去修复，尽管战事早已停息。这是一件凝聚了悲伤和思恋的器物，人们心里珍重。所以，俄罗斯人常常将英雄的形象融入各种艺术品，艺术是永恒的，他们在这里得以复活。

冬宫里的英雄画像是艺术佳品，他们着装严谨，精神抖擞，排满一墙，好像等待出征的阵列。那些空位，也不影响整体的气势和观感，反而更加引人注意。人们会认真看一下那个名字，就是不懂俄文，也会看懂他的生卒年。像1763—1788、1841—1860，这样的数字，令人叹惜不已，感怀之下，脑海中会浮现出一张洋溢稚气的脸庞来；而1840—1914、1880—1944，这些数字，又是多么令人肃然起敬，内心生发无限悲沉。此一刻，让人感觉到了战争是多么残酷、多么无情，和平是多么美好、多么珍贵！真是不能辜负，这一宫艺术瑰宝的深沉旨意。

我想到了中国书画艺术中的留白技法，余下大量的白，那是另一种内容，含蓄悠长。战争让人的命运悲欣交织，硝烟散尽，记忆却抹不尽，就如眼前的空白画像，不是蕴含千言万语么。

许多事情是不能忘记的，有时费了很多脑子，甚至借助器物，但印象总是一片模糊。然而，物质抵达不到的地方，艺术实现了——不使记忆空白，就去记住一片空白！

（原载《文汇报》2017年11月18日）

# 学问比权力更长久

_游宇明

年轻时读书，很喜欢一首题为《观书有感·其一》的诗："半亩方塘一鉴开，天光云影共徘徊。问渠哪得清如许？为有源头活水来。"此诗借水的清澈必需源头活水阐发读书需要积累的道理，景、情、理交融，没有半点书生气。

诗是南宋著名理学家朱熹写的。湖南长沙的岳麓书院，院子小小的，房子毫不显眼，因为朱熹在此讲过学，居然名满天下。湘江有个朱张渡，原本不过是寻常的码头，由于当年朱熹与张拭论学时于此乘船，也成了胜景。

然而，很少有人知道：朱熹晚年其实受到了严重的迫害。

绍熙五年（1194）八月底，宋宁宗做太子时的老师黄裳与彭龟年联名推荐朱熹，朱熹因此被皇帝起用为焕章阁待制兼侍讲。读书人有天下情怀，喜欢指点江山，何况现在还有了让天子直接听到的机会。刚入九月，朱熹即开始奏事。第一札希望宋宁宗正心诚意，第二札期待天子读经穷理，第三、四、五札论潭州善后事宜。十月十四日朱熹奉诏进讲《大学》，反复强调"格物、致知、诚意、正心、修身、齐家、治天下"的重要性，希望以君德限制君权的滥用，宋宁宗内心很是不爽。此外，在他所上奏章里，也指责了当时的知合门事韩侂胄窃取圣柄而使"主威下移"，韩侂胄千方百计想报复他，于是在背后煽风点火，朱熹在位子上只待了46天，宋宁宗就将他罢免了。朱熹这个人只要有书读有学生教就很满足，从不将一个什么官职放在心上，罢了就罢了，还落得耳根清净。但韩侂胄不愿善罢甘休。庆元二年（1196），此人组织了一场声势浩大的批判运动，那拍马的学者们一个个出场反复论证朱熹学说的伪学性质。当年十二月，韩侂胄又唆使刚刚升上监察御史的沈继祖捏造朱熹"十大罪状"，比如"不敬于君""不忠于国""玩侮朝廷""私故人财"，甚至还说朱熹"纳尼为妾"、疑与丧偶儿媳通奸，请求朝廷将其斩首。庆元三年，韩侂胄效仿蔡京当年炮制"元祐党人碑"的做法订立伪学名录，名录一共59人，朱熹与韩的政敌赵汝愚、留正、周必大、王蔺等人人在列。庆元六年（1200）三月，朱熹病逝，四方道学信徒决定在十一月聚集在信州举行大规模的会葬。韩侂胄游说朝廷下诏，严饬地方予以约束。当权者的打压并没有征服民心。十一月，朱熹葬于建阳县黄坑大林谷，参加会葬者依然有近千人。朱熹逝世后，陆游写了一篇文章，给他以很高评价；辛弃疾也撰写祭文，更是愤愤不平地表示，"所不朽者，垂万世名。孰谓公死，凛凛犹生"。或许是害怕在民心里翻船，嘉泰二年（1202），韩侂胄不得不接受别人建议，放宽了对道学的禁令，并且先后追复赵汝愚、朱熹两人官衔，后来留正、周必大、徐谊等人也渐渐复官。到了元明清时代，朱熹的理学已完全畅行无阻。

以如今的眼光看，朱熹的学说当然是有缺点的，他认为世间存在一个先于自然现象与社会现象的形而上的"理"，"理"与有情、有状、有迹的形而下的"气"一起构成了这个世界。"理"生"气"并寓于"气"之中，明显有着唯心主义的成分。然而，朱熹的理论也有闪闪发光的地方，他主张统治者要有"仁慈"之德，"爱民""忧民"之心，提倡统治者顺应民心。曾说："丘民，田野之民，至微贱也。然得其心，则天下归之，""王道以得民心为本。"在《论语集注》中指出："民富，则君不至独贫；民贫，则君不能独富。有若深言君民一体之意，以止公之厚敛，为人上者所宜深思者也。"在《孟子集注》里，进一步阐发了自己的悯民思想："富其君者，夺民之财耳，而夫子尤恶之，况为土地之故而杀人，则是率土而食人之肉，其罪之大，虽至于死，犹不足以容之也。"正是这种深深的民本情怀，使朱熹的理学长久地走向了忧时伤世的士子、渴望温饱的民众的心中。

就官员个人而言，权力的存在永远是暂时的，你拥有它的时候可能人五人六，你退休了、离开这个世界了，权力跟你不再有任何关系。学问不同，它只要根植于民间，反映了事物的内在规律、符合世道人心，它就可能通过口耳相传、书籍出版等等方式一代代流传下去。韩侂胄最初是想将朱熹的学问挫骨扬灰的，时间长一点，连自己都对这个思路动摇了。韩侂胄死后，朱熹理论的传播没有了最后一重障碍，理学也就越来越流传开来，直到今天，我们依然不能不继承它的合理的成分。

学问比权力更长久。

（原载《学习时报》2017年10月13日）

# 什么是一流人才？
——由状元张謇想到的

_李新宇

常听人说某人的大脑"好用"，又常听说某人的大脑是"糨糊"，或者是"榆木疙瘩"。看来，大脑真有质量上的差异，决定着一个人的愚与智，以及才能的偏与全。

从过去科举取士的八股，到现在招考的标准答案，都有许多弊端，但仔细想来，对于选择人才，却并非完全无效。所谓高分考生，历来有不同情况，即使状元，也多是只会背书的庸才。但必须承认的是，状元肯定不是最愚蠢的，而且其中的确有天才。

众所周知，科举的八股取士是足以使天才变成庸才的。因为它本来就并非只为取士而设，试想，天下人才如果太多，朝廷用不了怎么办？人才藏于民间，皇帝岂能安睡？这就需要一种教育和选拔的机制，使被选择者好用，使被淘汰者无用。严复在《论世变之亟》中曾经说过："宋以来之制科，其防争尤为深且远。取人人尊信之书，使其反复沉潜，而其道常在若远若近，有用无用之际。悬格为招矣，而上智有不必得之忧，下愚有或可得之庆。于是举天下之圣智豪杰，至凡有思虑之伦，吾顿八纮之网以收之，即或漏吞舟之鱼，而已暴鳃断鬐，颓然老矣，尚何能为推波助澜之事也哉？"但是，毕竟有一些人很顽强，虽是伤痕累累，但任你一遍又一遍摁入模具，甚至进行冷冻和烘烤，他都仍然能保持生命的活力。你一松手，他的枝叶就又任性地生长起来。这些人才是天才，或者说是一流人才的坯子。

不过，这些人也有一个问题：他们很容易成为模具的简单反抗者，有很强的叛逆性，习惯于逆向思维，因而导致一个后果：他们考试难得高分，只能被淘汰。人们常常为这些人惋惜，叹息不合理的选拔机制使有头脑的英才败于无头脑的庸才。但仔细想来，那些在劣胜优汰机制下被淘汰的才子们，其实还是二流人物。因为如果真的很聪明，就应该能适应各种考试，玩得转最荒唐的规则。玩得转规则，却不让规则改变自己，这样的人才是真正的一流人才。

以上这些感想，是我面对张謇的文集、日记和自订年谱所想到的。在我看来，张謇就是这样的一流人才。尽管他在科举路上也曾屡屡受挫，但无论怎么说，最后能中进士，又是状元，说明他已经把科举考试的那些规则吃得很透。一般人就是在吃透那些规则的过程中完全失掉了自我，变成了钦定知识的复写机器。而张謇却是进得去又出得来，拿得起也放得下。中状元，对于走仕途、混官场而言，那是一个无与伦比的高起点。这一点张謇不是不明白，他后来的事业也充分利用了这个身份，但张謇对官场失掉了兴趣，所以很快改弦易辙，借丁忧而还乡，办工厂做生意去了——那本是不必中状元甚至连秀才都不必考的。可是，他再次证明了自己，成为举国瞩目的实业界领袖。

然而，你以为张謇钻进钱眼里了吗？只关心富己、富民、富国吗？辛亥革命爆发他却成了政坛上的活跃人物，为终结帝制和创建共和做出了别人无法做出的贡献。结果是无论孙文当临时大总统还是袁世凯当大总统，都要请他出山，无法推托，就为孙文当一把实业总长，再为袁世凯当一把农商总长，尽心尽力帮人，却总是在适当的时机转身而去，不为任何人殉葬。

（原载《今晚报》2017 年 11 月 1 日）

# 学刊的圈养与散养

— 虞云国

近年，每届上海书展都办学术出版论坛，今年论题是"中国人文社科期刊的发展之路"，主题词是"品牌·坚守·创新"。我也有幸躬逢其盛，聆听了领导致辞与嘉宾谠论。

中国学术刊物的模式是从西方引进的，"五四"以后渐为学术界与出版界认同。民国学刊，大致可分四类。一是同人刊物，包括改版前的《新青年》，还有《新潮》《学衡》《现代评论》《独立评论》等。二是学术共同体刊物，例如历史地理的《禹贡》与社会经济的《食货》等。三是科研机构与高校的刊物，例如《清华学报》《燕京学报》与中央研究院《历史语言研究所集刊》等。四是出版社与报社的刊物，例如商务印书馆的《东方杂志》，《时事新报》社的《学灯》，《努力周报》社的《读书杂志》等。

民国学刊大都采取"散养"方式，即便隶属体制的《史语所集刊》，也未见有行政性的学术规划与考核指标。这些学刊，对于体制，基本上处于散养的自由状态，各学刊间可以有争论，也可以有声援，但学术上都自立门户，在思想上也就各领风骚，经过历史的磨洗，许多刊物至今都是有定评的学术名刊。

1949年以后，学刊虽经历了体制的统合，但直到"文革"前，对学者及其论文的考评体系，并未造成严重影响。以陈寅恪为例，1949年后共发表14篇论文，仅2篇刊于《历史研究》，刊于大学学报的12篇，以他的地位（《历史研究》编委）与水平（史学大师），从未在乎过大学学报与《历史研究》的档次高低。凭借刊文的质量与学界的口碑，这一时期也还涌现了类似山东《文史哲》那样的名刊。

从20世纪90年代后开始，学刊在体制内划分等级，有核心期刊与非核心期刊之分，核心刊物再分一级、二级等等；标准又有各自为政的南大系统、北大系统等等；各高校与科研机构再对发表在各级学刊上的论文给出评价的等第或分值。规则之烦琐与细节之微妙，倘不身在其中，简直丈二和尚摸不着头脑。对学刊的定等，与对学者及其论文考核，在体制内是同步进行的。行政权力对学术完成了最强力的统制，将学者、学刊与论文一股脑儿死死"圈养"在体制内。

自从学刊分等成为论文评价的刚性标准，杀伤力无微不至与无远弗届。其一，与学者的经济收入密切挂钩。在《中国社会科学》上发一篇论文，有的高校科研奖励高达数万元。其二，成为学者申报各种等级科研课题的核心参数。没在权威学刊发文，就甭想在省部级以上课题中分一杯羹。其三，直接导致学者能否获得各级社科奖项。据圈内专家说，对报奖论文的筛选，第一关就看学刊的等级。其四，最终关系到学者在学术职称上的升等。没有权威学刊的论文，就等猴年马月吧！后三条互为因果而交相作用，但以学刊等级定论文档次是死结所在。

利益最大化是常人的本性，圈养进体制的学者，若要不被体制淘汰或抛弃，只有千方百计在高等级学刊上发论文，去屈就或迎合学刊分等的"游戏规则"。于是，拥有资源的学者就以学术之名做起变相交易，或邀请主编讲学，或共办学术会议，以高价课酬或重礼款待换取自己高级别论文的刊发。没有资源的学者与硕博士生们交版面费发论文，早是公开的秘密。尽管学刊有等级高下，却各有适销对路的需求者，多数学刊都成了待价而沽的卖方市场：发人情稿、关系稿还算灰色地带；而某些学刊收取版面费，只差没有广登广告。总之，在学者与学刊被全面圈养的体制下，学术底线已然失守，学界腐败也绝非个案。所有这些，都是体制圈养学刊、学者乃至学术的并发症。

中国学刊之多与论文之多，早已跃居世界前列，大有领导致辞中倡导的学刊"产业化"气势；但大量是低水平的重复。道理不难明白：饲养场圈养的鸡，蛋与肉的产量虽然高，但比起乡野间散养的鸡来，其味道纯正就不足以道里计。当务之急，恐怕还是先给学刊、学者与学术以充分的"散养"空间，坚守"独立之精神"与"自由之思想"的标杆，然后再谈创新与品牌吧！

（摘自《三声楼读记》，广东人民出版社2018年7月版）

# 著述的命运

_ 王俊良

　　孟子把"著述"定性"夫道若大路然，岂难知哉"，源在"文所以载道也"；曹丕钦定"著述"乃"经国之大业，不朽之盛事"，流在"治国平天下"。"著述"属"形而上"，"著"权在民，"述"权在官。从《资治通鉴》到《海国图志》，近千年著述流变始终是皇权"说了算"。

　　司马光著《资治通鉴》，"皇权"贯穿始终。一开始，"光常患历代史繁，人主不能遍鉴，遂为《通志》八卷以献"。后来，"英宗悦之，命置局秘阁，续其书"。个人想法被皇权肯定，便成国家行为。经费、编制、笔墨纸砚和图书资料，一应俱全。可惜英宗早逝，没能看到司马光大功告成。

　　神宗继位后，指示编著要"博而得其要，简而周于事"，"至是，神宗名之曰《资治通鉴》，自制《序》授之，俾日进读"。把司马光编著《通志》，更名《资治通鉴》，还亲为作序。书还没编成，就让司马光先行进读。宋神宗的态度，等于把"著"后"述"的后续都纳入国家层面。

　　正是对"著述"重视和对读书人尊重，才造就了大气的宋朝。《曲洧旧闻》载，仁宗欲提拔张尧佐到地方上任职，包拯上殿直谏。由于激动，吐沫星子溅仁宗一脸。仁宗无奈，只好放弃提议。《国老谈苑》载，一次，在宋太祖宴会上，翰林学士王著喝高了，太祖命人将其扶出。王著不肯走，依着屏风，又哭又闹。翌日上朝，有人上奏"王著逼宫门大恸，思念世宗"，要求治罪王著。太祖说，"读书人"酒后哭先主，可以理解。

　　王著如果生在清朝，恐不会这么幸运。同样涉及"著述"，清顺治十八年（1661）的"江南明史案"，就因为庄廷鑨所编《明史》仍奉明朝年号，书中直呼努尔哈赤其名，就造成涉案70多人凌迟、重辟、处绞的大案。康熙五十年（1711）因"著述"发生的"《南山集》案"，则更为匪夷所思。因翰林学士钱名世，写给门人信中，谈及南明桂王之事。被人告发获罪处死。《南山集》案牵连人数达三百人之多。

有资料显示，清朝从1644年入关到1911年退出历史舞台267年间，有文字记载的"文字狱"有200多起。读书人在"文字狱"中，习惯了"顺从"和"磕头"，中断了"文以载道"源头。然而，道光二十一年（1841），魏源赴镇江，与被朝廷遣戍伊犁的林则徐相会，得到《四洲志》和大量珍贵的图表资料，遵林则徐嘱托，接力"著述"《海国图志》，延续"文以载道"之"源"。

魏源在《海国图志》序言中，就著述的目的说，"是书何以作？为以夷攻夷而作，为以夷款夷而作，为师夷长技以制夷而作"。让国人睁眼看世界，"悉其情节，知其控驭"。魏源撰《海国图志》，较司马光撰《资治通鉴》，更具操作性和针对性。尽管，魏源与司马光所处时代不同。但"著述"效忠朝廷，实现理想的努力是一致的。

然而，魏源"著"《海国图志》，始终未得到皇帝垂青。魏源曾托好友朱琦，将《海国图志》一书进献道光帝。努力的结果，是该书市场"述"的火爆与皇权的"不屑"。1852年，魏源病逝两年后，兵部左侍郎王茂荫再次将《海国图志》送达咸丰帝，奏请朝廷刊印此书，阐明"述"的重要。咸丰帝与乃父道光帝一样，依然对《海国图志》一书不屑一顾。

然而，被道光、咸丰视若"敝屣"的《海国图志》，却成为日本明治政治改革家佐久间象山、吉田松荫等人的"葵花宝典"。日本政治家盐谷世弘，不明白魏源"著述"《海国图志》，缘何不被道光、咸丰父子重视？大为感慨"呜呼！忠智之士，忧国著书，其君不用，反而资之他邦，吾固不独为默深悲，抑且为清主悲也夫"！

日本人咋明白，从一部书与一个王朝的命运，可窥历史玄机。宋英宗、神宗对待"著述"《资治通鉴》的胸襟，所以有宋朝经济文化的繁荣；清道光、咸丰漠视"著述"《海国图志》的态度，所以有晚清百年的屈辱。从司马光到魏源，九百多年过去，"文以载道"之"源"，始终被皇权钳制传播之"流"，看似文化羁绊，实为制度之失。

（原载《中老年时报》2018年5月18日）

# 要不要英雄要不要梦

_张林华

　　于上个世纪五六十年代出生的人而言，将保尔·柯察金奉为心目中的英雄，是一件自然而然的事。保尔是奥斯特洛夫斯基创作的小说《钢铁是怎样炼成的》里的主人公，所以，当我有机会出游莫斯科时，特意来到特维尔大街15号作家"故居纪念馆"，视作是来保尔的出生地寻根。

　　历经半个多世纪的风雨，故居基本保持着原样，在秋日俄罗斯的细密雨丝中，有些静穆孤独又略显自尊。奥斯特洛夫斯基在这里度过了他32年短暂人生的最后时光。对于一个23岁时就瘫痪在床，双目失明的青年来说，生活是多么不公，他有一万条理由抱怨命运。我们无从体验，甚至无法想象每一个暗无天日的日子里，他身心两端的苦痛感受。但有一个事实是，不朽的炼"钢"名可以为证，青年保尔终究没有被苦难的命运击倒。他以自己的顽强生命向世人证明，即使在最困难的情况下，也能够保持一个人的尊严，并尽力追寻到生命的意义。

　　纪念馆里的文物不计其数，独有一件异常吸引我，印象深刻，终身难忘。那是一块普通的硬纸板，中间被用刀镂刻出了一条条空格，作为"影格"，用来帮助已是双目失明的奥氏扣在纸上写字时，不至于偏离或产生叠字。粗糙的纸板，在作家的手千万次的抚摸下，既显得黝黑又稍稍有些发亮。睹物思人，那一刻我的心灵为之悸动，原本柔软的纸板，当然无法做成人们熟知的坚硬的钢铁，但保尔这截特殊的钢铁，却分明是奥斯特洛夫斯基用纸板，一笔一画刻成的。

　　参观纪念馆已有数月，心绪仍常在"英雄"两字上盘桓。在我看来，满腔热情地爱自己的国家，爱亲人爱生活，以及面对生活的困顿仍坚强不屈等品质，就是英雄的闪光特质，也是作为"英雄"这一阶层始终不变的普世价值。

这种价值，既不为国别、民族所限而有阴晴圆缺，也不因年轮疾转而失色半分。

这或许可以用来回答：我们今天这样的时代，还"要不要英雄要不要梦"这样的惊世之问（见10月21日《联谊报》哈米文）？越来越物质化的社会，还要不要英雄？凡人个体越来越彰显个性的世界，还要不要做英雄梦？确实值得一问，应该直面才好。

细究起来，要不要英雄的命题，是存有社会范畴与文艺范畴两个领域的立论基础的。存在决定意识，文艺源于生活，生活是文艺创作的源泉，文艺作品是社会的映照，反映的其实就是社会思潮与社会现象。同时，文艺作品又是极大的强有力的精神产品，能相当程度地影响社会生活。所以，生活与文艺两个范畴间，是互为联系、作用、映照，但不能盲目替代的关系。

我们曾经经历了一个无比崇敬英雄，同时也是英雄辈出的时代。我们又见证了一段非英雄化思潮颇为流行的迷茫阶段，虚无主义、犬儒主义开始降临大地，英雄逐渐远离了我们的视野。英雄的被告别，崇高的被躲避，究其原因，似乎是借助于两种社会观念的支撑：一是英雄过时论。常态社会、凡人世界还需要英雄吗？所以，文艺也要"纯粹"，要告别英雄，要去意识形态化；二是英雄缺陷论。英雄也是人，也有这样那样的缺点，可以被"抓住一点不及其余"，所以，即如雷锋、邱少云这样的英雄，这样在人们心目中一直高大、正能量的英雄的形象，也很容易为之折服、因之倾倒。

这两种观念其实都经不起推敲。因为任何一个在变革时代中负重前行的英雄，都不可能是完美的，正如同阳光下的任何物体，总是既有光亮也有阴影。假如，我们今天以各种超越历史背景的苛刻名义和说词，来有意无意地贬低、歪曲他们，那么，就不能不深究某些创作者的历史观、价值观和艺术观，其出发点和着眼点都存在着巨大的疑问。假如，近代以来使积贫积弱的千年中国发生惊天动地的革命，那些以非凡的胆识与气魄创造了翻天覆地历史的英雄们，被漠然无视，被诋毁蒙羞，那么，我们就是一个健忘的民族，我们就是一批难言道德的国民。没有英雄精神作为我们民族精神的龙骨和支撑，我们的民族总有一天会散架的，进而坍塌为一堆巨大的废墟。由此我们也就完全有理由担心，"国有疑难可问谁"，一旦国家有危民族有难，还有没有甘愿牺牲挺身而出的国民？

文艺家理应是英雄"梦工场"的园丁。一个有着社会道义的知识分子，应该用宽大的胸怀拥抱我们这个民族，以自己朴素踏实的工作为基本，来做一点知识传播、思想启蒙这样有意义的事情，和风细雨也好，拍案而起也好，即使未必能惊天动地、荡气回肠，却终究可能成为这个大变革时代社会肌体中具有刺激性、营养性的一点点微量元素，让我们这个民族，不忘她曾经的痛，也让我们这些国民，感到她博大的爱。文艺家应该是一个民族的良心，有理由也应该批判、摒弃那些黑暗的东西，这是责任；同理，以文学的方式给人以最深的温暖与力量，这也是文艺家不容推脱的责任。

"人最宝贵的是生命，生命属于人只有一次。人的一生应当这样度过：当回忆往事的时候，能够不因虚度年华而悔恨，不因碌碌无为而羞愧。"仔细思考起来，保尔的这段话，其实不过说了人生的基本行为准则，但又何尝不是一个英雄的普世标准？

（原载《联谊报》2017年10月21日）

# 夏夜游思

_王培元

　　入伏以来，几乎每天夜里都下雨，连绵不绝，居然持续了半个多月。这在以往是很少见的。而今晚竟忽然放晴了，一轮皎洁的皓月，当头悬挂在深蓝色的夜空中。

　　不觉起了一点点兴致，便放下手里的《且介亭杂文》，穿上衣服，走下楼，骑上那辆破旧的自行车，东出胡同，再右转，一直向南，就来到了车水马龙的宽阔大街上。

　　夏夜的风，迎面习习拂过，心情为之一爽，脚下也似乎登得更有力了。不一会儿，便到了声名赫赫的广场。

　　但见偌大一个地方，灯火通明，宛若白昼；然而，却兀自空空如也，杳无人迹。

　　欢声，笑靥，追逐，喧闹，嬉戏，漫步，牵手，私语，倾谈，天光，碑影，席地而坐，悠然独步，衣香鬓影，浅吟低唱，朗月清风，腾沸的青春，曲调的抑扬，槐花的暗香，风筝的翔舞，夜气的弥漫，琴、诗与歌哭……过去的这一切，以前所有的快乐、美好、浪漫和繁华，都仿佛是一个遥不可及的梦，压根就未曾有过，从来就不曾存在过。

　　广漠无边的夜空底下，极不自然地静卧着、横陈着这么一个浩阔伟大的城市广场，灯火通明，宛若白昼；然而却又空空如也，杳无人迹，寂寥落寞得简直有些莫名其妙。

　　四面的栏杆，周边的栅栏，把自各处涌来的游客，皆阻隔于咫尺之外。于是乎熙熙攘攘、挤挤挨挨的人们，大都茫茫然不知何以如此，张顾徘徊了一阵儿，或两三阵儿之后，也只好无奈地望场兴叹，无可如何地怏怏而返。

　　怅然若失之下，我也只有在自行车上一边慢慢骑着，一边远远地遥望一下的眼福。

……哦,世界是这么广大,而又这么狭窄;人们是如此相爱,而又不得相爱!记得鲁迅曾经这么感慨过的。

不由得联想到,不知巴黎埃菲尔铁塔广场、莫斯科红场、罗马圣彼得广场、纽约时代广场、柏林亚历山大广场等世界其他大都市的广场,是否也在黑夜降临以后,就实行"坚壁清野主义",干脆封闭起来,将远道而来、兴致勃勃的观光客们,排拒在外。

自古以来,华夏就热衷于修建各式各样的墙(栏杆即"墙"之一种),从城墙、宫墙,到衙门的围墙、深宅大院的高墙,矗立起来,圈挡起来,阻断着,隔绝着,屏蔽着,卫护着。最负盛名的,怕要数咱们常常自诩而实际并不如此的宇航员在太空仅能看到的地球上的建筑物——长城了吧,英文翻译为 Great Wall(伟大的墙)的。

然而,这伟大的墙,亦终于未能如深宫里的历代帝王所愿,阻挡住夷狄南下牧马的雄心和觊觎,五胡、元军、清兵的铁蹄,还是源源不断、如入无人之境一般地踏进中原来了。

呜呼伤哉,这简直是没有法子的事。唉唉,这伟大而又并不顶用的墙,至今仍然蜿蜒逶迤地横亘于峰峦叠嶂的北中国,以供国人观赏膜拜,宾客游览赞叹。

不知怎么,又无来由地想起了鲁迅说过的话:世界是这么广大,而又这么狭窄;人们是如此相爱,而又不得相爱。记得大概是在写于一九二六年的《〈穷人〉小引》里。

就这样,一面胡乱地东思西想着,一面又由原路散漫地登着车回家,心底不免有一些索寞。待拐进胡同西口,竟出了一身透汗。在楼下放好车,一步一步走上楼,进屋先痛快地冲了个凉。之后,走到阳台上,抬头从窗户望出去。

月亮升得愈高了,似乎也比先前愈加皎洁起来,楼房、街市、胡同里流溢着如水的清辉。从朦朦胧胧、浩渺无垠的墨蓝色天空中,忽而传来几声夜游的鸱鸮的怪笑。

不觉浑身震悚了一下。于是,慢慢地踱回到桌子前,坐下来,打开电脑,写下了《夏夜记游》。

(原载《现代中国文化与文学》第24辑,巴蜀书社2018年5月版)

# 健　　忘

_施京吾

　　七八年前，倾读德国思想家奥斯瓦尔德·斯宾格勒的代表作《西方的没落》，立即感到此书具有不同寻常处，中国读者对它的重视程度与它的重要性显得很不匹配，而由译者之一——也是一位历史学家撰写的前言，并没有能够准确反映原著要旨。由于我相信此书的重要性，于是找了一个"安全的地方"安置，以免被顺手牵羊。

　　几年后，果然有学者以斯宾格勒思想为基础，"建构"了一套自己的"思想体系"，风生水起，粉丝众多，甚至被授予"史学神童"的光荣称号。鉴于我对斯宾格勒著述印象深刻，对西方史还算熟稔，准备将书翻出来对这位学者进行一番批判。结果，两次把家里翻个底朝天，也没找到这个"安全的地方"。悻悻然，只好于不久前重新买了一套——只是错过了批判的"窗口期"，否则一定会写出一篇或几篇既好看又生动的"檄文"。

　　健忘是人类不可克服的痼疾，往往还和年龄成正比。对此，我既无奈又坦然。一般来说，个人的健忘无足轻重，书找不到可以重买，少写几篇文章也不会有人感到兹事体大，但如果一个国家、一个民族对自己历史上发生过的重大事件出现了集体遗忘，这就变成了社会性问题，很可能这个民族的精神、这个国家的品德出现了重大偏差。这种集体性健忘在德国人身上表现得尤为明显。

　　德国于1914年发动第一次世界大战。在战前一次集会上，广场挤满了人，欢呼战争的到来。这一幕被拍成照片，许多介绍近代德国和纳粹统治时期的书籍经常使用这张照片，成为再现历史的重要镜头。有研究者甚至从广场十分密集的人群里找到了希特勒的脸，那是一张充满激情并有点扭曲的年轻的脸。

　　一战的结果是德国人一败涂地，非但一无所获，还被压上沉甸甸的《凡尔赛条约》。作为战争的发动国，又是战败国，德国人在战后理应对此进行深刻反思，但就在战败的那一刻，他们就将战败的原因归咎于所谓"背后一刀"，从不认为这是德国扩张野心的结果。于是，一战后的德国人只记得《凡尔赛条约》的耻辱，彻底忘记发动战争时的狂热，这在魏玛时期电影中表现得尤为明显，极为准确地反映了德国人的心态。

当年德国电影的一个重要类型是历史剧。它的最大特点是内容基本与历史无关。虽然不似某些神剧荒腔走板到离奇程度，和史实也相距几千公里，历史上的这些人物基本上没有做过电影中的那些事。如电影《杜·巴里夫人》，对法国大革命进行了严重歪曲，将路易十六的王后玛丽·安托瓦内特的故事直接搬到了奶奶级别的杜·巴里夫人身上，结果大革命的断头台切下了杜·巴里夫人的头颅，而放过了安托瓦内特。电影消解法国大革命基本意义的意图十分明显，相当准确地反映了当时德国人对法国革命的态度。这种无视史实的历史影片几成风潮，包括《丹东》《爱妃苏姆隆》《安娜·博林》等。

魏玛时期德国人还拍摄了多部关于腓特烈大帝的影片，明显具有宣传君主复辟的意味。在拍摄《腓特烈大帝》时，两千名临时演员在柏林老皇宫广场拍摄为新加冕国王欢呼，当新国王戴着王冠出现在阳台上时，"这些临时演员表现出的狂热是任何导演指令都无法调动的"。目击者说"人们扮演的是自己"——当年他们就是这样欢呼战争的。

另一部电影《腓特烈》，在希特勒上台几天后在斯图加特首映，影片的开场字幕写道："在欧洲传统列强的包围之下，崛起中的普鲁士数十年来都在争取自己生存的权利，整个世界都为一度受到奚落继而令人惧怕的普鲁士王国所震惊，后者已经多次抵御兵力占优的武装力量。现在他们似乎就要将他击垮，决定普鲁士命运的时刻已经到了。"——这正是后来纳粹电影中经常使用的话语。

观众的反应就更加直观地表现出德国人的健忘本领。在电影《无忧宫的笛子音乐会》放映时，由奥托·戈比尔扮演的皇帝一出场，德国女人们就向他发出欢呼："仿佛他就是活生生的腓特烈大帝！"当时的影评人齐格弗里德·克拉考尔不无尖刻地写道："仿佛她们可以源源不断地献出自己的儿子……"这位著名影评人认为："一个缺乏主见的民族必然会相信这样一部歌颂战争光荣的作品！"

德国人健忘的结果是，希特勒上台后，在极短时间里将独裁极权主义播撒开来，六年后第二次世界大战爆发，六七百万犹太人惨遭屠杀，世界格局发生重大变化。

（原载《今晚报》2018 年 5 月 24 日）

# 逞能的悲哀

_ 于文岗

有个寓言说：一人被一狼追赶，走投无路情况下，抓起一块羊皮披上，混入羊群。狼追到羊群前，分辨不出哪个是人，便问计于狐狸，狐狸对狼耳语几句。狼窃喜，对着羊群高喊："人啊，你装扮成羊，真是太逼真了，我一点也看不出破绽。人，虽然你聪明，但有一事你无法做到，你能把自己扮成狼吗？"话音刚落，只见人气呼呼地站起，把身上的羊皮一掀："谁说不能！"说着，狼猛扑过去，咬住了人的喉管。后来，这狼说了一句话，在狼群中广为流传：如果你想看清一个人的本来面目，就去奉承他、批评他，让他去逞能。

正如狼所传，逞能乃人的本性。人都有表现欲，争强好胜，爱逞能。但逞能也并非全不好，有所发明、创造、贡献的"真有能，逞真能"，是实现人生价值和享受人生过程的重要内容，是推动社会进步的精神动力。此种逞能，自当倡导鼓励。癞蛤蟆跑到公路上——愣装小吉普、兔子跑到磨道上——硬充大耳朵驴的"逞无能，抖机灵"，无疑是人性的弱点和悲哀。另外，逞能以成败论英雄。无论有能无能、能大能小，只要逞能得善果，即可为"逞真能"。否则，能再大，也只好屈尊为"逞无能"了。

曹操曹丞相的主簿、丞相府秘书长兼办公厅主任杨修先生，绝对聪明绝顶，真真学五才八，有能也爱逞能。在"阔门""一合酥"、揭穿曹操梦中杀人、告密曹丕与吴质密往、教曹植"立斩门吏"、替曹植作"答教"事件中，屡屡逞能，让曹操不胜其烦，"鸡肋"事件，终让曹忍无可忍，以"乱我军心"之名，将其杀死。当然，这是《三国演义》的说法，而据史家研究，杨修之死，是因卷入了曹氏"立嗣"的政治旋涡，这倒与"身死因才误，非关欲退兵"诗评吻合。但无论如何，逞能只会给杨修之死加码而绝不因此减分，则是无疑的。试想，你正确你活得好都得罪人，何况炫耀显摆卖弄"我能"

乎！更何况还是在直接上司最高领导面前一而再再而三地逞能。

若从领导艺术激励原则而论，"阔门事件"，杨修准确领会领导意图，该嘉奖才是。可领导为何不奖反忌呢？有人揣测，听惯了"丞相妙算，人所不及"的曹操，本想打个哑谜，显露下才华。工匠们猜不出，定然前来讨教，届时，曹操再煞有介事、故弄玄虚道出谜底，小伙伴们茅塞顿开、恍然大悟"哇——"那效果，这么好的事让杨修给搅了，焉能不忌！再说，任何一位领导，没人愿意自己的部下将自己完全看透，而更愿意保持一种高深莫测。杨修"真知魏王肺腑也"的一连串逞能，无疑扒光了曹操的衣服。若杨修把窥探到的曹操心思烂在自己肠子里也就罢了，可他觉得那样太埋没自己智商和聪明才气，非第一时间把曹操心底的秘密转发传播四处嚷嚷得无人不知。如此一来，生性多疑又喜欢和惯于玩高深莫测的曹操就完全裸奔了。悲哀啊杨修，看穿曹操无数次，竟未看出曹早对自己起了杀心。就此看，还是没看透曹操。这也正是大家公认杨修是小聪明而非大智慧的事实依据。若杨修真看穿曹操对自己起杀心并成功躲过劫难，那自然是逞真能大能了。正如人言，"杨修，聪明有余，却智慧不足；才华横溢，却缺乏城府"。终落个聪明反被聪明误，逞能反被逞能害。

明代思想家李贽"凡有聪明而好露者，皆足以杀其身也"之评，足以警世。而就曹操说来，也并非全是"真有能，逞真能"，更有"逞无能，抖机灵"。曹操败走华容道，仍不忘卖弄"丞相妙算，人所不及"而逞能，三次大笑"周瑜无谋，诸葛亮少智"，未在险要处暗设伏兵。结果，一笑笑出赵子龙，二笑笑出张翼德，三笑笑出关云长，最后无奈，苦苦哀求关羽放行，关念旧情，义释曹操，才有后来。倒是刘备，"勉从虎穴暂栖身，说破英雄惊煞人。巧借闻雷来掩饰，随机应变信如神"。时势不济时韬光养晦，示弱装尿。有了诸葛亮辅佐、关张赵马黄五虎上将冲锋陷阵后，才审时度势、大逞其能，否则，早为曹刀俎之鱼肉，怎会有"三分天下有其一"的效果？

综上所述，归结四句：

> 争强也好胜，逞能乃本性。
> 真能尽可逞，无能莫硬充。
> 炫耀好显露，杀身世人警。
> 鼓励逞英雄，鄙视抖机灵。

（原载《讽刺与幽默》2018 年 8 月 21 日）

# 谁是"全民公敌"

_曹语凡

1998年上映的好莱坞电影《全民公敌》讲述了美国公权力如何被滥用，美国政府工作人员如何以国家名义侵害个人隐私权的故事。美国国家安全局高管汤姆·雷诺假借反恐与保护国家安全的名义，推动国会通过一项电信安全与隐私权的法案，以合法的形式来监控民众通讯等个人信息。该方案遭到一位国会议员的坚决反对。为此，汤姆·雷诺在河边将他秘密杀害，万万没想到这桩谋杀案被一位在河边拍摄鸟类的职业摄影师全程拍下。为了销毁谋杀案证据，汤姆·雷诺和其手下不惜冒用FBI"训练行动"的名义，调动所有信息化监控资源，其中包括一颗侦察卫星、两名电子监控专家，采用视频监视、安装窃听器、卫星定位、网络搜索、封锁银行账户等电子时代高科技手段，利用国家机器堂而皇之地追杀摄影师。在摄影师遭遇车祸死亡后，另一个被牵连进此事的无辜"知情者"律师迪恩（摄影师的朋友），又成为追杀对象。

那么，谁才是"全民公敌"呢？是无意间卷入此案的摄影师以及他的朋友迪恩，还是那些掌控美国国家机器与个人信息数据库的政府管理者？电影将矛头指向了美国国安局高管汤姆·雷诺，一个为了一己之私不惜一切代价，利用公权力盗取公民个人信息，调动电子监控资源侵犯公民隐私权乃至追杀知情者的美国政府官员——他成了"全民公敌"。

电影取材于美国作家詹姆斯·班福德的《迷宫》和在《巴尔的摩太阳报》1995年刊登的系列报道。《迷宫》一书，首次向公众披露了美国国家安全局的一些内幕。我们对美国国家安全局的了解大多通过好莱坞电影，得知其全称"National Security Agency"，简称"NSA"。但我们还不太了解NSA的权力有多大。据《迷宫》一书介绍，NSA是1952年根据杜鲁门总统的一项秘密指令，从美国军事部门中独立出来，用以加强情报收集的信息部门。它的总部位于华盛顿以北的马里兰州米德堡，在距巴尔的摩市华盛顿公园几百米远的森林中，其规模比美国中央情报局总部还大，号称"神秘迷宫"。因此，詹姆斯·班德福这本书名字叫《迷宫》就不足为奇了。NSA因过于神秘，甚至完全不为美国政府其他部门所了解，所以它的缩写NSA经常被戏称为"No Such Agency"（没有这个局）。在美国国家安全局的故事被搬上银幕后，人们不禁思考这么一个问题：美国政府为了确保国家安全与社会安定，设置NSA，对某些信息进行监控，防患于未然，无可厚非。但如何防止和杜绝管理者为个人利益，侵犯公民隐私权？

电影中无孔不入的科技监视手段，不幸成为信息化时代的全球性寓言。1998年《全民公敌》公映时，我们刚进入互联网时代。二十年之后，科技让地球变成一个小村落，让我们的生活变得透明，我们的任何个人信息在电信、网站、银行、保险、政府、房产、教育等领域都有记录，公共场所有成千上万的监控探头。美国科学狂人马斯克和霍金都曾预警人工智能对人类的极大威胁。马斯克还宣称人脑与人工智能融合，即"脑机界面"能进行人类意识的实时翻译并将之转化为可输出的电子信号，就是以人工智能记录脑记忆。真到了那一步，人也就连思维都毫无秘密可言了。马斯克认为这一天即将到来。

今天是高科技信息化时代。信息化本身并不是我们的敌人，科技发展是时代前进的动力。但如何让个人信息不成为不法分子的犯罪工具？美国有《隐私权法》《财务隐私权法》《联邦电子通讯隐私权法案》《儿童网上隐私权保护法》等相关法律，可谓法制完备。即便如此，在电影《全民公敌》中，依然存在NSA公然利用公权力肆意侵犯公民隐私权的质疑。影片里，迪恩有句经典台词："他们能监视我们，看透我们的隐私，但谁又去监视那些幕后的人呢？"迪恩的疑问也是所有公民的疑问——在政府眼中，公民就像光屁股的小孩，没什么隐私可言；但在公民眼中，政府就是一个没有门票出售，也永远不能随便进入的神秘迷宫。如果不能做到双方相互监督，个人隐私权无从谈起。

电影的结局让人有点黑色幽默：美国国家安全局的人和黑手党开枪互射。美国国家安全局的人说："我什么时候能拿到那卷录像带？"黑手党老大回答："世界末日！"这也许是迪恩想到的摆脱NSA的最好方式，把他们交给黑手党去处理吧。

（原载《今晚报》2018年5月16日）

# 虚幻的空间哪来精神？

_柳士同

　　读周明全的《中国小说的"精神空间"》（载《小说评论》2018 年第 2 期），颇感不知所云。陶渊明的《桃花源记》啥时候成了小说了，而且是"最讲空间关系的一篇小说"？周明全还煞有介事地告诉我们，在这桃花源里"'黄发垂髫，并怡然自得'，与俗世隔绝，和尘网疏远的去处，人们却欢然惬意"，而这也正是"陶渊明建构的精神家园"，并"在这里进一步延伸，成了几千年来中国读书人的精神家园和安身立命之所"。弄了半天，他故弄玄虚为我们提供的"中国小说的'精神空间'"不过就是个"与俗世隔绝，和尘网疏远的去处"，不过就是一千六百年前一位诗人想象的"乌托邦"！而这"精神空间"的"精神"又源自何处呢？他告诉我们说，源自庄子。"《庄子》创造了大量瑰丽多姿的艺术形象，皆得益于庄周构筑的超拔齐伟的精神空间。"

　　周明全极力推崇庄子，推崇"庄周构筑的超拔齐伟的精神空间"，认为"庄子是在提示众人：所有的吉祥福灵，来自一颗虚空澄净的心灵。呼吁人们放下羁绊灵魂自由的物欲，超越晦暗自闭的物象形质，从而唤醒沉睡已久的精神快乐"。这大约就是他说的"中国小说的精神空间"，而所谓的"虚空澄净的心灵"，大约就是他认为小说家所必备的"精神"了吧？可笔者读了六十多年的小说，读了不少古今中外的名著经典，怎么就没读出那种"超拔齐伟的精神空间"，就没感受到小说家那颗"虚空澄净的心灵"呢？当然，周明全强调的是"中国小说"，可中国小说最早恐怕也只能追溯到唐宋传奇吧？《桃花源记》能当小说读么？它不过是一篇寄托着诗人的乌托邦理想的散文罢了；庄子能跟"小说"挂钩么？连庄子自己都说，他所谓的"小说"，不过是些"琐屑之言"罢了，实际上与当今文学创作中的小说相去甚远。不错，诸子百家的文本中，确有不少故事，尤其是寓言故事，但寓言故事毕竟不是小说，小说有小说必备的特征，这应该是基本常识，否则概念都没厘清，又如何对小说或中国小说进行讨论呢？如果要以《桃花源记》和庄子学说的价值取向来规范现代小说的"精神空间"，那就更令人无法接受了。

　　陶渊明的《桃花源记》和庄子的《逍遥游》，但凡上过中学的人怕是没有不知道的，可但凡读过的人，会有人认为"桃花源"是一个现实的存在，"逍遥游"不是庄子驰骋的想象吗？曾有不少评论说"桃花源"寄托着作者的一种美好的理想，其实，这"理想"毋宁说是空想更恰当，因为这种桃花源式的社会，根本不可能存在。周明全说："陶渊明描绘了一个理想的乌托邦，那里生活富裕、安宁；没有税收和等级；每个人都自由快乐地生活着。"可这种理想的乌托邦，现实中可能存在，抑或将来可能实现吗？回答只能是否定的。"没有等级"和现代社会所追求的"平等"还不能同日而语，而中国的古代社会一向以"礼制"为核心，纲常之中，如何形成"平等"的观念？"没有税收"就越发令人匪夷所思了，一个健全的社会，没有税收将如何运转呢？问题不是要不要收税，而是收税是否经过纳税人同意，收的税是否合理。

　　庄子历来就深受一部分中国文人的推崇，之所以如此，说白了不过就是他的学说，让中国历代文人在失意之时，找到了一个可以自我安慰的寄托场所。中国历代的读书人，大都是为"学而优则仕"，而不是为守拙"田园"而读书的吧？只有在读书而未能"仕"或未能如自己所愿而"仕"时，这才起意"归田园居"的。当然，也不乏这样的读书人，仕途并非不得意，但为了显示自己的淡泊名利，也动不动以推崇庄子来装点门面，以示清高。比如，当今就有不少文人作家，明明在官场商场里混得风生水起，却偏要大谈什么"宁静""无为""淡泊""无争"，还动不动就"难得糊涂"，仿佛自己真的悟了"道"似的。那么，什么是"道"呢？庄周回答东郭子说，他的"道"是在"蝼蚁""稊稗""瓦甓""屎溺"之中（《庄子·知北游》）。庄子之意也许是想说明"道"无处不在，可为何偏要到破砖烂瓦人畜粪尿中去寻呢？难道"污沟黑垢"才是我们所追求的"精神空间"？庄子就是这样一个反智主义者，他的许多观念都是与人类文明背道而驰的。周明全在他的文章中，十几次地谈到"超越"，究竟怎么超越、超越了什么、超越到哪儿了？他并未说出个所以然来。他所臆想的完全是一个虚无缥缈的"精神空间"，一种阿Q式的自慰与自得。所谓"中国文化具有了源远流长的田园精神，而田园精神两千多年来一直是中国文化人的宗教，是知识分子对抗黑暗现实的安身立命之所"，岂不是在劝诫文人作家，一个个远离社会，远离现实，逃避到一个"没有税收没有等级"的"精神空间"去？在周明全看来，作家仅有批判是远远不够的，作家的任务是"创造"，创造出一个如庄子陶渊明所描绘的那样一个"精神空间",方可"安身立命"。然而,一个作家倘若连直面现实的勇气都没有,他又如何去"创造"?创造一个古人向往的"田园",可这"田园"分明是一个空壳嘛,莫非我们的作家知识分子只有龟缩到这样一个空壳里,才能"安身立命"?批判性乃是一个作家一部作品所不可或缺的,欧美作家无论哪个流派,古典主义也好、浪漫主义也好、现实主义也好、现代主义也好,从哈代到托尔斯泰,从海明威到卡夫卡无不具有强烈的批评精神。中国也不例外,从杜甫的诗到关汉卿的戏剧,其批判精神不都是显而易见的吗?周明全只看到《红楼梦》里有僧有道,有庄子的《南华经》,还有作者想象的"太虚幻境",于是,《红楼梦》便因这些而有了"极致时空之美"。其实,这些都是次要的,爱看"杂书"的贾宝玉,谈几句《南华经》说明不了什么。《红楼梦》的价值在于它对末日王朝"忽喇喇似大厦倾"的现实主义的全面呈现,在于它对整个腐朽的礼制文化传统的深刻批判。"太虚幻境"其实一点儿也不"幻",乃警幻仙子领着众仙女在那儿预演"悲金悼玉的红楼梦"也。至于以鲁迅开启的中国现代小说就不多说了吧,因为再没有比鲁迅先生更"敢于直面惨淡的人生,敢于正视淋漓的鲜血"的了。

虚幻的空间是没有精神可言的,作家必须根植于生活的泥土,从现实生活中去汲取养分从而形成自己的精神。从现实出发,自始至终心系社会的发展与民间的疾苦,以一种批判的眼光去审视社会,以一种悲悯的情怀去关注人生,这才是一个作家乃至一个知识分子应有的责任和担当,也是他们良知的真正所在。

*(原载《文学自由谈》2018年第5期)*

# "好不好"与"奖不奖"

_高昌

前些天，94岁高龄的诗人屠岸先生走了。先生温和的微笑，永远留在我的心底。怀念先生的最好方式，我认为就是阅读其作品。坐在沙发上，整整一个下午，我捧着厚厚的八卷本《屠岸诗文集》，感受着先生的温暖和清凉，胸中涌着说不出的感动。其中第六卷有一篇短短的《文学评奖小议》，格外引起我的共鸣。

2018年来了。关心文艺评奖的很多朋友都知道，鲁迅文学奖等多个文艺奖项，又要开评了。这时候，重温屠岸先生十几年前关于评奖的"小议"，我觉得是很有意义的。

屠岸先生的一位朋友笔耕多年，一心想在一项文学大奖赛中获奖，但终于未能如愿以偿。这位朋友有些心灰意懒，屠岸先生对他说："获奖与否无关紧要，要紧的是你的作品写得好不好。"确实，"好不好"与"奖不奖"孰轻孰重？答案是不言而喻的。如果写得好，同时又获了奖，当然是锦上添花；如果写得好，却没有获奖，同样需要有一个云淡风轻的襟怀和气度，毕竟作品的光辉不会永远被埋没。如果写得不好却通过各种手段得了奖，那么这种外表光鲜的所谓"奖"，反而成了获奖者的耻辱。

客观地说，文艺奖项的设立对于发现精品、鼓励创作是有积极意义的；但过多过滥的泡沫化的奖项，反而成了追名逐利、权钱易奖、弄虚作假的交易场，破坏了文艺创作的生态环境。正如屠岸先生所言："我们不是不要奖，我们可以在严肃的评奖活动中参赛并争取获奖。但是我们应该知道，更可贵的是在广大读者的心目中获奖，在历史和实践的评级中获奖。屈原、李白、杜甫生前并没有获过什么奖，但是文学史和中国以至全世界的读者给了他们最大的褒奖。一切欺世媚俗、拍马溜须、假大空、无病呻吟、故弄玄虚的作品都得不了奖。只有歌颂和体现真善美、揭露和抨击假恶丑的作品才能得到这样崇高的褒奖。"

"过多过滥"——是人们对前些年某些文艺评奖乱象的一个评价。各种组织、各种名目、各种规模的各种评奖活动虽然很多，但与奖项的热闹形成反差的是精品数量锐减。文艺界"有数量缺质量、有'高原'缺'高峰'"现象，也在一定范围内仍然是客观存在。甚至某些味同嚼蜡、滥竽充数的作品忽然"一奖成名"。这样，奖金拿去了，名气上去了，公信力却下降了，各种非议就多了。通过评奖乱象所折射出的某些社会问题和症结，也越来越严重。

一个真正的文艺工作者，应该排除名利的诱惑和干扰，沉下心来，扑下身子，把创作作为自己的中心任务，而不是把奖项顶在头上当作镀金的招牌四处炫耀。须知作品是自己的立身之本，而不是用各种"大奖"在沙滩上堆砌所谓"荣誉之塔"。沙滩上的建筑毕竟是没有根基的，一旦轰隆垮下来，徒留笑柄在人间。

怎样区分作品"好不好"？也许见仁见智，众说纷纭。屠岸先生说："一切优秀的、伟大的作品都能用深刻的思想和精湛的艺术给读者以启迪、以美的陶冶，甚至提高和净化一个民族以至人类的灵魂。"先生这里谈的其实就是对思想性和艺术性相统一的一种诗意阐释。一部作品的"好"，体现在有光芒、有温度、有力量，还要能启迪、能陶冶、能净化。设"奖"是为了传播"好"，奖掖"好"，促进更"好"。"好不好"是"奖不奖"的必然前提，"奖不奖"却不是"好不好"的必然结果。当"好不好"与"奖不奖"同声相应，"好"则获得更多知音，"奖"也就格外光彩。

先生之风，山高水长。新年伊始小议一番"好不好"和"奖不奖"，一方面怀念干净、优雅、单纯的屠岸先生，另一方面也给各种各样的文艺评奖，吹送一缕清风。

（原载2018年1月1日《中国文化报》）

# 吴道子画画（外一题）

_ 刘齐

星期天，和岳父守着电视屏幕，看球赛直播。老头儿于足球并不很在行，但兴致非常高，自得其乐。对于他认为精彩的场面，爱连声感叹说"这家伙"，"伙"字又不吐出来，于是成为"这家！这家！"听起来十分短促、紧张、年轻化。

不由想起唐代大画家吴道子的传说。有一次，吴道子接受邀请，前来给一个庙宇画壁画。当地老百姓比较闭塞，业余文化生活挺差，轻易见不到名人。现在听说高手来了，就笑逐颜开，深感荣幸，缕缕行行前来围观。吴道子虽是大师，但画画上还没达到涂啥是啥、一遍就成的地步，即使一遍能成他也不干，他的创作态度比较严肃，所以要打草稿。那天的草稿需要画圈，只见吴道子以肩关节为轴，伸直胳膊，嗖的一下，在庙墙上勾了一个大圆圈。老百姓立刻佩服得五体投地，赞声不绝，认为该圈画得属实太圆了。我岳父若在人群中，他老人家一定会说："这家！这家！"谁知吴道子并不领情，甚至有点生气，一连翻了好几个白眼，认为大家不懂行，夸的不是地方——这算啥？这不过是打草稿嘛，准备活动嘛，热身赛嘛。可是，等他画到复杂之处，关键之处，精妙之处，希望听到赞扬时，大家迟迟疑疑的，反倒不敢言语了。

我认为这事怨不得别人，只能怨吴道子，他太霸道，居然想控制别人的主观感受。世上可控之事甚多，你若有能耐，别人的职业、言论、迁徙、婚姻、相貌、性欲甚至生命你都可以控制，唯独思想、情感、感受这些最内在的东西没法控制。你有生杀大权，甲兵百万，金银无数，名望齐天，你还是没法控制。

吴道子不明白，大家来看你，并非为了鼓励你上进，到了你这种地步，即使不鼓励，你也会上进的。来看你，主要图的是一个乐，想什么时候乐就什么时候乐，干啥非得踩在点儿上，非得懂专业不可？若都是专业人士，就该枪口一致，封杀你了。

（原载《上海老年报》2018年7月10日）

## 杂 文 国

柏拉图有"理想国"，斯威夫特有"小人国"，吴承恩有"女儿国"，李汝珍有"君子国"，现今时代，我们有"杂文国"。这真是令人庆幸或者惋惜，自豪或者沮丧，认可或者怀疑，震惊或者麻木。在这个"杂文国"，好像什么都能跟杂文扯上关系，举目四望，遍地都是杂文，社会各界，各色人等，都尽其所能，以各种方式帮助杂文。

比如，那些层出不穷的腐朽、腐恶、腐败之人，那些不断涌现的贪官、庸官、霸王官，他们好像专门研究过：咱们啊，得以实际行动，支持杂文。若咱们都当了雷锋，杂文家怎么活？改行写表扬稿？

那些官话套话、大块文章、"正面"理论、虚假新闻、自慰文学、糖醋作品，平素心虚得很，知道大家烦它们，这会儿也面有得色，争相表功：杂文啊杂文，没有咱们衬着，读者哪里就爱上了你？

还有些领导，比较有工作方法，他不直接帮杂文，他限制，这个不许说，那个不许写，以此来提醒、锻炼、振奋作者。所有这一切，不约而同，不谋而合，都为杂文的生长，提供了空前优越的题材条件、激活条件、反作用条件。

网络的诞生，又为杂文的繁荣，提供了空前优越的技术条件。手机短信、电子社区、论坛、博客、QQ、MSN，八仙过海，各显其能。比如手机，它以一屏七十个字、一秒钟千百里的速度，生产并发送无数针砭时弊、嘲弄权贵的段子。这些段子，其实就是杂文，是人见人爱的新杂文。可是大家还嫌不够，平地一声雷，又造出了微博。它更快、更便捷、更自由。它联袂其他网络手段，联袂平面媒体、口头媒体，使杂文的大规模创作、大范围传播、高密度互动，成为可能，并获得强大的、难以摧毁的保障（由此推测，将来，还会有更新的手段被发明出来）。

在这一神奇而雄浑的过程中，成千上万的小人物，获得了空前的话语权和读写冲动，他们纷纷从杂文的潜在读者，变成现实读者。其中许多人，又从读者，变成作者。这些作者笔下的新型杂文或准杂文，篇幅极短，问世极快。传统杂文通常是千把字，已经很短了，所以叫"匕首和投枪"。现在这些杂文更短，只有几百、几十甚至十几字，简直成了"针"！而且快，转瞬间"针"就出手，一针刺穴，一针见血。更重要的，是作者具备的平民意识和草根身份，为天下担道义，为百姓抱不平，写就写了，发就发了，无须权威认定，不劳作协评奖。

这些草根型作者和读者，有良知，有洞见，有勇气，还有压抑已久、一发而不可收的激情、文采、讽刺力、幽默感。他们日益健壮，越写越好，越读越精，正在深刻地改变杂文的生态和格局。他们和以往人单势薄的专业杂文作家、编辑家会同起来，成为"杂文国"的主体，成为决定性力量。

杂文自诞生之日起，何曾有过今天这般壮观的阵势？

话又说回来，"杂文国"的出现，未必皆大欢喜。但这种事没法两全，这可能是一种历史的选择，一个不得不迈的"坎儿"。能不能迈过这个"坎儿"？迈过了，事情会不会变得好一点？

有一种说法，优美洒脱，令人向往，叫作："诗意地栖居"。可是我们现在，却常常是"杂文地栖居"。

诗意是审美的，杂文则重在审丑。

诗意是面向大海，春暖花开。

杂文是山河有病，灵魂不宁。或许还应加上两句：嬉笑怒骂，百感丛生。

天地有灵，两极相通。审丑也是审美，愤怒也是挚爱，鞭挞也是憧憬，幽默也是严肃，眼泪也是微笑，"杂文国"也是"诗国"。诗心和杂文之心，都是滚烫的、诚恳的、自由的，"诗意地栖居"和"杂文地栖居"，也应是两栖一体，殊途同归。

（原载《银河悦读》2018年8月7日）

# "百年之责"与"一时荣枯"

_ 林永芳

换届之际，又一茬新官上任，不禁想起小学课本中的一则老故事。两千多年前的战国时期，有个西门豹，被魏文侯任命为邺（今河北临漳县西，河南安阳市北）的县令。新官上任之际，邺人正好有件迫在眉睫、苦恼已久的事——当地的三老（掌教化的乡官）、廷掾（县令的属吏）每年都向百姓收几百万钱，女巫还到小户人家挑选漂亮女孩送到河里去任其漂沉，说是给河伯娶媳妇，以免河伯生气发大水。人们纷纷携女儿逃离此地，以致人烟凋敝（《史记·卷一百二十六·滑稽列传第六十六》）。

那么问题来了：新官西门豹，"为"还是"不为"？如何"为"？

第一个方案，立即加大力度整治刁民逃离问题。比如，派兵把他们抓回来，以"盲流"或越级上访论处，狠狠地抓一批、关一批，杀鸡骇猴，刹住这股冒犯河伯大人的歪风，确保"娶亲税"及时足额征收，确保有源源不断的小姑娘前赴后继奔向娶亲一线，确保为河伯娶媳妇这一邺县特色道路坚定不移贯彻到底。

第二个方案，睁只眼闭只眼。这事儿不是一年两年了，既然前任们都未设法剜去这个毒瘤，那就肯定不是一块好啃的骨头。想想也是——倘若帮着三老、廷掾、女巫们抓老百姓，难免被民间指着脊梁骂；倘若帮着老百姓整治三老们，你以为人家能横行乡里这么久会是好惹的？罢罢罢，多一事不如少一事，管它"河伯"是人还是魔，管它民众是否"逝将去女，适彼乐土"，反正我又不是邺县人，有时间理这些烦事难事，不如去邀上文侯身边亲信侍从、朝中亲贵喝喝小酒、唱唱KTV密切关系；剩下的时间混它几年清闲日子，早点高升。我走之后，哪管洪水滔天。

西门豹没有这么做，而是采用了第三个方案——较真碰硬不畏缩，敢作敢为敢担当。他不动声色亲临"河伯娶亲"现场，说：把新娘子带过来给我瞧瞧。仔细端详之后，宣布："这么丑陋的女子，怎配得上威风帅气的漳河之神呢？大巫师，麻烦你去对河伯说一声吧，容我们给他另选个漂亮的！"随即让士兵把女巫扔进滚滚河水，自己则恭身站立，等候消息。过了一个时辰，只见水流盘旋，不见女巫回返。西门豹说："大师怎么还不回来？是不是被河神留下来喝茶了？派徒弟去催催吧！"就这样，先后把女巫的三个徒弟、三老逐一投入河中。他自己恭恭敬敬立在河边等了很久，最后，威严地对那些早已浑身发抖的长老等人说："他们都贪杯不回，你们谁去催一催啊？"那些人吓得"叩头且破，额血流地，色如死灰……大惊恐，从是以后，不敢复言为河伯娶妇"。

瞧，这不是一个有勇有谋有担当的魏国好干部么？仅凭此，西门豹同志已经足以流芳千古了。

而西门豹的责任担当，并未止于"剜去体表毒瘤"这个"第三方案"，而是立即有第四方案跟进：兴修水利，彻底根治水患。可老百姓并非总是伟大光荣正确的，起初，要他们出工出力修渠引水，他们嫌辛苦，不想干，甚至有些怨言，成了政敌们去告西门豹"增加农民负担"的"铁证"。这时，西门豹又体现出了不计一时荣枯、敢担百年之责的胸襟和远见。他说，老百姓的觉悟是参差不齐的，不足为凭；眼下父老子弟虽然抱怨我，可百年之后他们的子孙一定会感念我。果然，他所兴建的引漳十二渠，据说一直延续到唐代至德年间，灌溉之利达一千多年。

西门豹的故事告诉我们：四等新官"乱作为"；三等新官"不作为"；二等新官"有所为"；一等新官"负长责"。

正值市县乡村换届选举之际，一批批"新官"陆续上任。他们如何承前启后、履职尽责，烧的是"三把火"还是"三把祸"，轻则关乎一个单位是昂扬向上还是肃杀低沉，重则关乎一个地方的民生福祉、治乱兴衰。

如何才能避免新官像李逵般抡起手中的权力板斧，排头砍去"乱作为"？如何才能让新官敢亮剑、善作为且敢于担"长责"？光靠道德感召、思想教育，注定"只防君子不防小人"，别指望收长远之效。倘若像西门豹那样，侥幸得到魏文侯的信任，却躲不过魏武侯的猜疑，赤胆忠心劳神费力反而落得蒙冤被杀，有几个人还敢冒死学习他？关键还是得在决策机制、追责机制、政绩考评机制上下功夫，既有效治庸治贪，又杜绝"决策家长制"、落实"终身追责制"，将"百年之责"与"一时荣枯"有效链接起来。如此，新官老官便都无法尸位素餐，亦无法任性用权，习惯于尽当下之职、担百年之责；倘若做不到，那就乖乖地止步让贤。

（原载《杂文月刊》2017年10月下旬版）

# 鹿门寺随想

_ 蒲继刚

　　襄阳市是唐代诗人孟浩然的故乡，位于襄阳市东南的鹿门寺是他隐居的地方，更是我心之向往之地。作为一个襄阳人，我去过鹿门寺多次，因为那是我心中的"圣地"。

　　鹿门寺境内四季风光如画，春天，百花盛开，鸟语花香；盛夏，绿树成荫，鸣蝉声声；金秋，漫山红叶，层林尽染；冬日，西风寒鸦，衰草斜阳。蜿蜒东去的汉水在襄阳市东南迤逦而行，在鹿门寺所在的鹿门山上，远远望去，占地十几平方公里的沙洲——鹿门滩，与鹿门寺南北呼应，恰恰构成了一幅完美的山、水、滩、人的自然风景画。在这完美的山、水、滩中吟诗作画，弄风舞月，该是怎样一番情景。这般美妙的地方，是属于诗歌属于绘画的，更是属于世外高人修身养性、参禅礼佛的地方，今天的话语，叫作"诗与远方"。所以，唐代名僧处贞、丹霞；宋代法灯禅师曾来此主持过鹿门寺。汉代高士庞德公、唐代诗人皮日休也曾隐居于此，于是，便有了"鹿门高士傲帝王"之说。

　　作为一个襄阳人，我一直以孟浩然为骄傲，也写过几篇关于孟浩然的文章。但我心中一直理不清对孟浩然的一种心结，一种思绪。孟浩然一生作为一个诗人，又是一介布衣，属于"鹿门高士"，是心傲帝王的。但他又是想入仕求官的。仕途求不到，他不得不求隐。求隐的日子，他依然是"身在江湖，心存魏阙"。这是漫长的中国封建时代读书人的命运，也是读书人永远挥之不去的心结。读书，求知，求仕，然后被拥有家天下的皇帝录用，虽然有张载那样的知识分子写下"为天地立心，为生民立命，为后世继绝学，为万世开太平"的豪迈誓言，但在"普天之下，莫非王土；率土之滨，莫非王臣"的一统天下里，留给知识分子自由发挥的空间又有多少呢？智慧而清醒的孟浩然求仕不得，为何还"心存魏阙"呢……

鹿门寺中其实没有多少孟浩然的遗迹。没有就没有吧，好在有孟浩然那么多流传千古的诗句呢。对应着诗句，寻找着景物，思索着历史与现实，总会让人感怀。如"木落雁南渡，北风江上寒。我家襄水曲，遥隔楚云端"。我想，就应该是孟浩然站在鹿门寺，睹物思情，写下的美妙诗句吧。

孟浩然前半生主要是在老家襄阳侍亲读书，以写诗自娱自乐。40岁那年，孟夫子开始远游，并到了京师长安，想考得功名，既出人头地，又报效国家。但他却应进士不第，于是写下了"不才明主弃，多病故人疏"的诗句。在长安时，孟浩然与张九龄、王维成为好朋友。虽应进士不第，王维依然想推荐孟浩然做官。当唐明皇读到"不才明主弃，多病故人疏"的诗句后，说道："朕不曾弃人，自是卿不求进。奈何有此作！"因此，命放归南山，终身不仕。孟浩然只好返回襄阳，以布衣终。

求仕不得，打击够大，以致遭天子的一番羞辱。想有作为的孟浩然心中的块垒可想而知。然世间万物，皆有定数，栽花不发，插柳成行。夫子这次外出游历，壮丽秀美的河山开阔了他的视野，诗兴大发，使他写出了"移舟泊烟渚，日暮客愁新。野旷天低树，江清月近人""山暝闻猿愁，沧江急夜流。风鸣两岸叶，月照一孤舟""气蒸云泽梦，波撼岳阳城""微云淡河汉，疏雨滴梧桐"等流传千古的诗句。回到襄阳后，孟浩然再没有外出，继续写诗，既言志，且娱乐，更是浇淋心中的块垒，抒不得志之忧愤，终老一生。

夫子的一生，徘徊于求官与归隐的矛盾之中，直到碰了很大的钉子才了结求官的欲望。这种心结，可以说是几千年来中国知识分子的心结。夫子也是血肉之躯，柴米油盐，七情六欲，怎能免俗！但孟夫子依然是我心中中国古代知识分子的楷模，在"诗与远方"与仕途追求相去太远，并产生矛盾，使之不快之时，他毅然选择了"诗与远方"。夫子一生都在追求人格的完美，心灵的自由，他对诗歌艺术的追求与心灵自由、奔放的追求至美至真，并把这些与大自然的美丽有机结合在一起，使自己成为中国盛唐时期诗歌天空的一颗璀璨明星。夫子想做官，但为了与朋友喝一顿酒，却又不理会推荐他去京城做官的官员。这样的矛盾心理，这样的率性而为，已是浑然天成，世间稀有。

孟浩然是土生土长的襄阳人。但我不明白，襄阳人为什么对从山东来襄阳隐居的诸葛亮那样感兴趣（声明一下，我一点不排外），与河南的南阳为争诸葛亮的隐居之地，打得"头破血流"。

在襄阳市，处处可见诸葛亮的塑像，我却没有见过孟浩然的塑像。这样厚此薄彼，应该是一种短视行为吧。从根子上讲，这还是权力意识与封建等级意识深入了一些人的骨髓，因为在他们的心目中，一介布衣的孟浩然怎能与官至丞相、权倾两朝的诸葛亮相比呢？……

我想，如果在襄阳市的广场、中心地带等地建起孟浩然的塑像，建起宋玉、杜审言、皮日休、张继等人的塑像，建起诗歌碑，在诗歌碑上刻下宋玉、杜审言、皮日休、张继、孟浩然那些流传千古、享誉海内外的诗句，人们在诗歌中徜徉，沐浴着诗歌的阳光，享受着诗歌的熏陶，那襄阳这座城市该弥漫着怎样的文化气息呢！

（原载《襄阳周刊》2018年6月15日第25期）

# "形色"之形色

_陆春祥

现在,我看见那些陌生的花草,再也不胆怯了,因为我有了"形色"。

"形色"堪称识花神器。对准花草,拍张图,系统立即进行对比,如果流量正常,几秒钟就会出现花草的名字,虽不是百分百准确,却也七不离八九。

没有特别情况,我每天走运,走运河。

一到楼下,就看见道旁满地的绿草丛,一簇一簇的,挤挤挨挨,散着卧着,以前我都叫它麦冬,一种药材,但我始终不太相信,怎么会有这么多的麦冬呢,遍地都是。这回好了,用"形色"试一下,一拍,"沿阶草",不是麦冬啊,再拍,还是,三拍,仍然是。于是,我相信了,这些草,应该叫"沿阶草",公园里,小区边,台阶下,只要有空隙的地方,就有这种披头散发的绿草,而它,和麦冬神似。

走运一个多小时,一路行,一路拍,新鲜感似孩童。那些每日见面且不知名的陌生植物,草木、灌木、乔木,是重点认识对象,哈,这一回,我终于认清了它们的本来面目,原来,它们叫八角金盘、鸢尾、再力花、构树,等等,天天见面,就是不认识。这一天,我一下子认识了几十种花草,前所未有的充实,好像银行里的存款一下子增加了许多一样。

我如发现新大陆一样将麦冬否定,心里并不踏实。那就查下权威的《辞海》吧,我习惯《辞海》,不喜欢百度。麦字条第八这样写着:麦冬,也称"麦门冬""沿阶草""书带草",百合科,多年生常绿草本,须根常膨大成纺锤形,产于中国各地,野生或栽培。性寒、味甘微苦,养阴生津,润肺止咳。

呀,"沿阶草"就是麦冬,这个"形色",差点害我。

第二天走运,面对那些"熟悉"的花草,我心里虽有疑问,但仍朝它们点点头,招呼一下,可它们无动于衷,微风中,阳光下,依旧自个摇曳。我打哈哈，我见花草多妩媚，它们见我却不如是，辛弃疾显然是自作多情。

一段时间后，我只是偶尔使用一下"形色"，但心里忽然涌出另一种感觉。这些花草，你认识它，它却不认识你，你高兴个啥？如这拱宸桥西公园，它是主人，你却是路人，路人认识主人，主人却不认识路人，路人满心欢喜，主人却毫无知觉，如果这样，认识和不认识，又有什么两样呢？

我喜欢瞎联想。又假如，这些陌生的花草，是人，活生生的人，会是一种什么样的情景呢？

一些陌生人，在某个场合，有了相识的机会，不可能很熟，但起码知道了对方的名字。这发展下去，有数种情况。比如，陌生人很有教养，人也和善，且也乐于和你交往，一来二去，你们就会成为很好的朋友，同志、朋友、忘年交、生死交，甚至爱人。比如，陌生人和你气场不对，只是点个头，出于礼貌地微笑一下而已，你和他，都没有进一步下去的动力，犹如青年男女恋爱，那么，这样的交往就如同一阵风吹过一样，风过树静。再比如，举我自己的例子吧，我搬进目前居住的小区，已有十五个年头，楼上的住户，一直也没有搬，他的女儿，从抱在手里到现在快读大学了，我们在楼梯间偶尔碰到，只是点个头，微笑一下，但我真不知道他叫什么、具体做什么，他的家长里短，我相信，他也不知道我，一定如我不知道他一样。微信上现在有一个新功能，可以查找你经常联系的人，许多人一查发现，百分之七十以上的人，半年甚至一年以上都不会联系。

看来，有些事情，还是保持陌生，模糊为好。

神农曾一日而遇七十毒，他为救百姓的命，冒着极大的生命危险，尝百草识未知毒，然后找出救治的方法。现在，也有铺天盖地的各种消息告诉你，好心地告诉你，什么什么不能吃，什么什么吃不得，他们从早到晚地告诫，我们从头到尾地预防。多家卫视类似"大医生"之类的节目，都拥有不少忠实的观众，特别是中老年观众，我仔细看过几期后，有一个深深的疑问：除了不能吃的，我们还能吃什么？某天在郊外，看见往蔬菜上打农药的菜农，我担忧地问：这药？没事吧？菜农笑笑：没事，没事，你们城里人都有医保！我无语，但不想争辩。

所以，我决计不再关心那些健康节目了，不是我无知，是无奈，单凭个人微薄力量，无法面对强大的毒阵，还是保持陌生吧，我相信菜蔬是不会有毒的，我相信空气中是不会有料的，我相信善良，我相信道德，该吃吃，该喝喝，心底无毒天地宽。

扯远了，回到花草，回到陌生人。

大千世界，大千植物界，作为非专业的芸芸众生，我们只需要认识有限的数种就可以了，稻、麦、粟、瓜、果、菜，日常之需，即可活命。而无数之无数，有限的有名花草，无限的无名杂草，就让它们安静地生长着，在大自然的天空下，承天接露，仰附吐纳。

"形色"估计会火，因为大多数像我一样对花草无知的人，都以一种欣喜若狂的心态迎接它。

此刻，2017年4月7日下午1点15分，在北京评完首届三毛散文奖我乘国航北京飞杭州的1704航班上，我将最后一口辣白菜塞进嘴里，完成了中餐。我的左右前后，全都是陌生人，他们犹如我在运河边匆匆而过时看见的那些陌生花草一样，不需要互相知道，有的甚至还互相警惕着，或许他们包里带着贵重物品呢。下了飞机，各奔东西，生活在各自的空间里。

"形色"，名字取得极好，形形色色的花，形形色色的草，当然，还有形形色色的人。

不过，在人类已经开始往火星上找水的年代，识花、识草、识人（人脸识别已大量运用）并不是什么高科技，都只是表面行为，识透本质或人心，犹如我误识麦冬和沿阶草的过程一样，却永远是个难题。

（原载《解放日报》2018年3月10日）

# 关于忘却的怀念

_赵犇

去了上海自然博物馆在静安雕塑公园的新馆，于是有一点想法，或者说，有一点怀念。毕竟，我是如此迷恋过去在延安东路的旧馆——那个隐藏在高架底下而永远没有办法拍到全貌，铺着镶嵌地面，有着绿色油漆和黄铜把手风钩的木质百叶窗的 1930 年代建筑——如果一定要继续说明，那么：展陈被永远定格在 1970 年代的末尾与 1980 年代的最初。

自然博物馆，作为西方意义上"nature history museum（自然史博物馆）"——这个带有浓厚维多利亚时代色彩的概念——在中国的体现，似乎更多集中于"自然"的表述。然而我更加偏爱强化"历史"：无论是伦敦的 NHM（无比直白地就叫作"自然史博物馆"）或者奥地利维也纳自然史博物馆（直接坐落在美术史博物馆对面），它们本身就更多表达了对过去的陈述，甚至在某种意义上，它们更多地表示一种类似于美术收藏的趣味性——皇帝、贵族如同搜集美术品一样，搜集作为"上帝造物"或者"自然之创造"的标本，最后这些收藏被展示给大众，如同展示名画一样。

我从窗口看着这个城市的时候，觉得不知道她的过去在哪里。

我知道很多东西都留下来了，它们依旧在被使用，依旧在本来的位置，依旧如此咿咿呀呀地歌唱或者哭泣。

但你还是觉得奇怪。

觉得那好像是，被排演的剧本。机械地重复，偶尔忘词，偶尔即兴发挥——然而无论如何，都感受不到，鲜活的气味。

SNHM——我不喜欢用它的全名，也不喜欢那个没有历史的中文名字——是啊，没有历史的名字……不很多年以前，它搬出延安东路旧馆时，我大概就知道：再不会有这么一间博物馆，在 21 世纪的午后，用 20 世纪 70 年代末的碳素墨水规规矩矩地写着仿宋体的字；再不会有人隔着玻璃的展柜，触摸那些再上一个世纪的收藏品；再不会有谁默默抬头，看着昏黄的灯光里，有恐龙的骨架徜徉在十里洋场喧嚣的尘埃中——水磨石的地面、空气里潮湿的味道、动物标本因为时间变脆的违和感——离开的东西，终归是要离开的。

所以我也不意外，在不很多年以后，以毫无历史感的方式，再一次看到那些比自己更年老的陈列品——除非你注意垂挂下来标签上不一定清晰的年份，否则，那就是崭新的。

我知道，与时俱进。

我知道，不破不立。

我知道，有机物的寿命，是可以计数的时间。

然而我还是想要，可以对抗时光的气味——无论世事变化，隔着展柜的玻璃，它们依旧看着我们，不言语。

然后，那一日，不一定再来。

我不想说新的不好，或者换一个说法，新的对孩子们很友好，然后，没有了。

如果从自然界中只能看到科学，无论是现在的科学，或者过去的科学，我不以为这是一种正确——在看到科学之外，不应该忘掉历史的位置——不然，何必要叫作"nature history（自然史）"。

（原载《杭州政协》2018 年第 5 期）

# 温故坊

## 反思越王勾践

_赵宗彪

越王勾践是两千五百多年前的人物，也是浙江同乡。他为汉语贡献了一个成语："卧薪尝胆"。小时候，读他的故事，觉得这个人了不起，是个大英雄。他由败反胜的经历，灭吴称霸的故事，确实让人血脉贲张。清代写了《聊斋志异》的蒲松龄，曾写了一副对联，下联就是夸他的："有志者事竟成，破釜沉舟，百二秦关终属楚；苦心人天不负，卧薪尝胆，三千越甲可吞吴。"以后马齿徒增，重读勾践的史料，却再也读不到少年时候的感觉了。以前为之欢呼的勾践的胜利，仔细思量，似乎并不值得喝彩。

如果从一个人的角度看，从当代人的立场考量，勾践是一个让人反感和恐惧的人物。

公元前496年，吴国主动攻击越国，两国发生了槜李之战（今浙江嘉兴）。当时吴强而越弱。为了取胜，越王勾践在吴军阵前，让数百名战士排成三行，然后呼喊着，一起举刀自刭，顿时血液飞溅，尸体一片。面对这样血腥的场面，吴国将士一时目瞪口呆，回不过神来，越军乘机发起冲锋，一举击溃了强大的吴军，吴王阖闾被箭射伤，不久因此而死。两国由此结怨。

过了两年，公元前494年，越王勾践发动了对吴国的战争。阖闾之子夫差率领吴国精兵，在夫椒（今江苏太湖中洞庭山）与越军决战，越王勾践大败，仅剩五千兵卒逃到会稽山。在范蠡、文种的外交斡旋下，吴王赦免宽恕了越国，同意越国投降，双方签订了和平协定。

为了一雪失败的屈辱，此后的勾践苦心焦思，内修耕战之政，外行削吴结盟之道，一切都为了战胜吴国。越国水灾歉收，向吴国寻求帮助，吴国慷慨地借给粮食。吴国粮食因灾减产了，向越国寻求种子支持，越国却丧尽天良地将稻种蒸熟了给吴国，让第二年粮食绝收。在吴国决策失误、重兵外出的时候，越国发动了对吴国的全面战争。最后，灭掉了吴国，夫差自杀，越国取得了全面的战争胜利。"当是时，越兵横行于江、淮东，诸侯毕贺，号称霸王。"

作为君王，他赢得了战争的胜利。但是，作为一个人，他又做到了什么呢？

衡量一个人，从他如何对待上级、对待下属、对待朋友、对待敌人四方面可知。

作为一个国王，勾践没有上级，可以不论。他对待下级，完全是没有底线的利用。他可以让几百个士兵列队自杀于敌军之前，这是世界军事史仅见的一例，难怪吴军被吓得失去了战斗力。在勾践的眼里，这些士兵根本不是同自己一样的生命，而是一群蝼蚁或者一堆道具。

勾践在对待敌人上，同样没有任何底线。春秋时期，各国之间的战争，都有一定的规范，以士兵自杀的恐怖战术也是一种堕落。在敌国丧事期间、天灾凶年之时，一般也不进行军事活动，而越国却是偏偏利用这些。而且，在吴国灾年借稻种时，不但没有投桃报李，反而连最起码的道义都没有，乘人之危，使吴国雪上加霜。这样的做法，就连两千多年后越国的后人，都觉得惭愧。

越王在最艰难的时候，全靠范蠡和文种两人帮忙才渡过难关。这两个人，既是大臣，也是朋友。没有他们的鼎力相助，勾践早就身死国灭了。勾践能有今天，至少有范蠡和文种的一半功劳。但是，勾践在实现了报仇雪恨、灭吴称霸的目标后，他的两个朋友，却迎来了自己的末日。范蠡是明白人，早就看透了勾践的本性，事先寻好了退路，并且劝文种也激流勇退。文种以为这是范蠡的多心。结果，范蠡远走他乡安全了，留下的文种，本以为可以享受荣华富贵，等来的，却是勾践让他自杀的剑。

文化传统中，对人的评价标准，从来都是不平等的。一般而言，社会地位越高，要求反而越低。对君王一级，只要他有一两项事功，就是天纵圣明。如果勾践是一介平民，以他这样对待下属、敌人、朋友的做法，肯定是千夫所指。但是，因为他是君王，因为他胜利了，他受到的，两千多年来，基本上是赞歌。再加上我们只问目的不问手段的兵家传统，认为只要成功了，手段在所不计。所以，勾践的种种不人道、无底线的行径，也就默认为可行。

当然，历史是复杂的。我无意于苛求古人。勾践的存在方式，是他个人的选择，对他的评价，却是后人的选择。

（原载《中国副刊》微信公号 2018 年 7 月 17 日）

# 言路与才路

_宋志坚

南北朝时北魏皇帝拓跋焘曾对他的头号智囊崔浩说:"卿宜尽忠规谏,勿有所隐。朕虽或时忿恚,不从卿言,然终久深思卿言也。"这话说得真诚,道出他的真实心态。直言规谏,终究逆耳,不像歌功颂德那么好听。"或时忿恚",也是人之常情,说是"闻过则喜",未免夸大其词。能够"深思卿言",已经不错了。如果说,崔浩的"尽忠规谏",主要是献计献策,那么,尚书令古弼的"尽忠规谏",则重在拾遗补阙,专门针对"朕"的不足与过失。能在"或时忿恚"之后"深思卿言",更为不易。

因为上谷的皇家苑囿占地面积太大,古弼进宫晋见拓跋焘,想奏请他削减大半,赐给贫民耕种。拓跋焘正在聚精会神地与给事中刘树下棋,没有注意到古弼,古弼等了半天也不见拓跋焘过问,突然跳起来揪住刘树的头发,把他拉下床,拉着他的耳朵揍他,并说"朝廷不治,实尔之罪"!这不是"项庄舞剑,意在沛公"吗?这不是"指着和尚骂贼秃"吗?但拓跋焘不是勃然大怒,而是大失惊色,赶紧放下棋子说"不听奏事,朕之过也",让古弼放过刘树,将欲奏之事细细道来,而且一一准奏。古弼于是为自己无"人臣之礼"而"免冠徒跣"地向拓跋焘请罪。拓跋焘说:"卿有何罪!其冠履就职。苟可以利社稷,便百姓者,竭力为之,勿顾虑也。"他对此事的处置,称得上从谏如流。因为他懂得"便百姓"与"利社稷"的关系,掂量得出"利社稷,便百姓"与"人臣之礼"之轻重。

拓跋焘去河西狩猎,古弼留守平城。拓跋焘下诏,要古弼将壮实的马送去给打猎的骑兵,古弼提供的却全是瘦马,他以此无言之言为拓跋焘拾遗补阙,但这一次,拓跋焘的脸上挂不住了,怒气冲冲地说这个"笔头奴"(拓跋嗣曾为古弼赐名"古笔")竟敢对我的诏命打折,我回去先"折"了他。古弼的下属都很怕，古弼对他们说：我作为人臣，不使人主沉湎于游畋，就算有罪也不大；不防备不测之事，致使国之军需不足，这罪就大了。我以肥马供军，弱马供猎，为国远虑，即使被处死了也死得其所，何况这是我做的事，你们担忧什么呢！拓跋焘听说这番话，十分感慨地说："有臣如此，国之宝也。"若将拓跋焘对崔浩说的"或时忿恚，不从卿言，然终久深思卿言"移用于此，也颇为贴切。"或时忿恚"是因为他觉得有损自己作为君主的"尊严"，"深思卿言"掂量的还是"利社稷，便百姓"与"人臣之礼"之轻重，于是才会发出"有臣如此，国之宝也"的感慨，且将认知付诸行动，至少在这个问题上不"不贰过"。

言路与才路是相通的。广开言路有益于广开才路，因为这有益于发现人才，留住人才，鼓励人才，不但献计献策，而且拾遗补过。反之，堵塞言路，则往往使未曾发现的人才望而却步，退避三舍，也使已经得到的人才心灰意冷，噤若寒蝉，无异于堵塞才路。你要人家献计献阙，倘若这计与策不合"朕"意，你是否能耐心听取？你要人家拾遗补缺，倘若这拾与补触犯"龙"颜，你是否能反躬自省？如此等等，都是对你的容人之量的考察。古弼的直言规谏，反衬了拓跋焘的容人之量。这不仅是个案，也是拓跋焘与古弼一起树立的标杆。

（原载《文汇报》2017年10月6日）

# 吹捧是把温柔的刀

_晏建怀

富者有人追随，贵者有人攀附，自古人情势利，不足为怪。然而，让人怪的是，那些腰缠万贯之徒、势倾天下之官，面对肉麻的吹捧，明知是"活力28"的肥皂泡，不但毫无惭色，反而得意忘形，飘飘然、醺醺然、昏昏然，结果，最后常常被吹捧到身陷囹圄，甚至身首异处，让人叹息。

南宋韩侂胄，因成功拥立宋宁宗赵扩即位，以"翼戴之功"官至宰相，封平原郡王，成为一代权臣。韩侂胄大权在握，内心便开始膨胀起来，手掌国家公器，招权纳贿，货赂公行，尤其喜欢下面人的阿谀奉承，谁巴结他，谁就能升官。

据清人褚人获《坚瓠集》载，韩侂胄曾获赐吴山下的皇家园林——南园。获赐南园后，他穿山凿泉、造亭建榭，花巨资进行整修、完善。工程才告竣后，韩侂胄择吉日，带领大官小吏、名流清客们游园，亲自验收。当他看到园内奇花异草遍布、亭台水榭林立，不禁喜笑颜开。后来转过一脉青山，看到一带竹篱茅舍，桑榆相间，宛如田家，韩侂胄却不无遗憾地说："这田园美景，确乎极似，只是美中不足，缺了鸡鸣犬吠之声耳。"谁知，他话音刚落，便听到田庄犬吠声"汪汪"响起，韩侂胄非常惊异，循声一看，原来是工部侍郎赵师𥲅，正趴在草丛中学狗叫呢，逗得韩侂胄哈哈大笑，让他极为受用。不久，韩侂胄即提拔赵师𥲅为工部尚书，时人因此称赵师𥲅为"狗叫尚书"。

南宋沧州樵叟所著《庆元党禁》载一事，说韩侂胄有一宠妾，因小过被撵出王府。时任钱塘县令的程松寿善巴结、会逢迎，觉得这是个好机会，赶紧以钱八百贯将此妾买回家，夫妻二人亲自侍候，殷勤事之，供奉如贵宾。数日之后，韩侂胄果然又想念起这位宠妾来，派人打听其下落，得知为程松寿所买，一时大怒，准备拿他问责。程松寿听说后，赶紧将此妾完璧归赵，解释说，当时有一郡守离京，见此美姬，准备携她赴任，自己知道她为郡王爱妾，特将她藏匿于府中。

韩侂胄很是怀疑其用心，仍然满脸怒气未消。此妾赶紧出来证明说，程县令句句属实，待我如贵宾。韩侂胄这才释然，转怒为喜，马上提拔程松寿为太府寺丞，旋即升为谏议大夫。后来，程松寿又出重金买了一个比此妾更漂亮的美人送给韩侂胄，韩侂胄大喜之下，竟重用程松寿为执掌兵政的同知枢密院事，让这位品格低劣、治才平庸、只知道请托钻营的小县令，三两年便跻身朝廷重臣之列。

韩侂胄作为权臣，大官小吏的升迁全掌握在他手里，他的喜好，便成为了苍蝇们眼里有缝的鸡蛋，望其风旨、吹牛拍马者越来越多，投书献媚、歌功颂德者不计其数，他们将韩侂胄吹捧为当代伊尹、后世霍光，呼为"我王"者，请加九锡者，不一而足，其吹捧手段无所不用其极。然而，"暖风熏得游人醉"，恰恰是那些攀附之徒肉麻的吹捧，让韩侂胄更加得意忘形，更加专横跋扈，既无官德，更无操守，卖官鬻爵，无法无天，最后终于因罪被诛。韩侂胄伏罪以后，许多朝臣又纷纷上书，说他"专政无君，僭上不道"，请求朝廷对韩侂胄挖坟开棺，枭首示众，抛尸荒野，以谢天下。但最为可笑的是，当初跟在韩侂胄身后溜须拍马的是这些人，他死后要求朝廷枭首示众、谢罪天下的还是这些人。

东汉应劭在《风俗通》一书中说："长吏马肥，观者快之，乘者喜其言，驰驱不已，至于死。"意思是，杀马的人就是曾经在旁边那些给马鼓掌的人。可见，吹捧是把温柔的刀，它能让你如沐春风般得意，更能杀你于无形。

(原载《北京日报》2018年4月24日)

# 《翁文灏日记》值得细读

_ 王春南

翁文灏是民国时期学者从政的一个典型。他是中国近代地质学的奠基人之一，曾代理清华大学校长。1938年4月，蒋介石介绍他加入国民党。多年担任经济部部长兼资源委员会主任委员。1948年任行政院院长。学者出身的他，由接近中枢到进入中枢，位高权重。

《翁文灏日记》第一版（中华书局2010年1月版）问世后，我将这部61万多字的厚厚的书先后读了两遍。这是一部记载详明、实录民国人物史事的日记。跟我读过的胡适、鲁迅、冯玉祥、邵元冲、蒋作宾、竺可桢、胡景翼、白坚武、周佛海等人的日记比较，《翁文灏日记》自有其显明的特点，可说是民国名人日记之佼佼。翁氏身居高位，因工作关系，与蒋介石、孔祥熙等党政要人频频接触，参与决策，与闻机密，所记人物、事件，均很重要，其史料价值在多部民国日记之上，当能引起民国史学者的关注。

我感兴趣的，首先是书中品评民国人物。翁氏1939年8月12日日记载：孔祥熙为他举办五十寿辰午宴，酒酣耳热之际，孔谈了很多，都是闻所未闻。

"孔谈，孙中山在北京卧病时，托彼照顾宋庆龄，嘱何香凝与同志等同心合力，勿反对基督教。又详言，汪草拟遗嘱读与孙听，临死时由孙妻宋氏代签。又言，孙曾言胡展堂 too sharp，汪精卫无担当，廖仲凯（恺）挡不住，皆不能为彼之继承人。"

这段话极重要。它使我们知道了孙中山的遗嘱不是如有些历史书所说，是宋庆龄托着孙中山的手腕签的，而是宋庆龄代签的。（《邵元冲日记》说，1925年3月11日，孙中山"遗嘱等均已签就"。如何签的，没有交代。）又使我们知道，孙中山不是没有想到继承人问题，而是没有发现合适的、中意的人。他没有仓促指定继承人，这是对国家负责，对历史负责。孙中山说胡汉民

"too sharp"（我译为峻急），汪精卫"无担当"，廖仲恺"挡不住"，均极精当。

翁氏日记记下了美国驻华大使詹森对国民党领袖人物的评论：

"美国大使詹森（Y·F·Johnson）来访。据谈，胡汉民思想坚决、窄隘、doctrinaire，不易与人合作；汪精卫善于变化，无甚原则，有女人性，但善言词；蒋中正目光动人，但对人从不信任，各事亲劳，三人性质皆不易合作，而其左右更深欲播弄挑拨。此君观察颇能独到。"

"doctrinaire"有"教条"之义。将詹森的话与孔祥熙转述的孙中山的话对照阅读，很有意思。一个美国人，对中国国民党领袖人物的观察，比很多中国人还深刻。连阅人无数的翁文灏也赞叹："此君观察颇能独到。"

翁氏自己对孔祥熙多有微词，说他"骄横"、"语多空泛"、"冗长杂乱"，言不及义，废话太多。批评他有一次发言念讲稿。看来曾先后任行政院副院长、院长的孔祥熙，不善演说，离了讲稿，便颠三倒四，不知所云。日记记下了多人对孔祥熙的批评，包括蒋介石"痛骂孔不顾国体"。又转述 Monling Chiany 批评宋子文的话"有才无度，逞意妄断"。

我感到兴趣的，其次是翁氏参加各种会议的记载，其中往往有重要内容。如：1937年12月20日日记载，蒋介石在国防最高会议上"痛言，国民党程度低劣，有亡国之罪"。1941年11月26日日记载，蒋介石在国民参政上致词，信誓旦旦地表示"努力为国，诚信无欺，由训政而施行宪政，言出至诚，如不实行，则不打自倒"。1941年5月6日日记载，行政院举行第十八次会议，驻德使馆报，"两个月德拟统一欧洲大陆，先行攻苏"。在德国大举袭击苏联之前一个多月，中国驻德使馆已探明德国攻苏的意向。1939年4月4日日记载，行政院举行408次会议，孙科在会上提出了"指定区域收容犹太人"的建议。翁氏对孙科的意见不表赞同，但没有说明理由。

我感到兴趣的，还有翁氏关于1936年12月12日发生的西安事变的记载。事变期间，他逐日作了记录。择要摘录如下：

14日："张群、王（黄）绍竑皆谈中央意见分裂甚深。昨日，戴季陶至对孔下跪叩首，表示责备之意"。12日半夜，国民党中常会及中政会联席会议议决，行政院副院长孔祥熙代理行政院院长。戴季陶主张讨伐张杨，孔祥熙没有支持他的意见，引起其极端不满。

15日："傅孟真谈，苏俄决不愿死蒋，俾中国不糜烂，英美亦可协助。"傅孟真即傅斯年，消息灵通，眼光敏锐，他的判断是有道理的。

16日：中国驻苏大使蒋廷黻致电外交部："李维诺夫称赞中国不屈及绥远作战能力，但对小张捉蒋事爱莫能助"。蒋廷黻向国内报告了苏联对西安事变的最初态度（李维诺夫当时任苏联外交人民委员）。据《蒋廷黻回忆录》，13日晨，孔祥熙与翁文灏联名拍给他一份长电，"电报中说，空军侦察西安地区的结果，发现张学良已在西安各处升起红旗。同时要我请求苏联出面协助平安释放委员长。"当时翁文灏任行政院秘书长，参与应对突如其来的西安事变的决策。

18日："蒋廷黻来电：苏俄是否暗与张学良接洽不能无疑。"

19日："苏联大使馆送备忘录于外交部，说明苏俄政府与张学良并无任何关系。"苏联急于洗清它与张学良的关系，是有原因的，《蒋廷黻回忆录》写道：

"过不几天，我又接到南京的命令，再去见李维诺夫。这一次李很愤激，因为京沪一带谣传西安事变的发生是苏联煽动共产党，共产党又煽动张学良，因而发生的。我俩在那天会晤中争辩得很激烈。当李知道我是接到南京政府命令才去找他帮忙时，他立即提出抗议，认为中国政府不该怀疑苏联策动西安事变。他断然说：苏联政府与张学良间绝无关系；我告诉他：张是第三国际所孕育的统一战线分子。他对我的话未加辩驳，但却咆哮起来：'我们不是第三国际的主人。''你过去已经这样说过了，李维诺夫先生。'我回答他说，'但是全世界都不相信，我们有理由认为第三国际是执行苏联政策的机构。……他最后说，'我还是说莫斯科对第三国际的行动不负责任。'"

24日："戴笠曾于廿二日随宋子文往西安。今日来电，谓事有成望。"

西安事变发生的次日晨，孔祥熙、翁文灏即联名致电蒋廷黻，要他请求苏联做张学良的工作，以便平安释放蒋介石，这一着是及时、有效的。驻苏大使蒋廷黻不辱使命。比起在事变面前只会嚷嚷的戴季陶等人，孔祥熙显得冷静、沉着。

翁文灏长期主管经济，日记中有大量经济史料，研究民国经济史，特别是抗战时期经济史，是必须阅读《翁文灏日记》的。

（原载《温州读书报》2018年7月号）

# 曹雪芹的幸运（外一题）

_吴营洲

曹雪芹的一生是不幸的。俗话说人生有三大不幸：幼年丧父，中年丧妻，晚年丧子。而这三件事儿，偏偏都让他摊上了！

曹雪芹的一生当然也是幸运的。其一，是他出生在了一个钟鸣鼎食、诗礼簪缨之家，一个百年望族使他先天就有了某种文化底蕴；其二，是他出生后——即他十二三岁时——他的家族就败落了，被抄了，使他有了一份冰火两重天的生活感受；其三，是他的祖父曹寅给他留下了大量的书，使他的灵魂饱受了传统文化的滋养；其四，是他遇到了许许多多聪俊灵秀、如水般清纯的女孩儿……当然，还有其他，难以尽述。而我认为，曹雪芹最大的幸运，是他在撰写他的《红楼梦》时，恰是乾隆即位最初的那十几年，而在那十几年里，政治清明，社会稳定，或说是政通人和，国泰民安。

如果不是这样，恐怕就没有《红楼梦》了。

关于《红楼梦》的写作时间，正如《甲戌本凡例》里所说的"十年辛苦不寻常"——即《红楼梦》大致写了十年左右。而这"十年"，许多论者大都认为是乾隆六七年至乾隆十六七年间。

而乾隆大兴文字狱的时间节点，恰恰是乾隆十六年。

刘再复新近在《书屋》撰文称："曹雪芹生活在清朝'文字狱'最猖獗的时代，没有外在的自由条件，但是他创造出了中国最伟大的经典极品《红楼梦》。"（《书屋》2018年第4期）窃以为这一论断是错的。

刘再复在2012年"答伦敦〈金融时报〉记者薛莉问"时，也说过类似的话："曹雪芹在文字狱最猖獗的时代，隐姓埋名，却创造出中国文学的第一经典极品《红楼梦》。"（《莫言了不起——答伦敦《金融时报》记者薛莉问》）这当然也是错的。

众所周知，雍正在许多方面都是刻薄寡恩、冷酷无情的，他的一些政策（如文化政策）、一些做法（如对待他的亲兄弟），连乾隆都看不下去，所以乾隆执政后，一改乃父之暴戾，力主开明新政，首先在思想文化领域，逐步营造出了一个宽松、宽容的氛围。多少年后，乾隆本人都不无自豪地说："朕御极以来，从未以语言文字罪人。"事实确实如此。此间，以思想文字入罪的案子，一桩都没有，直到乾隆十六年（1751年）。

乾隆十六年（1751年）夏天，社会上出现了一份假托工部尚书孙嘉淦名义的奏稿。这份奏稿长达万言，直斥乾隆失德，有"五不可解、十大过"。乾隆帝恼怒了，下令追查，结果发现此奏稿早已传遍了全国各地，连街上的脚夫都知道了。于是他便一改继位以来的宽容政策，采取了比雍正更为严酷的手段，大兴文字之狱（在此后的32年间，文字狱多达130起）。

刘再复在"答伦敦《金融时报》记者薛莉问"时还说，这"给作家的启迪是多方面的，其中最重要的启迪之一是他告诉人们：饥饿、苦难、贫穷、不幸等困境，恰恰是文学最好的摇篮"。

写到这里，我是不想多说什么了，只想转述资中筠的一句话："读《随笔》载《荒谬的苦难美学》一文，批国人赞美苦难之风，痛快淋漓，很多我有同感。"（《士人风骨》：《从"苦难美学"说开去》）只想补充一句：曹雪芹是幸运的。

（原载《上海法治报》2018年7月30日）

## 凡·高之死

### 一

1890年7月27日，凡·高在那片他所挚爱的衬着群山的广大无边的金色麦田里，朝自己的胸部开了一枪。

然而他并没有当即死去。

因此有人怀疑他并不是真想自杀。不然的话，为什么不冲自己的头部或心脏开呢？

可是他既然并不想死，那又为什么冲自己开枪？

个中情由，唯有天晓得了。

黄昏时分，凡·高忍着剧痛，从陡峭的河岸上蹒跚而下，回了他当时栖居的小小客栈，瘫倒在楼道里。

抢救他的医生，第一个想到的，自然是通知他的弟弟提奥。可他不同意。他不想再给他的弟弟添任何麻烦了。然而提奥还是从巴黎急忙赶了来，并发誓一定要救他。但此时的凡·高，业已放弃了活下去的念头。他告诉提奥，就让我这样死去吧。

### 二

凡·高是没有经济来源的，他的一切生活费用，以及绘画用的工具、颜料等，都是提奥提供的。但这对提奥而言，并非施舍，而是投资。提奥是个画商，他懂凡·高的价值。凡·高自己也懂。然而在提奥结婚生子后，再加上孩子生病，日子日显拮据，再像从前那样资助凡·高感觉力不从心了，也因此，导致了提奥与其妻子乔安娜的矛盾。

凡·高问自己：我是麻烦制造者吗？答案是肯定的！那么，凡·高可以不画画吗？这是绝对不行的！由此看来，凡·高可选择的路似乎只有一条了。

但令凡·高萌生死念的，其实是件微不足道的小事。然而这一念头一旦萌生，此前压抑住的负面因素便会铺天盖地般蜂拥而至，并令人挥之不去。

那么，是哪件微不足道的小事使凡·高萌生了死的举念？

### 三

1890年7月初，时在奥维尔的凡·高接到提奥的一封信，信上约凡·高来巴黎,并说:"只要你高兴,想住多久就住多久,而且关于新公寓的摆设,也想听听你的意见。"

于是凡·高就来了巴黎。

7月6日,在提奥的新公寓里,凡·高浏览着那些摆设,见墙上挂着的一幅画,感到位置不大合适,便将自己的感受说了出来。没想到,乔安娜却不认同凡·高的看法,于是二人就争论起来。在争论过程中,乔安娜的哥哥多里斯竟也插了进来,和凡·高发生了更为激烈的口角。而此时的提奥呢,则是沉默无语,作壁上观。

不难想象,此时凡·高所意识到的,或是自己的审美观受到了质疑,乃至侮辱,或是乔安娜只是借此而向自己这个"麻烦制造者"发泄不满。而令凡·高感到意外的是,他最最亲爱的提奥,此时竟不站出来替他说句话,哪怕是制止一下乔安娜兄妹对自己的围攻也行啊。凡·高或许意识到,莫非提奥也认为自己是个"麻烦制造者"了?

于是,凡·高夺门而出,当即便返回了奥维尔。

## 四

凡·高就像是一背着沉重行李的旅人,待他回到奥维尔后,更是疲惫至极。

在他一生中,确曾遇到过无数的艰难困苦,但都一一地克服了,忍过去了。

在过去,不论多么疲惫,多么痛苦,他都没有想到过要结束自己的生命。即便在圣雷米发病时,他为了躲避痛苦,即使口含油彩和灯油,也不曾将枪口朝向自己。

但是现在不同了。

在过去,使他一次次度过人生苦厄的,原因有二,一是绘画,二是亲情。可现在,绘画似乎已难以为继了,而亲情,又在他最最孤苦无助的时候,形同了陌路。

将凡·高系在这个世上的最后一条纽带,在无意间,断了。

一根轻轻的稻草,终于压垮了曾经跋涉过千山万水的骆驼。

(原载《合肥晚报》2018年6月27日)

# 蹭祖之羞

_赵威

清代诗人王士禛在《香祖笔记》里写他路过山东阳谷县见到的一件事：阳谷县城西门外有座很大的坟墓，没人记得是哪年哪月建的，也不知墓主人姓甚名谁。先是大家以地理位置称其"西门冢"，后又讹传为西门庆的葬身之所。当地恰巧有吴、潘两大家族，吴家认为自己是大官人正房吴氏的娘家，潘家则自认潘金莲的娘家。某日逢集，吴家请戏班演"武松杀嫂"，潘家指责对方故意抹黑潘金莲。两家闹到公堂，县太爷哭笑不得，干脆以戏断案，用《水浒传》和《金瓶梅》里的罪名，把两家人各绑来几个游街。吴、潘两家蹭祖宗蹭到这种地步，也是够拼的；县太爷的断案手法，令人忍俊不禁。莫笑，此例有现实翻版，想必读者诸君不会忘记，前几年各地争夺西门庆故里的热闹劲儿，有过之而无不及。一切皆因有个好祖宗，能带来实惠，哪怕名声臭如西门大官人，只要能换来旅游GDP，也是香饽饽。沾祖宗的光，是最便宜的事，祖宗不吃不喝不唠叨，供桌一摆，不过是年节时上炷香而已。

俗话说，老子英雄儿好汉，他爹卖葱娃卖蒜。曾几何时，看一个人先看其出身，所谓根正苗红；又或有个阔老子，让人另眼相看。就连阿Q与别人发生口角时，都吹胡子瞪眼地说："我们先前——比你阔的多啦！你算是什么东西。"可见，"吃老子"的思想根深蒂固，大有传统。

读《明史》发现，孔子的后人就沾了祖先的光。自宋代开始到明代，孔家后人世袭"衍圣公"的封号已有好几百年了。明宪宗成化二年（1466）三月，衍圣公孔弘绪奸淫妇女四十多人，勒杀四人，按律当斩。然而，因为他是圣人后代，朝廷只是摘掉了他"衍圣公"的帽子，削爵为民，让他的弟弟代替。其弟死后，"衍圣公"这顶宝贵的帽子仍然传给孔弘绪的儿子。

无独有偶，同年四月，道家也出了这么一档子事。天师道是张道陵于东汉年间创立的,"天师"由张道陵的子孙世袭,但是直到元代才得到官方正式承认。儒家衍圣公孔弘绪出事后转月,张天师的后人张元吉(称"正一嗣教大真人")案发,他竟然在家里建了一座私人监狱,杀四十余人,其中有一家三口被杀者。张元吉奸淫民女,逼取钱财,天怒人怨,最终被族人所奏,绑赴京师论罪。按律应当凌迟处死,可就因为他是"张天师"传人,免死下狱,打了一百大板后,戍铁岭了事。"天师"的爵位仍由张元吉的儿子世袭。两年后,经多方打点,张元吉以家有老母为借口,放归。就是这样一个十恶不赦的人,因为有一个好祖宗,有官方的"天师"铁帽子,最后竟逃脱了惩罚!

这两件事,一个在山东,一个在江西;一个以儒乱法,一个以道乱法。因为有个好祖宗,虽罪大恶极,免死不说,后代子孙可以继续吃祖宗的老本儿。不过,话又说回来,这都是沾自己祖宗的光,若没有个像衍圣公、张天师这样风光的祖宗,或是有个不体面的祖宗,咋办?蹭吃蹭喝蹭 Wifi,有人则换起了世系,蹭起了别家的祖宗。所以过去修家谱前,第一件事便是翻翻历朝历代的书籍,"考证"一个名人做祖宗。就连开国皇帝也不能免俗。晋朝司马氏把火神祝融拿来当祖宗;汉代刘邦说黑龙是他亲爹,堂而皇之地写进正史;唐代李渊称太上老君(李耳)生了他们这一支;朱元璋没文化,就认大儒朱熹做祖宗,不过世人不买账,他只好作罢,后来,反倒有人想认朱元璋做祖宗……

走笔至此,又想起一件蹭祖宗的事。宋末,有个叫林可山的人,声称自己是宋初名人林逋(字和靖)的七世孙,他的逻辑很简单,都姓"林"嘛。其实,林和靖一生隐居杭州西湖的孤山,以植梅养鹤为乐,终身未娶,世称"梅妻鹤子",哪来的子孙?真是:和靖当年不娶妻,为何七世有孙儿?想君自是蹭祖宗,留作后世笑谈资!

如今,崇尚的是快捷的生活、快餐式的消费,谁还有闲心翻翻故纸堆?也就懒得费尽心机地蹭祖宗了,倒不如像某些人那样,直接认个有权有势的"干爹",更便捷更实惠,而全然不顾羞耻心……

(原载《上海法治报》2017年10月9日)

# 值得一读的家书

_陈扬桂

近读晚清著名思想家魏源的《皇朝经世文编》，被其中一封普通家书深深地吸引住了。家书是清乾隆年间，湖南衡阳77岁的老中医聂乐山给远在陕西镇安任知县的儿子聂焘写的。魏源是笔者家乡湖南隆回县的先哲，中国近代"睁眼看世界第一人"，其"师夷长技以制夷"的观点，启蒙了包括日本在内的东方国家改革开放，向西方学习的思想。《皇朝经世文编》成书于道光六年（1826），共120卷，包括学术、治体、吏政、户政、礼政、兵政、刑政、工政八类，是一部治国安邦的百科全书。

其实，这个乡间老头写的家书还不止被魏源一人慧眼识珠，刊入到经世致用典籍之中。这封教育儿子亲民爱民的家书，最先被聂焘的上司、陕西巡抚陈文恭发见，大加称赞，将其印发给全省官员学习策勉，并被载入《镇安县志》。时过200多年后的1982年6月，原中顾委委员常黎夫在《人民日报》撰文，再次推介了这封家书。

一封普通家书，为何既能载入旧时代的史册，被封建社会先进思想家视为治国安邦的范文，又能得到中共第一报的郑重推介，200多年来经久不衰，为世人奉为圭臬？我想，这应该是得力于激荡其中的爱民深情，也是家书所表达的勤政廉政为官理念得到世人认同的原因。

在信中，聂乐山要求儿子安心在山区小县任职，并立志有所作为，为民造福。他写道："尔在官，不宜数问家事，道远鸿稀，徒乱人意，正以无家信为平安耳！"信中说："山僻知县，事简责轻，最足钝人志气，须时时将此心提醒激发。""今服官年余，民情熟悉，正好兴利除害，若以地方偏小，上司或存宽恕，偷安藏拙，日成痿痹，是为世界木偶人。"正如一位国家领导人怒斥"为官不为"是"尸位素餐"一样，聂乐山把偷安躲懒、痿痹麻木的官比喻为

"木偶人"。他勉励儿子克己奉公，为民间办些好事。他说："自己节省，正图为民间兴事，非以节省为身家计。同一节省，其中殊有'义''利'之分。"聂乐山深明大义，不仅不让儿子经常与家中通信，以免分散了为民办事的精力，甚至连官府发的俸禄，也要他用于地方百姓，信中说，"养廉银两，听尔为地方使用"。老人还告诫儿子要事当躬亲，谦虚谨慎，指出："诚能感人，谦则受益。"他教育儿子"不可自立崖岸，与人不和"。并说："山城不得良幕，自办未为不可。但须事事留心，功过有所考验。更须将做错处，能触类旁通，渐觉过少，乃有进步。偶有微功，益须加勉，不可怀欢喜心阻人志气。"聂乐山还把官员比作播种人，以之勉励儿子："尔在镇安正播种之时，但须播一佳种。"他说："知县是亲民官，小邑知县，更好亲民。做一件好事，民间就沾一事之惠，尤易感恩。古有小邑知县，实心为民造福一两件事，竟血食千百年。"200多年前的一个老人，能够这样严格要求儿子做"亲民官"，实在很不容易。

这是一封通篇写满亲民爱民情怀的家书，寄寓了父亲对儿子的深爱和厚望。作为儿子的聂焘，他读懂了这封家书，没有辜负父亲的期望。在镇安任职八年，他"以实心行实证"，不躲懒，不使奸，兢兢业业，廉洁奉公，为民间办了不少好事。史称他"招游民，垦荒田，兴桑蚕，修水利，辟道路，建学堂，设义仓，兴利除弊，革故鼎新，治绩推陕南第一"。

不必讳言，这封家书中也有一些应当摒弃的封建糟粕。但家书通篇所蕴含的民本思想，溢于言表的亲民爱民情怀，尤其是老父亲一再要求儿子勤政清廉、克己奉公的谆谆教导，与当今百姓所期望的政府行为不谋而合。基于此，我们就不能仅仅把它当一封普通的家书对待，而应当看成值得从政者认真阅读的教科书。

面对聂乐山老人的诫子家书，年长的老同志应当扪心三问：我们是否认真履行了教育子女的责任，是否在娇惯溺爱自己的子女，是否严格要求自己的子女全心全意为人民服务。而在位任职的政府官员，更应该拷问自己，我们是否像聂焘一样，立志在艰苦的环境下播种生根，为民造福，是否如《诗经》所要求的"夙夜在公"般地勤于职守、奋发有为，是否如《论语》所倡导"不义富且贵，于我如浮云"地看待道义和名利，从而清正廉洁、守身如玉！

（原载《学习时报》2017年12月5日）

# 将军起于澡堂（外一题）

_ 姚宏

古语云："宰相拔于州郡，将军起于行伍。"民国时的李彦青将军，升迁之路有些异类，他这个将军起于澡堂。从平民到将军，李彦青的发迹，得益于不拘一格选人才的曹锟。

曹锟驻防东北时，由于责任重大，军务繁忙，总感觉身体不大得劲。要说有病，郎中把脉诊断，没啥疾病；要说没病，整天头昏脑涨，腰酸腿疼。身体是革命的本钱，特别是领导身体有恙，办公室里没精神，温柔乡中没干劲，直接影响本人的性福指数，间接影响百姓的幸福指数。为了让曹锟摆脱亚健康，下属们问干了喉咙，跑断了腿，终于寻来一秘方：长春有家正经澡堂，技师手法一流，常去泡个澡、按个摩、捏个脚，保证越洗越健康。

彼时，李彦青正在澡堂讨生活。曹锟一来，李彦青就围着他团团打转，卖力搓背，使劲捏脚，把曹锟弄得浑身发酥，非常舒坦。除了技艺出众，李彦青还善于逢迎。别人只知埋头捏脚，他还会抬头看脸。一边搓背，一边插科，一边捏脚，一边打诨，笑话段子，黄色的、红色的、灰色的，一个比一个好听，一个比一个有趣，逗得曹锟十分开心，深得曹锟万分欢心。久而久之，曹锟去澡堂，必点李彦青单独服务。

民国的干部，虽然"民"不离口，"国"不离嘴，但遇着好东西，都喜欢独享，"国"没有份，"民"不要想，什么与民共享，什么以身许国，纯粹是哄人的、骗鬼的，嘴上说说而已，千万不能当真。很快，李彦青调入曹府，专职为领导服务。曹锟常对人说："外有各督军保我当大总统，内有李彦青调护我的健康。今生得此两者，可以优游一世，死而无憾矣。"

官场之中，有条规则，不管你对领导袒露身体，还是领导向你袒露身体，领导都会将你当自己人。凭借常与曹锟赤身相见，李彦青一步登天，进入庙堂，任总统府收支处长，兼北京钱局督办，被授以陆军将军衔。

　　澡堂有澡堂的规矩，庙堂有庙堂的套路。但在李彦青眼里，两者一样，差球不多，无非就是两条：一是抱紧一条腿，跟定一个人；二是办事要收钱，服务要收费。

　　在澡堂，曹锟是李彦青的贵人；在庙堂，曹锟是李彦青的恩主。曹锟喜欢洗澡，李彦青全心全意为领导服务。李彦青虽贵为将军，但只消一句"总统已披浴巾"，不管在干啥，不管在哪里，都会撂下一切，屁颠屁颠赶去搓背捏脚。曹锟喜欢用钱说话，靠"孔方兄"一臂之力，才当上大总统。曹锟最在乎的是钱，最离不开的是钱，李彦青就千方百计为领导敛财。每次发军饷，每个师都扣下两万元，作为对曹锟的报效。仅此一项，曹锟的月"外快"就达五十万大洋。

　　在澡堂，李彦青出一分力，收一分钱；在庙堂，李彦青办一次事，收一次钱。李彦青得意之时，权倾朝野，京城士大夫，纷纷前来巴结，各界权贵，皆以与其结交为荣。朋友归朋友，银子归银子。不管熟人还是生人，只要有事求上门，必须银子先敲门。

　　银子搜刮得太厉害了，迟早碰到厉害角色。一次冯玉祥来领军饷，李彦青私扣三个月军饷当作手续费。后来冯玉祥造曹锟的反，打进北京，第一件事就是搜李彦青，抓到之后，二话没说，绑赴天桥，直接枪毙。

　　搓澡搓成将军，李彦青由澡堂进庙堂之路，是一段传奇；用澡堂的规矩来办庙堂的事，李彦青玩得风生水起，更是一段传奇。李彦青的澡堂发迹史、庙堂混迹史，看似很传奇，其实不稀奇；看似非典型，其实非常典型。无非就是一段家臣史：因主子青睐而兴，因主子得势而勃，因主子失势而亡。

　　　　　　　　　　　　　　　　（原载《百家讲坛》2018年第1期）

## 忠臣又如何

　　对于忠臣，黎民向来喜欢得紧，并且寄予厚望。每一次王朝完蛋，百姓总会叹息，可惜奸臣当道，如果忠臣当道，定会如何如何。其实，即便忠臣当道，也不会如何如何。

　　何为忠？文人的解释，有些迂腐，"忠者，德之正也"；皇帝的理解，一针见血，忠者，一个中心也。皇帝是天子，普天之下，理应仅此一个中心。何为臣？从甲骨文字形看，表示俯首屈从。臣就是奴，奴就是臣。由此可见，所谓忠臣，一言蔽之，向一个中心俯首屈从之奴。

对于忠臣，皇帝也喜欢得紧。比如商朝丞相比干，以死谏君，是忠臣中的典范，喜欢他的皇帝就很多：周武王封比干国神、魏孝文帝创建庙宇、唐太宗下诏封谥、元仁宗立碑塑像、清高宗祭文题诗、清宣宗修复比干庙正殿……就连挖其心的纣王，也是很喜欢比干的。要不然，纣王为何让他当了近20年宰相，倚为朝中柱石？

皇帝爱忠臣，原因很简单。一来忠臣有本事，打江山、守江山，都冲锋在前，义无反顾；二来忠臣最听话，"君要臣死，臣不得不死。"这是忠臣的一条原则。皇帝要打忠臣的屁股，忠臣会主动脱裤子；皇帝要砍忠臣的脑袋，忠臣会主动伸脖子。所以，臣子越忠，皇帝越安全；忠臣越多，江山越牢固。皇帝今天号召大家学忠臣，明天鼓励大家当忠臣，目的只有一个，希望大家争先恐后做奴隶，自己安安稳稳坐龙椅。

皇帝坐得高，看得远，讲得没错，爱得很对。不管皇帝是个啥玩意，昏庸老者也好，雌黄小儿也罢，荒淫无度的夏桀商纣也好，英明神武的唐宗宋祖也罢，忠臣们都会忠于皇帝、维护皇帝、眼里只有皇帝。在忠臣看来，皇帝是国家的代表、百姓的恩人，国家兴亡，百姓福祉，全系于皇帝一身。皇帝好，百姓才会好；皇帝强，国家才会强。忠于皇帝，就是忠于江山社稷；忠于皇帝，就是忠于苍生黎民。维护皇帝越坚决，越能体现忠臣本色。在忠臣眼里，所谓爱国主义、爱民主义，无非是爱君主义。

奸臣当道，国家一团稀糟，百姓民不聊生；忠臣当道，国可能不那么稀糟，民可能会"聊一点生"。但天下是皇帝老子一个人说了算，不管忠臣还是奸臣，谁不听话，皇帝就会收拾谁，谁威胁皇权，皇帝就会灭掉谁。皇帝的江山，臣子来当道，哪有此等道理？所以，奸臣和忠臣的下场，基本没有区别；"奸臣当道"和"忠臣当道"，国家和百姓的结果，基本一个球样。

说穿了，不管忠臣还是奸臣，都是一家一姓之家臣。说得不好听一点，家臣如家犬。奸臣，是陪皇帝嬉笑解闷的哈巴犬；忠臣，是替皇帝守家护院的看门犬。哈巴犬整天献媚邀宠，逗得皇帝开开心心，自然能耀武扬威；看门犬呢，平日里也蛮招主子喜欢，只是有时看见危险，出于尽忠职守，免不了整晚狂吠，搅乱了皇帝的春梦，结果招来一顿棒杀。

维护皇帝，忠于皇权，是忠臣之本分。如果有人胆敢和皇帝作对，想要终结皇权体制，估计他们会挺身而出，伸张"皇"义。如果忠臣以百姓为中心，忠于民权，那是典型的贰臣、逆臣。此等事情，忠臣们必定不会干的。食君之禄，忠君之事，若是食君之禄，"悖君"之事，岂是忠臣所为？

皇帝是皇权的代表，是民权之死敌、民主之天敌。只要有皇帝，百姓肯定民不聊生；只要有皇权，国家肯定一团稀糟。一些人以为，朝廷出现几个忠臣，自己就能由臣民变成公民，国家就能由落后走向富强，无异于痴人说梦。

（原载《杂文百家》2018 年第 21 期）

# 也说元朝"文字狱"

_吴营洲

看到一篇文章,标题是《元朝为什么没有"文字狱"》,首段是这样的:"关于元代,普通读者头脑中的印象可能只有以下关键词:屠杀、混乱、四等人制……其实元代在治理上也有它的优长之处。比如元代没有文字狱。"当我读了这段文字,一时间感到无语……

元朝固然没有"文字狱",但这算是其"优长之处"?据史料载,比"文字狱"更野蛮、更血腥的铁血统治,不就是元朝的立国之本吗?元朝在入主中原前及政权未稳时,其军队所到之处,财物皆所取,妇女皆所幸,男人悉数杀,城池悉数毁,这还不野蛮?即便是其定鼎后,把人分为三六九等,不把汉人当人,这难道叫人性?

对民众进行肉体上的消灭,肯定是反人性的;对民众进行精神上的摧残,也肯定是反文明的。这两种,百姓谁也不想选。如果非要二选一,有人会说"好死不如赖活着",也有人会说"宁做太平犬,不做乱世人"。但有一点,这两种都是恶。你不能说,统治者只对子民进行杀害,那么,相对于有"文字狱"之精神摧残的朝代来说,就成了善。

倘若说没有"文字狱"就是元代的"优长之处",那么纳粹兴建的奥斯维辛集中营"也有它的优长之处"——就是关进去的那些人,没被"洗脑",没被"思想改造"!

为什么元代没有文字狱呢?该作者认为,首先是其统治者"有着强烈的'文化自信'"。你看,我给加了引号的——因为那时的统治者不过是一群握着刀把子的"野蛮人",连文化都没有,何谈"自信"?他们唯一的自信,就是"老子手里有刀"!当一群"野蛮人"拥有了当时最为先进的军事装备,这个世界上的文明就会遭受劫难!

平心而论，元朝统治者压根儿就没有所谓的"文化自信"，有的只是所谓的"军事自信"——不过，仅此一点，也不是完全自信，不然，他们为什么会实行"菜刀管制"，让十户汉人才拥有一把平时做饭用的菜刀？而且还是"实名制"。

为什么元代没有文字狱呢？该作者还认为："……蒙古人思路比较单纯，他们认为'士不能执弓矢'，对马上民族是构不成威胁的。"这一点，有些靠谱。在我看来，当时的统治者的确"思路比较单纯"，因为他们只相信手中的刀——只要有了刀，就有了一切；谁若敢龇牙，立马就会成为刀下鬼。

有人还说，当时的文人，是可以结社的，是可以聚在一起吟诗唱和的。有人因此认为当时的文人诗意地活在华夏大地上。其实那些结社、雅聚等，在当时的蒙古人看来，不过是一群小孩子在过家家——或像如来佛看着一群猴子在自己的手心里蹦跶，或像屠夫看着笼子里的鸡鸭猪鹅……

该文还写道："元代文网粗疏，绝少深文周纳之举。"我读到此处时，差点笑喷。一群"只识弯弓射大雕"的，懂什么叫"深文周纳"？根本没什么"文"，而且也没把汉文化当回事。有资料称，元初名士梁栋写了首长诗，有人从其"碧云遮断天外眼""小龙入海明珠沉"两句中，读出了"谤讪朝廷，有思宋之心"，便向当地官府举报。梁栋也因此入狱。但元朝礼部最后的判决是："诗人吟咏性情，不可诬以谤讪。倘是谤讪，亦非堂堂天朝所不能容者。"于是，梁栋被无罪释放。其实，说白了，并不是当时统治者的气度多么大。"百无一用是书生"，在元朝统治者看来，一群穷酸文人充其量也就是老鼠尾巴上长疮，能有多大脓水？

有"文字狱"的朝代固然不好，但没有"文字狱"的朝代就一定好吗？恐也难说！比如说周厉王时，人皆"道路以目"，话都没有了，更不会有"文字狱"，可那是个什么时代呢？！

（原载《今晚报》2018年4月8日）

# 两面说黄侃

_鲁建文

说起黄侃来，好像少不了狂傲自大、固执保守、桀骜不驯、不拘小节这些词儿。而周作人却曾是这样评价他："要说北大名人的故事，这似乎断不可缺少黄侃。因为他不但是章太炎门下的大弟子，而且乃我们的大师兄。他的国学是数一数二的，可是他的脾气乖僻，和他的学问成正比例。说起有些事情来，着实令人不能恭维。"可见，这位国学大师在性格上恐怕有着鲜为人知的两面性特点，值得我们研究。

黄侃反对白话文可以说是新文化运动时颇有影响的事。他曾嘲笑力倡白话文的胡适说："如果要提倡白话文，那你的名字也就不应该叫'胡适'，而应改为'到哪里去'，这才算用白话了。"他还在课堂上打比方骂胡适说："如胡适的太太死了，用白话文打电报必写'你的太太死了，赶快回来啊'十一个字，而文言文则'妻丧速归'四个字即可，多么简洁。"特别是，胡适的《中国哲学史大纲》上半部出版后，他在课堂上讥讽胡适写书就像太监一样，"下面没有了"，引得哄堂大笑。由此我们不难看出，他当时固执守旧的程度。但他曾对其学生陆宗达所说的一席话，却又不能不让人感到他的开明通达。据陆宗达的回忆，黄侃曾恳切地对他说："你是要学作白话文的，将来白话文将成为主要形式，不会作是不行的。我是只能作文言文了，也决不改变，但你一定要学作白话文。"由此可见，极力反对白话文的黄侃，又并非完全是在时代潮流面前故步自封的老顽固。虽然自己喜爱文言文，却能看清未来的发展趋势，并教导自己的学生不要学他，而要适应新的形势，跟上时代的步伐。这不能不说难能可贵。

他的国学功底，当时确实如周作人所说数一数二，其文字学、音韵学、训诂学造诣尤深。一本《说文解字》他读了五遍，不少页面批得密密麻麻。有学生问他这样有谁能认识，他却牛气地说："如果别人也能认得出，那我也就不会是第一了。"他讲授《说文解字》《文心雕龙》，一不带书本，二不拿讲稿，旁征博引，口若悬河，讲得头头是道，绘声绘色，且不时幽默地说："这里有个小小的'秘密'，需请我上馆子才能说。"由于名气太大，尽管他授课往往是"下雨不来、降雪不来、刮风不来"，学校只好特许。但就是这样一个看来狂傲至极的人，却也有他谦虚谨慎的一面。他在给学生陆宗达的信中就曾这样说："侃所点书，句读颇有误处，望随时改正。"并随即列举一例，证明自己的错误所在。他治学尤为严谨，曾立誓"五十岁以前不著书"，绝不把谬误留给后人。五十大寿时，章太炎特撰联"韦编三绝今知命，黄绢初裁好著书"劝其抓紧动笔，而好吃好喝的毛病让他在次年便因胃出血去世了。联中"绝命"二字却成谶语，其著书最终则成为泡影。这自然又是令人惋惜的地方。

  由于学识过人，他很少把别人放在眼里。钱玄同与其同是章门弟子。他开讲《说文解字》和《毛诗》，称自己乃章太炎之高足，而骂钱玄同无知，气得钱玄同一年未来校授课。一同在北大任教的沈尹默，送他一本新著的诗集，他以为不怎样，便丢给了学生陆宗达，且赋诗一首进行调侃。在中央大学时，他瞧不起词曲家吴梅，以为词曲是小道，耻于与他同为中文系的教授，两人为坐沙发之事还干起仗来，后来学校只好把两人的授课日期错开，以免再发摩擦。但就是这样眼睛生在额头顶上的人，对章太炎、刘师培却是相当地折服。章太炎因反对袁世凯称帝，被幽禁在北京钱粮胡同，他带着行囊到胡同与其一起居住，两人日夜论学，解其寂闷。刘师培与他年龄相当，学问各有所长。经学刘师培长于他，而小学、文学则他长于刘师培。尽管他对刘师培为袁世凯称帝摇旗呐喊很有看法，但佩服其学问，便主动上门磕头拜师，向刘师培学经学，并终身以师相待。刘师培去世后，他写下了《先师刘君小祥奠文》，寄托其哀思。可见，对他以为有学问的人，倒是从内心里很敬佩的。

  特别引人关注的是，他一生有过九次婚姻。当时的报纸骂他："黄侃文章走天下，好色之甚，非吾母，非吾女，便可妻也。"结发妻子王氏还在时，他便与章太炎唯一的女弟子黄绍兰好上，并以假名办理了结婚证书。他对黄绍兰说："如不这样，犯下重婚罪，不你也得一起负责吗？"而不久他又与自己的一位学生同居，给了黄绍兰心理上很大的创伤。他最后一任妻子黄菊英，本是他女儿的同学，随女儿到他家来玩，被他看上，便以诗文向黄菊英发起攻势。朋友们都劝他"人言可畏"，他却说："怕什么？难道怕老鸦叫，就不出门了。"最后在像雪片飞来的闲言碎语中度他的蜜月去了。但据叶贤恩著的《黄侃传》记载，他对发妻王氏却是始终充满着怀念之情。王氏去世很早，与黄侃结合十四年便撒手人寰。王氏去世不久，不到两岁的三子念楚不幸夭折，更是激起了他对王氏的思念。每当王氏的生日、忌辰，他都要为她设祭，并作诗抒怀。他曾在诗中写道："别以无期梦转疏，匡床一念自萦纡。""之子久归泉，兹晨溯初度。酒肴陈几筵，儿女伸思慕。谁言情可忘，衰襟泪翻注。""共处曾几何，忧患相撑拄。"不能不让人感到，他还真要算是有情有义。

从其经历来看，他无疑不应是一个胆小怕事之人。年轻还在老家时，为支持不愿参与为慈禧哭丧的学生，他曾冲进蕲州高等学堂将校门上的虎头牌砸个粉碎。借用了朋友的房子，与朋友闹翻之后，他一股脑爬到高高的栋梁之上写下"天下第一凶宅"六个大字。他还参加过反对清廷、推翻帝制的革命，是位见过枪林弹雨、刀光剑影的革命先锋。但他却不可思议地害怕雷鸣电闪，常常被吓得魂飞胆丧。在其日记中，他就曾多次这样记载："晨匿首衾中，恶闻雷故也，既醒，觉头痛不堪。""今日闻雷恐极，以被蒙首。""夜遂大雨，迅霆可畏不敢眠。""忽电灯一断，继以雷声，急燃烛就寝。"有一次，他在四川同朋友一起吃饭，为音韵问题与人击案怒辩不止，忽闻一声巨雷，却把他吓得钻到桌底下去了。待他还未伸头出来，又是一声巨响，他连忙紧抱头颅，在桌底下一动不敢动。据他自己解释说，如此害怕雷电是小时受了《论衡·雷虚》和一些文学书籍的影响，因而落下了胆小心悸的病根。

由此我想，一个人的性格应是一个复杂的多面体，单方面观察，很难做出准确的把握。所以，先贤历来主张察人要慎："左右皆曰贤，未可也；诸大夫皆曰贤，未可也；国人皆曰贤，然后察之；见贤焉，然后用之。左右皆曰不可，勿听；诸大夫皆曰不可，勿听；国人皆曰不可，然后察之；见不可焉，然后去之。"黄侃无疑是个不好评价的人，身上充满着矛盾的地方，需要我们仔细琢磨。不过，他恰是一个保持了天性、极富有个性的人。

(原载《湘声报》2018年4月19日)

# 以编书的名义"毁书"（外一题）

_ 苏露锋

清朝乾隆皇帝力主编修的《四库全书》，是我国历史上规模最大的一部丛书。所收入的著作，有相当一部分现在已经成了孤本。如此看来，乾隆对保存我国的文化似乎功莫大焉。殊不知，乾隆编修《四库全书》的初衷并不是为保存书籍，而是为了禁锢思想，为其稳固统治服务的。出于这个目的，编书的过程，其实就是"毁书"的过程。

作为外来者，清廷在统治的合法性上不自信，因此他们入主中原后，严禁任何宣传民族大义和民族气节的思想流传，以杜绝汉族人民反清起义的思想来源。自顺治直至乾隆时期，统治者不断掀起文字狱，并禁毁了许多书，但所能禁毁的毕竟有限。文字狱虽能够威胁当时的士大夫，使他们不敢再发表离经叛道、讥议时政的言论，却不能将著作中的一切不符合统治集团要求的东西剔除干净。统治者不达到后一个目的是不会放心的，但如公开地对所有著作进行审查，选择一批加以禁毁或删改，又显得过于凶狠，这是聪明的清代统治者所不屑为之的。于是，乾隆想出了一个好主意：编纂《四库全书》。

乾隆以编书的名义，在全国征集图书，乘机将他认为内容不好的书烧毁，或将其中的一部分毁掉和修改。由此而造成的对我国文化的破坏，恐怕是远远大于其贡献的。

禁毁的标准主要有四个：第一，凡是对清朝统治者有所不满，包括客观地记述其暴行的，或对满族有所鄙夷、敌视的，都必须销毁；第二，能引起人们对于明朝的好感或怀念的，都不能保留；第三，凡是跟程、朱理学相抵触和不符合传统道德观念的，也应毁掉；第四，作者有问题的，或者在书中多处引用有问题的人的著作的书。

禁毁不仅在《四库全书》编纂过程中一直在进行，而且在编纂结束后的抄写过程中，仍继续在进行。因为《四库全书》共抄了七套，最后的三套于乾隆四十七年开始抄写，五十二年完成。在把这三套抄本进呈乾隆时，他又进行了抽查，发现清初人李清的一本书问题严重，于是下旨严查。结果，一面将原已收入《四库全书》的李清的所有著作，全部撤出，列为禁书，并发文给江苏巡抚，进一步调查李清有无其他著作，如有则一并销毁；另一方面，把已经抄好的四套《四库全书》全部重新审查，结果又查出其他作者的几部著作，从《四库全书》撤出，加以销毁。

据不完全统计，从乾隆三十七年下诏征书，直到乾隆五十三年《四库全书》复查完毕，当时被全毁的，即整部书不再流通，被烧掉的书，就有2453种，被抽毁（有个别地方有不太严重的问题，只把有问题的地方去掉，而不禁书）的书籍有402种；而收入《四库全书》的为3470种。如此算来，被销毁的书籍，其数量竟相当于《四库全书》的四分之三，被抽毁的也相当于《四库全书》的八分之一弱，这是一个惊人的数字。

自秦始皇焚书以后，中国的文化从未遭受过如此浩劫。大量优秀的学术著作，充沛民族气节精神的史学文学作品均遭禁毁。而且收入《四库全书》的书，有不少已遭严重删改，以致鲁迅先生说，天下士子读后，"永不会觉得我们中国的作者里面，也曾经有过很有些骨气的人"。

编纂《四库全书》，一开始就不是单纯的对历代文化典籍的整理和总结，而是一场全国范围的思想文化普查运动。使用暴力或强制性的行政手段来查禁，是古代统治者的惯用手段。就文化政策而言，清朝统治者比只会"焚书坑儒"的秦始皇之流要厉害得多，高明得多。

禁书与编书两种手段糅合起来，是一种寓禁于修的特有的文化现象，体现了清廷统治者手段的圆熟和精巧。这使不少人只记住了《四库全书》对保存古籍的贡献，却健忘了乾隆曾经大肆阉割中国文化的罪行。

（原载《华声观察》2017年11月上）

## 书生自编的牢笼

偏安西北的秦国最终能灭掉六国，一统天下，有两个读书人至关重要，一为商鞅，二为韩非。商鞅变法，为秦建立起高效率的国家征战体制，兵戈所向，无不披靡。韩非的思想集法家之大成，是秦始皇嬴政建立君主专制的理论武器。然而，这两位成就秦帝国的书生，都死于非命。他们在为秦王们构建帝国梦之时，也在为自己编织牢笼，最终陷入绝境。

重用商鞅的秦孝公去世后，其子惠文王即位。公子虔等人借机告发商鞅谋反，秦惠文王于是派人捉拿商鞅。商鞅逃亡至边关，欲宿客舍，客舍主人不知他是商鞅，见他未带任何凭证，便告诉他说"商君之法"（商鞅之法）规定，留宿无凭证的客人是要"连坐"治罪的。商鞅感叹制定的新法竟然遗害到了这种地步。早知如此，何必当初？

为给军事征战提供源源不断的资源，秦国对社会实行全面的控制，什伍制度便是手段之一。这是一项军政结合的措施，还是一项人身控制的手段。秦按什伍组织将百姓编制起来。什伍之人互相有监察纠举、告发犯罪的职责，如果没有举告，则要连坐。家属连坐，以户为限，同居、同室、同户之内，一人有罪，其余人连坐；邻里连坐，一家有罪，四邻连坐。互相监察纠举、有罪连坐的律令，最初是用于军队，后来与什伍制本身一样扩大到整个社会，无孔不入。

此外，秦国还建立了严格的户籍登记制度。登记在户籍上的人口，必须为国家服役和纳税，不得任意迁徙。通过户籍，每个人从一出生一直到死，都处于国家的控制和管理之下。因此，逃亡途中的商鞅没有凭证，惧怕"连坐"的客舍主人不敢留宿他。商鞅为秦国人编织的专制之网，自己也未能幸免。他后来被秦惠文王处以"车裂之刑"。

商鞅虽死，他所推行的新法并没有被废除，而是一直影响着秦国乃至以后的秦朝。如果说商鞅更多是实践家、政治家，而韩非则是理论家、思想家。

韩非本是韩国王族的公子，曾经和李斯一起在荀子门下学习。他继承了商鞅、申不害、慎到等人的法家思想，自成一家之言。他建立了一套法、术、势的理论体系，极力推崇君主集权制，主张以严刑苛法控制社会。韩非的著作传到秦国，秦王嬴政看了大加赞赏。李斯向嬴政介绍了韩非。于是嬴政发兵攻打韩国，韩国迫于压力，遣韩非入秦。韩非的核心思想之一，是君主不能信任臣下，得用权术驾驭。深得韩非学说精髓的嬴政，自然不会信任和重用韩非。韩非受到李斯等人的陷害，自杀身亡。权术阴谋理论大师，自己却死于权术阴谋。

韩非虽在秦国被害死了，但嬴政统一六国之后，采取的好些政治措施，却是遵循着韩非的遗教。例如焚书坑儒，钳制思想，残酷镇压人民，用术控制臣下，等等，把韩非思想中阴谋残暴的部分运用起来了。秦始皇是如此，他的儿子和孙子，也都信奉韩非的学说和商鞅之法。不但秦王朝如此，后来的封建统治者都奉之为圭臬。被装入专制牢笼的，不只是广大黎民百姓，还有一些作茧自缚、为专制制度添砖加瓦的读书人。

（原载《华声观察》2018 年第 1 期）

# "康圣人"之伪

_ 刘江滨

有句话叫"人非圣贤，孰能无过"，意思从另一方面理解，就是人若是圣贤肯定就不会有过错。晚清康有为人称"康圣人"，按说该是个在道德上几无瑕疵的人吧，但恰恰是这个在中国历史上的"有为"之人，也做了诸多"有伪"之事。这既体现了历史的吊诡，也反映了人性的复杂性和多面性。

康有为并非恂恂如也的谦谦君子，而是个踔厉激进、自视甚高、刚愎自用的大胆狂人，比如他对未来"大同世界"的设想竟然建议取消家庭，真是异想天开、惊世骇俗。这个敢想敢为的"疯子"，藐视某些道德绳墨肆意妄"伪"也就在情理之中了。此"伪"既有作假之指，也有虚伪之意。康有为铁板钉钉的"伪"撮其荦荦大者大抵有三。

其一，《戊戌奏稿》作伪。此书是戊戌变法后12年由其女康同薇经过搜集、整理、抄存，将康有为在戊戌年间的奏稿集合，在日本出版，名为《戊戌奏稿》。后来学者将此书与当时清廷内府抄录的《杰士上书汇录》有关康有为的奏折对照，发现了诸多不同，并得出结论，《戊戌奏稿》中的一些奏折并非原来的真折，而是康有为后来根据形势"改篡"甚至"伪作"的。北京大学历史系教授王晓秋曾告诫其学生："你们研究康有为千万不要用《戊戌奏稿》。史学界已经做过考证，康有为的《戊戌奏稿》中，很多东西是他后来写的或者是改过的，不能作为他在戊戌年间思想的依据。"作为当事人，公然作伪，不仅将晴朗的历史天空弄得疑云密布，而且是对天下人的欺骗。所幸，学界从《杰士上书汇录》中找到了证据，不然，历史真成了任人打扮的小姑娘了。

其二，私改光绪密诏。戊戌政变发生前，光绪帝给杨锐一封密诏，根本没提及康有为，康有为却说是皇帝给他的，而且私自添加了内容公开刊布。康的学生梁启超评价他的老师说："有为以好博好异之故，往往不惜抹杀证据，或曲解证据，以犯科学家之大忌。此其所短也。"康有为是晚清进士，也算饱学之士，尽管他作伪的初衷是为了变法救国，但为达目的，罔顾事实，欺世盗名，对历史毫无敬畏之心，绝非正人君子所为。尤其是，后来他打着皇帝密诏救国的旗号，在海外得到大量华人的援助——他的晚年在杭州、青岛、上海修筑或购买了三处别墅，过着极尽奢华的生活；据说，其每年的花销约2.5万银两，难免会引起大家对他经济来源的质疑。最要紧的是，他的作伪不仅使他失去了后人的信任，而且对戊戌变法这个重大历史事件是一次严重伤害，消解了其庄重、严肃和神圣。如果当事人谎话连篇、荒腔走板，那么，他所做的事情还能赢得世人几分尊敬呢？

其三，道德上的虚伪。康有为可谓近代中国的启蒙家、思想家、教育家，是划破夜空的嚆矢，是穿越林间的响箭，但他却不是先进思想的践行者，其所作所为暴露了他的陈腐和虚伪。比如，在其著作《实理公法全书·夫妇门》中说："男为女纲，妇受制于其夫。又一夫可娶数妇，一妇不能配数夫。此更与几何公理不合，无益人道。"这里明确反对纳妾，提倡男女平等。可是，康有为以原配没有生儿子为由，纳了妾。但生了儿子还没完，老先生纳妾上瘾，从49岁到62岁13年间，一共娶了五房小老婆，且都是年轻姑娘，年龄都在18岁左右，其中还有个日本女子。自己躬行所反对的一切，如他的弟子所云："他每天戒杀生，而日日食肉；每天谈一夫一妻，而自己却因无子而娶妾；每天说人类平等，而自己却用男仆女奴……"康有为对此有一个荒唐的辩解，"吾好仁者也，主戒杀者也，尝戒杀一月矣，以今世未能行也……大同之世，至仁之世也，可以戒杀矣。"意思是，我所主张的现在都行不通啊，等将来实现大同了再说吧。真是虚伪至极，一张老脸被他自己打得啪啪响！

康有为号长素，因民间敬称孔子为"素王"，故长素意指长于素，比孔子强。孔子云："人而无信，不知其可也。"可是我们的"康圣人"的种种作伪虚伪，违背了做人立身处世的根本原则，如果说"长于素"，恐怕就是觍着脸说大话罢了。

写此小文，亦非意在康一人。历史上的许多人物大都被非黑即白地盖棺论定了。

（原载《今晚报》2018年5月28日）

# 鲁迅与朱安

_夏昕

对于鲁迅来说，朱安是一个可有可无的存在。朱安则不，她一辈子都在努力，努力地迎合甚至努力地试着抗争，以图求得她应有的那份婚姻滋养。但是，她却始终未曾得到生活的安抚与内心的安宁。

朱安比鲁迅大3岁，出身商人家，从小被教养得极合传统规范。鲁迅对这桩包办婚姻很不情愿，但他不忍强拂母亲之意。再者，鲁迅对自己身体状况一直很悲观，且又处在革命时代，他总认为自己哪天就会死去。"我躬不阅，遑恤我后。"因此就以一种消极的态度对付。朱安28岁那年，朱家听说鲁迅已在日本结婚生子，便找周家讨说法。鲁母急了，就叫家人给鲁迅发去电报："母病速归！"鲁迅急匆匆赶回，发现家里正张灯结彩给他准备婚礼。

这段婚姻于鲁迅而言，是深深的无奈："这是母亲给我的一件礼物，我只能好好供养，爱情是我所不知道的。"洞房花烛之夜，鲁迅和衣躺下，都没碰朱安一下。第二天早上，仆人发现鲁迅脸上蓝一块青一块的。原来鲁迅将头埋在被子里哭了一晚，眼泪将新印花被浸湿，被面的颜色染到了他脸上。一曲婚姻悲剧，就此正式拉开了帷幕。

朱安似乎一开始就预感到了这种悲剧，所以从结婚那天起，她就在努力迎合鲁迅。鲁迅不喜欢小脚女人，朱安叮嘱家人在她上花轿前，给她换双大号的绣花鞋。鞋子太大穿不牢，她就往鞋子里塞了很多棉花。下花轿时，一脚踏空鞋子掉了，三寸金莲就露了出来。

婚后鲁迅在杭州一所师范任教，虽偶尔回家中，也是为了看望母亲，对朱安则采取"三不政策"：不闻、不问、不接触。后受蔡元培邀请去教育部工作，孤身一人在北京待了七年后，鲁迅在八道湾购置了一套三进院，将一家人都接了过来。鲁迅自己住在最差的外院，最好的中院留给了母亲和朱安，内院给周作人和周建人。

结婚十多年，终于有机会与鲁迅一起生活，虽分室而居，朱安依然满心欢喜。但鲁迅对她仍十分冷淡，每天跟她说话不超过几个字。早上朱安喊鲁迅起床，他"哼"一声；吃饭时叫他，又只"哼"一声；朱安睡前问他关不关门，这时鲁迅才有一句简单的话："关"或者"不关"。只在朱安问他要钱购日常用品时，鲁迅就稍微多说几个字："要多少？"或者顺便问一下某某东西要不要添买？但这种"较长"的谈话，每月不过一两次。为避免与朱安有更多的交流与接触，鲁迅在书房外面放个箱子，箱子打开，每天他将换洗的衣物放在箱子盖子上，朱安将洗干净的衣服放在箱子里。

朱安有时主动找话"讨好"，但常常弄巧成拙。有次吃饭时，鲁迅说他曾吃过一种很好吃的菜。朱安立即附和："这种菜我也吃过，的确很好吃。"鲁迅就不说话了，心里陡然又生出厌恶。原来鲁迅说的那种菜，是他在日本时吃的，中国根本就没有。鲁迅很喜欢俞芳姐妹，有次他来了兴致教她俩做简单的"健美操"，朱安在一旁也跟着学。鲁迅瞟了一眼，整个兴致就没了，心里对朱安更为反感。

朱安与鲁迅在北京共同生活的六年，两人正式"长谈"可考证的只有一次。那是1923年8月2日，鲁迅与周作人兄弟感情彻底破裂，鲁迅决定迁居砖塔胡同。搬家前他问朱安是留在八道湾，还是回绍兴朱家？如果回绍兴，他将按月寄钱给她。朱安想了想答道："八道湾我不能住，绍兴朱家我也不想去。你搬到砖塔胡同，横竖总要人替你烧饭、缝补、洗衣、扫地的，这些事我也可以做，我想和你一起搬出去……"

偶然间，鲁迅对朱安也有温情。比如他在外面买了果点，回家先让母亲挑，再让朱安挑，自己最后吃。朱安每次都只挑一两小块，且选那种最次的。比如朱安生病了，鲁迅会雇人力车送到医院，也会焦忧不安。朱安对鲁迅的照顾则极尽妻子之责，每次她听到鲁迅咳嗽后，总要偷偷地看他吐的痰里是否有血丝。鲁迅肺病发作时，她就把米捣碎，天天煮成米汁、熬鱼汤给他喝。

朱安尽管一直低眉顺眼地迎合，但也曾愤怒地抗争过。据考证至少有两次：一次是婚后不久鲁迅回绍兴，朱安当着亲友的面指责鲁迅种种不是，鲁迅一言不发。另一次她感知到了许广平的存在，当着正在鲁迅家做客的钱玄同、刘半农等人的面，突然跪下痛哭："我是配不上大先生，大先生要娶妻纳妾，全凭他自己；但我生是周家的人，死是周家的鬼……决不离开周家。"

但无论是迎合还是抗争，结局只是一种刺骨的悲凉。朱安曾对人说："我好比是一只蜗牛，从墙底一点一点往上爬，爬得虽慢，总有一天会爬到墙顶的。可是现在我没有办法了，我没有力气爬了，我待他再好，也是无用。"短短数语，让人潸然泪下。

（原载《今日女报》2018年8月2日）

# 文坛伯乐李清泉

_丁东

称李清泉为文坛伯乐，可以举三个例子。

一是汪曾祺。汪曾祺不是新作家，早在20世纪40年代就开始了文学创作。1957年被打成右派。摘帽后到北京京剧团担任编剧。他的文才被江青看中，参加了《沙家浜》等样板戏创作。江青倒台后，他也受两年审查。1980年重拾旧技，写出小说《受戒》，自感不合时宜，只在朋友间私下传阅。剧团有一同事到北京市参加会议，无意间说起有一篇小说味道十分迷人，可是回头一寻思，又觉得毫无意义。李清泉听到这话，便瞅着会议的间隙，抢上前去打听小说的作者，紧追不舍，一定要看一看。追了一两个月，把这篇小说追来，在《北京文学》1980年第10期发表，接着获奖。读者惊喜，约稿不断，花甲之年的汪曾祺从此一发不可收拾，进入小说创作高峰期。

二是方之。方之1957年因参与发起同仁刊物《探求者》被打成右派。1978年写了小说《内奸》，两度投稿被退。时值共青团十大召开，方之是列席代表。李清泉派章德宁到会上组稿。她约到王蒙的稿子，王蒙又推荐了方之。方之拿出《内奸》，说其他杂志不敢用。章德宁赶快向李清泉汇报。李清泉让拿回来，果然是令人提心吊胆的作品。他让作者改一改，作者不愿意大改，他就拍板安排1979年第3期头条发表。当年10月，方之病逝，时年49岁，总算在生命的最后一刻重现文坛。

三是张洁。她原来在一机部工作，酷爱文学，写了小说《爱，是不能忘记的》，编辑傅雅文拿给李清泉看。这篇小说正面写了婚外恋，有人怕发表了会形成对婚外恋的鼓励，有人出于对张洁个人隐私的保护，怕给她带来麻烦。李清泉力排众议，决定发表，理由是这篇作品对于净化爱情是有好处的。发表后引起社会热议。李清泉得知张洁所学专业是工业经济，又建议她写工业题材作品，触发了她创作长篇小说《沉重的翅膀》的灵感。

上面提到的作品，都曾开风气之先，获过全国奖，写进了文学史。李清泉在斯时斯地成为文坛伯乐，背后的故事更有意味。

李清泉是江西萍乡人，1918年生。年轻时被傅大庆引上了革命道路。1938年赴延安，是鲁艺文学系一期学员。后长期从事教育工作，先后担任哈尔滨三中、七中、哈尔滨师范学校、冶金部东北工业会议统计专科学校校长。因心怀文学情结，再三要求从事文学工作，1954年获准调《人民文学》担任编辑部主任。到了文学岗位，组织上还是指定他从事审干。直到1957年春天，他才有机会主持编务，同一期杂志便推出了李国文的《改选》、宗璞的《红豆》、丰村的《美丽》等名篇。接着就以"反党反周扬、为丁陈反党集团鸣冤叫屈、发表毒草作品"三条罪名被划为右派。他绝望得几乎想自杀。因为孩子年幼，才打消了这个念头。降职降级后调到哈尔滨市文联，得到担任市委宣传部长的老朋友牛乃文善待，摘帽后还担任了当地师范学院的音乐系主任。

李清泉夫人马玉如是米脂杨家沟人，时任《大公报》党委办公室主任。六十年代初有一段要清理北京人口，凡丈夫在外地工作家属在北京的，要求随丈夫迁出北京。马玉如带着几个孩子在北京生活，《大公报》人事部门把她列入外迁名单，准备调到《黑龙江日报》。党委书记常芝青知道后说："马玉如不是家属，是我们的骨干。"马玉如和孩子们留在了北京。

李清泉的右派问题，给马玉如带来很大精神压力。她一度产生过离婚的念头，李清泉不得已也同意。但离婚报告送到常芝青那里，他不批准，维系了一个家庭的完整，也给李清泉在北京留了一个可以落脚的窝。

哈尔滨市文联比较松散。每到冬天，李清泉都可以回北京住三四个月，和孩子们围坐在火炉旁，吹口琴、拉小提琴。到了1978年，李清泉渐渐看到了翻身的希望，他在北京住的时间更多，和境遇相同的老朋友来往，打听消息，写申诉材料，要求平反。

1978年四五月的一天，他从西单走到六部口，看到一个大门挂着北京市文联的牌子，门口没人管，就进去了。恰巧遇见老熟人雷加。他同雷加相识于抗战初期的武汉，后来雷加到晋察冀根据地慰问，又与他相遇；在延安，他们在一起接触的机会就更多了，彼此知根知底。雷加这时主持筹备恢复北京市文联。他对李清泉说，你就在我们这儿干吧，《北京文艺》（《北京文学》的前身）现在没人管。李清泉问："工作关系呢？"雷加说："干起来再说，慢慢调嘛。"这样，右派尚未改正，也未恢复党籍的李清泉，就以类似北漂的身份，当了《北京文艺》编辑部的负责人。这一年他正好60岁。

章德宁当时大学刚毕业，是最年轻的编辑。她回忆，李清泉来了，坐在办公室沙发正中间，不说空话、套话、废话，只讲到以后稿子怎么给他，程序如何。以后，他也很少谈业务以外的事，没有组织过政治学习，也没有做过表面文章。和编辑交往，就是谈稿子。他会到你的桌边，问你在看什么稿子，编什么稿子，手头有没有好稿子，或者告诉你，去找谁约稿。他主持刊物以后，改变了四平八稳的局面。他经常组织编辑部讨论作品。有时一篇小说，大家要传看一遍，每个人都写上自己的审稿意见。有时为一篇作品，全编辑部的人坐在一块儿讨论，他让每个人都发言。一些优秀作品发表之前，他已经预测到会产生什么影响，或同期配发评论，或刊后重点评论，他会提醒责编找人写评论。他的智慧还体现在如何把明珠安排在适当的位置。比如《受戒》，他就安排在第四条。把合乎主流的东西放在前面，降低刊物的风险。有些名家或领导人的稿子质量不行，需要退稿，编辑感到为难，李清泉就亲自写退稿信，得罪人的事，由他来做。有一位作者是杂志社的老朋友，对杂志做出过贡献，但投来的稿子不好用。李清泉明确表示："对作者的报答，可以用其他方式，不能用发表稿件来交换。"他坚守艺术准则，主张好稿至上，尽量减少政治因素和人事因素的干扰，编辑部形成了宽松民主的艺术空气，奠定了健康的办刊理念。因为《北京文学》每期都有好作品，就吸引了更多好作品涌来，成为引领风骚的文学名刊。

当然，李清泉也有看走眼的时候。章德宁拿来史铁生的稿子，想让这位残疾的无名作家破土而出，但没有通过。

从《北京文艺》到《北京文学》，李清泉在这个平台上施展拳脚的时间只有两年多一点。在他编辑声望最高的时候，中国作协提出让他调回《人民文学》担任常务副主编。当时，担任北京市文联主席的曹禺出面亟力挽留。李清泉想，在哪儿跌倒，就在哪儿爬起来，便接受了调动。谁知到了《人民文学》，并不像在《北京文学》好干。不是第一把手，就没有那么大的施展空间。编辑生涯一度辉煌就此画上了休止符。1983年，他改任鲁迅文学院院长，1995年离休。

李清泉的文章十分老到，不少名家都向他求序。在位的时候，他没有想到为自己出书。20世纪80年代，北京出版社曾提出将他在《北京文学》审稿时写的稿签出版成书，他先是谢绝了，后来那些稿签也遗失了。20世纪90年代，子女亲友建议他把自己一生的文章结集出版。他才着手整理自己的文稿，这时视力已经很差。在女儿的帮助下编出文集，出书已经成了难事。他给作协打了出书的申请报告，没有等到回音。2009年，他生病住院，一位得到过他栽培的作家已经当了中国作协副主席，去医院看望。他说：书就不出了。

李清泉是2010年去世的，活了92岁。他的女儿李丹妮和我是中学同学，又在一个村插队三年。李清泉生前我只见过一面，没有说过话。李丹妮在人民文学出版社的编辑岗位上一直干到退休。退休后仍然继续搜集父亲的遗稿。她把父亲的遗作编为《晴雨徐行》上下两册，约三十万字。近日自费印出，赠我一阅。捧读之后，十分感慨。当年多少文坛星宿因与李清泉相遇而闪光。如今李清泉文集想获得一个与公众相遇的机会，却可望而不可即。

（原载《江淮文史》2018年第3期）

# 从顾准先生说起（三题）

_何龄修

## 与顾准先生一次意外的交谈

我于 1969 年 12 月 12 日左右离京，下放设在河南息县东岳集的哲学社会科学部五七干校。当时，干校还在草创阶段，全体职工都已抵达干校的只有经济、文学两所。我抵达后，被分配在工军宣队指挥部所属生产组任保管员。干校拥有地方划拨的将近一万亩地。我与生产组同事、自然科学史研究所实习研究员黄濯缨初到干校的第一件事，就是逐块丈量土地，以便为下一步安排生产、生活做准备。

1970 年初，经济所在当地打井师傅指导下打井。生产组副组长姜万泰先生叫我和黄濯缨去跟班劳动。他们分上午、下午两个班，不设夜班，由下午班收拾工具下班。我们两人各跟一班，劳动强度较大，但也较愉快。下午班收工时，经济所的人都排着队、唱着歌走，把收拾工具的事扔给老弱病残去完成。我历来不爱唱歌，又生性散漫，不乐意排队，就选择与收拾工具的一道收工。他们一共有三四辆手推小车，我就确定跟着一位瘦个子半老先生走。我先帮着他把工具摞在车上，然后对那瘦个子半老先生说："让我来推车吧！"说着就去抓车把。他说："不，不，还是我来，还是我来呀！"一下就把车把紧紧握住。我说道："我比您年轻，我来好。"他说，"这是我的事，不是你的事，你不要管。"我见他很固执，不松手，而且所装土筐、铁锨、羊角镐头不算多，不是很重，就没有和他争。小车一辆接一辆离开工地，我空手跟着走。一路上我见半老先生虽然瘦弱，但神态轻松，一副车把式的样子。我忍不住问道：

"您好像推车很内行，很习惯。劳动过的？"他拉长着声音说："习——惯。劳动不止一年了。"于是我好奇地问道："您贵姓？"他听了莞尔一笑，一字一顿地说："我吗？大右派顾准！""顾准"二字吐字发音尤重。我听了一惊。我那时并不知道顾准为何许人，只是明显地感到他这七个字中浓浓的调侃的味道，感到强加他一顶大帽子他很无奈又不服气，有那么一股倔强劲儿引起我一些好感。他忽然指向前面那位推小车的先生，问我道："你认识他吗？"我摇头说："不认识。"他说："他是曾某某。"我"哦"了一声，这位先生是入朝作战的中国人民志愿军一位高级军官，据说历史上有如何如何严重的问题，在学部大院开过大规模批斗会的。于是我转入回想，想想这位先生有什么问题。顾准先生又打破沉默，用郑重、认真的语气说："像我等之辈，问题像他那么严重的，真是少见，少见！"我听了简直有些不相信自己的耳朵。因为"文革"一来，转瞬之间就把不少好人说成坏人，而且那时我已听到过用不正当方法逼取证词，人人重罪死罪的事，对那些几大罪状之类既无资格否定也不深信。我看顾准先生似乎很相信（实际上他是怎样想的，我也说不准），确实感到惊讶。

1972年3月我回北京。在学部大院内，我常能见到顾准先生，有时穿着西装背带裤，落魄但仍然潇洒。他当然完全不记得、不认识我。我也已经知道他当过大官，不去打扰他。那次打井收工后的交谈，成了我们唯一的一次交往。但我对他说话的神情、语气和所说的内容，印象却特别深刻。

## 王毓铨先生帮"顽固分子"顶住"顽固菜"

工军宣传队是1968年12月26日进驻哲学社会科学部及其所属各所的。1969年清理阶级队伍，先解决历史问题。历史问题的解决接近尾声时逐步转入清查"'五一六'集团"，陆续开办具有隔离性质的个人学习班。由于隔离，每个个人学习班都得安排一人陪太子读书，负责看守、代为打饭打水、购买日用必需品等工作。

那时王毓铨先生的历史问题已有结论，便被解放出来任看守、跑腿。我因远在河南息县，不知道王先生的新任务。后来他给我讲述了这段时间的情况和感受，特别提到一些所谓的"五一六"骨干分子，因"认罪"态度不好，就被称为"五一六顽固分子"，于是出来一种土政策，说"五一六顽固分子"如不彻底交代，便没有资格吃好饭好菜，作为惩罚、制裁，让代为打饭的人只给他们打"顽固菜"。所谓"顽固菜"，是只卖五分钱一份，无荤少油的粗帮子蔬菜，除了纤维素外，其他营养之少可以想见。一时间，享受"顽固菜"成了"五一六顽固分子"的专项权利。王先生说："我不知道所说的顽固分子有多大事，天天受训斥、挨批斗，精神损伤已经很严重，再不给应有的营养，那不是糟蹋人吗？"他说："我不管他，反正不要我出钱，只要他们有钱，愿买，我尽可能给他们买好点的、打好菜。"大哉，仁者之言！或者说，革命人道主义的高见！更革命点说，不虐待俘虏的政策！此可见王先生心地的善良。

当时，能顶住极"左"思潮，尽心人事者还不止王先生一人。我的朋友张泽咸先生跑几条街为蹲学习班的人买"大前门"（土政策只允许他们抽"工农牌"，而"大前门"经常脱销，供应紧张）的事，也是让有关的受惠者感激不尽的。

## 科学家苏秉琦师蒸红薯

以"文革"为名的十年浩劫期间，糟蹋圣人，不让知识分子干本行业务，而是用无休止的批斗、干体力活，折腾他们。最常见和最轻微的体力活，是让专家学者清扫厕所、扫地，以致文学所李荒芜先生吟出"莫道低头非好汉，如今扫地皆斯文"的诗句，将极具贬义的成语"斯文扫地"，巧妙地变成富有批判性的即景纪实诗。这个变化很有艺术创造性，堪称耐人寻味的"文革"文学，具有鲜明的时代意义。

1969年至1970年间，哲学社会科学部各所陆续下放到河南息县东岳集办"五七"干校，干体力活更是一种主要功课。一些大学者除随众盖房、种地外，还根据年龄、健康状况分配劳动岗位，例如史学家张政烺师养猪、史学家王毓铨先生看守晒谷场，外国文学家兼翻译家戈宝权先生当通讯员（管书报收发），等等。考古学家苏秉琦师在考古所负责一项特别任务：蒸红薯。红薯含一种酶，吃了肚子发胀，但它遇热分解，久蒸就被破坏，无碍了。考古所领导交代苏先生：要蒸一小时。

历史所陆峻岭先生与苏先生很熟，馋劲儿一上来，不免去向苏先生要两块吃。有一天陆先生又去了，苏先生马上抬起手腕一看表，说："快了，还有一分钟！"陆先生一愣，很快明白过来：苏先生还真较真儿，规定蒸一小时，五十九分钟都不揭锅。果然，一分钟过后，苏先生揭开锅盖，递过两块热腾腾、香喷喷的红薯。当陆先生把这个故事当作苏先生书呆子气的表现说给我听时，我颇不以为然。我说："这就是科学家做事。科学家做事，有严格的科学规范,一丝一毫不让。小事也如此。成了习惯,大事才不会有闪失。苏先生是科学家,遵照科学家行事准则做事。规定蒸一小时,五十九分钟都不肯揭锅,一分钟都不圆通,不奇怪。"

(摘自《五库斋忆旧》,广东人民出版社 2018 年 7 月版)

# 赵树理的尴尬

_鲁建文

赵树理本是一位作家，以其小说《小二黑结婚》《李有才板话》在现代文学史上留下浓墨重彩的一笔。但在20世纪50年代，他回到山西老家阳城挂职体验生活，却有过一段抓农业、反浮夸的经历。对于这段经历，今天说来仍不能不说令人敬佩，深感"众人疯狂吾独醒"也非一件易事。

赵树理创作小说，不仅始终坚持描写农民生活，而且继承和发扬了"五四"以来"问题小说"的优良传统，以反映现实生活中的突出矛盾为主题。1958年，举国上下发起"大跃进"运动，一时间到处热火朝天，战天斗地，高炉林立，捷报频传，高产"卫星"一个接一个，作为一位长期关心农民、农村问题的作家自然不会无动于衷。他就曾这么说过："在'大跃进'的热潮中，即使你关起门来，那股热劲也会冲到你的眼前来。""看到群众的生产积极性的高涨，对1958年报上登的产量数字当时我也信以为真，认为农村的口粮问题已经彻底解决，还给公社特意写了如何处理余粮的建议信。"以为"真正能够左右生产的不是知识分子，还是群众。群众起来了，还真是什么人间奇迹都创造出来"。因此，他决定要赶紧回山西阳城去看看，用自己的手中之笔再现这个伟大的时代。经过错开作协连续两次安排的出国考察任务，他于十二月上旬正式登上了奔向山西阳城的列车。

然而，他回到阳城的所见所闻，却与从报上看到的相差甚远。村里虽然办起了食堂，大伙"放开肚皮吃饭"，却不见"鼓足起劲生产"的气象。家庭"劳动力少的好像一下子真的进入了共产主义，而劳动力多的却仍停留在社会主义"，劳动热情反而下降。食堂常常为"吃咸吃淡""吃干吃稀"的小事闹得一塌糊涂。村边地头到处高高挂起"钢铁元帅升帐"的大旗，一时间"砸罗锅，碎蒸锅，茶壶脸盆不放过，小仓锅，杀猪锅，姓铁你就躲不过"，家家户户的铁器铁具都被拿作炼钢原料了,而最终炼出的却是一堆堆的废渣。更为荒唐的是,为打造高产典型,不惜费力把几十亩地的粮食产量运到一块地上来,敲锣打鼓,说成是几亩地所产,创造出一个个所谓的高产现场。而上级部门,却又是表扬又是推广,又是登报又是广播,把一颗颗虚假的高产"卫星"就这样捧上了天。这一切,让赵树理看在眼里,却忧在心里。

赵树理是个直性子的人,有啥说啥。从村里调研回来,他便借参加手推"土火车"复轨的事由,写了两首打油诗登在黑板报上:"东村有人放卫星,西村有人发火箭。老夫屈才无用处,水佛路上推火车。""牛皮既然有人吹,火车何曾无人推。阳城自古多奇才,填补空白该靠谁?"意思很明了,是借此对当时县里的浮夸造假现象进行讽刺批评。接着,在县委召开的工作会议上,他更是直截了当地指出:现在看来,人民公社的优越性并没发挥出来,公共食堂弊多利少,大炼钢铁劳民伤财,粮食产量水分太重。这三大问题如不能及时纠正,恐怕不仅要败坏'三面红旗'的声誉,而且还将给人民群众带来难以预料的灾难。"一石击起千层浪"。会场迅速热闹起来,有的说赵树理是对抗中央精神,否认"大跃进"的成果,说的尽是"右倾"言论;有的则以为赵树理说得在理,符合当下实际,不能随便给人"戴帽子";也有的虽不敢大胆直说,却在交头接耳认可赵树理的看法。然而,尽管当时支持赵树理意见的人并不在少数,但会议最终却没有结果。

但让赵树理没有想到的是,在跨过年的三级扩干会上,问题变得更加严重了。县里提出了粮食"亩产过万斤,总产翻十番"的更高指标。为在秋后放更大的"卫星",要求社员"过革命化的春节,吃过饺子就下地,每人每天刨玉荗桩子六亩地"。坐在主席台上的赵树理心想,无论是这生产目标,还是生产要求都是违背客观规律的,完全不符合实事求是的原则,靠这种瞎指挥又怎能有更大的跃进呢?他按捺不住说出了"不合实际"四个字,接着与主管农业的书记在主席台上互相争了起来。你一句,我一句,两人几个回合后,书记却说:"如果这也不合实际,那也是瞎指挥,指标定低了,又怎样向上级交账呢?"一语道破高指标、浮夸风的根源便是为了交账。赵树理听后毫不客气,当即批驳说:"我们的工作,不是为了向上级交账,而要向人民负责。"一句话把他说得无言以对。然而,令人遗憾的是,打这之后,赵树理却被当作"老右倾""绊脚石",派到一个公社专门办点去了,许多会议都不再通知他参加,社员也不敢与他再说真话了。

春节过后,县里召开"合产"会,赵树理果真没有收到通知。但在会议开到最后一天时,他却不请自到了。他说:"我来做个自由发言,与大家交交心。"接着,他给正在"合产"的与会人员"当头一棒":"你们开了五天的会，钻在楼上合了三天的产。我看这产不是合住了，而是捏住了。""现在有些人就是喜欢捏，100斤捏成1000斤，1000斤捏成1万斤。捏来捏去，干部虽捏上去了，而社员却被捏翻了。""最好是大家都表个态，保证社员能凑合着吃饱肚子。""敢不敢表这个态呢？我看是无人不敢说的。""眼看要饿死人了，还是忙着这样捏啦、吹啦！真是可悲、可耻！"说完，他便愤然走出了会场。尔后，他也就再没参加过任何会议，感到自己已是"彻底无能为力"的人了。不久，他便离开了阳城，带着一种失望和一种尴尬回到了北京。

　　读过赵树理的这段经历，我一直在想，他作为一名回乡挂职体验生活的作家，对当时的造假现象完全可以不管。然而，他不仅管了，而且管得那样认真，确实可敬可佩。他最终的尴尬，不仅仅是他个人的尴尬，也是整个社会的尴尬。正是由于会有这种的尴尬，所以，浮夸造假至今难以绝迹！

（原载《湘声报》2018年6月8日）

# "诚"字诀与"痞子腔"

_李乔

曾国藩教育家人、弟子，常用一字诀的办法，就是用一个字来代表一个主张，或说明一种现象。比如，他教育子女，常用"勤""俭""谦"三个字，又常告诫子女："世家子弟最易犯一'奢'字、'傲'字。"对弟子门生，曾国藩则主要训之一个"诚"字。

"诚"，是儒家的重要信条，《大学》《中庸》上讲的"至诚""正心诚意"，被曾国藩认为是顶顶重要的人格守则。他训诫弟子李鸿章，就多次用了这个"诚"字。我看到过两条曾国藩以"诚"训诫李鸿章的材料，一条出自《庚子西狩丛谈》，一条出自《南亭笔记》，都是有细节的记述，都是很有兴味的。

《庚子西狩丛谈》是曾国藩的孙女婿吴永口述，甓园居士刘治襄记录下来的。卷四中，讲了这样一件事：李鸿章从南洋调到北洋，接替曾国藩时，曾国藩问他今后如何与洋人打交道，李鸿章答道："门生也没有打什么主意，我想，与洋人交涉，不管什么，我只同他打痞子腔。"曾国藩听了，以五指捋须，良久不语，徐徐启口说："呵，痞子腔，我不懂得如何打法，你试打与我听听。"李鸿章觉出老师对答话不满，连忙改口说："门生信口胡说，错了，还求老师指教。"曾国藩又是一阵捋须不已，并久久注视李鸿章，说道："依我看来，还是用一个'诚'字，诚能动物，我想洋人也通此人情。虚强造作，不如老老实实，推诚相见，想来这比痞子腔总靠得住一点。"这可谓是一个"诚"字诀。

所谓痞子腔，是皖中一带的土语，说白了就是流氓腔。乡籍合肥的李鸿章大概是想用他家乡的青皮流氓的浑办法来对付洋人。但曾国藩的头脑还是清楚的，知道洋人不会吃这一套，所以主张还是应当老老实实，推诚相见。

这是一段难得的记录，可以说是一段珍闻。曾李二人的音容吐属，心态情状，都跃然纸上。二人对于儒家的"诚"字，态度相当不同，李鸿章想打"痞子腔"，忘了"诚"字，曾国藩则对"诚"字极为看重和笃信，并以此教导李鸿章。

关于曾李二人对"诚"字的态度之不同，晚清李伯元在《南亭笔记》中也有记载，可与《庚子西狩丛谈》所载互参。该书卷九云：

> 文正（曾国藩）每日黎明，必召幕僚会食，李（鸿章）不欲往，以头痛辞，顷之差弁络绎而来，顷之巡捕又来，曰："必待幕僚到齐乃食。"李不得已，披衣而赴。文正终食无语，食毕舍箸正色谓李曰："少荃既入我幕，我有言相告：此处所尚，唯有一诚字而已。"语讫各散，李为悚然久之。

李鸿章号少荃，曾在曾国藩的幕府做过幕僚，也就是当师爷。曾幕是高级幕府，专事军国要务，不管刑名钱谷一类琐事，所以李鸿章是一种高级幕僚，大师爷。李既是曾的幕僚，又是曾的门生，故曾李的关系，既是主宾关系，又是师生关系。

李鸿章不愿参加集体进餐，便托词头痛，这固然算不上大错，但毕竟是一种不诚，所以受到曾国藩的训诫。当着众多幕僚，曾国藩面色严肃，语带机锋，很让李鸿章下不来台。那次批"痞子腔"，曾国藩是"捋须徐言"，这次训诫则重多了。李鸿章听后"悚然久之"，可知所受的触动之大。

李鸿章是中国近代史上极为重要的人物，对国家有过功劳，也有过损害，此处姑不论。若论其德操，从上引《庚子西狩丛谈》和《南亭笔记》中的两条材料看，李鸿章还是颇有可訾议之处的。"诚"，是儒家的信条，也是儒家的精华思想。在"诚"字问题上，曾国藩是比李鸿章高明的，他对李鸿章的训诫也是对的。

（原载《社会科学报》2018年8月2日）

# 辜鸿铭与李敖

_ 魏得胜

北洋政府时期,《选罢法》规定,有一部分参议员,须由中央通儒院选举产生,凡国立大学教授,都有选举权。投票时,人到不到场无所谓,重要的是,带张文凭去,便可登记投票了。据说,当时每张文凭可卖到大洋两百元。在这种贿选风气里,北大"老怪物"辜鸿铭自然也成了被买的对象。借机,辜鸿铭来了个"黑吃黑"。

这天,××到辜鸿铭府上,求其投他一票,辜说:"我的文凭早就丢了。"××说:"谁不认得你老人家?只要你亲自投票:用不着文凭。"辜说:"人家卖两百块钱一票,我老辜至少要卖五百块。"××说:"别人两百,你老人家三百。"辜说:"四百块,少一毛钱不来,还得付现款,不要支票。"××要还价,辜就叫他滚出去。××只好说:"四百块钱依你老人家。可是投票时务必请你到场。"

选举的前一天,××果然把四百元钞票和选举入场证带来了,还再三叮嘱辜鸿铭明天务必到场。等××走了,辜鸿铭立刻出门,赶下午的快车到了天津,把四百块钱全"孝敬"在一个叫"一枝花"的姑娘身上了。两天工夫,钱花光了,辜鸿铭才回北京。××立刻找上门来,大骂辜鸿铭不讲信义。辜鸿铭拿起一根棍子,指着那个政客说:"你瞎了眼睛,敢拿钱来买我!你也配讲信义!你给我滚出去!"××逃之夭夭。

李敖也有一段"黑吃黑"的故事。1970年,国民党软禁了李敖。软禁期的某一天,跟踪监视李敖的胖警员闲极无聊,开车玩时,把李敖的姨太太(李敖如是称谓他的轿车)给撞了。胖警员诚惶诚恐,找到李敖深深道歉,并说:"请把车钥匙给我们,保证为您修好,务必请李先生原谅!"李敖笑笑说:"没关系,没关系,等我下去看看。"下楼看罢,李敖依旧笑笑说:"没关系,没关系，明天请你们管区警察来同我谈就是了。"

次日，管区警察来了，李敖说："这个车，我要自己修，我才不要他们去修呢，他们修，还不是找附近老百姓的修车厂，吃老百姓，修了也不会好好给钱，这怎么行！我要自己修。修多少钱，由他们照实赔我。"管区警察见李敖坚持，只好请李敖开估价单给他。这次，李敖索性把他本来已很旧的"姨太太"来个大美容，一下开了八千一百八十元的估价单。当时在台湾，此非小数，管区警察看了，说这些钱不是那两个警察（执行跟踪任务者）出得起的，恐怕得由公安分局想办法才成。过了两天，管区警察又来了，说他们研究的结果是，李先生的车不过屁股侧面碰坏了一点而已，怎么李先生要整个全修起来了？李先生这不是在吃豆腐吗？李敖说："我没吃豆腐，是吃刺猬，你们警察整天吃老百姓，今天就要被老百姓吃回来。回去告诉你们分局局长，叫他识相点，乖乖把钱送来，不然我就写信给他的上司。"过了几天，管区警察就把钱如数带来了。李敖的"姨太太"修好后，胖警员（肇事者）见了，对李敖的弟弟李放说："简直比以前的还好！"李放说："托你的福。"

此次赔款，据闻派出所摊派三千元，余额由警察分摊。不久，那位胖警员给调走了。在调走前，胖警员警告继任者，可要当心李某人，那家伙阴险无比。撞车那天，他笑呵呵说没关系，最终还是把我们警察给吃了。而且李某人的车是全部保了险的，保险公司不敢追查是谁撞了他的车，只好认赔了事。李某人又拿我们赔给他的钱，给他女朋友买花衣服去了。李敖听了胖子的继任者给他的这番学舌，哈哈一笑，说："这就叫'警民一家'啊！"

辜鸿铭与李敖"黑吃黑"的故事何其相像；他们玩世不恭的态度何其相像；他们对权威的蔑视与轻贱何其相像；他们对"公共流氓"（浑蛋官员）的巧妙打击何其相像；他们的特立独行何其相像；他们以"真小人"反"伪君子"的精神何其相像。

（摘自"新浪博客"2018年3月19日）

# 西瞥记二题

_ 刘铮

### 纽约时报社与两张 "大团结"

1945年11月30日，三位来自中国的新闻记者，踏着雪，到了纽约时报总部。

许君远，那年春天陪同于斌主教访美，并以《益世报》特派员的名义在美国多地采访，此时来了纽约。章丹枫，一年多前辞去《大公报》编务赴美进修，刻下在纽约大学研究院学历史，但名义上仍是《大公报》驻美特派记者。沈杰飞，1945年9月26日，由加尔各答搭美国运兵船到纽约，此前他在《扫荡报》的副总编辑职务已经解除，不过还保留着《扫荡报》（抗战胜利后改名《和平日报》）驻美记者名义。抗战多年，困居大后方的新闻界人才或许早就待得不耐烦了，趁着战局扭转，都想方设法到了美国。于是，这一天《大公报》《益世报》《和平日报》的三位驻美记者联袂至纽约时报社参观。

1945年1月至4月，《纽约时报》的十几位编辑、记者搞了一个系列讲座，谈了《纽约时报》的运作、新闻的采写与呈现、记者及专家的职责与作用等题目。当年讲稿结集，印成一册《纽约时报同仁谈报纸》（The Newpaper: Its Making and Its Meaning, by members of the staff of The New York Times）。来访的中国记者获赠此书。

沈杰飞用钢笔在书前的空白页写下几行小字："一九四五年十一月卅日，纽约初雪，与君远、丹枫两兄应约参观纽约时报，此书由该报送赠。杰飞志。"

2018年5月9日，我从上海的旧书店买来这本书，得以从那几行字知晓七十多年前的纽约往事。

2016年出版的《史料与阐释（总第四期）》上刊载了沈杰飞的回忆文章《我与八年抗日战争中的〈扫荡报〉》，文章末署日期"一九九三年一月十九日"。他在文中称："为保持这一驻美记者身份，从1946年1月到1947年7月间，为报社参加过白宫、国务院记者招待会及纽约第二、三届联合国大会，写过几篇通讯……自费发过多次国际新闻电报，1. 参观纽约时报；2. 美国会开幕情况；3. 联合国大会开会情况；4. 各国记者招待联合国代表的酒会情况等。"看来，沈杰飞曾把参观纽约时报社的见闻写进了报道。

1946年5月，许君远接受胡政之的邀请，离开纽约，重回《大公报》工作。1947年8月，章丹枫自美归国，仍回《大公报》。按沈杰飞文中"1947年7月"这一下限，没准儿沈杰飞是跟章丹枫一起回国的呢。再后来，许君远当过教授，搞过出版，译了《老古玩店》。章丹枫，先后在中央大学、南京大学、复旦大学执教，成了知名的历史学家，也恢复了本名章巽。至于沈杰飞，我们则知道得很少。

随手翻阅那本《纽约时报同仁谈报纸》，发现第92页和第93页之间似乎被人有意粘住了一点，稍稍撑开书页，从里面飘出两张压得非常平整的纸币，仔细一看，是1965年版的十元人民币，俗称"大团结"。六七十年代的二十元，差不多是普通人半个月的工资罢。这两张"大团结"原本属于谁？又为何会被夹在英文书页间？

这是书未曾吐露的秘密。

## 一面放置到身后的镜子

学者的形象，多数是由其成名后的著作以及弟子们的追忆筑造的。这样一来，生命的后半期势必压过生命的前半期，成为画面的中心，成为旋律的主调。尤其是学院派的学者，最后在人们心中往往留下一个蔼然长者的样子。

我平素搜集学者旧藏外文书，尤其注意他们年轻时读的书。前路未定，他们有的只是对知识单纯的热情。那时读的书，常常与后来择定的学术方向无关，但正因为如此，倒好像一面放置到身后的镜子，把一般人不会留心的侧面映照出来，让他们变得立体了。

今年2月得到一本英文书，极常见的韦尔斯《世界史纲》（*The Outline of History*），在封底前的空白页写着"中华民国十五年一月廿二日购于金陵 熙仲志"。段熙仲先生的《春秋公羊学讲疏》虽然读不大懂，翻总翻过一下的。印象中老先生写的文章著作皆属旧学。找来《段熙仲自述》（收入《中国当代社会科学家》第六辑）一文细读，才发现他年轻时也有亲近西学的一段："十九岁至武昌入中华大学预科……此后曾肄业于上海大同大学，从无锡胡敦复与宪生两先生学英文，至今未忘 Ruskin 的《胡麻与百合》的城市工业与文化的盛衰升降的关系。一九二三年春来南京入金陵大学文科，从美人汉穆敦博士治心理学与哲学。"段熙仲先生在英文书写下识语时，还在金陵大学读书，下半年即转去东南大学，此后，他浸淫坟典，怕是再没碰过西学了。亏得有这一本书，证明他说自己读罗斯金，治心理学、哲学的话并非虚言。

再如北京大学的商鸿逵先生，我以前只知道他是明清史的专家，后读徐凯《商鸿逵先生传略》（收入《中国当代社会科学家》第九辑），才发现他早年学过法语。《传略》中记述："一九二一年八月，他考上了法国教会办的保定崇真中学。由于先生志在文史，加上在教会学校又学会了法语，一九二四年七月，他十七岁，考入北京中法大学文科，五年修业期满，留校图书馆当馆员……"商鸿逵最初几篇学术文字，如《梅定九年谱》等，都发表在《中法大学月刊》上。而他进中法大学，自然与懂法语关系不小。去年年底，我得到一本法文小册子，叫 *Premieres notions de sciences physiques et naturelles*，书名或许可译作《科学常识》。整本书从头到尾都用中文注满了生字，从词汇的难度看，当是法语程度较低的初学者写的。书的扉页钤着紫色的椭圆形印章，写的是"商鸿逵（H. K. Shang）"。法文小册子出版于1920年，从内容推断，应该是商鸿逵在中学上自然科学课时用的教本。那时候，他还是十五六岁的少年。

每位年高德劭的先生都曾是少年、青年，这当然是百分之百正确的废话。但其实我们常常忘却这一点，忘了每个人的生命中都会有那么一点新鲜、不确定、一闪即逝的东西。

（原载《文汇报》2018 年 5 月 26 日、8 月 20 日）

# 郑振铎的私"志"

_游宇明

我喜欢读名人书信,这些书信里不仅有他们色彩斑斓的生活,更有其与众不同的性情与操守。

1941年,著名作家、收藏家郑振铎致信重庆中央图书馆馆长蒋复璁,信中这样写道:"森公在此,每事请益,获裨良多,至感愉快!几于无日不聚,聚无不长谈。奇书共赏,疑难共析,书林掌故,所获尤多,诚胜读十年书矣。唯近有一事,殊使弟深感不安。为弟之立场计,不敢不慎重声明素志。盖顷从某友许获悉森公曾去函尊处,述何先生意,欲按月付弟以若干报酬。此事殊骇听闻!弟事先毫不知情……弟束发读书,尚明义利之辨。一腔热血,爱国不敢后人。一岁以来,弟之所以呼号,废寝忘食以从事于抢救文物者,纯是一番为国效劳的心。若一谈及报酬,则前功尽弃,大类居功邀赏矣,万万非弟所能闻问也……国难未已,分金均宜爱惜,我辈书生至今尚得食国禄,感国恩已深,虽此间生活程度颇高,然量入为出,差足仰养俯育,更不宜乘机取利,肥自肥家。读书养气,所为何事!见利忘义,有类禽兽。良知未泯,国法具在,务恳吾公成全弟之私'志',感甚!感甚!"

为了让大家明白此信的前因后果,这里将相关背景交代一下。日军攻陷上海后,大量文物特别是中国古典文献遭到毁坏,幸存下来的,又被日伪及美英驻华机构高价收购或强抢,大箱大箱运往海外。看到祖国的文献遭逢如此劫难,暂留上海的郑振铎心急如焚,他联合同样具有家国情怀的光华大学校长张咏霓、暨南大学校长何炳松(信里提及的"何先生")、商务印书馆董事长张元济等人,暗中成立"文献保存同志会",全力抢救珍本、善本图书,并争取到中央图书馆和中英文教基金会的拨款资助。"文献保存同志会"成立一年时,故宫博物院古物馆馆长、国学大师徐森玉(信中说到的"森公")受命从重庆前来上海，秘密参与对珍贵文献的甄别、验收、抢救。这些爱国人士取得的成就是非常可观的。1940年12月23日，郑振铎、徐森玉、何炳松联名向中英文教基金会董事长朱家骅、教育部部长陈立夫汇报说："本月廿日止，已得……善本书总约三千种，内宋椠三十种，密藏孤本不少。"郑振铎"奔走最力"，使用的公款又全部用来购买图书，车船、联络等费用"从未动用公款一钱"，徐森玉与何炳松深受感动，他们建议重庆当局给予郑振铎适当补助。郑振铎寄给蒋复璁的信，就是针对徐、何的建议而写的。

读完郑振铎的来信，蒋复璁非常钦敬，他深知身在沦陷区的郑振铎生存非常困难，温声劝他收下这笔并不丰厚的补助。郑振铎回信说，"书生报国，仅能收拾残余，已有惭于前后方人士的喋血杀敌者矣。若竟复以此自诩，而贸然居功取酬，尚能自称为'人'乎？望吾公以'人'视我，不提报酬之事，实为私幸"，再次毫不犹豫地拒绝了这笔钱。

世界上应该有两种财物，一是不义之财，一是合义之财。所谓不义之财，就是没有蕴含足够的血汗，不符合道德、法律的钱财，不当补助、贪污、受贿、敲诈、欺骗所得都属于此类。所谓合义之财，是指以个人诚实的劳动作为支撑，无损公平正义和世道人心的钱财，中央图书馆准备给予郑振铎的那笔补助就是这种类型。拒绝不义之财，多数人可以做到，毕竟拿了这样的钱，可能遭人白眼甚至受到社会的追究。谢绝合义之财，一般人很难做到。原因很简单：人生在世，处处都需要金钱，拿了合义之财，对我们的生活有帮助，又不会引发别人对我们的负面观感。正因为如此，一个人能像郑振铎一样拒绝合义之财也就成了一种别样的高度。

如今我们所处的社会跟七十多年前不可同日而语，国家不再受人欺凌，国民的物质生活水平也大幅提高，然而，少数人的道德水准却降到了不可容忍的程度。他们身居高位，衣有品，食有鱼，居有屋，出有车，却仍然不满足，不仅对合义之财锱铢必较，甚至还要对不义之财肆无忌惮地伸手，贪腐金额动辄上亿元甚至十亿元，其品质不要说跟当年的郑振铎们相比有天壤之别，就是跟普通人比，也应该愧煞。

郑振铎先生虽在20世纪50年代走向另一个世界，但他写给蒋复璁的信却像一盏长明灯，照亮着后来者的灵魂。

（原载《北京日报》2018年6月11日）

# 王道曾的"老牛槽"

_李新宇

想起王道曾,是因为友人想出版我的画集,希望我把画作按主题分成几集。这很简单,因为我的画大致只有三类:一是生活观感;二是历史记忆;三是唯美墨趣。而历史记忆多属乡村记忆。就在我把"乡村记忆"编成之后,忽然觉得自己的画有严重的遗忘与遮蔽。比如,与几个女孩子的交往一画再画,而乡村生活的沉重却很少呈现。一旦意识到这个问题,就想补画几幅,首先就想到王道曾的"老牛槽"——那是一般人都没见过的东西。

王道曾是"荣军"。我不知道他是哪年参军的,但知道他到鸭绿江那边打过仗,有趴在雪地里吃炒面啃雪团的经历。然而,让我想不明白的是,作为荣誉军人,肯定是受政府照顾的,但他却是村里最穷困也最潦倒的人,光棍一条,无儿无女,常常吃了上顿没下顿。这种情况,使得后来人们说起他,首先说的不是他的不凡经历,而是他的穷困。作为穷困的象征,就是"王道曾睡在老牛槽"。

关于"老牛槽"的情况,村里人似乎都很清楚:"不就是喂牛的木头槽吗?顶多大一点,能伸开腿。"我的乡亲们说话很注意常识:一般的牛槽,人躺在里面是伸不开腿的。然而,这些议论都是想象,因为没有几个人真正见过王道曾的"老牛槽"。只有我,得以仔细察看过。

那是1972年的冬天,大队调我去开店。这所谓店,就是饭店、旅店兼车马店。不用到冰天雪地里挖河翻地学大寨,而到店里去当会计,我当然高兴。同时被抽调的还有三个人:一个是我的堂哥李瑞玉,他会做菜;一个是年纪很老的李玉壶,他有贩卖青菜的经验,会采购;还有一个就是王道曾,他的任务是担水、劈柴、拉风箱。就这样,我们有了一个冬天的良好合作。已经记不起是什么原因,也许因为他没有按时来上班吧?我到他家去了。他是不欢迎人到他家去的，有事找他，也只能站在门外等他出来，但对我似乎破了例，开门让我进了屋。他的屋里真是出奇的简单：没有桌椅，没有箱柜，除了墙角的锅灶和一个缸、几个罐之外，最醒目的就是他睡觉的"老牛槽"。

像牛棚里的牛槽一样，它主要是由两块木板做成的。但两头的堵头却不是木板，而是几块土坯。他显然不愿找木匠帮忙，所以在地上砸了橛子，让两块木板不倒，这"槽"就算做成了。长大约两米，宽六七十厘米，与放在旁边的水桶一样高。上面盖了苫子，却是用高粱叶子做的，而且有些年头。离"老牛槽"一尺远的地方，也就是靠近房门的地方，是一堆灰。灰堆很大，不用问就知道，那是很冷时烤火留下来的。看来是经常需要烤，所以不打扫。在"老牛槽"的里面，代替被褥的，是满满一槽麦穰。晚上睡觉时，浑身脱光了，就钻到麦穰里。

写到这里，有必要说明一点：许多小说都写过麦秸垛，写过热恋的男女相约去钻麦秸垛的故事，而且有人揭示过一个秘密：一方在麦秸垛挖好洞，约另一方去钻，另一方只要同意，这夫妻就做成了。可是，几乎所有的小说都忽略了一个细节：那应该是麦穰垛，而不应该是麦秸垛。麦穰是经过碌碡反复碾压过的，柔软，光滑，洁净，没有尘土，更没有麦芒麦糠之类，所以，浑身脱光钻进麦穰，是很舒服的。如果是麦秸垛，细皮嫩肉就难以忍受了。王道曾的"槽"里，装的就是麦穰。

我对他的"老牛槽"给予赞美，不是违心的，不是安慰他，而是我一见之下就觉得很有创造性。就像没有房子的人发明了冬天睡地窝子一样，这很伟大。然而，面对我的赞美，王道曾很不自在，他说："把日子过成这样子，让人笑话……"但接下来的一句话，却似乎在我心里砸了一下，再也不能轻松地与他交谈。

他说："睡老牛槽的好处，就是省布票。"

接下来，他算了一笔账："前年的布票做了褂子，去年的布票做了裤子，今年的，加上明年的，一丈二，棉裤面子要用好布，里子用再生布，再生布只需一半布票，再攒两年，我就能做套全新的棉裤袄……"然而，两年之后，那个冬天我仍然在开店，但开店的人员中已经没有他，他在入冬不久就去世了。根据他自己的说法，过鸭绿江那天是他24岁生日，那么，到1975年去世，他应该是享年49岁。他攒着他的布票，想同时穿一身全新的棉裤袄。算时间，去世时布票应该攒够了，他为什么没穿上？店里的几个人议论了几天，最后恍然大悟：大概是买布和棉花的钱还不够吧……

(原载《今晚报》2018年5月3日)

# 遥想当年"文科班"

_ 丁辉

1986年下半年，高一上学期快结束的时候，我已经打定主意高二分科选学文科。那个时候是文理大分科，又没有后来的所谓"会考"，所以一旦选定文科，高一便可以完全不学物理和化学。我们中胆子大的几个，到了物理课和化学课，便自座位上呼哨而起，一人夹一本闲书，从教室里仰首踱方步而出，像骄傲的公鸡，视满堂男生的恣情开怀和女生的掩口葫芦如无物。那真是一个可以以文科而骄人的时代啊！

像我这样胆子小的，虽然人还留在教室里，也对老师的讲课充耳不闻。认真的好学生，已经低头看上了借来的高二历史书和地理书；我从来不是好学生，看的是从镇上邮局书报亭买来的《小说月报》和《小说选刊》。这个时候我正痴迷于马原的"迷宫"，洪峰的"瀚海"，至于知道他们的小说属于所谓"先锋文学"，已是上大学以后的事情了。因此，我差不多是在这些先锋作家刚一出道的时候，就在高一的物理和化学课上读过他们的小说，这成为我后来很长一段时间吹牛的"资本"。

到了高一下学期，老师们其实对班上哪些准备学理科，哪些准备学文科已经了然。化学老师石志林从来不管我们这些准文科生；独有物理老师张绍忠有时会耍一耍我们，提问的时候，先把我们中的一个叫起来，然后还没等我们开口，便阴阳怪气地说："对不起，对不起，请坐下，你是学文科的！"每到这个时候，套用鲁迅小说里的话，课堂里便充满了快活的空气。

转眼到了高二，文理分科后，四个理科班，两个文科班。诗写得最好的"狐狸"，高一的时候便办文学社，风生水起，整天穿一件破滑雪衫在校园里招摇，到处找女生朗诵他的新诗，可分科后却去了理科班，因为他的理想是做工程师；相反，参加省里的数学竞赛拿过奖的"叫驴"，却来了文科班，成了我们的同学——只是为了不离开自己一直暗恋的班花，直把一向器重他的数学老师气得够呛。那确是一个"爱好文学"便可以"泡"到小姑娘的时代，那确是一个为了梦想与激情可以抛掷青春的时代！

不得不提《杂文报》。镇上邮电局的那个小个子职工因为常来文科班推销《杂文报》，成了我们很多人的哥们。《杂文报》以一张小报引领八十年代的思想潮流，"革故鼎新，激浊扬清"（《杂文报》报头）是那个时代的黄钟大吕。全班争看杂文报，最后班上却找不见几张杂文报——硬是传来传去给看没了！二十多年后，我成为《杂文报》的资深作者，和报社的老编辑谈起这些陈年往事，唏嘘不已。那时《杂文报》因经营困难，已是举步维艰，勉强维持到2014年底，终以一简短的"停刊公告"布告天下，一个时代就此落幕！

文科班人数少，却可称"群贤毕至"。"麦秆"和"秀才"具书家潜质。麦秆那个时候正临摹李邕的帖子，这个冷僻的唐代书家今天的美术专业人士也未必听说过。秀才的字那个时候已相当圆熟。镇医院最有名的胡姓大夫的诊室里就悬着他写的横幅，录的李清照的《夏日绝句》。我一直很遗憾他们后来都抛却翰墨，别有生涯。秀才大学毕业后着意仕进，然宦海风波恶，刚负责某局没多久，便因区区几万元而陷囹圄——他若能一意临池，相信也早凭书艺出头，何至如此！

那时没有补课，没有做不完的练习，后来中学里每月折腾一次的所谓"月考"（现在自欺欺人曰"学情调研"），我们那时连听都没听说过；班级墙报《晨曦》却由大家轮流编辑，定期刊出。李军的散文，写故乡风物；"鸭蛋"的小说，印象中竟有我们苏北老乡汪曾祺的味道，都是墙报上我们的最爱。我们班甚至有制谜高手。

1988年元旦晚会，学春晚穿插猜谜，班长王为民制作谜面，谜底全部是本班同学的名字。以"唐家部队"猜"李军"，以"墙角一枝梅"猜"辜芳"，这些还算不得什么；最妙的是以毛诗"已是悬崖百丈冰，犹有花枝俏"猜本班女神"谷彩梅"！去年同学聚会，谷彩梅没来，听说忙着在家带孙子。我们的女神已经做奶奶了！这个消息让全场黯然许久。好像这个时候我们方意识到，我们的青春已然 gone with the wind（随风而去）。

今天，在这样天寒地冻的夜晚，我突然想起了我们当年的"文科班"，目的却不是借回忆自我取暖。当年，有个性、有梦想、有激情、有活力，以才气凌人，以狂气傲世的"文科班"如今安在哉？从在中学做老师的朋友那里听说，如今的文科班里汇集的多是"理科泪汪汪，文科眼茫茫"；选择文理的标准已经不是志趣，而是"能学理科尽量学理科，实在不行才学文科"；众多学校因选学文科的学生太少，开不起班而发愁……文科班之式微竟一至于斯！"文科班"的浮沉或是一窥近二十年社会价值观变迁的绝佳视角，社会学者、教育学者其有意乎？

(原载《羊城晚报》2018年3月1日)

# 高长虹这个人

_聂鑫森

由萧乾主编、上海书店出版社1996年8月出版的《新笔记大观》中，收入姚青苗的《我与高长虹同住一孔窑洞》一文。文中说："我初会高长虹是在1941年秋天，当时我在阎锡山的妹夫梁綎武主持的二战区党政委员会挂了一个名，住在资料室。……高到来时，身着一套蹩脚的西装，手提一只皮包，没带行李，风尘仆仆。"总务处安排高长虹与姚青苗同住一孔窑洞，每夜面对一盏暗淡的油灯，两人作长谈。高长虹"对春秋史兴趣浓厚，时作谠论。还记得他几次谈到由欧洲回国途经香港时见到茅盾的情形，他把应茅盾之请所写的几篇论文的剪样拿出来给我看。其中印象最深的是那篇记述他与许广平交往经过的记录"。

在鲁迅的日记、书信、文章中，关于高长虹也有多处记载。高长虹与鲁迅的关系，在新文学史上，颇让人注目。

"这个仅有小学毕业证书的山西盂县旧书香之家子弟，1924年二十二岁时只身闯入北京，实行他的文学'狂飙运动'，以所办的《狂飙周刊》获得鲁迅的青睐，遂结为盟友，共建'莽原社'。"（张放《孤独的"狂飙"高长虹》）当时的鲁迅很欣赏高长虹的才华，称"他很能做文章"（《两地书·一七》），曾全力提携他，还熬夜为他编校书稿。鲁迅一般不参与"语丝诸子"等文人饮宴，却愿意同高长虹等文学青年聚餐，如鲁迅1925年4月11日的日记，写到他们"共饮，大醉"。

高长虹是个无政府主义者，又受尼采作品影响，自信到狂傲的地步，当他渐成气候，就表现出难与鲁迅和平共处的姿仪，或在编辑事务上与鲁迅意见相左，或主观臆想产生误会。还有一个隐潜的原因，是高长虹暗恋许广平而不得。"鲁迅结识许广平时，长虹与许广平也有过'八九次'通信联系讨论文学，然而谁也不知道他正对许患着单相思，当鲁许明朗化后，长虹即多少转入一种阴暗的报复心理。"（见张放文）陈漱渝在《高长虹的家世及其与鲁迅交往的始末》一文中，对此亦有详细的记叙。高长虹在诗《给——》及一些随笔中，对鲁迅进行含沙射影或露骨的攻击。如："月儿我交给他了，我交给夜去消受。"（《给——》）"我对于鲁迅先生曾献过最大的让步，不只是思想上，而且是生活上。"（《走出出版界》）

对于高长虹的胡搅蛮缠，鲁迅不能保持沉默了，于是进行有力的反击。对于高长虹所称的"月儿""交给""夜"的关系，写出《新时代的放债法》一文，给予辛辣的讥讽与尖刻的驳斥，令高长虹在圈内圈外无地自容，不得不败北而隐匿。以后，他漂泊海外，穷困潦倒；到抗战时方回国，在1941年后去了延安。

高长虹对鲁迅的不恭和误解，其错在自身，这是无可辩驳的事实。但在更高层面上说，他于抗战时回国，并去革命圣地延安，表明他对时局具有明晰的评断。姚青苗在文中称："高长虹的皮包里还装着一篇他写的《为什么我们的抗战还未胜利》的草稿，直言不讳地揭露和指斥国民党当权派的腐败堕落与后方社会的混乱、黑暗。"此文还被油印了七八十份，散发给一些"进步同志传阅"，同时引起了敌人的注意。"但此文并非出自共产党人之手，而是无政府主义者高长虹的手笔，他们也无可奈何，只好视而不见。"

1941年底，高长虹由向导领路，徒步去了延安。经有关方面考察，"给了他一个陕甘宁边区文协副主任的职务，还在鲁艺兼课。他在延安住了大约五年。1946年随军奔赴东北解放区。1949年病逝抚顺，刚届知天命之年"（姚青苗文）。姚说的"病逝"没有说明是患什么病，张放文中则说高长虹的思想、性情，与革命队伍的格调、氛围难以"完全合拍"，"故此生活郁郁寡欢，神智渐出问题，据说四十年代末病故于东北解放区一所精神病院"。

在张丽婕所编的《民国范儿》一书中，有《高长虹》一文，称高长虹生于1898年，卒于1954年。"《太原日报》有文章说，找到了当年在沈阳东北大旅舍招待科负责照料和管理高长虹的当职员工崔远清、阎振琦、李庆祥三位老同志，他们共同回忆……1954年春季的一天早上，二楼服务员向招待所报告，高长虹房间没开门，人们都以为他在睡觉。到了上午九点许，阎振琦见门还未开，赶忙跳到二楼外雨搭上，登高往内眺望，才大吃一惊地发现老人趴在床边地板上。阎设法打开房门，才得知老人已经死亡。……经检查确认高长虹夜里系突发性脑溢血死亡。"此文还说："高长虹生活很俭朴，享受着供给制县团级干部待遇，吃中灶。"

（原载《文学自由谈》2018年1期）

# 胡适的婚姻

_陈新

　　胡适的感情生活一直被人关注并讨论着,从开始一直到今天,可能明天还将继续。这在古今中外比较鲜见。特别是他与江冬秀的婚姻,因为双方巨大的差距,因为与他新文化运动领袖身份和现代意识的强烈冲突,就更令人注目了。

　　这桩姻缘在胡适13岁(1904年)便传统地订下了。1917年,胡适留美回国,在中国最著名的高等学府——北京大学任教授,已然是白话文运动"首举义旗的急先锋"。他的脚步声像高峰之雪崩,回响在千山万壑之间。他英奇纵放,春风得意,满腹经纶,踌躇满志,正在击打宏伟愿景的集合鼓。年底,他衣锦回乡省亲,那里有日夜思念他的寡母,那里有苦等他13年的未婚妻江冬秀。

　　见了"含泪相迎"的母亲,自然也去了江冬秀家。他在那里住了一夜,提出要见一见未婚妻。不料走进闺房,只见帐幔紧垂。有人过意不去,要强拉帐子,被他止住;然后默默退出,没有生气,却借了笔墨,留下一信,说不应该强迫你见我,是自己一时错了,千万别把这件事放在心上。胡适回家便定下佳期——12月30日,直到那一天才第一次见到江冬秀。胡适颇为感慨,作了一副对联:"三十日大月亮,廿七岁老新郎。"上联是绩溪谚语,指不可能之事——居然实现了。

　　胡适与一个不识几个字的小脚村姑成婚,当然引起了社会的反响。有人诗曰"先生大名垂宇宙,夫人小脚亦随之",有人称其为"民国史上七大奇事之一"。商务印书馆编译所所长高梦旦见了胡适,激动地说,你"不背旧婚约,是一件最可佩服的事","这是一件大牺牲",我敬重你!胡适却说,这件事我太占便宜了。"其实我家庭并没有什么大过不去的地方。这已经是占便宜的,最占便宜的，是社会对此事的过分赞许……这种意外的过分报酬，岂不是最便宜的事吗？"甚至有些女学生当面批评江冬秀不配做胡夫人。林语堂曾说："你要看到胡适的老婆，才知道胡适有多伟大！"胡适当然不会不知道自己儒雅渊博的男性魅力正如何的光芒四射，但他隐忍了。

1928年，胡适重修祖坟，委托江冬秀督建。祖坟在离他的故里上庄约3华里的将军山，青山绿水，视野开阔，形似宝剑出匣。奇特的是，坟前右侧石块上还有胡适这样的题字："两代祖茔，于今始就，谁成其功，吾妻冬秀。"彰显妻功，勒石纪念，大约为古今中外所仅见吧。其时江冬秀甜甜之激动，可以想见。可惜她不是文人，否则将留下动人的诗章。

胡适最反对打麻将，而江冬秀最嗜此道，"家里麻将之客常满，斗室之内，烟雾弥漫"。胡适是学问中人，清静是工作的必要条件，情何以堪？但他忍了。1958年胡适从美国回中国台湾做"中央研究院"院长，住在院内宿舍里。江冬秀依然如故，沉溺其中。已故院长傅斯年定下了规矩，院内不能打牌。胡适遵从这个好传统，曾托人在台北购房，安置太太。以致夏志清忍不住说："胡适对他的老伴够好的了，但胡太太长年打牌，我总觉得对不起他。"

1961年12月30日，是胡适夫妇结婚44周年纪念日，胡适住在医院里。身边工作人员和护士送了一个蛋糕，上面堆了两颗心，还有几朵花。胡适很想先切一块尝尝，但还是克制了，叫人先送回家，顺手写了一张条子，叫老妻先吃，"留一块给我吧"。这种红叶岁月里的温暖，举案齐眉般的尊爱，真叫人感动。两个月不到胡适便辞世了，留给我们无限的感慨。

胡适对这桩包办婚姻曾激烈地发过牢骚，也曾有过几段婚外情，但他还是勒住了情感的缰绳，与江冬秀不失和乐地、相互搀扶着走过了不平凡的一生。唐德刚感慨地说，胡太太是同时代"千万个苦难少女中，一个最幸运、最不寻常的例外啊"！此话击中了靶心：多少旧式女子被新潮人物抛弃，度过了凄苦悲凉的一生，顺手拈来就是长长的一串名单。江冬秀碰到胡适——命好啊！

胡适对传统的反叛，不是决绝的断裂，还有理性的承续。他对现实进行抨击，同时也在抚摸和建设。他爱自由，却容忍异质的存在。他的理想在天上，脚却不曾离开过大地。他爱人类，但没有将其抽象化：在他的眼里，他身边的每个人都是实实在在的血肉。

——胡适对生活的态度，也就是对婚姻的态度。或者说，胡适对婚姻的态度，映现着他对生活的态度。这种态度，为中国很久以来所稀有，甚或可以说是缺失。

（摘自"爱思想"网2018年6月20日）

# 道德的"灾变"

_程念祺

明朝万历十五年，即公元1587年。其时，经过张居正变法，国家府库充食，武备重修，东南倭患已平，西北蒙古也向心归化，是一个中兴的局面，正等着"万历之治"的出现。然而，年轻的万历皇帝，却在这一年明显地表现出对治理国家的厌烦和无可奈何。这与四年前，他开始清算张居正案时的心情，真是不可同日而语。皇帝从九岁登基，一直由张居正替他当家，称为"先生"，心里却渐渐恨起这位先生掩蔽了自己的聪明。张居正故去后，他要进行清算，就是想从此有一番大的作为。始料不及的是，自张案于两年前结束之后，皇帝自己却被拖入一场臣僚们关于道德的无休止的争论，还常常成为被攻击的目标。

明朝以"道德立国"为最高原则，故清算张居正时，对他所有的变更"祖宗法制"的罪行，无一不上升到道德的高度来定性；而实际的清算过程，又是一个重新分配利益的过程。所以，为了私人的利益，任何一件小事都必须做成有关道德的大文章。此风一开，在道德的名义下，一切争论都被合法化了，皇帝也无可奈何。这时，皇帝的个人生活，也受到了严重的道德干涉，以至于他想把自己唯一钟爱的女人立为皇后也无可能。后来的历史证明，他一生都爱着这个女人。当"对生活的厌倦已越出了内心世界而要开始见诸行动时"，万历皇帝终于在他在位的第十五年，开始疏远他的臣僚，以消极怠工的方式来表示他的厌烦与无可奈何，以及对种种关于道德的争论的一概轻蔑。这无疑给了明朝的"道德立国"以最有力的一击。皇帝本人既然对道德问题缺乏起码的诚意，那种极不道德的道德争论就要泛滥成灾了。万历皇帝活得很久，在以后的三十多年中，他几乎不闻朝政，许多重要职位宁可空着，也不补缺。他以自己对"无为而治"的独特理解，听任一切都坏下去。

在这期间，先还有个叫申时行的首辅，想尽量弥补皇帝和他的臣僚间的这种裂痕，并尽力调和各种人事关系。这是一个精明而又宽和的人，为人处世和他的前任张居正的专断作风完全两样，是位真正的道德君子。但是，他却因此而被目为毫无原则、"首尾两端"的小人。在几乎所有的人都已对道德缺乏诚意的情况下，他终于被迫卸职还乡。

另一值得重视的人是海瑞。这是一个公认的道德君子，一生廉洁奉公、刚直不阿，罢过官，坐过牢。他对"祖宗法制"是绝对真诚和刻意维护的，因此，在清算张居正时得到了重新任用，不过只让他担任了一个可有可无的职务，被"挂"了起来，以示朝廷有向风化。他当然明白个中奥妙，虽一连七次提交辞呈，可每一次都被挽留，充当一个道德的象征。暗地里，他被人指斥为"迂腐"，"一言一行无不为士论所笑"。这可以看作是人杀道德。

海瑞在1587年死去。凑巧的是，一个名叫李贽的"异端"在这一年遁入空门做了和尚。李贽对海瑞很尊重，但批评他过于拘泥道德，好像是"万年青草"，可以傲霜雪，却不能任栋梁。他佩服的是张居正，说他是"宰相之杰"，"胆大如天"。显然，李贽也是主张变更"祖宗法制"的。在骨子里，李贽仍是一个儒者，对世事看得很重，所以专门攻击那些"阳为道德，阴为富贵"的"道德君子"。这种"邪说"当然危害极大，李贽最后被当作"异端"抓起来下到牢里。在接受审讯时，他强调自己写的书"于圣教有益无损"，不服气，知道自己终不能见容于世，不久就在狱中自杀了。这可以看作是道德杀人。

明朝就是在这种人杀道德和道德杀人中慢慢地自杀的。中兴的局面转瞬即逝，即使是少数真正的正人君子，到后来也是只知有道德，而不知有国家、有天下，陷入了无休无止的道德之争。此后，当大顺起义军和崛起于白山黑水之间的满族八旗覆灭明朝时，明朝实际上已是一具躯壳。一场道德的"灾变"早已销蚀了明朝统治阶级对内乱外患的所有感应能力。

美籍华人学者黄仁宇先生历时七年，写就了《万历十五年》一书，对明朝历史做了一个横面的解剖，称它为"历史上一部失败的总记录"。此书的中译本（中华本）出版至今正好十年。

（摘自《智的安分》，广东人民出版社2018年7月版）

# 富贵与附贵

_孙贵颂

台湾喻血轮先生的《绮情楼杂记》中，有一则关于张之洞与老和尚开玩笑的轶事——

"十僧九伧俗。"中国和尚，多是半路出家，既不读诗书，又不懂经典，在知书达理方面，难免有些缺陷。也因此，与他们打交道，常常会受到不公正的待遇，让人感觉不自在。

张之洞是清朝的一品高官，他曾任两江总督，管辖包括江苏（含今上海市）、安徽和江西三省的军民政务，属于超大省的"一把手"。麾下名士云集，能人如林。一天，张之洞忽然来了雅兴，想游焦山，就命梁鼎芬等人随行。说起这个梁鼎芬，决非等闲之辈。他1880年考中进士，授职编修，负责整理编辑文献资料工作。几年后，法国军队进攻越南。中国是越南的宗主国，享受着越南的进贡。现在人家摊上大事了，你得管啊！慈禧太后于是命令北洋大臣李鸿章，负责督办这件事情。李鸿章秉承旨意，主和不战。不想这一决策，惹起了七品官梁鼎芬的不满。梁鼎芬看在眼里，急在心里。位卑未敢忘忧国呀！他认为，李鸿章一味地迁延观望，会坐失良机。于是上书弹劾李鸿章。岂不知，打狗看主面，梁鼎芬弹劾的是李鸿章，被打脸的是老佛爷，结果，梁鼎芬被斥为"妄劾"，于是"交部严议，降五级调用"。本来就是一个区区七品芝麻官，这一下连降五级，脱裤子都脱到脚腕了！一撸到底，梁鼎芬变成了连村长也不是的平民百姓。也是运气好，梁鼎芬被爱才好客的张之洞相中，遂延聘为幕宾，当了张之洞的高参。也由于这一事件，梁鼎芬名震朝野，大出风头。

且说小船从南京优哉游哉抵达镇江时，天边已显夕阳红，船工将船泊于焦山脚下。许是由于旅途劳累，张之洞对梁鼎芬等道：我有点困了，想睡一觉，你们上去吧。于是，随从一行就由梁鼎芬带路，前往海西庵看奇石。这个海西庵，曾是梁鼎芬当年被革职后的读书处，自然驾轻就熟。到了海西庵，原方丈已经另谋高就，现方丈并不认识梁鼎芬，但小和尚记得这位梁大人，就主动给梁等人端上盖碗茶招待。谁知这一下惹得老方丈不愿意了，先是以白眼翻小和尚，继而命令他换上普通粗茶。小和尚胳膊扭不过大腿，只好服从照办。

这种事情，前前朝的苏东坡也曾遇到过。也是去寺庙，方丈不认识苏东坡，便让小和尚端上一碗粗茶。待寒暄过后，感觉此人谈吐不俗，不似等闲之辈，询问之下，方知是大名鼎鼎的苏东坡。于是赶紧令小和尚："敬好茶！"临别时，方丈又小心翼翼奉上纸笔，请求苏东坡留下墨宝。苏东坡遂写下："坐请坐请上坐；茶敬茶敬香茶！"不过苏东坡所享受的，是由低而高，是上台阶，还可以接受。而梁鼎芬等人，待遇却是相反，先上来盖碗好茶，还没尝上一口，就被勒令换糙碗粗茶，由好变差，是下台阶。这种事情，对于久居官场的他们，如何接受得了？好在梁鼎芬等人有涵养，有气度。没有多说什么，只是"怏怏而归"。回来跟张大人张之洞一汇报，张之洞也觉得好笑，遂道："明日再随我去。"第二天，张之洞亲自上山了。张大人上山，肯定不会一步一个脚印地迈上去。山路婉转，八抬大轿走起来可能比较费劲，雇个滑竿还是笃定。一到海西庵，方丈已跪在庵外等候。有没有提前通知呢？按照高官出行时鸣锣开道、回避肃静、交通管制的惯例，应当是通知了，否则，老方丈不会早早地、颠颠地跑到庵外"跪迎"。进入会客室，方丈亲自端着盖碗茶敬上。张之洞问："你这个庵中待客，一共有几等茶啊——"方丈回答："两等，盖碗茶敬贵人，余则粗茶耳。"张之洞一指梁鼎芬等："这些人都算是贵人吧？"方丈道："随中堂大人来的，当然是贵人了。"张之洞又道："既然这样，他们也是从今天才开始为贵人的，因为你昨天晚上还是用粗茶招待他们的啊。"方丈闻言，面红耳赤，叩头不已。

说句心里话，这个老方丈是个实在人。你说他势利眼也好，说他看客下茶碗也罢，都有道理。然而，这是庵里制定的接待标准：敬贵客上好茶，敬庸客上粗茶。规定一旦形成，就得认真执行。否则，谁都想喝好茶饮好酒抽好烟吃好饭，招待费肯定要大涨。一个庙里要增加几十上百元，全国几千亿也未必打得住。所以看事物要一分为二。看人物要以表扬为主，首先肯定做得对，然后再鸡蛋里面挑骨头。要说有什么问题，也是怪老和尚有眼不识泰山。官员与普通老百姓，那做派能一样？况且小和尚已经认出来了，来者都属于贵人——喝好茶的级别，而且已经端上了好茶，你不如就坡下驴，送个顺水人情得了。但老和尚偏偏要较真，反而训斥小和尚。没有想到，张之洞对于此事比他还较真，认为老方丈瞧不起他的部下，瞧不起部下就是瞧不起本人。第二天又找上门去，当面质问老和尚。老和尚嘴上说"随中堂来，自是贵人"。心里头未必服气，但即便不服气，也不敢再坚持原来的标准了。前些年吃喝风送礼风呼呼刮的时候，领导常常到下级单位检查工作，临走时，有些单位会送上一些礼品，农业口的送小米或大米，林业口的送苹果或桃李，渔业口的就送对虾或王八。这种礼品一般都是按人头定数量，一份给正宗的领导，一份给拎包的秘书，一份给开车的司机。总之，去几个人，就给多少份。"随领导来，自是领导。"道理是一样一样的。

　　那么，谁是贵人？或说，人从何时而贵？

　　如果按老方丈与张之洞两人凑成的标准，贵人应当有两种：一是富贵之人，如张之洞。高官厚禄，官达自然显贵；二是"附贵"之人，如梁鼎芬之类。因为"随中堂来"，才成为贵人。

（原载《百家讲坛》红版 2018 年第 1 期）

# 两个小人物

_闻云飞

鲁迅说过："悲剧是将人生的有价值的东西毁灭给人看，喜剧是将那无价值的撕破给人看。"以前，我认为这句话无非是道出了戏剧创作的规律。看了《东方快车谋杀案》之后，我才认识到：当"有价值的东西"升级到人类文明的高尚与美好时，对其的"毁灭"给人们所带来的打击有多么大。

人性文明的悲剧，不是我们所调侃的"杯具"。这样的文学经典，之所以能被一次次重拍，有个很重要的原因：文明世界的人们有一种向善向美的本能，对其中的美好情感能感同身受；而这种唾弃丑恶、向往美好的本能，使得人们对于摧残与毁灭美好人性的人，恨不能将其挫骨扬灰。阿加莎的这部作品，即以复仇的形式彰显了这种共情。

是的，影片的主题就是复仇，然而复仇的主体不是非理性的乌合之众。我们再回到文首，鲁迅的话中有个关键词——"有价值"。何谓有价值？只有当我们认识其价值时，才会认为它有价值。在影片中，"价值"二字，主要通过阿姆斯特朗案的主角斯特朗上校体现出来。他几乎演绎了人性所有的美好与高尚：帮助司机建立汽车王国，资助黑人士兵学医，其勤务兵亦倾慕其高尚人格追随他当其管家。就是这样高尚的人，其女黛西被恶人绑架并惨遭撕票。在此打击之下，斯特朗之妻早产，母子俱亡。斯特朗亦开枪自杀。其妻妹整日生活在恐惧与不安中，得靠安眠药入眠。黛西外婆，一个能以六七十岁年龄娴熟表演三四十岁女人的出色演员，无心走演艺之路。还有斯特朗家的厨娘和保姆、黛西的家庭教师及教母，她们全部都为此悲伤，人生尽毁。

案件到此，如果有个让人释恨化郁的结局——捉住凶手，将其正法，告慰逝者，安抚余生，人们也许会舒口气，找到点心理平衡。然而，此案调查审理中，公诉人麦奎因检察官将怀疑对象放在斯特朗家的女仆苏珊身上。苏珊不堪其辱而自杀。负责调查该案的警探已与苏珊陷入爱河。他悲愤交加，选择辞职。最后，有证据指向真凶卡萨蒂。而卡萨蒂已逃之夭夭。于是，一时间，麦奎因成了众矢之的，生活在自责与悔恨中。

斯特朗的亲友们怨愤难平，他们如果出不了这口恶气，已然破碎的人生就没有存在的意义。这种误判与随之而来的突发事件，加重了他们复仇的砝码。此时，"价值"二字，在这一转折中，有了另一束耀目的光辉——注意！他们的复仇对象仍是卡萨蒂，而没有将检察官麦奎因也算进去。因为，他们明白麦奎因的怀疑与推理，在当时是遵循法理精神的。说得直白一点，他们相信本国的司法体系，也能理解司法过程中所出现的无心之错。这是拥有高级文明的国度与国民才会有的体认与素质。

人性之美好，不仅表现在它缔造了美丽的人生和心灵，还在于对其能感同身受的人，其行为都在文明和理性之轨道上展开。他们永远不会情令智昏，滥杀无辜。

因此突变，复仇队伍中又加入两名成员：检察官麦奎因的儿子小麦奎因，还有那个辞职的警探。小麦奎因是在替父赎"罪"。警探是为其枉死的爱人报仇。这对我们来说，有些不可思议了——警探如果报仇，应该去找检察官呀！因为你的误判，搞得我永失吾爱，我还要跟你的儿子一块儿去追杀真凶，脑子进水了吧？这可能就是我们在认知层面上的巨大差距，所以，这部影片如果由我们来拍，肯定不会有这两个角色。

真正的法，是需要你去包容的；而文明之法，也是值得你去敬畏的——从小麦奎因扮成卡萨蒂秘书，加入复仇团队，替父赎"罪"，就可以想见其司法人员的良知——其代际传承的悔恨意识都那么强烈。要知道，当时检察官怀疑嫌疑人是合法的；女嫌疑人的死，检察官是不用担责的。但当事人就受不了良心的折磨，其子亦受其悔恨情绪笼罩，竟要和他们一起追凶。

一切，冤有头，债有主。东方快车上的复仇者们将矛头指向了罪魁祸首卡萨蒂。于是，一众人等在黛西外婆的指挥下，上演了一出闪耀着人性光辉的复仇谋杀。这一切，逃不过侦探波洛的眼睛。然而，波洛最终放过了他们。

为何？他们的潜意识中是有法理和文明的种子的，他们是敬畏法律的——比如上文分析的小麦奎因和警探这两个小人物。天网恢恢，疏而不失；但人间的法网之下，却难免漏网之鱼。而这些美好的人儿，即如侠客一般，在法网之外，去补上正义的一刀。

侠义江湖的逻辑是"有冤申冤，有仇报仇"，然而法治社会可以给你申冤，却不允许你私下报仇——因为那样，极易造成以暴制暴的动乱，于国于家不宜。所以，这样的复仇只存在于小说和电影中。那两个小人物，于我们而言，也只存在于小说和电影中。

(原载《今晚报》2018年8月17日)

# 新视点

## 丧文化和集体焦虑

_王晓渔

### 早衰焦虑

与三五年前的小清新、小确幸不同,小确丧或丧文化开始在近两年兴起,并有取而代之的趋势。

2017年并非"五"或"十"整数年份,但70后、80后、90后几乎同时迎来"早衰焦虑"。70后开始面临"老年危机",《老年日报》(2017年10月31日)头版头条的标题《老年生活如何过?70后向往自由,60后注重健康》以触目惊心的方式提醒了危机的存在。尽管这个标题更像是一种乌龙(正文仅说60后即将迈入老年),但是第一批70后已经47岁,"年近半百"在古代确实意味着老之将至。

稍微年轻的70后和80后面临着"油腻中年"的指责,不仅串珠、粗金链成为"油腻"的标配,保温杯、枸杞茶这些常用的生活用品也突然变成衰老的标志。两位70后写作者在"油腻中年"形成话题的过程中起到重要作用。一位是五岳散人，他在2016年的微博中公开表示："作为一个有点儿阅历，有点儿经济基础的老男人，对于我们这种人来说，除非是不想，否则真心没啥泡不上的普通漂亮妞儿，或者说睡上也行。"另一位是冯唐，他在2017年撰文《如何避免成为一个油腻的中年猥琐男》，随后被批评同样具有"油腻"症状。

哪怕90后，据说也开始面临出家、离婚、脱发的种种危机。2017年，类似的话题层出不穷。其间固然有微信公号制造话题的成分，但是这种话题之所以能够获得热烈回应，与集体心理中的早衰焦虑有关。

## 从小确幸到小确丧

从小清新、小确幸到小确丧、丧文化的转变，可以以2016年的"葛优躺"（或"葛优瘫"）作为标志。2016年夏天，葛优瘫倒在沙发上的剧照突然风靡网络，这张剧照来自1993年的情景喜剧《我爱我家》。葛优扮演一个混吃等死的形象，这种"瘫倒"的姿态折射出90年代初普遍的精神状况，随着"南方谈话"的出现，公众纷纷告别"瘫倒"，集体下海。这张剧照在当时并未引起关注，过了20多年，这张"坐没坐相"的剧照突然广为流传。

在此前后，还有另外一些符号，悲伤蛙PEPE、马男波杰克、乡巴佬鲍比希尔、长腿咸鱼等被视为丧文化的标志。这些符号最初大都起源于漫画或动画，被广泛接受则是通过表情包。

2017年，茶铺品牌"喜茶"进驻上海，饿了么和网易新闻共同策划针锋相对的"丧茶"快闪店。喜茶和丧茶的排队都有商业策划的因素，但是由喜转丧的变化同样与集体心理有关。"丧茶"概念最早来自网友的一条微博："想在喜茶对面开一家丧茶，主打：一事无成奶绿、碌碌无为红茶、依旧单身绿茶、想死没勇气玛奇朵、没钱整容奶昔、瘦不下去果茶、前男友越活越好奶茶、加班到死也没钱咖啡、公司都是比你年轻女大学生果汁。叫号看缘分，口味分微苦中苦和大苦，店里放满太宰治的人间失格。杯子上的标语'喝完请勿在店内自杀'。""丧"通常被视为是一个不吉利的字，会被有意避开，但现在，以"丧"自况成为常态。

小清新和小确幸，在三五年前还是一种文化潮流。小清新一词难以考证起源，大约在2010年开始流行，常和"岁月静好"的生活方式有关。当时的公共空间以文化批判为主，2011年动车事故引发的批判声音堪称标志性事件。

小清新与文化批判存在两种关系：一种是兼容关系，在公共领域主张批判,在私人领域主张趣味;一种是排斥关系,主张放弃公共批判,回到私人生活,这种小清新很容易转型为小粉红。于丹对待雾霾的态度属于后者,她主张"凭自己的精神防护,不让雾霾进到心里"。

小清新之后是小确幸文化的兴起,小确幸出自村上春树随笔集《郎格汉岛的午后》,意思是"人生中微小而又确实的幸福"。这本书是村上春树在20世纪80年代的专栏文章("小确幸"可能来自卡佛的小说 *A Small, Good Thing*),1986年由日本光文社结集出版,2004年被引进中国大陆,当时"小确幸"一词并未广为流传,等到2013年再版之后突然成为与小清新并列的热词。

在村上春树那里,小确幸和文化批判并不矛盾,村上春树本身既会撰写诸多小确幸的文章,也会就公共问题发表看法。但是在中国,小确幸通常对公共问题并不关心,或者说更习惯遵循政治正确的原则。

## 从文化批判到网红文化

小清新部分转型为小粉红(以小确幸为主),部分转型为小确丧。这种转变有很多原因,文化批判的式微、网红文化的兴起是其中一个主要因素。此前,哪怕激烈的文化批判立场,背后依然隐含着一种进步叙事,即通过媒体和网络逐渐开放的言论培育公民意识,进行社会重建,以此推动法治等制度转型。在这种预期之下,批判会带来精神力量,"关注就是力量,围观改变中国"(笑蜀语,《南方周末》2010年1月14日)和"若批评不自由,则赞美无意义"成为共识。虽然问题重重,时代总是在进步——在这种被广泛接受的进步叙事之下,小清新对未来有着美好生活的想象。

但在这三五年间,市场化纸媒除少数几家艰难维持,多数关闭或接近关闭,网络公号以生产网红和10万+为标准。媒体环境发生根本性变化:此前市场化纸媒需要通过对公共事务的专业报道,获得订户和广告商的认同;商业化网络公号则需要尽可能回避公共事务,获得监管部门和广告商的认可。公知或者沉默或者转型为电商,甚至转型为"油腻中年",至于公民意识、社会重建、制度转型,已是一些遥远的词语。

文化批判消失,网红文化迅速兴起,催生很多"男神""女神""迷弟""迷妹"。网红的出现与电视选秀节目和微信公号的推动有关,但这一现象并不新鲜,依然是从众心理的产物。"男神""女神"和"迷弟""迷妹"的关系,仿佛过去的明星与粉丝,领袖与群众。

但明星会有不同的类型,过去有实力派和偶像派的说法,风格也会有差别。不同明星之间错位经营,虽然"娱乐至死",但至少有些形式上的差异,公众有象征性的选择权。网红的同质化程度更高,网红和网红之间的区别很难说得清楚,象征性的选择权也没了——粉丝为什么追捧网红,不是因为网红本身有很多特质,而是因为网红有很多粉丝。周润发为什么红?周杰伦为什么红?可以说出很多原因。网红为什么红?原因就是他很红。因为红,所以是网红;因为是网红,所以红——这种循环论证成为今天娱乐文化的核心原则。

以papi酱为例,公众对她的了解往往是从她获得数千万投资开始。至于她为什么能够获得那么多投资?几乎没有人能够说得清楚。是因为她的视频吗?是因为她是"一个集美貌与才华于一身的女子"吗?显然不是。虽然当初投资的逻辑思维最终撤出了投资,却没有妨碍papi酱成为网红,尽管被认为有过气之嫌。

网红的出现与网红自身几乎没有关系,而是取决于一套精密的策划和推广机制。"人人都可能成为网红"与事实上"不可能人人都是网红"之间的差距,促发了焦虑的产生。网红距离网友那么近又那么远,微信朋友圈的兴起,使得人人努力先成为朋友圈网红,发自拍照、子女照、猫狗照、风景照、美食照,为自己或者孩子在各种评选中拉票。只有点赞没有点否的设置,使得朋友圈充满祥和的气氛。如果发照、拉票适可而止,会增添生活乐趣,但很多是事无巨细的发照和不分亲疏远近的拉票,这种对于美好生活的溢出式表达又何尝不是焦虑的另一种表达方式?与其说是"拉仇恨",不如说是对内心焦虑的释放。

集体焦虑的自我循环与网红的自我循环有一种相似性。因为公共文化的衰落,集体焦虑成为既可被监管方默许又会获得公众热烈回应的为数不多的话题;因为集体焦虑成为主要话题,反而使得焦虑进一步蔓延开来。

## 从进步叙事到 "下流社会"

在"文革"后,几乎每隔十年都有一个巨大的空间释放出来,成为新生代的重要平台。20世纪80年代的改革尤其是政治改革,使得公众对未来充满期待,对"再过二十年我们重相会"(《年轻的朋友来相会》,张枚同词,谷建芬曲,1980年)的景象充满期待,当时是一种全民青春的心理。到了90年代,经过短暂的沉寂,市场的力量催生全民下海的热潮,进入一种残酷而又充满活力的丛林状况。21世纪之初网络在中国的兴起，呈现出政治、经济和文化的各种可能，一时有"轻舟已过万重山"的想象。2010年至今，社会的开放本有可能呈现出巨大空间，但很快面临网格化的管制，逐渐萎缩。创业、互联网+、共享经济，尽管有着种种尝试和努力，效果并不显著。在市场缺乏足够自治空间时，"滴滴"的式微、共享单车的前途未卜都不那么奇怪了。

当进步叙事变成停滞预期或退步预期，小确丧或丧文化的兴起就是一种必然，取而代之的是关于年龄的早衰焦虑和关于户籍、住房和收入的生存焦虑。对于90后而言，没有父母的帮助，仅靠个人能力在中心城市安居乐业的可能性越来越微弱。2016年春节前后房价的飙升，或许是最后一根稻草。自此以后，甚至可以说，哪怕有父母帮助，如果父母和自身仅是工薪阶层，也很难在中心城市安定下来。也正是从2016年夏天开始，小确丧或丧文化开始蔓延，持续至今。虽然公共平台充溢着正能量，这种趋势一时似乎难以改变。

十余年前流行于日本的《下流社会》（三浦展著，文汇出版社，2007年），描述了中产阶级消失、社会"向下流动"的景象，这种景象似乎开始适用于中国。向上的流动越来越艰难，但这未必是阶层固化，因为每个阶层都有向下流动的可能。杭州豪宅失火事件、红黄蓝幼儿园事件，都让中产甚至富裕阶层感到日常生活充满了不确定性。中心城市对所谓"低端人口"的清理，使得"低端人口"想要坐稳低端位置也变得有些艰难，因为城市毕竟有着更多的就业机会，离开城市哪怕从事保安、保洁等所谓"低端工作"也未必再有机会。此前，"屌丝"等颇为粗鄙的词语能够流行，已经预示着"下流社会"即将到来。"自黑"取代"吐槽"，丧文化取代文化批判。

2017年底，"佛性"一词开始流行，代表一种与世无争的生活态度。但这种与世无争与超脱并无关系，而是自我宣告失败的无奈表达，不再是小确丧，而是更为彻底的丧文化。这种文化的弥漫与进步叙事的消失、"下流社会"的趋势有着密切关系。一个充满进步叙事的时代，通常是全民青春的景象；一个社会"向下流动"的时代，自然是全民衰老的症状。

这一年也出现了一些微弱的可能性，比如"葛宇路"的出现。一名90后的美院研究生，用自己的名字葛宇路命名了北京一条没有路牌标识的道路，这个路名被各种地图导航系统收录。葛宇路还做过其他一些行为艺术，比如坐在梯架上和监控摄像头对看，等等。但是葛宇路的出现具有很大的偶然性，在同代人中能否具有示范性，更是疑问。当事人为自己的各种行为艺术付出巨大代价，不仅受到校方处分，已经承诺解决北京户口的北京某高校也将他解聘，葛宇路后来回到武汉家中，在接受红星新闻采访时自称想应聘保安或送外卖。

"葛宇路"能否代替"葛优躺",并不乐观,或者说"葛宇路"会不会变成"葛优躺",才是更需要思考的问题。未来是螺旋形上升还是螺旋形下降,可能是影响"丧文化"的关键所在。

(原载《财新周刊》2018年1月1日)

# 北欧心态，不是说有就有

_李景阳

春节期间，在频繁的饭局的间隙，竟也偶尔获得"喘息"，读一读网文，实是快事。

有一篇网文曰《物质幸福时代已经结束，新时代来临》，乍一看，便生疑——我们的物质幸福时代已经结束？但细察，才知是转载《人民日报》上的一篇"荐读"，原作者是日本人。原标题是《从物质中获得幸福的时代已经结束》，还注明，摘自《少即是多：北欧自由生活意见》。这便清楚了。可一旦转载，不知何人给这标题加了个"光明的尾巴"——"新时代来临"。更有网文将这日本人的"意见"误解为官方思想，说它"宣告官方意识形态顶层设计对人民幸福的全新架构，既是冲锋号，也是开幕词，新时代已经来临，新时代下自由、安宁、健康、舒心的全新幸福生活拉开了徐徐大幕"。

不过我细读原文，却觉得这"全新"生活状态离我们还远得很。一面是，我们还未达到《意见》所说的"物质空前丰富""万物俱备，什么都不缺"，另一面是，即使"先富起来"的那拨国人，也大半追求物质上的"步步高"，难有北欧人那种"主动选择简朴""化繁为简"的淡化物质的境界。

此文说了些什么呢？简单摘取几条："享受工作（这与工资高低无关，而关乎工作是否开心）"；"拥有纯粹而不带功利色彩的社交圈"；"拥有可以完全自行支配的时间"；"从'厉行节约'到'主动选择简朴'（物质上虽然简单，精神上却非常充实）"；"将时间与金钱投入到积累人生体验和感受上，而不是消耗在对物质的追求中，收获精神层面的富足"；"与其追求地位的提升，不如追求自由"；"与其在一流企业就职，不如从事自由职业"，还有许多，不逐一赘述。总之，生活理念有种"颠覆性"的升华，"物质"，简直靠边站。

看了这些"罗曼蒂克"的说法，我感觉，这对于我们的"特殊国情"来说，颇有点"乌托邦"的意思，怕是还没到吹响冲锋号的地步。眼下，国人的心思往哪里想，是整日盘算"柴米油盐酱醋茶"，还是一心想着"收获精神层面的富足"，这可不是单位或街道开个动员大会就能解决的，关键得有物质基础。歌德说过，没有屁股，怎么骑马？这屁股，若原本没有，也不是三天两天就能长出来的。

现今国人的精神状况怎样呢？正值春节，我恰好又读到一篇文章，说的是打工族回家过年遇到的尴尬。他们一回家，先遇到种种关切的提问，诸如：月薪多少，赚了多少钱，买房了没有，找没找到对象，结婚了没有，这让那些"还没有"的打工族无言以对。总被"实际问题"缠绕着，怎能有北欧人的潇洒心态？曾有这类报道：春节回家，尚未娶妻的青年为让老人放心，花钱请一位女子，为他扮演未婚妻。"穷得娶不上媳妇"——这古典命题，至今尚在。打着光棍，"人生大事"未解决，还能有"北欧心态"？

我又想到一例。某电视小品有这样的情节：餐馆里，两位陌生人同桌闲聊，某未婚"大男"，一旦"暴露身份"，竟遭对方歧视。餐馆老板娘看不过，假装为其妻，另一位"店小二"则冒充那"大男"的儿子。为光棍遮掩，竟成一种"助人为乐"或"路见不平，拔刀相助"。此类小品，我见过不止一个。看看这心态，离北欧有多远？

社会上还通行"压力山大"的说法。压力，又取谐音谓之"鸭梨"，并有歌谣在网上传："鸭梨，鸭梨大，鸭梨大"；"谁又加班，十二点，泡面晚餐"；"跟我一起摇摆，把烦恼甩开"……进一步想，压力属于眼前，担忧关乎未来，两者实是"难兄难弟"。有文曰："每天都在担心，我今天有工作，明天会不会被辞？今天身体很健康，明天会不会因为一场大病而致贫？今天疲于奔命，明天老人谁来抚养？"这三项担忧，涉及的正是三项最重要的社会福利，若失业救济金、免费医疗和养老保险都不成问题，此等担忧立马成子虚乌有。"飘飘欲仙"心态，必以"心无挂碍"为前提，有压力与担忧两大"挂碍"，哪里还能"优哉游哉"？

不说民间心理罢，只须看看我们的电视，那永远讲不完的关于"吃"的主题，真是抓住了"物质幸福"的核心。跟烹饪技艺相关的"吃文化"说尽了，就天天说舌尖感受、味蕾体验，媒体露面的明星们一本正经地以"吃货"自称，主持人也以"资深吃货"介绍受邀嘉宾，"吃饭"主题还破天荒地谱成了合唱曲。这一个"吃"字，就足以引领"主流意识"，强化"物质幸福"理念，还谈什么"物质幸福时代已经结束，新时代到来"？

如《意见》所说，"在一个万物俱备，什么都不缺的年代，占有物资很难再刺激我们的感官，让我们获得长久满足"，看眼下，既然多数人尚未实现

"财源滚滚"，"占有物资"，恐怕还有相当的刺激力。不然，那位故意给骗子打钱几十万的某士（网上如此称），为何能引来万民膜拜，以至造出个年度流行语——"任性"？至于北欧人那般的"大无畏"，竟敢舍弃一流企业而宁愿"单干"，放弃高管职位而追求个人自由，怕是走遍神州，也难觅一人。至于社交，怕也难做到"拥有纯粹而不带功利色彩的社交圈"。我们这里历来是"多一个朋友多一条路"，生计所使，"攀龙附凤"，更是一途。别看面对物质敢说"无所谓"的那一点小小超脱，若有生活"悲催"着，还真是装不出来。

十分要紧的是，"蔑视"物质的超脱心态，得有社会福利"保驾护航"。北欧的社会福利连欧美大国都比不了，各样的"综合竞争力"或"人类发展指数"评比，挪威、瑞典、芬兰总是把欧美大国甩在身后，我国的社会福利水平甚至排在一些非洲国家的后头，跟北欧人PK心态，怕是"捣皮拳"（拳击运动），不在一个"量级"上。单说瑞典，病人看病，只须自掏挂号费，其他一切费用均由政府买单；20岁以上的失业者每日可领取320瑞典克朗（一瑞典克朗约合一元人民币）的基本失业保险金（好家伙，一个月的失业保险金大约一万元，而且领此保险金的还包括"自愿失业者"，即是说，不想干活的懒汉也能每月拿一万）；还有，老婆生孩子，老公也跟着休9个月的全薪"产假"，还有，孩子年满16岁之前，父母均可领取生活津贴……等于是，公民让国家"包养"了，没一点压力、担忧与挂碍，那心态怎能不优哉游哉？

对比之下，我们来说"物质幸福时代已经结束，新时代来临"，恐怕就有点"超越阶段"了，或戏言之，简直是"左"倾冒进！

我终于想清了一个问题：国民心态不是由经济总量决定的，而是由人均收入决定的。每个国民个体的心态，决定于他的具体的生活处境。并非说经济总量上去了，就可"跑步进入共产主义"。须知，我国的人均GDP才居世界80位以后，而包括着"收入水平""教育水平""平均寿命""婴儿死亡率"和"人均GDP"等各项民生指标的"人类发展指数"，我们的排名更靠后，为世界第90位以后。再从社会结构说，我们的社会结构仍是"金字塔型"而非"橄榄型"，即是说，不富裕的社会底层仍是宽大的"塔基"。"橄榄型"，那是两头小，中间大，中产阶级占多数，而我们这里，中产阶级才占总人口的20%。以这样的人员构成做"底盘"，能有北欧人那样的社会心态？

"北欧心态"的基础是什么？照我们的话说，是全民"富得流油"。有统计说，世界183个国家和地区的最低收入平均为年收入41535元（全按折合人民币计算），排前三名的正是三个北欧国家，挪威第一，芬兰第二，瑞典第三；它们的最低收入分别是年均339132元、240000元和223200元（中国最低年收入为6120元，约为挪威的1.8%）。或换句话说，北欧没有穷人概念，自然敢跟"物质幸福时代"说拜拜。

总而言之，言而总之，那日本人构想的以北欧为样板的"自由生活意见"，其精神内核是好的，但那极端"形而上"的居民心态，对于北欧来说可能是现实描述，对我们来说，则断然是"远大理想"，那终结"物质幸福时代"的"全新架构"的大幕啥时在吾邦"徐徐拉开"，似乎还须等一等，看一看。

但这没关系，慢慢来吧！

（原载《北京杂文》季刊 2018 年第 1 期）

# "感谢贫穷"是一剂文化麻药

_理钊

近日,一篇"感谢贫穷"的文章,引起了人们的热议,赞赏者有之,批评者亦有之。仅就那篇文章而言,我觉得倒也值得一读。比如作者说:因为贫穷,自小没有玩具、零食、游戏之类的富家子弟沉迷于其中的东西,使自己只能去田野活动(你让我能够零距离地接触自然的美丽与奇妙)——这里可能还有要帮大人做一些农活的田野活动,使自己明白只有好好读书,才是唯一的出路(你让我坚信教育和知识的力量……生生不息的希望与永不低头的气量)(括号内为引文)。读这些文字,会觉得这是一位很聪明、很清醒、有毅力、能自控的女孩。我觉得,有如此品性的孩子,即便生在富贵之家,也能够脱颖而出。

假如做一份人才成长的社会抽样调查,看看成功与出身的关系,贫穷与成才,一定没有必然的关系。相反,如果统计一下成才与好学、自控、毅力、坚持等个人品性之间的关系,倒可能是呈正相关的。所以,如果从这个角度上来写自己的经历,倒也是一篇不错的文章。

可她还是用了"感谢贫穷"这个很大的主题。之所以如此,我想,大约是因为她觉得自己已经成功地脱掉了贫穷的锁链,进入了北大,这个标志着通往"富贵之乡"的大门。——以后是否真的如她所愿,恐怕也未必是确定的。假如这位女生,未能考得高分,仍旧像她在贫穷中生活着的成千上万的姐妹一样,依旧"没有玩具、零食、游戏",就不会对那"贫穷"二字道一声谢谢的。这正如现在的一些作家,提起笔来便写乡村的美好,也缘于他们已脱出了乡村的缘故一样。

用这样一个"感谢贫穷"的主题,可能与她生活、学习的文化环境有关。或者说,在她成长的过程中,外在、耳濡目染地给了她一个强烈的文化观念:

苦难出才俊，或曰：自古寒门出贵子。但她毕竟是一位涉世未深，又读着修饰过了的史书长大的孩子。如果她生在1976年之前，又有出身于"黑五类"的标签，贫穷固然是极贫穷的，但成功恐怕是与她绝缘了的。

那一套"苦难出才俊"的理论，其实是有两个版本的，一个是对个人，即困苦出人才；另一个则是"苦难兴邦"。对于后者，青年学者羽戈先生曾写过专论《"多难兴邦"错在哪里？》（公众号"羽戈1982"，2016-05-08），论说得逻辑清晰有力：苦难未必兴邦。

羽戈先生的论证，其实同样适应于"苦难出才俊"这一断语。抛开逻辑上的论证，仅就事实而言，则同样具有说服力。位于鲁南苏北交界处的郯城，1640年时有人口约20万，至1668年发生大地震时，仅有6万多人了。据当时修县志的前县长陈可参估计，地震，又使郯城约9000人遇难。在这近半个世纪的时间里，郯城人在土匪、旱灾、水祸、蝗灾的轮番蹂躏下，又岂是贫穷二字能够言尽的？"兄食其弟，夫食其妻，辄相谓曰：与其为人食，不如吾自食，稍延旦夕之命。"如此贫穷之下，纵有天才，也会饿死，甚或是被吃掉了。自1646年至1708年的五十多年间，郯城县未有一人考中举人（史景迁著《王氏之死》，广西师大出版社，2011年9月第1版）。

然而，正如羽戈先生所言，就是这个既无因果关系，更无必然性的论断，却在中国有着久远的文化力量，直至上升为"苦难美学与哲学"。孟子就曾对此言之凿凿："故天将降大任于斯人也，必先苦其心志，劳其筋骨，饿其体肤，空乏其身，行拂乱其所为，所以动心忍性，曾益其所不能。"孟子，亚圣也。所以，他这一番"苦难出人才"的大论，也就登堂入室为"圣人之言"，晋身于儒家学说的生活美学、人生哲学论断之一。而儒学又是不可更易，更不能质疑的官学。于是，这种"苦难美学与哲学"，也就成为"优秀的中国传统文化"，教诲着一代又一代中国人。

这种明显违背人性的论断，何以被捧上如此高位，享受着中国人的膜拜与遵行呢？以现实角度而言，它有绵延不断的生活基础，因为自古以来，绝大多数的中国人，就一直生活于贫穷困苦之中。对于一代又一代挣扎于贫苦生死线上的中国人来说，"吃得苦中苦，方为人上人"一如无尽长夜里一点微弱的荧光，使他们不至于在永久的黑色中绝望而死。倘以政治学角度来看，它又有着两面的用处。一面是权贵者为"永掌权力、永享富贵"立根。崇祯死时，最大的不甘心，是祖上历尽困苦挣得的这份家业，毁于自己之手。而清朝中期而下的历任帝王，心里想的也是不能让祖宗千辛万苦得来的产业失掉；另一面的用处，则是暗示仍在苦难中挣扎的人们，尽可安于苦难，慢慢地等待"天将降大任"于你。由这一论断出发，再推一步，还可以导出，不论是天然的灾害，还是人造的祸端，都是必然的锻炼，"富贵的起点"，不可也不必有半点的质疑。

不论是贫苦中人们的自我安慰，还是权贵者用于保富贵的心安理得，抑或是对于生活于贫穷中平民的政治抚慰，这一个看上去很美，也偶尔"显灵"的"苦难美学与哲学"，其实是一剂十足的文化麻药。正如鸦片，偶尔吸食，也有疗疾的功效，可食之过多、过久，必定是跌入中毒的深渊不能自拔，反飘飘然以为正在奔向天堂的路上。时至今日，不能看清"苦难美学与哲学"的本质，反而仍然"感谢苦难"并以此"励志"，那就真的是无可救药的愚昧了。

（原载《临沂广播电视报》2018年8月9日）

# 从故纸堆中如何啄出珍珠

_安立志

对于传统文化应当批判地继承、批判地弘扬，无论在思想理论上，还是指导方针上，都没有问题，问题往往出现在实践和工作层次。近来，东北某地的"女德班"在媒体上引起很大争议。"女德班"宣扬和灌输的东西，竟然是百年前五四先贤大力抨击与涤荡的"男尊女卑""三从四德"之类的东西，比如"男为天、女为地，女子就该在最底层""女人要少说话，多干活，管好自己的嘴""打不还手，骂不还口，逆来顺受，坚决不离"……这类东西在明清时流行的《女四书》《女孝经》中都可找到相应的"规范"。"女德班"传播的内容，不能说不属于传统文化，只是对于这些反现代的陈腐伦理，如果不加分析与鉴别，原封不动地"古为今用"，不免谬种流传，惑世害人。

几年前我在党校学习，某市领导做报告，极力标榜当地弘扬"孝文化"的政绩。他们提倡的东西竟然包括鲁迅先生早已批评与否定的"二十四孝图"（并非近年才出现的"新二十四孝"）。对于这些东西，当地要求"上墙入户""入眼入脑"，年底还要有检查、有评比、有奖励。即使在当时，也是报告台上夸夸其谈，学员座间窃窃私语。先不说"肉麻当有趣"的"老莱娱亲"，就是"卧冰求鲤""恣蚊饱血"的孝子，也被今人视为无知无能的弱智与白痴。假如当今已经步入老年的"50后"们，竟然要求"80后"的子女效法"郭巨埋儿"，我们的第三代岂不是随时面临被"坑"的危机！

的确，传统文化是不应割断的。今天的文化是过去的、历史的文化的延续与发展。中华文化绵延数千年而未中断，倒是值得自豪的。毋庸置疑，传统文化中确有优秀与精华的因子，比如《管子》中的"以人为本"，至今为国家施政之圭臬；又比如《论语》中的"有教无类"，无疑于公平教育之嚆矢；比如《荀子》中的"载舟覆舟"，已经意识到人民群众的历史作用；再比如《汉书》中的"实事求是",早已进入我党的思想路线,至于孔夫子的"己所不欲,勿施于人",竟然被国际社会当作"普世价值"。

然而,作为前述思想与价值载体的一些先秦古籍,大都产生于两千多年前。从总体而言,这些载体产生的土壤和环境,主要属于青铜时代或农耕文明。青铜时代、农耕文明作为当时的生产力和生产关系,按照唯物史观,也必然有着相应于那个时代的上层建筑与社会关系。正如马克思所说:"手推磨产生的是封建主的社会,蒸汽磨产生的是工业资本家的社会。""社会关系和生产力密切相联。"(《马克思恩格斯选集》第一卷,142页。)这意味着在传统文化中,泥沙俱下,鱼龙混杂,既存在先进的部分,也存在过时的部分;既存在优秀的部分,也存在陈腐的部分;既存在精华,也存在糟粕。可以说,这些两千多年前的古籍,其中的思想与文化,仍不过时、仍属先进,仍然适应于21世纪宇航与网络时代的毕竟是少数。在这里,迫切需要处理好批判与弘扬的关系。正因如此,对于传统文化,党和国家向来的要求是,传承和发展优秀文化的优秀部分,而不是不加鉴别、兼收并蓄。

批判中继承,弘扬中批判,并不容易。列宁曾把毕希纳与杜林之流比作"一群雄鸡",他们"就是不能够从(黑格尔的)绝对唯心主义的粪堆中啄出(辩证法)这颗珍珠"。我们需要的倒是马克思主义的态度——"十分注意的不是重复旧的东西,而是认真地在理论上发展唯物主义,把唯物主义应用于历史。"(《唯物主义与经验批判主义》,人民出版社,1971年,242页。)从上千年的故纸堆中、古墓葬里、旧碑石上,从浩如烟海的文化遗留中,钩沉索隐,披沙沥金,剥掉旧物上遮盖的历史灰尘,寻觅闪耀着人类智慧的瑰宝,从而区分何者优秀,何者陈腐,何者精华,何者糟粕,这其中并不存在数学公式般的计算程序与确定答案,这不仅需要对于古代文化的深入研究,也需要对于当今时代的切实把握,其中最根本的是对于民族文化和人民事业的事业心与责任感。

"女德班""孝文化"之类,之所以在一些地方仍有市场,其原因不外乎假借"传统文化"之名,不管良莠,不分妍媸,欺骗民众,非法获利。从媒体报道的细节看,那个打着弘扬传统文化招牌的"女德班",在其授课现场,竟然孔子与雷锋共祭,黄帝与国旗同升,光怪陆离,荒诞莫名。一些国学"讲师",也是言必称"传统文化",而罔顾良莠之分野。近年来,一些地方在文化建设上出现的乱象,也不完全相同,一种是随风顺流式。经济发展了,开始重视文化,也符合规律。一些地方只不过上有要求,下有应付而已。至于传统文化,何谓优秀,何谓陈腐,既缺乏论证,也缺乏研究,他们所要的只是"文化"的招牌而已。一种是打造政绩式。新官上任,任期有限,需要的是快见成效，早出政绩。或者心血来潮，或者人云亦云，以致草率决策，贻笑大方。一些地方抢名人、抢故居包括推行"孝文化"之类，都是这类路子。一种是利益主导式。一些官员、一些商人走的还是"文化搭台，经济唱戏"，"外表文化、内里赚钱"的老把戏。前些年一些地方大建假文物，一些商人大办"女德班""国学班"，大概考虑的都是如何"发'雅'财""当'儒'商"的新主意。

如何处理好批判与弘扬的关系，历来就有"激浊扬清""推陈出新""取其精华，去其糟粕"的好提法，然而，何者为"清""新"，何者为"浊""陈"，哪些是"精华"，哪些是"糟粕"，区分与鉴别才是关键，而这一问题的解决，当然有赖于包括历史、文化各界专家在内的全社会的共同努力。

（原载《检察日报》2018年2月23日）

# 孩子心中的榜样问题

_张桂辉

有消息说，最近，家住重庆市南岸区的谢先生遇上了一件烦心事——暑假期间，他9岁的儿子彤彤，参加一个户外拓展的夏令营活动。活动过程中，彤彤完成的一份问卷调查中，有个"问题"是："你心中的榜样和偶像是谁？请按照重要程度写出排名前五位的人。"彤彤给出的答案，前五位全是娱乐明星。这让谢先生心烦不已、陷入沉思。

彤彤选填的五位娱乐明星都是谁，没有报道，不得而知，但知道，在这份问卷调查中，有超过九成的孩子，将娱乐明星当作自己的榜样和偶像。对这样的"调查结果"，家长也好，社会也罢，既不必大惊小怪，又不可掉以轻心。

榜样，是指那些值得公众学习的典型。法国作家卢梭说过："榜样！榜样！没有榜样，你永远不能成功地教给别人以任何东西。"古人认为："人不率，顺不从；身不先，则不信。"说的也是榜样作用的重要性。实践证明，榜样的力量是无穷的。去年10月，中央组织部、中央电视台联合录制的"两优一先""两学一做"特别节目——《榜样》，一经播出，就受到广泛好评。它说明，党员需要榜样，公众需要楷模。

90%多的孩子，把娱乐明星当成榜样，责任不在孩子们。青少年正处在由小孩向大人过渡的发展阶段，既是长身体、长知识的时候，也是人生观、世界观形成的时期。他们，既想早日摆脱幼稚，又想尽快成长起来。而汗牛充栋的明星的出现，使他们眼睛为之一亮，以为找到了追求成功、实现价值的标杆。于是乎，对明星盲目崇拜，狂热追随。

如同夜行者迫切需要指路明灯一样，青少年尤为需要榜样的引领。二十世纪五六十年代，占领我们这些青少年精神世界的，是黄继光、董存瑞、邱少云、雷锋等战斗英雄、先进人物。他们是我们由衷崇拜、肃然起敬的"明星"。那时，虽然没有明星一说，虽然宣传的渠道比较单一，但宣传的标准比较统一——都把各条战线亮闪闪、各行各业响当当的人物，作为宣传的典型，且宣传方法比较得当，宣传内容比较客观。因而，榜样能够深入人心。

明星，是社会公众人物。德艺双馨、名至实归的文艺明星也好，娱乐明星也罢，同样是典型人物，同样值得学习。问题是，在当下俯拾皆是的"明星"中，有多少是真正立得住、过得硬的？

老一辈文艺家、艺术家，大多脚踏实地、孜孜以求，无怨无悔把自己的才艺奉献给受众。许多人奋斗了一辈子，创作了不少优秀作品，奉献了很多精神食粮，社会也没有给他们"明星"的名分，他们从不计得失，不求名利，更不敢以"明星"自居。反观当下，不论男女，有的甚至初出茅庐，只要碰运气登台唱几首歌，哪怕是"昙花一现"的流行歌曲；只要凭脸蛋参演几部影视作品，有一定名气，有一些粉丝，很快就成了曝光率高、知名度大，红得发紫、香得诱人的明星。

不仅如此，有些媒体、不少商家，乃至"明星"的经纪人，不择手段，不惜成本，大加宣传、大肆包装，以追求利益的最大化。更令人堪忧的是，现如今，文艺界、娱乐界，参差不齐、鱼龙混杂。少数劣迹斑斑、丑行多多的演员，哪怕有吸毒、嫖娼等违法犯罪行为，也被"包装"成明星，持续吹捧，频繁曝光，使他们身上原本微弱的"光环"被无限放大，导致一些青少年对他们盲目关注和迷恋，从而他们自然而然成为青少年心中的榜样或偶像。

舆论导向，潜移默化。但愿，媒体把更多的版面，留给各行各业的先进典型；把精美的镜头，对准爱岗敬业的基层劳动者、默默无闻的行业领军人。对那些身上既有闪光点，又有正能量，真正德艺双馨的艺术家、文艺家，则把宣传的侧重点放在展现他们为了实现梦想，孜孜以求、不懈努力的进取精神；为了奉献社会，顽强拼搏、坚忍不拔的奋斗历程上，而不是过度聚焦他们身上的光环、刻意宣扬他们得到的名利。同时，要宁缺毋滥，要好中选优。这样，既可以引导青少年正确对待娱乐明星，又能够为孩子们树立正确的学习榜样。

（原载《解放日报》2017年10月7日）

# 我们给了孩子什么？

_马长军

经常听一些家长说，他们对孩子的任性束手无策。有不少人抱怨，现在的孩子面对的诱惑太多，社会给他们的东西太多，认为孩子没有任何责任感。有家长则提出应该让孩子吃一点苦锻炼锻炼，但也有家长说什么办法都使尽了，孩子一如既往没有任何改变，孩子总是不满足。这让很多家长都感到困惑，现在的生活条件那么好，孩子却不珍惜这蜜糖罐里的幸福，没有以符合父母期望的方式成长，的确让人有些失望。

"吃苦"也未必能培养出孩子的责任感，因为责任感不是吃苦吃出来的。但那些让家长头痛的少年已经不可救药了吗？好像也没那么严重。不过，家长们的苦恼也是一个很现实的问题，一个任性而贪玩的孩子未来如何承担自己的责任，不能不令人忧虑。我想，是不是该先从父母身上反思一番，我们究竟应该给孩子什么，而不该给孩子什么？

我先讲个小事。我也有个孩子，还是"00后"呢。去年夏天天气比较热，但我们这里还没热到不堪忍受的程度。可是，一天吃晚饭时，孩子大概觉得脖子不舒服，用手擦了一下，他妈妈就赶紧开电扇——我家经济水平有限，餐厅连空调都没装。其实孩子觉得热了自己就会开电扇的，再说，就算出点汗又有什么呢？我也不喜欢给孩子随便买零食吃，但在他妈妈看来，我这一切都是吝啬的表现，就是不舍得让孩子享受。

我是一名乡村小学教师，常常遇到那种随便买东西满足孩子欲望的家长，基本不分穷富。有时我觉得某些家长不是在满足孩子欲望，简直就是在纵容孩子的欲望，要是不经常给孩子买些乱七八糟的东西，就好像对不起孩子似的，有意无意地把孩子的"胃口"给撑大了。我也经常听一些家长说，挣钱为的啥？不就是为孩子过幸福吗？然而，孩子就从这一个个细节中一步步滑向欲壑难填的境地。衣来伸手，饭来张口，孩子被惯得就知道要什么就得有什么，一点不高兴就可能折腾父母。尤其是很多经济条件好一点的家庭，很多家长尽力在物质上满足孩子，以自己的攀比来培养孩子攀比，等孩子欲望膨胀得家长受不了，做家长的又开始怨天尤人，好像全都怪这个社会风气不良，就不反省自身的市侩毛病。

我们这个社会一向有这样的"家教传统"，也可以说是一种"家教文化"，父母不仅要把儿女养大成人，还要管儿女成家立业，连照看孙子都成了老人"义不容辞"的责任。许多青年买房子结婚生孩子全靠父母打点，稍不如意就责怪父母没本事，而很多父母自己似乎也觉得理亏，不把儿女喂足，做父母的就不合格，不让儿女啃自己，为人父母就没面子。这应该也是"拼爹""啃老"思想之所以根深蒂固的社会文化土壤。"拼爹""啃老"现象的存在与"发扬光大"，正是中国家庭传统教育思想的严重缺陷所致。父母拼命挣钱，一心要给孩子创造美好生活，妄图把孩子未来的一切都安排停当。孩子从小耳濡目染，习惯了享受而失去了奋斗的动力，还奢谈什么责任感呢？这恐怕也是造成中国"富不过三代"现象的根本原因。

这难道正常吗？偏偏很多热衷"啃老"的中国青年理直气壮潇洒悠闲。"啃老"，比追星还流行。结果呢，很多年轻人经济上过分依赖父母，也就失去了独立开创个人事业的自信，其奋斗精神无以培养和锻炼，责任感使命感往往极为欠缺，也就没有勇于承担个人、家庭以及社会责任的能力。我甚至怀疑，因依赖意识根深蒂固，某些"啃老族"根本就没有这样的思想准备。正当青春蓬勃的年轻人，经济上不能断奶，精神上也就难以自立，到头来只能算个精神懦夫。一屋不扫，何以扫天下？本该承担社会建设主力作用的青年，实际上竟然连自己都养活不了。这样的人能过上真正有尊严的生活吗？没有足够自尊的资本，就无法赢得他人的尊重。

作为家长，在物质上给孩子太多，却没有让孩子满意，因为孩子对家长的辛苦并不了解，没有一点感受。我多次在学生中调查，发现很多孩子根本就不清楚家长干什么，更无从得知家长怎么干。家长不过是孩子予取予求的冰箱，家长在精神方面对孩子的影响不能说没有，但都是被动影响，很少有家长主动地引导孩子了解自己的奋斗，也不帮助孩子观察并认识社会，就算有，也无非是灌输一些心灵鸡汤或者庸俗成功学的例子。很多家长跟孩子的交流很肤浅，所以，独立、责任、创造之类在孩子的意识里几乎不存在，而这些恰恰是孩子未来最需要的，却不是靠"吃苦"所能汲取的精神营养。

很多家长给孩子报了各种各样的辅导班，曾有报道称，某地一个家长花数千元给孩子报了好几种暑假班，有补功课的，有学美术书法或者音乐之类的，说是希望孩子各方面都要表现优秀,总是功利地培养孩子,就是没有想到给孩子补一补人生修养课。孩子也许学到了不少知识,却从来不知道尊重父母,养尊处优而极端自私,这样的孩子能成长为什么样的"人才"?

再说了,一味"拼爹""啃老"的人,言传身教潜移默化出什么样的下一代呢?下一代势必也要继承并发扬这种"拼爹""啃老"文化。但是,缺乏创造力缺乏奋斗精神而一无所长的"啃老族"如果继续浸润在这种短视的"拼爹""啃老"文化中,又能给下一代留下多少可以"拼爹""啃老"的资本呢?这种"吃老本"的生活方式恐怕不具有可持续性啊,早晚会把"老本"啃光的。

为人父母,有些事还是别给孩子做的好,为孩子做什么是需要一个限度的。培养孩子,还是要多多注意细节,不要让细节毁了孩子;不妨让孩子早一点融入社会生活,让他们早一点成为一个社会人而学会承担责任。相信很多人都对"软件帝国"的缔造者比尔·盖茨充满敬佩之情,比尔·盖茨宣布把名下580亿美元财产全部捐献给慈善事业,而不是留给自己的子女,这一举动曾经在中国引起强烈反响。我认为拿咱们的文化跟他比,也是值得探讨的。在"啃老"文化中长大的我们,面对不给子女留一份钱的世界头号富翁盖茨,实在需要认真反省。曾经有小学生喊出"拼爹不如拼自己",我觉得这简直振聋发聩,希望能唤醒沉睡在"拼爹""啃老"温柔梦乡的人们,懂得自我奋斗的真谛。

(摘自《红网·红辣椒评论》2018年8月4日)

# 从小学作文说起

_高伟

我上小学的时候,有一次写作文,题目是《我的妈妈》。我写了下雨天妈妈给我送伞的故事:有一天,下大雨,我忘了带伞。放学时,我正发愁,突然看到大风中给我送伞的妈妈在校门口等我。凄风冷雨中,我的心中泛起一股暖流。那篇作文得了高分。但那个故事是我编造的——我臆想出了一个母亲在这种情况下应有的行为与做法。

现在回想起来,我的小学时代乃至中学时代,不知不觉受到这样一种灌输:自己说话做事以及作文,必须先确保意识是正确的,是充满爱意和善意的——至于其内容真实与否,并不重要。

前不久,我儿子中学期末考试,作文题目也是《我的妈妈》。我去开家长会,看到了儿子的试卷。儿子写的竟然也是我去给他送伞——见我冒着大雨给他送伞,他激动得差点哭了——更有意思的是,儿子在作文右边的空白处给我留了言说,那是瞎说的,让我别信。我笑了,仿佛回到少年时代。

曾与一个小学校长闲聊,她说,在她的学校里,一写关于慈母的作文,竟有三分之一的同学写了下雨天妈妈去给自己送伞,真是搞笑。其实,这里面有不搞笑的成分——为什么孩子们的想象力那么贫乏?为什么孩子们习惯于将胡编乱造等同于想象?所有的问题归于一点:我们习惯于把孩子教育成"做正确的自己",而不是"做真实的自己"。

是的,我们的教育,是从"做正确的自己"开始的——这就是我们人之初的启蒙。这个启蒙有好处,就是会把我们培养成一个有教养的人;这个启蒙有个坏处,就是让我们把真实的自己弄丢了。而且,等长大后,我们甚至把那个正确的自己当成了真实的自己。"正确"是我们脸上必戴的面具,这面具戴久了,就长在我们的脸上了。

很长一段时间，我在单位里，说着该说的话，做着该做的事。几年前，我看到一个亲戚家的女孩子，在几家人聚会的酒席上，不说话，大家让她敬酒，她也不敬，挺实诚的。前两天，我看到她也开始端起酒杯，说着老早在心里想好的祝酒词——亲戚的脸上露出欣慰的笑，或许他觉得自己的孩子终于长大了懂事了。但我明白，对那女孩子而言，虚伪的成人比赛的发令枪已经打响了。

与真实自我的背离，是人格分裂的开始。而自我的分裂，是会让人疯狂的。人与自我的分裂越严重，内心的冲突就会越强烈；到最后，假装的文雅会变成癫狂的另一种形式。癫狂与文明，就这样以极其荒诞的方式并存。

为什么会分裂？因为世界是按照真实的逻辑运行的。我们的身体与心灵，以及与外部世界的接触，是真实的接触，而不是你想象的正确的接触。我们自以为的那个正确的自己，是不存在的；我们所认为的那些正确的别人，也是不存在的。真实的世界，纷杂且坚硬，按照自然规律运行，没有所谓的正确和错误。

天地不仁，以万物为刍狗。自然规律是冷酷的，它在高处剔除着一切虚伪的正确和我们内在与外在的不真实。善恶并存，甚至罪性大于善意的人类天性，藤一样缠绕在现实之树上。它无解，悖论，亘古如斯。它不倾向于具体的某个人，在本质上视每个人为尘埃。所以，当我看到不知真相的人们，与这个真实世界的隔阂——仿佛看到一个不穿衣服的孩子在冰天雪地奔跑。

有学者评价王小波说，他的智慧来源，无非是尊重一个人所应该尊重的基本常识。一语中的，而这正是许多人所付之阙如的。香港知名主持人梁继璋曾给即将成人的儿子写了一封信，信中说，"人生福祸无常，谁也不知可以活多久，有些事情还是早一点说好……我是你父亲，我不跟你说，没有人会跟你说"。我知道，这"还是早一点说好"的东西，就是真实的人性和现实的社会，而不是正确的虚饰。他对儿子说："对你不好的人，你不要太介意，在你一生中，没有人有义务对你好，除了我和你妈妈。"他还说，"没有人是不可以代替，没有东西是必需的。"

我足够老旧的时候才知道，回归常识，是最受用的自我教育。因为，人的最大智慧就是对常识的尊重、了解以及实践。维特根斯坦说："神秘的，不是世界是怎样的，而是它就是这样的。""世界是怎样的"可能是我们想象的它应有的样子，"它就是这样的"却是一种实相，它不会以你的主观意志而变化。真相或许是见血的，甚至是连皮带肉的那种，但我们也要尊重它——虽然我们看到的和能了解的自己和世界，不到冰山一角。

（原载《今晚报》2018年9月7日）

# 学生作文为什么缺少生活气息

马长军

一提学生作文，我这个小学教师就忍不住想说几句。

现在学生作文最突出的，也是首要的问题就是不真实，缺少生活的气息。不少学生的作文不是从身边生活中选材，而是从所谓的范文中东搬西凑。

有人说，要么是学生不会写，要么是学生学懒了。这只是结果。事实上，现在大多数学生都不大注意观察生活，一是课业负担沉重，就算教师布置作业不多，家长也不会放松对孩子的要求，更何况很多家长还要孩子参加各种所谓的"兴趣班"。学生一直处于一种很被动的状态，也就失去了对周围生活的主动探求，生活在他们的眼里就有些乏味，也就没有写作文的动机，更谈不上什么兴致了。写作文对他们来说，是件很伤脑筋的事，他们连一句"版权"属于自己的话都想不出，抄一篇应付一下已经算不错的了。二是教师对学生作文造假视而不见，默许纵容。甚至有的还借口怕学生不会写，有意给学生介绍所谓的"范文"，让学生"参考"模仿。一些教师的解释是："明知道学生整天作业都忙不过来，何必为难他们。"更有教师认为，让学生自由写，会写跑题，或者立意不高，将来考试吃亏。有个别教师还明确限制，不准学生"乱写"。于是，我们也就难得读到有内容有新意，能反映真实生活表达真实感受的学生作文了。

内容不真实，学生在写作时真情实感无以附着，所以，作文也就没有多少真诚可言了。而学生在作文中想象力的苍白同样令人痛心。有一次我让学生描写日出，全班三十多个学生竟然只写出了一句话："红彤彤的太阳慢慢从东方升起来。"由此我认真反思很长时间，为什么学生的想象力如此匮乏？现在的学生看电视远比读书的时间多，在语言想象——包括作文中的想象方面所学习的东西不够，这是一个很明显的原因，很多学生基本没有课外阅读，仅仅靠课本来为写作"奠基",这基础薄弱得苍白不堪,缺乏贴近时代的阅读让他们无法产生崭新且富有创造性的想象力。更重要的是,他们本身是有想象力的,而且他们时时都在想象,但由于一些教师和家长认为孩子的想象与学习无关,是"胡思乱想",并且认定那些都没有"意义",也就拒绝给孩子表达自由想象的机会,渐渐让孩子不敢"胡思乱想"。他们文字运用以及表达的能力没有得到较多的机会锻炼,其创造力也随之弱化了。可怕的是,许多孩子在这种钳制下,不仅失去了想象力,还学会迎合教师,学会了成人的矫揉造作。

当学生写作不再需要真实的生活体验,对现实生活渐渐冷漠而失去真诚的热爱时,当他们已经不习惯想象,对身边的事物毫无兴趣视若无睹时,他们是否还有审美态度恐怕也是问题了。但其实问题的根源不在学生身上,我们只说让学生扩大阅读面,与生活亲密接触,开阔视野,根本就不能解决多少问题。我们需要家长的合作,更需要教师的积极引导,最关键的是我们很需要整个社会,尤其是教育体制必须朝着有利于解放学生身心的方向改革。

当有一天我们的学生不等教师布置要求,就在用笔记录自己的所见所闻所思所感,他们天马行空的想象不会被指责限制,而会得到肯定、鼓励,谁也不会一翻学生作文就摇头说"少点什么"了。

(原载《蒲公英评论》2018年8月6日)

# 流行音乐为什么不流行了

_李皖

刚刚过去的台湾金曲奖颁奖，过去得无声无息。除了个别音乐研究者，普通大众甚至包括铁杆的台湾歌迷，已经失去了解其"获奖全名单"的兴趣。其他各类音乐奖颁奖，大概也是如此：或者无利可图只好悄悄关张，或者勉力为之但支撑一场像样晚会的力量都聚不起。

已经有好几年，评委会、专家或者媒体评出的"年度歌曲""年度十大"，基本上没多少人听过；见到榜单，人们也再不像从前那样，听过的高看两眼，没听过的想方设法寻来一听。催爆大众热情的《我是歌手》等电视演唱节目，一时会点燃起一些歌手、一些歌曲的知名度，但是绝大多数歌曲都是往年的流行歌曲，被拿到真人秀的现场再翻唱、再改编、再鼓噪一回，等煽完了旧情，也便曲终人散。

流行音乐不流行。大众流行歌曲不复存在。今天，最大的流行歌手、最大的流行歌曲，无论多大，也不过只在小部分歌迷中流行，顶多算是小众流行歌曲。这样的状况，也已经有好几年。

流行音乐为什么不流行了？这个现象背后，有着时代的某些变化。变化的绝不仅是流行音乐，也不只是各类艺术作品的失焦、失势、失去大众性，变化的是人，是我们的人生以及精神生活的状态。

我们是慢慢走到这一步的。首先是价值多元化后，焦点的崩散。

这个影响非常深远。不同领域、各行各业，都感受到这一巨变，这巨变笼罩下无所不在的支配、瓦解、再造力量。不同领域用不同的名字去称呼它，有时跟它强相关，有时跟它弱相关，有时跟它看似不相关却还是相关，实质内核却只有：分众市场、分众传播、自媒体、定制服务、小而美、去中心、独立制作、自我发行、微信公号、代沟、"70后""80后""90后""00后"、部落格、朋友圈、网格、群……这些不同名称、不同称谓的现象内部，是价值、审美、趣味、道德、生活方式、消费生活的分化。整体不复存在，个性不断膨胀，共性不断摊薄，聚合越来越难。

互联网成为一种载体，唯一的载体，最后整个人类都被其载乘。本来人类被天地、被时空、被城乡载乘，但随着互联网越来越深的演变——门户网、搜索引擎、客户端、数字化、地理信息系统、天眼……整个人类，整个人类所处的时空，变成了无所不在、无所不包的巨大镜像，映射一切，载乘一切。

值得往深里看一看，往广处看一看，看一看这互联网的本性，才有可能真正知道发生了什么。

所有的信息，消失了实体。所有的实体，转化成了信息。衣食、客店、交通、路况、山水、博物馆、人工智能……你的脸、你的行踪……信息化一方面提供各种生活便利，另一方面也使虚拟现实、虚拟生活，越来越具有真实现实、现实生活的品质——人其实不是在现实中，而是在信息中获得了生活的感觉和实质，网络游戏、VR、AI 机器人，都不断地在这个方向上提供着新的例证、新的体验、新的感悟。

好像扯远了。不远。我们撤回来，继续说流行音乐。撤回来看这些东西与流行音乐的关联，与创作与艺术与艺术生活的关联，将有助于让你醒悟：以上我们说的这些变化，跟一切的变化或都有关系，而且是至关重要的关系。

失去实体带来的变化，有很多。其中一个变化很关键，就是边界的消失。书、专辑，都是一种边界阅读。边界阅读是有限的、容易聚拢心神的阅读。

实体转化为信息带来的变化，也有很多。其中一个变化也很关键，就是稀缺性的消失。拿流行音乐打个比方，过去你要守着电台、等着电视，去持守某个热爱，否则你就会错过。现在，你要听、你要看的，都留存为一个地址，你随时可以去访问，去"宠幸"，你有一种无限拥有、尽在掌握、不在话下的幻觉。

互联网带来了无边界、无门槛、无差别、无中心的传播，虽然这中间有种种社会、商业、人为力量干预，可以降低、消减、阻断这无边界、无门槛、无差别、无中心的传播，但无边界、无门槛、无差别、无中心的传播，是互联网本身所具有的本性，深蕴着传播及其背面——获知和欣赏，加速向着"四无"方向发展。由此带来了以下这些广泛而深刻的演变：

——发表门槛降低后，人人都可发声，人人都是作者，创作的高贵性崩散，作者成了真正意义上的几十亿分之一。

——进一步的，作者的重要性，作品的重要性，艺术品的神圣性，崩散。

——互联网广泛的共享、免费欣赏，导致珍贵感的降低，珍贵感的消散。

——海量导致芜杂，成就了多样性、丰富性；但海量也驱逐精品，使精品的信号减弱，作用力降低。这导致卓越的人、物及其关注度的削弱、离散。

——整个信息环境的变化，大众性的崩散，导致持有为大众歌唱信念、为人类写作志向的艺术家，不复存在。

我们回过头去，放眼去看，流行音乐旧有唱片体系的瓦解，客观上彻底阻断了大流行、大歌手创作路向的那种变化，这不过是天网恢恢、疏而不漏的巨变中的一个小小幻影。唯因如此，它也不可能再一时恢复。而回到作品的基本单元——创作、发表、艺术选择权——去观察：前网络时代，是一个艺术的权威体系，选择权由专业渠道筛选，最后选出凤毛麟角进入大众管道；网络时代，是艺术的草野体系，选择权由每个人做出，导致了选择分散、标准丧失、时间浪费、赝品横行，优秀的、卓越的、高迈的、超拔的，凝聚着普遍、崇高、美与智慧的东西，反而被淹没其中，难以得到普遍的、一致的肯定。

流行音乐不流行，优秀作品失去大众，卓越创作不再有无上荣光……以及这背后的无边界、无门槛、无差别、无中心的方向，这种状况并非中国独有，全世界的、整个人类，都在面对相同的问题。

如今这种现象、形势，并非完全负面，当然也绝非完全正面，还会持续相当长的时间，但它不是永恒的。永恒的还是我们所熟知的那个常情。历史确实深蕴着来回摆动、自我反动、自我修正的力量。原因无他，只因为那些根本的东西从不改变：人生是有限的，现实感、真实感是健康存在的基本品质，社会虽然不断发展但人性有恒，世界万物与人心中共有着那确实不虚的真、善和美，卓越性是优秀艺术最重要的品质，这才是艺术世界、人类历史为什么变动不居却又如此稳固，像一条从古至今滔滔不断的大河。今天的似乎颠覆了我们的这巨变，无论多巨大，无论多天翻地覆，确实，只会是一个小插曲。

2018 年 6 月 24 日

（原载《文汇报》2018 年 7 月 26 日）

# 巴黎古监狱游思

_孙丹年

今年初去巴黎，参观了巴黎古监狱遗址。

巴黎古监狱遗址位于巴黎市中心西岱岛中端，与岛东头的巴黎圣母院相距不过 200 多米。它本是皇家豪华寝宫，后来王室移居罗浮宫，此处于 1391 年改建为最高法院和监狱。监狱主要关押政治犯及普通罪犯。

这里也是法国大革命的旋涡中心，参观这个遗址，客观上成了回顾和体验法国大革命的负面遗产——血腥与残暴。这里曾经垃圾成堆，空气污浊，贫苦囚犯连床也没有，只能蜷缩在草堆里。墙上书写着 4000 多犯人的名字，包括 2600 名贵族，都是法国大革命时期在革命法庭接受过审判的囚犯。被指控犯有"威胁共和国罪"的嫌犯都押入此处等候判决。从这里走上断头台的，最有名的要算国王路易十六的皇后玛丽·安托瓦内特、激进派领袖丹东和罗伯斯庇尔。

1793 年成立革命法庭，法庭就设在监狱大厅里，规则很简单，要么无罪释放，要么宣判犯有叛国罪，立即送上断头台。绝大多数囚犯的下场都是后者。从 1793 年 4 月 2 日到 1795 年 5 月 31 日，两年多一点时间内，大约有 2600 名囚犯在革命法庭被判处死刑。1794 年取消了证人与辩护人程序，执行死刑更为简便，那段时期，平均每天有几十人在断头台遭处决。

大厅右边挂着几块展板，展出图片和文字。看到路易十六皇后的画照时，我的神经一下紧张起来，因为对比实在太强烈——这种感觉可以用惊骇来形容。美丽优雅的女士尽享荣华富贵，却不料锒铛入狱。民众怨恨她花光国库里的银子，群情激愤，要求处决她。

其实，法国大革命开始时，曾出现过君主立宪派，有一部分人拥护路易十六当一个议会制的虚位皇帝。真若如此，法国大革命将是另一番景象。但是形势发展失控,极端的激进派掌权,仇恨不断上升,避祸逃走的路易十六被抓回来,在最高法院进行公开审判时,革命领袖罗伯斯庇尔大喊:"让路易死,法国生!"

1793年1月21日,在民众欢呼声中,路易十六惨遭斩首,这位法国历史上唯一被处决的国王,年仅38岁。据说临刑时表现出了君王的勇气和尊严。过了9个月,当年10月16日,王后玛丽·安托瓦内特也从待了两个月的单人囚室里绑缚断头台。

事态恶化至此,整个欧洲有皇帝的国家都蒙了,英国谴责法国处死国王的残暴行为,马上组织反法同盟,准备出兵干涉。

许久之后,人们清醒过来,对路易十六重新评价,认为他是一位心地仁慈、性格宽厚的皇帝,也有过政治改革的思路,虽有罪孽,但罪不至死,杀错了。于是,曾经关押皇后的囚室,改建成了供奉她的礼拜堂。

该上断头台的,接下来就轮到狂热的革命领袖们了。法国大革命高潮时期的领导集团雅各宾派,有三大领袖——罗伯斯庇尔、丹东、马拉。

马拉死得最早,1793年7月13日,一个保皇党女士潜入马拉的浴室,将他刺死在浴缸里。油画《马拉之死》给许多人留下过深刻印象。

丹东被自己人处死。丹东口才极好,平民演说家。在国民公会,丹东与罗伯斯庇尔一起主张处死国王。经他演讲鼓动,部分狂热的市民冲入监狱屠杀了大批囚犯。丹东目睹镇压反革命演变成疯狂的屠杀,产生道德负罪感,转而主张宽容,强调司法与人道相结合,呼吁罗伯斯庇尔结束恐怖统治,恢复法治原则。但是事态发展已经不由他控制了,丹东遭到罗伯斯庇尔等人以"阴谋恢复君主制,颠覆共和国"的罪名进行审判。法庭害怕丹东雄辩,剥夺了他的辩护权,仓促宣判死刑。1794年4月5日,35岁的丹东及其同伴被处死。绑缚断头台路过罗伯斯庇尔居所时,丹东大声说:"下一个就是你!"

3个月后,1794年7月27日,罗伯斯庇尔和他的同伴20多人同时被捕,混战中他的下巴被手枪子弹击中而脱臼。他的单人牢房就在王后玛丽·安托瓦内特的牢房隔壁,之前是他下令杀了王后。

罗伯斯庇尔不能说话了,不断打手势要求给予纸和笔,被拒绝。运送死囚的马车缓缓驶向革命广场,罗伯斯庇尔和他的战友被绑在囚车栏杆上,强迫直立示众,押送囚车的士兵时不时用剑背支起受伤囚犯的下颚:"看,这个就是罗伯斯庇尔……"群众,尤其是恐怖政治受害者的家属们,咒骂声如潮水一般。一个年轻美貌的女子死死抓住囚车栏杆不肯松手,声嘶力竭地叫喊:"进地狱吧,你们这群恶棍!在地狱里你们也别想摆脱所有不幸的母亲和妻子的诅咒!"

在极度的屈辱和痛苦中，罗伯斯庇尔被断头，时年36岁。欢呼声持续了整整15分钟。这位法国大革命的标志性人物，也被人评价为"恐怖统治的理论家，时代矛盾和自身矛盾的牺牲品"。

具有讽刺意味的是，为了能更人道地让死刑犯减轻痛苦，路易十六亲自设计改良了断头台的功能，也给他自己的断头减轻了痛苦。据说，之前一个刽子手一天最多能处死三人，经过改良后的断头台，几个普通士兵，一天可以轻松处死几十人。

历史终于翻过了这一页。1914年，巴黎裁判所附属监狱释放了最后一名囚犯，正式列为历史古迹对外开放。一部分18、19世纪的牢房及行刑室、玛丽·安托瓦内特皇后的单人囚室、罗伯斯庇尔囚室外的爬梯都被保存下来了。

到2018年，笔者前往巴黎的时候，离罗伯斯庇尔被处死已经224年了。嗜血的教训太沉痛，而历史总是反复出现惊人的相似，法国大革命曾被史学家称为"俄国十月革命的预演"。现在我知道了，为什么法国人对雨果那么尊崇爱戴！雨果用一支不朽的笔，用形象生动的文学语言，全景式记录了法国大革命的经过，剖析疯狂时期各类人物的不同心态，既揭示了大革命的进步意义，又揭露了在革命名义之下的暴戾与罪恶。雨果以刚直的正义原则、温暖的人道主义、单纯的美丽善良，有力地促人反思，帮助了法兰西的清醒……

对前人的精神遗产，应当如何继承？假如雨果等先贤无享祭祀，尘封高阁，他们的思想成果、精神产品遭弃如敝屣，人们反而片面热情地讴歌罗伯斯庇尔、丹东，颂扬他们的英勇和牺牲，屏蔽他们的过失甚至罪恶，为他们修建堂皇的陵墓，建纪念碑，张贴他们的画像和语录，隆重悼念，大肆旌表，以为国民前进的导向，如此逆向选择，试想，今天法国人的内心世界和精神面貌，将呈何种状态？

很多优秀的民族都有自我纠错的能力。有纠错能力的民族才有未来。

（原载"新浪博客"2018年8月28日）

# 清代为什么会有那么多垃圾奏折？

_张宏杰

昨天被一个帖子刷了屏：《皇帝看了要崩溃：清代垃圾奏折集锦》。文章写得非常轻松好玩，足供读者一笑。不过任何一个"可笑"的历史现象都有制度背景。很明显这个作者不太懂得这些"垃圾奏折"产生的原因，所以对奏折的理解错误百出，或者说几乎全部错误了。好几个朋友因为我在人大清史所工作，所以在手机上转给我，让我看看靠不靠谱，我也无法一一回复，索性花半个小时写篇短文统一答复一下。

### 一、 请安折频繁是制度使然

文中说一个叫孙文成的地方官特别喜欢向皇帝请安，三天两头就上一个请安折，折中别的没有，单问一句："皇上您好吗？"皇上也只好不厌其烦地反复回复到："朕很好。"看起来很无厘头的样子。

其实清代封疆大吏频繁地上请安折是制度使然。清代地方大吏与皇帝交流，主要靠大吏上奏折汇报地方事务和皇帝在奏折上用朱批加以批示，相当于君臣之间的 E-MAIL。地方事情多，所以差不多每个月都会上奏。既然谈正事，顺带着就要给皇帝请一下安。因此形成的习惯是"凡上奏折一匣，必附请安折一封，……请安折中不呈公事，独问'安好'而已"（佟鸿举著：《民俗文书收藏趣谈》，百花文艺出版社，2006年，第102页）。

也就是说，每上一封谈正事的折子，必然附一个请安的折子，折子里一般只有"恭请万岁万安"六个字，也确实就是只问一句："皇上您好吗？"

有人说，那岂不太形式主义了，把两道折子汇成一道不行吗？不行。清代是一个比较重视礼节的朝代，旗人"规矩多""老礼儿多""讲究多"。比如苏州织造李煦给康熙上了一道请安折。为了图省事，在折上多写了一句话，汇报了一件小事：

"恭请万岁万安。窃提督江南全省军务臣张云翼，于康熙四十八年六月十八日，病患腰痛，医治不痊，于七月初三日巳时身故，年五十八岁。"

这是把请安折和奏事折混到一起了。特别是汇报的还是一件丧事，请安和报丧一锅烩，如果换成雍正，可能搞不好一生气就摘了他的乌纱了。好在康熙是一个宽厚的皇帝，只是笑骂了一句："请安折子不应与此事一处混写，甚属不敬。尔之识几个臭字，不知里去了？"

因此频繁具折请安，不是孙文成这个人无聊。请安折多，从一个侧面反映出他向雍正汇报的正事也比较多。孙文成是杭州织造，又负有监督江南社会民情的重要责任，奏折较多是非常正常的。

## 二、反复汇报雨水情况也是制度要求

至于文中提到的地方官频繁上奏下雨的情况，其实也是制度规定。清代皇帝大多重视农业，特别关心地方雨水粮价情况，经常向地方官询问，"在密折陈奏中值得一提的还有地方官员定期奏报雨雪、年成和粮价的制度。从现存资料考察，康熙三十二年（1693年）苏州织造李煦是此事的最早发端者，并得到皇帝的肯定"（白钢主编：《中国政治制度史》，天津人民出版社，1991年，第860页）。孙文成奏折中多有此项内容。比如"面粉一斤，需银七厘八厘左右，今年雨水适合稻谷甚好，谨此奏闻"之类。以至于从乾隆开始，要求地方官每月汇报晴雨粮价等情况，形成固定制度，为今天研究清代物价及气候情况积累了宝贵资料。

然而文中将地方官详细汇报各地雨水情况说成"莫名其妙，已经上奏过的内容，翻天覆地地发"，显然是没有认真阅读奏折内容。仔细一看，你就会发现，他汇报的是"京城及顺天府""河间等府""保定真定"等各地的雨情，而不是反复汇报一个地方的雨情。

## 三、奏折内容琐细也是皇帝们的要求

文中说，福建官员向雍正汇报台湾有个妇人拾金不昧，作者认为这样的小事不值得写到奏折里，地方官连这个都写，太不懂事。实际上，正是清代皇帝要求地方官多汇报地方琐事。对红学感兴趣的读者可能知道，江宁织造曹寅写给康熙的密折，其中不乏地方八卦，甚至还有笑料。这是因为康熙对江南三织造有专门要求："以后有闻地方细小之事，必具密折来奏。""近日闻得南方有许多闲言，无中作有，议论大小事。朕无可以托人打听，尔等受恩深重，但有所闻，可以亲手书折奏闻才好。"因此江南三织造的奏折，真的有很多八卦和传闻。

到了多疑且精力过人、被人怀疑得位不正的雍正，更是希望臣下事无巨细多加汇报，因为经他手制度化的密折制度，就是一种"小报告"制度，他希望借此掌握更多的地方信息。比如苏州织造李秉忠奏报苏州油菜、小麦长势良好，雍正批示："深慰朕怀，凡如此等之奏，务须一一据实入告，毋得丝毫隐饰。""苏州地当孔道，为四方辐辏之所，其来往官员暨经过商贾，或遇有关系之事，亦应留心体访明白，密奏以闻。"这些批示体现了雍正精细明察的性格，他读了这些奏折不会"崩溃"，反而会很高兴。

## 四、送芒果反映出的是认真和忠诚，而不是颟顸与懒惰

最后再说一句。文章开头提到，闽浙总督满保曾经两次向康熙送芒果，奏折内容一模一样。第一次送芒果，说"这是台湾的土产叫芒果，献给皇上您"。康熙说，这东西没什么用，不要再送了。结果过了一个月，满保又送了一次，奏折内容仍然是"这是台湾的土产叫芒果，献给皇上您"。把康熙搞得很烦，心里说，让你别送了你他妈还送什么送？

看了这一段，读者肯定以为满保颟顸懒惰，同一份奏折内容复制粘贴，两个月内重复上奏，自己都记不住了。其实事实完全不是如此。

第一次奏折，满保说的是："再台湾所产番酸树、番茉莉、竹子、亚蕉等物，恭缮汉文进单交付干总李岩，与贡品一并奏进圣上阅视。番酸果子至夏至方熟，俟成熟后再赍进御览。"奏报中的"番酸树"与"番酸果子"，也叫"檨"，就是芒果。也就是说，这次满保送的是芒果树苗，而不是芒果。因为这个时候芒果还没有成熟，他的奏折中明确说，等成熟后再送给皇上亲口尝尝。

过了一个月以后，康熙五十八年四月二十九日，满保真的送了芒果肉给皇上尝尝，自己吃到了好吃的东西，非要让主子尝到了才安心。不过因为芒果由台湾先运到福建，再由专差进呈北京，需要一两个月，路途遥远，没法保鲜，

他经过多次实验比较，发现切条晒干法能多少保存一些本味儿："奴才于四月二十八日购到新鲜者，味甘微觉带酸，其蜜浸与盐浸者，俱不及本来滋味。切条晒干者，微存原味，奴才亲加检看，装贮小瓶，敬呈御览。"

康熙尝了芒果干，感觉没啥味道，所以说："乃无用之物，再不必进。"

因此，这两道奏折反映的，是康熙朝臣子对皇上的忠诚与细心，而不是颟顸与懒惰，这篇网文的理解完全错误了。

因此，如果不了解点制度背景，读了这篇文章，恐怕读者收获轻松一笑之外，还会形成"清代君臣怎么都那么愚蠢无聊"的不准确印象。网文写得轻松活泼好玩，是我一向主张的，但是在轻松之外，应该传播真实有效的知识，才对得起读者的几分钟时间。否则这种文章本身才是一种信息"垃圾"，会对读者形成信息污染。"信息污染"在今天是比单纯的"洗脑"更可怕，因此我有史以来第一次"跟热点"，写了这篇文章，无奈没有太多时间，利用间隙匆匆写了几句，潦草不周之处，望各位海涵。

（摘自"腾讯大家"2018年7月10日）

# 儒与道：一枚铜钱的两面

_ 柳士同

　　春秋时期的诸子百家，历来为人们所推崇。一谈起"百家争鸣"，当今学者更是艳羡至极，无不交口称赞。在七八年前，笔者曾写过一篇《争鸣，还是争宠？》（载《博览群书》2010年第2期），对此提出质疑。在笔者看来，就东周列国的地理环境和经济形态而言，诸子除了从比当时更早的古代去寻找思想资源之外，似乎再找不到另外的参照。炎黄和尧舜禹都是传说，并无文字记载，最近也最直接的只有"周礼"了。孔子以"克己复礼"为毕生之奋斗目标，还是有理有据的。老庄尽管将"礼"视作"乱之首"，但却提不出什么新的思想，从"路径依赖"的规律看，老庄的"无为"与"逍遥"怎么也跳不出它的藩篱，只不过是"中庸"的变种。西周三百年的统治已然形成了一个以"礼制"为核心的家国天下观，老庄即使看到了"礼"的虚伪，却也从未反对过等级压迫。孔子曾多次向道家人物请教"至道"，在庄子《渔父》中的孔子，甚至称渔父为"圣人"，这不正说明他们名分两家，实为同道吗？"儒表法里"早已是学界共识，而儒道又何尝不是一枚铜钱的两面？

　　那么，这枚铜钱又是什么呢？答曰：治国之道——亦可称牧民之道也。就是说无论孔孟还是老庄，他们都是在为君王谋划，是希望君王能按他们设计的办法来"王天下"，来统治黎民百姓。孔子"三月无君则惶惶如也"，老子更是认为"治大国如烹小鲜"，就连墨子也替君王献策"圣人用兵，利泽施乎万世"。因此，所谓的"诸子百家"，一旦匍匐于王权之下，就成为一家了。区别仅在于道家不满儒家的虚伪，也鄙视乱世的小人当道，一心向往能在古代"圣人"手下做官，这也才有了"黄老之学"的问世；而孔孟及其弟子虽也开口闭口"吾从周"，可他们更现实一些，与其回到古代做官，不如现在就做官，且对在位的君王按自己的"礼想"加以塑造，岂不更好？所以，我们说儒道貌似两家，其实，二者的价值观并无根本的区别。而在如何治理黎民百姓上，儒道两家的理念就更加一致了，其最大共同点就是愚民，即以他们的"学说"来愚弄和管制读书人，进而愚弄和管制广大民众。孔子强调的是"民可使由之，不可使知之"，老子则献策"实其腹，虚其心"，甚而"绝圣弃智"，"无为""不争"。既要愚民，其言谈必然是含混不清的，那样才能扰乱人的正常思维。如果说孔子是个偷换概念的高手的话，那么老子就是一个模糊概念的巨匠了。都说儒家学说的核心是"仁"，可什么叫"仁"呢？孔老夫子竟然能做出上百种解释。且经常自相矛盾，因为一旦为功利和投机时，他们是不在乎前后的表达不一致的；于是便有了一会儿"君子喻于义，小人喻于利"，一会儿又"学也，禄在其中矣"。不过，真要追究起来也不矛盾，因为"学而优则仕"，只要当了官，还怕没有"利"没有"禄"么？所以，"君子谋道不谋食"也。人们推崇老庄，无不在"道"字上大做文章，越说越玄。不错，道家学说的核心是"道"，可"道可道，非常道""名可名，非常名"，这"道"原来是讲不出来，也无法诠释的，因为一旦能"道"能"名"就不是"道"了。真是"玄而又玄，谓之众妙之门"呀，可是一旦迈进这"众妙之门"，不就陷进雾中的沼泽地了？难怪后世的学步者，除了吃药喝酒，就是扪虱而谈，其感觉甚是"逍遥"。儒是想怎么解释就怎么解释，或者说怎么讲怎么都有理；道则是故弄玄虚，信口开河，反正胡说八道都是"道"。漫天抹糨糊，把"闻道"者的脑子也捣成一盆糨糊了。儒与道，无论就其核心内容还是就其思维方式来看，均源自《易》。《易》不仅是儒学的"五经"之首，其"太极"亦是道家的"图腾"。想想看，从一部占卜的书中汲取思想资源，按一部占卜的书的思维方式进行思考，该是怎样荒唐，怕是不言而喻的了。

在两千多年皇权专制的宗法社会里，之所以能够做到"三教合一"，恰恰是因为"儒释道"三教均适合于统治者用来管制百姓。儒道出自本土，二者谈不上是宗教。"儒"虽经董仲舒又"儒学"而"儒术"，到了康有为更欲将其变作"儒教"，但它毕竟不是宗教，连宗教的基本要素都不具备。道教只不过假老子之名忽悠民众罢了，道家与道教完全不是一回事，恰如柏杨先生所喻，道家与道教的区别就如狗与热狗的区别一样。至于佛教，传到东土即被中国的玄学所改造，也迅速地"中国化"了，与儒道"同谋"，共同构建起中国的活命哲学。孔孟教你如何富贵地活着，"达则兼济天下，穷则独善其身"。那么又如何"独善其身"呢？老庄则会教你"知其不可奈何而安之若命"。于是，天下士子尽可忍受十年寒窗之苦，以便"货于帝王家"；倘若仕途不顺，且退隐江湖，"淡泊""宁静"。真可谓左右逢源进退自如，庙堂与江湖皆有立足之地，实在不行，还有"释"——既可以保佑你升官发财，又能够超度你上"西天"！作为"以天下为己任"的士，首选当然是为君王前驱而不惜肝脑涂地了。其实，无论入世还是出世，身心无不待在"彀中"——这就是几千年来中国读书人的宿命！遗憾的是，人类社会早就步入现代文明了，国人还痴迷和沉溺于孔孟老庄，且洋洋自得；究其原因，无非功利使然。"失意"时以老庄为寄托，获取一些精神的安慰，"得意"时在宗奉孔孟的同时，也时不时把老庄挂在嘴边，以示自己的超脱与淡泊。尤其是面对社会的不公，大肆宣扬"无为""不争"；昨天还批评他人的"沉默"是"平庸之恶"呢，今天又鼓吹庄子的"察乎安危，宁于祸福"了。

犬儒主义似乎是发祥于西方，可到东方却生出这么两个怪胎。怪乎哉？不怪也。这片文化土壤大致就适宜它这样生长。

（原载《社会科学论坛》2018年第4期）

# 叶嘉莹的"文人妾身论"

_理钊

宋朝是词的时代，所谓唐诗宋词，正是两个时代里文学表现的概括。但在起初，词，是不大为当时的文人所重视的，因为它的"出身"有点卑微，不像诗那样，是正统的文学样式，是圣人孔先生所规定的六艺之一。而词，最早却是为燕乐写的歌词。燕乐，亦为宴乐，吃饭喝酒所唱的歌曲，颇类似于前些年所流行的卡拉OK，所以，其作者便十分广泛，贩夫走卒，只要高兴，也可以为之填一段词。

最早的词集《花间集》，是晚唐时代编集的，目的是"因集近来诗客曲子词……庶使西园英哲，用资羽盖之欢；南国婵娟，休唱莲舟之引"。意思是让诗人文士在饮酒聚会时，有歌词让歌女演唱。这个《花间集》，表明诗人也来填词，又表明这些词仅供宴乐之用，也表明高贵的文人们觉得词是不入流的游戏之作。叶嘉莹先生说："宋朝人（文人）编集子，很多人不把自己的词编到里面去。"陆放翁编进去了，但他又在里面注明，说是少时不更事，写了这些词，有悔其少作之意。

词，上不得文学的正堂，还与其内容有关。因为词是歌酒席筵上用，又是歌女来唱，所以便不能写"吾皇圣明寿无疆，传之万代恩泽长"，也不能写"朱门酒肉臭，路有冻死骨"，只能写男女之情。这正如现在，酒桌上的话题，总是离不开荤素的段子。可古代的文章是要"载道"的，现在来说美女，写爱情，当然是入不了正流了。

然而，唐之后，词还是渐渐风行起来了。原因何在？一个说法是，过去的文人多兼士大夫之职，众人面前，是要道貌岸然的，即使是家里养了三妻四妾，还暗中出入酒肆青楼，可一到太阳底下，就一定要做出道德君子的样子。用现在的话说，就是装。装，这种行为，偶尔为之，倒也无妨，可要装一辈子，实在是有些累。现在正好，可以借了填词，大胆地写写这些在正儿八经的诗中写不得的东西了。特别是到了南宋，更加道貌岸然的"理学"渐渐兴起，填词也就越是宣泄内心真实的渠道了。这也就是王国维在《人间词话》中所言："宋人诗不如词，以其写之于诗者，不若写之于词者之真也。"这种现象现在也还有，比如大媒体上的文章，就不如小媒体上的有真情实感。

文人填词，填到后来，最多的不是写男女之情的幸福，而多是得不到幸福的相思与幽怨。通常的情景是，男人远去了，美貌而又多才的女人在家独守空房；或是美艳的女子渴望找一位如意的郎君，却总也不能如愿。总之，是词里的女人，多不尽意。

对词里的这种"怨妇情结"，叶嘉莹先生在《人间词话七讲》中，提出了一个论点：词中不得意的女人，正是填词人的潜意识流露。表面上是写女人要找一个爱人嫁他，或是男人你竟如此狠心，把我这美女扔在家里不顾，内里则是在说，"我很有才华啊，我很有理想啊，怎么没有人用我啊"？对此，我们不妨称之为"文人的妾身心态"。

细想之下，这个论点可谓准确传神。中国古代的文人，口气常常是极大的："为天地立心，为生民请命；为往圣继绝学，为万世开太平。"可一走出书斋，就只能去做王权的附庸，几近于权力的"妻妾"，任其摆布了。原因在于文人常常受困于三条：一者，文人也是要吃饭的。但天下最大的饭锅正在皇家怀里，不投进去，便分不得半点残羹；二者，文人的职业是为文，为文就可能述愤懑，或写思想。宋朝之前，写一点自己真实的想法，倒可能无甚大碍，比如陶渊明，自己饿得要死，也还能写"荏苒经十载，暂为人所羁"。而且这种心存牢骚的诗还能发表（传抄）。可到了明清，为文谁敢半句真？三者，就算你是一个有钱又有闲的文人，写出了一些真性情、真观察、真思考的作品，也只能束之高阁，任凭虫咬霉蚀。明朝的李贽，早年做官时攒下了一些银子，"财务自由"之后，便辞官专写文章，最后还是因此而被捉了进去，死掉了。

文人的这种困境，结局只有两条：要么不做文人，要么就只好入了人家彀中，甘心为其"妻妾"。而既为"妻妾"，"三十年而不得见者"也就没有什么出奇的了，因为人家"妻妾"万千，哪里能个个照顾得到呢？

近日读到一则关于叶嘉莹先生的新闻，报道她卖掉她在国内的两处房子，共得款1460万元，设立南开大学迦陵基金。可惜报上未说这基金如何运用，只说"这一基金设立的目的便是弘扬中国传统文化，支持中华诗词文化的教育和传播"（《齐鲁晚报》2018年6月8日）。迦陵基金是否也像域外的一样，可以资助文人做研究、出版作品呢？不得而知。提出"文人妾身论"的人，当是对此有所安排的吧。

（原载《临沂广播电视报》2018年6月21日）

# 从"中庸"说到"矫枉必须过正"

——对偏激言论的理性思考

_李乔

"中庸"和"矫枉"问题,本是个老话题了,但如今深感还有再辨析、再议论的必要。

倘若浏览互联网,就会发现,上面有不少偏激言论,或极左,或极右,或也难说是左还是右,然都是某种偏激思想的表达,这类言论不少,颇有汇成一股偏激思潮之势。近年发生的"街痞反日"和抵制肯德基等排外事件,就是这股偏激思潮的一种表现。

细思这些偏激言论和行为的思想根源,可以看出,一个重要源头,就是与动乱年代流行的"斗争哲学"的影响有关,而与这种影响相连,又与对中国传统文化中的"中庸"思想的误读和对"矫枉"问题的糊涂认识有关。在否定一切的年代,儒家的中庸思想被曲解为"无原则的调和",受到批判;"矫枉过正"则受到鼓励,说是"不过正就不能矫枉",结果,走极端的思想疯长起来,偏激和极端的行为层出不穷。其影响绵延至今,网上流行偏激言论和发生"街痞反日"等极端行为,也就不奇怪了。

这需要正本清源。

## "中庸" 辨

儒家的"中庸"到底是什么意思?《论语·雍也》云:"中庸之为德也,其至矣乎!"谓中庸是极高的道德。朱熹解释"中庸"云:"中者,不偏不倚,无过不及。""中者,无过无不及之名也。庸,平常也"。

"不偏不倚",意为持中、公正。"无过不及",即孔子所说的"过犹不及",即做事既要不过分、过度,也不能不够、不足。"不偏不倚"和"无过不及"("过犹不及")这两句话,侧重点有所不同,但都表达了一个意思,即办事要达到"中"的位置,要做到适中。所谓"庸,平常也",这个平常,实际是不突兀、不冒进之意,而不是今人所云平庸无能的意思。

实际上,所谓中庸,就是一种适中思想,即做事和想问题要适中、持中、用中、合宜、不左不右、无过不及、不走极端。那么,哪里是"中"呢?好比一杆秤,那个不偏不斜的平衡之处,就是"中"的位置,这个位置,也就是不偏不倚、不左不右、无过无不及之处,即恰到好处的地方。河南人说话爱说"中",这个"中"字,就是合适、合度之意,其实就是中庸所说的"中"。儒典里有"扣其两端而执其中""执两用中"的话,意思是审视和掌握两端而采用"中",即要找到两端之间的合适位置,找到了,便是适中。

这便是儒家所说的中庸的原意,其中并没有"无原则的调和"的意思。这种中庸有什么不好呢?很好嘛!怎么能批判呢?难道做事、想问题,不该适中,而应该走极端吗?至于随着时代的变迁,"中庸"的原意有时被淡化,或被赋予了新的意思,那就不是先秦儒家所能负责的了。

蔡元培先生对孔子和儒家的"中庸"非常推崇,主张凡事要适中,反对走极端,反对偏激。他评论先秦诸子时说,法家太左,刻薄寡恩;道家太右,放任自流;所以法家之策招致秦灭,道家之习招致晋亡。

中庸或曰适中思想,并非只是中国思想家所独创、独有,古代西方也曾产生过类似孔子"中庸"的适中思想。古希腊哲学家亚里士多德就提出过"适中"思想,认为一切行为都可以分为过度、不及、适中三种状态,比如,在鲁莽、怯懦、勇敢这三种相关状态中,鲁莽是过度,怯懦是不及,勇敢是适中;在纵欲、冷淡、节制这三种状态中,纵欲是过度,冷淡是不及,节制是适中。在过度、不及、适中这三者当中,过度和不及都是极端,在这两个极端中间是适中,适中才是美德。可以看出,亚里士多德的"适中",与孔子的"中庸",意思基本是一样的。所以在将古希腊文的"适中"一词翻译成汉语时,一般都译为孔子所用的"中庸"一词。

在现代剧烈的社会变革运动中,作为理论家和政治领袖的列宁和斯大林,也都有过适中思想的表达。列宁说,真理往前跨一步就是谬误。这"跨一步",就是没有用中、执中,而是跨向了某一极端。斯大林说:"真理在'中间',在左派和右派之间。"这也是在表达反对极端之意。但斯大林搞"大清洗",违反了他自己的说法,滑向极"左"的一端去了。

适中思想作为一种思维方式,有助于我们进行正确的思维活动,捕捉客观法则，避免思想和行为上的走极端、偏激、片面性、绝对化。但它所解决的，主要还是思维形式的问题，至于怎样才算适中、适度、恰到好处，还须根据具体情况去把握，而这种把握并不容易。

## 矫枉是否必须过正

当出现走极端的偏误时，怎样纠正？有两种态度：一是把极端纠正为适中、适度、恰到好处，如把怯懦纠正为勇敢，把肚子饿纠正为吃饱；另一种是把极端纠正过头，超过了应有的限度，即矫枉过正，如把怯懦纠正为鲁莽，把肚子饿纠正为吃撑。显然，第一种态度是正确的、可取的。但生活中常见到第二种情况。比如，一说"君子不言钱"是刻板、僵化，需要纠正，便纠正成了膜拜钱神；一说传统中有糟粕，须抛弃糟粕，便弄成了抛弃一切传统。反之亦然。总之，都是用一个极端纠正另一个极端，总是在两个极端之间换位，也就是说，总是用一种片面性纠正另一种片面性，总不脱形而上学的窠臼。

有一种说法：矫枉必须过正。鲁迅先生也说过："矫枉不忌过正，只要能够打倒敌人，嬉笑怒骂皆成文章。"还说过"不读中国书"之类的话。钱玄同为强调文字改革的必要，常发表走极端的激进言论。鲁迅评钱玄同说："十分话最多只须说到八分，而玄同则必须说到十二分。"怎样理解这些说法和现象呢？

应该肯定，矫枉过正在一定条件下是具有合理性的。鲁迅之所以说一些矫枉过正的话，是因为黑暗势力太强大，旧思想的罗网太严密，如果不"扎硬寨，打死仗"，就不能取得一点进步。正像鲁迅自己所说的，你说要开窗户，那人家肯定不让你开，你必须说要掀房顶，人家才让你开窗户。钱玄同发表走极端的文字改革言论，也是因为看到封建旧文化、旧思想对人们束缚太深，不出死力就解决不了问题，所以总是故意把话说得很绝对。实际上，从内心看，鲁迅和钱玄同并不偏激，而是很理性的。鲁迅说"不读中国书"，是为反抗"古老的鬼魂"对中华民族的精神压迫，而鲁迅本人对于中华民族的优秀文化则是爱之甚深的。关于钱玄同的"偏激"，黎锦熙评道：钱玄同"有时说话过分，须知他是愤激之谈，等到发作过了，他仍返于至情至理，中庸得很"。周作人对钱玄同也有过类似评价。

矫枉过正虽在一定条件下有合理性，但如果将其作为一种固定的、普遍的思维模式来奉行，认为矫枉必须过正，不过正就不能矫枉，就会产生很大的负面作用。那样，就会形成一种局面：你过正，我也过正，以过正对过正，永远处在一种极端与另一种极端对立的状态中。近现代史上文化界关于本位文化和全盘西化的论争即有此弊。

郭沫若先生对"矫枉过正"问题发表过一个见解，我认为很正确。他说："在我认为，答复歪曲就只有平正一途。我们不能因为世间上有一种歪曲流行，而另外还他一个相反的歪曲。矫枉不宜过正，矫枉而过正，那便有悖于实事求是的精神。"这里所说的"歪曲"，亦即一种极端状态，所谓"平正"，就是适中、适当。只有平正，才合乎实事求是的精神。在歪曲与平正之间，我们当然要选择平正，选择了平正，也就是选择了实事求是。实事求是，应是我们思维和办事的最高准则。

（原载《群言》2018年第7期）

# 这个"近三倍"代表落后

_吴非

听到一番高论,认为中国的中小学教育质量已经超过发达国家,论者是专家,不知为什么,举的例子仍然是乘法口诀及学科竞赛和阅读能力测试之类。但他们丝毫没有提及中小学生的课业负担,特别没有提及"课外作业"负担。这样的比法,仍然停留在田忌赛马式机巧上。

我坚持"教师要有业余,学生要有课外",并非指教师业余也要钻研教学,"一心扑在教学上",而是说教师专业之外,还可以有些其他兴趣;而"学生要有课外",更不是指要有"课外作业",而是指学生必须有丰富的课外生活以发展智慧、养育性情。学生每天学习15小时,去和外国每天学习不超过8小时的学生比课业考试难度、比背书,当然不能输。只要不比体魄、个人意志及创造精神,中国孩子还是有不少优势的。

最近看到一篇文章引述《中国中小学写作业压力报告》,我没有途径看到原文,但文章中的一些引述我相信,因为中小学作业负担重已是尽人皆知,而该文持论还比较谨慎。报告称"在中国,91.2%的家长有过陪孩子写作业的经历,其中每天陪写的家长高达78%"(估计是指小学生);"过去3年时间,我国中小学生日均写作业时长由3.03小时降低为2.82小时","即便如此,今年的最新数据仍是全球水平的近三倍","我国中小学生写作业时长是日本的3.7倍,韩国的4.8倍,而与其他欧美国家相比,差距也比较明显";"湖北黄冈和上海的学生日均写作业时间最长,超过3个小时,排名全国第一"。

既然作业量是全球作业水平的近三倍,中国中小学生为之付出的代价至少也是三倍。至于结果是不是要"好三倍",则不敢妄论;但是,如果多花了两倍的时间学习了无用的东西,参与了无价值的"学习",是不是对生命的摧残?

"课外有课,课后有作业"是中国中小学教育的常态。经常有成年人抱怨下班后要帮家里的小学生做作业。小学生有家庭作业,已经成为可以讨论的问题,这表明了社会文化有进步。小学低年级,完全可以不布置家庭作业,全部教学应当在课堂完成。只是如果没有家庭作业,会有相当一部分家长焦虑,认为学校教师不负责,惶惶不可终日,生怕孩子落后一步,社会补习班大兴于世很能说明问题。为了"不输在起跑线上",能抢跑能偷跑的,无所不用;先行一步或几十步了,犹嫌过慢,小孩子才十岁,就被灌输"置之死地而后生"的励志观念,把学习当作是你死我活的竞争。有小学一年级数学教师介绍,全班四十名学生,只有两人没有读过学前班,她的一年级上学期备课几乎作废,因为没有"跟不上"的,已经有38人超前,在校外"强化"过了规定的一年级课程,已经开始学二年级的内容了。从职业守则而言,她没有权力批评那两名坚持按部就班的学生家长,但也没有办法不顾及大多数家长的"强烈要求"。你让这个老师怎么办?没有人能回答她。唯一的办法,是用重复性的作业拖住一部分学生,让他们"巩固";上到三四年级,"超前"的只有七八个人了,而作业的难度上来了,又可以平衡一下节奏,但是小学生作业就只能做到晚上十点,并要家长陪同了。

这是一种说法,反映的问题有一定的代表性。指责教师缺乏智慧和勇气,甚至职业道德,似欠公允。教师不过是在体制与社会双重挤压下逐步丧失意志,而社会评价文化的畸形,能轻易地逼使一名教师、一所学校放弃常识。锯短木桶第一块板的人不但没有被惩罚而且获得社会认同,进而被体制赞许,于是木桶被锯成了木盆。

学校的自我折腾是另一重要原因。

"外行瞎指挥,内行边缘化"的现象在教育界仍然存在。在一些区县甚至省市,教育行政部门的指导观念经常很混乱,自相矛盾,南辕北辙。现行的教育法规经常屈从于"乡情民意",变为加重中小学作业负担的"实事求是"。花样百出的应试教学如洪水猛兽,教育行政部门即使严防死守,往往也防不胜防,况且总有"民意"理直气壮地对抗。近年批评"懒政",批评有法不依,但是,从中央到地方几十年的几十次政令都没能扭转局面,一个教育局长即使赌上仕途拼命去"减负",又能有多大作用?坚守常识的人总是少数,随波逐流者太平无事,于是放弃责任就成为功利社会的特征。

耻辱感往往是改变落后状态的重要契机。怕就怕在利益面前丧失判断,更麻烦的是因为利益而丧失耻辱感,社会文明水平因此下降。中小学生作业量是世界水平的"近三倍",不代表中国学生勤奋,只代表中国基础教育的落后。

(摘自光明日报社《教育家》2018年第5期)

# "新四大发明"和科学思想

_杨建业

一段时期内,有关"新四大发明"的说法在国内广为流布。说是继古代中国火药、指南针、造纸和活字印刷四大发明之后,今天的中国又有了高铁、移动支付、电子商务和共享单车这新的四大发明。于是凭借着这新四大发明,中国拥有了大约2.5万公里长的全球最大的高铁网络,规模高居世界第一的移动支付,有超过7亿互联网用户,成为全球规模最大、发展最快的电子商务市场,还拥有4亿共享单车注册用户和2300万辆共享单车。

虽然我国在大范围应用这些技术方面表现不俗,但客观地说,这新四大发明之创新源头,却并非源自我国。如高铁,早在1964年就出现了日本的"新干线";移动支付,则于1997年首现于芬兰;电子商务,英国人迈克尔·奥尔德1979年就提出了网络购物概念,至1995年,美国的亚马逊公司等又首推其购物网站;共享单车,早在20世纪60年代在荷兰的阿姆斯特丹就已推出了这个设想,至上世纪90年代,丹麦的哥本哈根成为第一个实行共享单车计划的城市。(2018.4.4《参考消息》)

为什么"新四大发明"的理念没能最早出现在我们中国呢?有历史的原因,也有我们自身旧文化传统的负面影响。譬如1964年,我国正处于西方世界的围堵封锁之中,国内经历了一次又一次的政治运动,所以当时绝无可能出现日本那样的新干线。而1979年,我们刚刚经历了一场"文革"的劫难,百废待兴,因此,也不会立马就有迈克尔·奥尔德那样的人物出现。

鲁迅先生曾痛心地说过,中国人虽然发明了火药、指南针,但"外国用火药制造子弹御敌,中国却用它做爆竹敬神;外国用罗盘针航海,中国却用它看风水;外国用鸦片医病,中国却拿来当饭吃",其实说的就是中国的旧文化传统对科技发展的阻碍。在漫长的封建时代,统治者奉行的是重农抑商的政策，科学技术也被视为"奇技淫巧"而地位低下。李时珍穷其一生完成了医学巨著《本草纲目》，却为了此书能出版，四处拜访书商，积劳而死。李时珍的儿子把此书献给明神宗朱翊钧，只收到"书留览，礼部知道"七个字，再无下文，后来还是书商胡承龙将该书刻印出版。《天工开物》出版后竟一度在本土失传，后人只能通过日本的盗版了解宋应星（2018.4.11《报刊文摘》）。科学著作的出版和传播都如此困难，又怎能谈得上科学思想的形成和创新呢？因此，中国的过去，始终没能形成理论探索的习惯和传统，更没有形成系统的科学思想和创新机制。这正是我们中国近代落后于西方国家的一个重要原因。

新中国成立以来，特别是改革开放以来，这种状况早已大大改变，但旧文化传统轻视科学思想创新之余绪，并未完全消除。我国一些学科为什么"在研究思路和方法上套用和模仿得多，创新得少"（张德会，赵伦山，2013，《地球化学》）？就是因为基础研究重视不够，以至于"在理论方面尚有较多的空白"（引文同上）。这也是今日国人普遍缺乏独立思考和崇尚科学氛围的原因之一，更是国人的科学素养普遍偏低的一个因素。即便是一些高级知识分子，其科学常识的匮乏和无知有时亦十分惊人，科学素养和文明素养与其学历、职称的高低难成比例。例如，我所知道的一位二级教授，却常在雾霾十分严重的时候去晨练，还振振有词地说"一切皆在于适应"。另一位二级教授，对基础理论研究十分不屑。竟断言所有基础研究的论文不过是废纸一堆，百无一用。连"一个民族想要站在科学的最高峰，就一刻不能没有理论思维"这样一个对于学者而言十分浅显的道理都不懂。他居然不明白，技术固然重要，但没有理论支撑的技术必然不可持续。像四大发明，古人虽然发明了火药，却并没有像西方人那样穷究其爆炸的原理，形成科学理论和思想，这才造成了国家近代科技落后经济落后国防落后而被动挨打的历史事实。而科学思想的源头就是基础研究。故而今日之大学，即便是工科院校，又怎能借口于"学科的应用性"就可以轻视、偏废其基础理论的研究呢？

令人欣慰的是，当今的国家决策层和社会各界，已高度重视基础研究和科学思想的创新。懂得了科学思想的一旦形成，必将焕发出巨大无穷的力量。因而在近期，当国务院发出了《关于全面加强基础科学研究的若干意见》后，很多企业和民间基金会也陆续跟进，加大了基础研究的投入。一个全社会尊重科学思想、尊重基础研究的局面已初步形成。相信沿着这样的道路坚定地走下去，大量中国原创性的科学思想的形成与创新必将指日可待。

科学探求的是真理。真理会指导人们以技术实现的方式创造出巨大的经济价值。世界上从没有一个缺乏深刻科学思想的国家，技术还可以走得很远，经济还可以被持久地拉动。过去没有，现在没有，将来也不会有。就是号称以

"技术立国"的日本,基础理论研究也十分扎实,诺贝尔奖之花频被摘取。即便如此,整个日本学界也常因其哲学思维的匮乏而被认为缺少科学上的深思熟虑、高瞻远瞩和宏大气象备受诟病。因此,那种短视效应、急功冒进所追求的"效益",即便短时间看来很"丰厚",也永远不会成为有长远眼光的决策者们的选项。

(原载《中国科学报》2018年4月23日)

# 话说珠江文明

_周东江

华夏文明源远流长,一般认为来源有二:一是以中原文化为代表的黄河文明,二是以吴、越、楚等文化为代表的长江文明。虽然两种文明都离不开江河,但大体可归为同一类:土地文明或者说农耕文明。普天之下莫非王土,率土之滨莫非王臣。用现在的话讲,天下万物全是我的。至于四方之外,虽然也属"普天之下",但一语不合便给边缘化,成了东夷、西戎、南蛮、北狄。

1840年鸦片战争,天朝上国败于英军,我们才惊讶地发现,原来在自以为一家独大的土地文明之外,还有更为强悍的海洋文明。遗憾的是清政府很长一段时期相当情绪化,犯我大清者,虽优必恨,对海洋文明十分排拒,无法理性地汲取外来文明的长处。而在鸦片战争爆发十三年以后,日本也被美国军舰叩开国门,也被迫签订诸多不平等条约。但日本并未因此排斥海洋文明,而是惊喜地发现,原来他们效法一千多年的中华文明,远不如"黑船事件"带来的海洋文明厉害。于是迅速启动明治维新,向西方虚心学习,很快迎头赶上,转过身来还狠狠教训了千年的师父。

假如,大清国当初不抵制海洋文明,而是像日本那样虚心学习,结果会如何?假如,自周朝以降,历朝历代不那么轻视"夷戎蛮狄",不那么故步自封,就会发现,在岭南,在珠江流域,其实是有着历史悠久的海洋文明的。这是上天馈赠给中华民族的伟大礼物。假如我们在两千多年前就一直接纳和重视海洋文明,并发扬光大,能够一直清醒地观察世界和融入世界,与世界保持同步,还会有后来让我们振振有词念念不忘、不断给自己找台阶下的所谓"落后就要挨打"吗?可惜,历史没有假设,古人站在黄土地上看海洋文明,估计就跟我们现在站在地球上看天外文明一样虚无缥缈,遥不可及。

帝王和官府可以有权就任性,想闭关就闭关,想锁国就锁国,想封海就封海,但在生死线上苦苦挣扎的黎民百姓却各有各的生计,即便是重农轻商的古代，不避风险的商人仍然靠山吃山，靠水吃水——西南高原的商人在崇山峻岭中开辟出命悬一线的"茶马古道"，不仅连接川滇藏陕甘，还延伸至缅甸、不丹、尼泊尔、印度境内；而东南沿海的商人则远在西汉时期，就以广东、福建、广西等地沿海港口为出发点，在惊涛骇浪中生生闯出一条"海上丝绸之路"，驶向波斯湾、红海乃至欧洲大陆。

广州地处含西江、北江、东江在内的珠江三角洲，三江汇集，八口入海。海陆相交的地理条件，使广州成为岭南两千多年来的地缘商贸中心，既是海上丝绸之路的出发港，又是外国商船到达中国必先停靠的港口。而且从公元3世纪起，广州已成为海上丝绸之路的主港。即便明清时期实行海禁，广州仍一枝独秀，成为中国唯一被允许对外贸易的"一口通商"港口。

位于珠江岸边的石基村，古名黄埔，自古在海外贸易中扮演重要角色，南宋时已是"海舶所集之地"。明清以后，黄埔村逐步发展成为广州对外贸易的大港。乾隆年间，清廷撤销了江、浙、闽三海关，只保留粤海关，指定广州为唯一对外贸易口岸，这一政策实行长达八十多年，其间黄埔古港迅速发展，外国商船必须在这里报关，而后由中国的领航员带商船入港，办理卸转货物缴税等手续，然后货物才能进入十三行交易。八十多年里，停泊在黄埔古港的外国商船共计五千多艘，而黄埔村也成为热闹繁华的古城。后因河道堵塞变窄，港口遂迁至位于珠江江心的长洲岛，仍沿用"黄埔港"之名。

在黄埔古港兴盛时期，正是17世纪到19世纪广州海外贸易最为鼎盛的时期。除了停泊过著名的瑞典"哥德堡号"，黄埔古港还停泊过美国的"中国皇后号"、俄罗斯的"希望号"和"涅瓦号"、澳大利亚的"哈斯丁号"等外国商船。在古代，广州就已奠定了国际大都市的地位。

象征着海洋文明的珠江文明，是华夏文明的重要源头之一，它弥补了华夏文明中"五行缺水"的遗憾。也就是说，华夏文明不只是黄土文明，也包含海洋文明，它的重要特征就是两千多年来绵延不绝的、以广州为出发点和落脚点的海上丝绸之路。只是因了珠江文明发源于南方，为以中原文明为正统的历朝历代所不屑；又由于中原文明重农抑商，而珠江文明与商贸有着扯不清的关系，于是在古人眼中被轻描淡写地概括为"岭南文化"，被淹没在"岭南"诸多文化当中。

珠江文明，有必要从岭南文化中择出来，甚至涵盖岭南文化，作为与黄河文明、长江文明并列的中华第三大文明，给予它应有的地位。古人囿于农耕文明的历史局限，认识不到代表海洋文明的珠江文明同属华夏文明源头。今人应对此给予足够的认知。

（原载《今晚报》2017年12月22日）

# 小 启

《2018中国杂文年选》，收录了本年度众多优秀杂文作品。在编造过程中，我们及选本主编已尽力与大多数作者取得了联系，没有联系上的作者见此小启请尽快与我们联系，我们会及时奉上样书。

联系人：蔡安

电　话：020-37592312